ZHONGGUO XIAOSHUO
100 QIANG

中国小说100强（1978—2022）

爱情诗

金仁顺 著

北京联合出版公司
Beijing United Publishing Co., Ltd.

图书在版编目（CIP）数据

爱情诗 / 金仁顺著. -- 北京：北京联合出版公司,
2023.9
（中国小说100强）
ISBN 978-7-5596-7078-6

Ⅰ.①爱… Ⅱ.①金… Ⅲ.①中篇小说－小说集－中国－当代②短篇小说－小说集－中国－当代 Ⅳ.
①I247.7

中国国家版本馆CIP数据核字（2023）第117919号

爱情诗

作　　者：	金仁顺
出 品 人：	赵红仕
出版监制：	张晓冬　范晓潮
责任编辑：	管　文
特约编辑：	和庚方　刘沐雨
封面设计：	武　一

北京联合出版公司出版
（北京市西城区德外大街83号楼9层　100088）
北京兴星伟业印刷有限公司印刷　新华书店经销
字数196千字　650毫米×920毫米　1/16　23印张
2023年9月第1版　2023年9月第1次印刷
ISBN 978-7-5596-7078-6
定价：68.00元

版权所有，侵权必究
未经书面许可，不得以任何方式转载、复制、翻印本书部分或全部内容。
本书若有质量问题，请与本公司图书销售中心联系调换。
电话：010-65868687

中国小说100强（1978—2022）丛书

编委会

丛书总策划

　　张　明　　著名出版人
　　张　英　　资深媒体人

编委主任

　　吴义勤　　中国作协副主席
　　　　　　　中国小说学会会长

编　委

　　吴义勤　　中国作协副主席、中国小说学会会长
　　宗仁发　　《作家》杂志主编
　　谢有顺　　中山大学教授、中国小说学会副会长
　　顾建平　　《小说选刊》副主编
　　张　英　　资深媒体人
　　文　欢　　作家、出版人

总 序

"中国小说100强"（1978—2022）是资深出版人张明先生和腾讯读书知名记者张英先生共同策划发起的一套大型文学丛书。他们邀请我和宗仁发、谢有顺、顾建平、文欢一起组成编委会，并特邀徐晨亮参与，经过认真研讨和多轮投票最终评定了100人的入选小说家目录。由于编委们大多都是长期在中国文学现场与中国文学一路同行的一线编辑、出版家、评论家和文学记者，可以说都是最专业的文学读者，因此，本套书对专业性的追求是理所当然的，编委们的个人趣味、审美爱好虽有不同，但对作家和文学本身的尊重、对小说艺术的尊重、对文学史和阅读史的尊重，决定了丛书编选的原则、方向和基本逻辑。

从文学史的角度来说，1978年以后开启的新时期文学是中国当代文学的黄金时代，不仅涌现了一批至今享誉世界的优秀作家，而且创造了许多脍炙人口的文学经典，并某种程度上改写了20世纪中国文学史的版图。而在中国新时期文学的经典家族中，小说和小说家无疑是艺术成就最高、影响力最大的部分。"中国小说100强"（1978—2022）就是试图将这个时期的具有经典性的小说家和中国小说的经典之作完整、系统地筛选和呈现出来，并以此构成对新时期文学史的某种回顾与重读、观察与评判。呈现在读者面前的这套丛书是对1978—2022年间中国当代小说发展历程的一次全面、系统的整体性回顾与检阅，是中国当代文学经典化的重要成果，从特定的角度集中展示了中国新时期文学在小说创作方面的巨大成就。需要说明的是，与1978—2022年新时期文学繁荣兴盛的局面相比，100位作家和100本书还远远不能涵盖中国当代小说的全貌，很多堪称经典的小说也许因为各种原因并未能进入。莫言、苏童、余华等作家本来都在编委投票评定的名单里，但因为他们已与某些出版社签下了专有出版合同，不允许其他出版社另出小说集，因而只能因不可抗原因而割爱，遗珠之憾实难避免，而且文学的审美本身也是多元的，我们的判断、评价、选择也许与有些读者的认知和判断是冲突的，但我们绝无把自己的标准强加于别人的意思。我们呈现的只是我们观察中国这个时期当代小说的一个角度、一种标准，我们坚持文学性、学术性、专业性、民间性，注重作家个体的生活体验、叙事能力和艺术功力，我们突破代际局限，老、中、青小说家都平等对待，王蒙、冯骥才、梁晓声、铁凝、阿来等名家名作蔚为大观，徐则臣、阿乙、弋舟、鲁敏、林森等新人新作也是目不暇接，我们特别关注文学的新生力量，尤其是近10年作品多次获国家大奖、市场人气爆棚的新生代小说家，我们禀持包容、开放、多元的审美立场，无论是专注用现实题材传达个人迥异驳杂人生经验、用心用情书写和表现时代精神的现实主义作家，还是执着于艺术探索和个体风格的实验性作家，在丛书里都是一视同仁。我们坚信我们是忠实于自己的艺术理想、艺术原则和艺术良心的，但我们并不认为自己的角度和标准是唯一的，我们期待并尊重各种各样的观察角度和文学判断。

当然，编选和出版"中国小说100强"（1978—2022）这套大型丛书，除了上述对文学史、小说史成就的整体呈现这一追求之外，我们还有更深远、更宏大的学术目标，那就是全力推进中国当代文学"经典化"的历程和"全民阅读·书香中国"建设。

从1949年发端的中国当代文学已经有了70多年的发展历程，但对这70多年文学的评价一直存在巨大的分歧，"极端的否定"与"极端的肯定"常常让我们看不到当代文学的真相。有人认为中国当代文学达到了前所未有的高度和水平。王蒙先生在法兰克福书展上就说：中国当代文学现在是有史以来最繁荣的时期。余秋雨、刘再复甚至认为中国当代文学的成就远远超过了现代文学。也有人极端否定中国当代文学，认为中国当代文学都是垃圾。他们认为现代文学要远远超过当代文学，中国当代文学连与现代文学比较的资格都没有。比如说，相对于鲁（迅）、郭（沫若）、茅（盾）、巴（金）、老（舍）、曹（禺）这样大师级的人物，中国当代作家都是渺小的侏儒，根本不能相提并论，两者比较就是对大师的亵渎。应该说，与对中国当代文学的肯定之声相比，对当代文学的否定和轻视显然更成气候、更为普遍也更有市场。尽管否定者各自的角度和出发点不同，但中国当代作家、作品与中外文学大师、文学经典之间不可比拟的巨大距离却是唱衰中国当代文学者的主要论据。这种判断通常沿着两个逻辑展开：一是对中外文学大师精神价值、道德价值和人格价值的夸大与拔高，对文学大师的不证自明的宗教化、神性化的崇拜。二是对文学经典的神秘化、神圣化、绝对化、空洞化的理解与阐释。在此，我们看到了一个非常有趣的悖论：当谈论经典作家和文学大师时我们总是仰视而崇拜，他们的局限我们要么视而不见要么宽容原谅，但当我们谈论身边作家和身边作品时，我们总是专注于其弱点和局限，反而对其优点视而不见。问题还不在于这种姿态本身的厚此薄彼与伦理偏见，而是这种姿态背后所蕴含的"当代虚无主义"。这种"虚无主义"的最大后果就是对当代作家作品"经典化"的阻滞，对当代文学经典化历程的阻隔与拖延。一方面，我们视当下作家作品为"无物"，拒绝对其进行"经典化"的工作，另一方面又以早就完全"经典化"了的大师和经典来作为贬低当下泥沙俱下的文学现实的依据。这种不在同一个层面上的比较，不仅毫无意义，而且只能使得文学评价上的不公正以及各种偏激的怪论愈演愈烈。

其实，说中国当代文学如何不堪或如何优秀都没有说服力。关键是要进行"经典化"的工作，只有"经典化"的工作完成了才有可能比较客观地对当代的作家作品形成文学史的判断。对当代的"经典化"不是对过往经典、大师的否定，也不是对当代文学唱赞歌，而是要建立一个既立足文学史又与时俱进并与当代文学发展同步的认识评价体系和筛选体系。当然，我们也要承认，"经典化"问题是一个非常复杂的问题，并不是凭热情和冲动一下子就能完成的，但我们至少应该完成认识论上的"转变"并真正启动这样一个"过程"。

现在媒体上流行一些对于中国当代文学经典化冷嘲热讽的稀奇古怪的言论，其核心一是否定中国当代文学有经典、有大师，其二是否定批评界、学术界有关"经典化"的主张，认为在一个无经典的时代，"经典"是怎么"化"也"化"不出来的，"经典化"是一个实实在在的"伪命题"。其实，对于文学，每个人有不同的判断、不同的理解这很正常，每一种观点也都值得尊重。但是，在"经典"和"经典化"这个问题上，我却不能不说，上述观点存在对"经典"和"经典化"的双重误解，因而具有严重的误导性和危害性。

首先，就"经典"而言，否定中国当代文学早就不是什么新鲜事，对当代文学的虚无主义态度在很多人那里早已根深蒂固。我不想争论这背后的是与非，也不想分析这种观点背后的社会基础与人性基础。我只想指出，这种观点单从学理层面上看就已陷入了三个巨大误区：

第一个误区，是对经典的神圣化和神秘化的误区。很多人把经典想象为一个绝对的、神圣的、遥远的文学存在，觉得文学经典就是一个绝对的、乌托邦化的、十全十美的、所有人都喜欢的东西。这其实是为了阻隔当代文学和"经典"这个词发生关系。因为经典既然是绝对的、神圣的、乌托邦的、十全十美的，那我们今天哪一部作品会有这样的特性呢？如果回顾一下人类文学史，有这样特性的作品好像也没有。事实上，没有一部作品可以十全十美，也没有一部作品能让所有人喜欢。在这个问题上，我们应该明确的是，"经典"不是十全十美、无可挑剔的代名词，在人类文学史上似乎并不存在毫无缺点并能被任何人所认同的"经典"。因此，对每一个时代来说，"经典"并不是指那些高不可攀的神圣的、神秘的存在，只不过是那些比较优秀、能被比较多的人喜爱的作品而已。从这个意义上说，当今中国文坛谈论"经典"时那种神圣化、莫测高深的乌托邦姿态，不过是遮蔽和否定当代文学的一种不自觉的方式，他们假定了一种遥远、神秘、绝对、完美的"经典形象"，并以对此一本正经的信仰、崇拜和无限拔高，建立了一整套关于中国当代文学的伦理话语体系与道德话语体系，从而充满正义感地宣判着中国当代文学的死刑。

第二个误区，是经典会自动呈现的误区。很多人会说，是金子总是会发光的。但对文学来说，文学经典的产生有着特殊性，即，它不是一个"标签"，它一定是在阅读的意义上才会产生意义和价值的，也只有在阅读的意义上才能够实现价值，没有被阅读的作品没有被发现的作品就没有价值，就不会发光。而且经典的价值本身也不是固定不变的。如果一个作品的价值一开始就是固定不变的，那这个作品的价值就一定是有限的。经典一定会在不同的时代面对不同的读者呈现出完全不同的价值。这也是所谓文学永恒性的来源。也就是说，文学的永恒性不是指它的某一个意义、某一个价值的永恒，而是指它具有意义、价值的永恒再生性，它可以不断地延伸价值，可以不断地被创造、不断地被发现，这才是经典价值的根本。所以说，经典不但不会自动呈现，而且一定要在读者的阅读或者阐释、评价中才会呈现其价值。

第三个误区，是经典命名权的误区。很多人把经典的命名视为一种特殊权力。这有两个层面的问题：一，是现代人还是后代人具有命名权；二，是权威还是普通人具有命名权。说一个时代的作品是经典，是当代人说了算还是后代人说了算？从理论上来说当然是后代人说了算。我们宁愿把一切交给时间。但是，时间本身是不可信的，它不是客观的，是意识形态化的。某种意义上，时间确会消除文学的很多污染包括意识形态的污染，时间会让我们更清楚地看清模糊的、被掩盖的真相，但是时间同时也会使文学的现场感和鲜活性受到磨损与侵蚀，甚至时间本身也难逃意识形态的污染。此外，如果把一切交给时间，还有一个前提，那就是对后代的读者要有足够的信任，要相信他们能够完成对我们这个时代文学的经典化使命。但我们对后代的读者，其实是没有信心的。我们今天已经陷入了严重的阅读危机，我们怎么能寄希望后代人有更大的阅读热情呢？幻想后代的人用考古的方式对我们这个时代的文学进行经典命名，这现实吗？我不相信后人对我们身处时代"考古"式的阐释会比我们亲历的"经验"更可靠，也不相信，后人对我们身处时代文学的理解会比我们亲历者更准确。我觉得，一部被后代命名为"经典"的作品，在它所处的时代也一定会是被认可为"经典"的作品，我不相信，在当代默默无闻的作品在后代会被"考古"挖掘为"经典"。也许有人会举张爱玲、钱钟书、沈从文的例子，但我要说的是，他们的文学价值早在他们生活的时代就已被认可了，只不过很长时间由于意识形态的原因我们的文学史不谈及他们罢了。此外，在经典命名的问题上，我们还要回答的是当代作家究竟为谁写作的问题。当代作家是为同代人写作还是为后代人写作？幻想同代人不阅读、不接受的作品后代人会接受，这本身就是非常乌托邦的。更何况，当代作家所表现的经验以及对世界的认识，是当代人更能理解还是后代人更能理解？当然是当代人更能理解当代作家所表达的生活和经验，更能够产生共鸣。因此，从这个角度来说，当代人对一个时代经典的命名显然比后代人更重要。第二个层面，就是普通人、普通读者和权威的关系。理论上，我们都相信文学权威对一个时代文学经典命名的重要性，权威当然更有价值。但我们又不能够迷信文学权威。如果把一个时代文学经典的命名权仅仅交给几个权威，那也是非常危险的。这个危险表现在什么地方呢？就是几个人的错误会放大为整个时代的错误，几个人的偏见会放大为整个时代的偏见。我们有很多这样的文学史教训。在这个问题上，我们既要相信权威又不能迷信权威，我们要追求文学经典评价的民主化、民主性。对一个时代文学的判断应该是全体阅读者共同参与的民主化的过程，各种文学声音都应该能够有效地发出。这个时代的文学阅读，最理想的状态应该是一种互补性的阅读。为什么叫"互补性的阅读"？因为一个批评家再敬业，再劳动模范，一个人也读不过来所有的作品。举个例子：现在我们一年有5000部以上的长篇小说，一个批评家如果很敬业，每天在家读二十四小时，他能读多少部？一天读一部，一年也只能读三百部。但他一个人读不完，不等于我们整个时代的读者都读不完。这就需要互补性阅读。所有的读者互补性地读完所有作品。在所有作品都被阅读过的情况下，所有的声音都能发出来的情况下，各种声音的碰撞、妥协、对话，就会形成对这个时代文学比较客观、科学的判断。因此，文学的经典不是由某一个"权威"命名的，而是由一个时代所有的阅读者共同命名的，可以说，每一个阅读者都是一个命名者，他都有对经典进行命名的使命、责任和"权力"。而作为一个文学研究者或一个文学出版者，参与当代文学的进程，参与当代文学经典的筛选、淘洗和确立过程，更是一种义不容辞的责任和使命。说到底，"经典"是主观的，"经典"的确立是一个持续不断的"过程"，"经典"的价值是逐步呈现的，对于一部经典作品来说，它的当代认可、当代评价是不可或缺的。尽管这种认可和评价也许有偏颇，但是没有这种认可和评价，它就无法从浩如烟海的文本世界中突围而出，它就会永久地被埋没。从这个意义上说，在当代任何一部能够被阅读、谈论的文本都是幸运的，这是它变成"经典"的必要洗礼和必然路径。

总之，我们所提倡的"经典化"不是要简单地呈现一种结果，不是要简单地对一个时代的文学作品排座次，不是要武断地指出某部作品是"经典"，某部作品不是"经典"，不是要颁发一个"谁是经典"的荣誉证书，而是要进入一个发现文学价值、感受文学价值、呈现文学价值的过程。所谓"经典化"的"化"实际上就是文学价值影响人的精神生活的过程，就是通过文学阅读发现和呈现文学价值的过程。可以说，文学的经典化过程，既是一个历史化的过程，更是一个当代化的过程。文学的经典化时时刻刻都在进行着，它需要当代人的积极参与和实践。因此，哪怕你是一个对当代文学的虚无主义者，你可以不承认当代文学有经典，但只要你还承认有文学，你还需要和相信文学，还承认当代文学对人的精神生活具有影响力，你就不应该否定当代文学经典化的重要性。没有这个"经典化"，当代文学就不会进入和影响当代人的生活，就失去了存在的意义。每一个人，哪怕你是权威，你也不能以自己的好恶剥夺他人阅读文学和享受文学的权利。

从这个意义上说，当代文学的经典化当然是一个真命题而不是一个伪命题。在一个资讯泛滥的时代，给读者以经典的指引是文学界、出版界共同的责任，而这也是我们编辑出版这套书的意义所在。

最后，感谢张明和张英先生为本套书付出的辛劳，感谢北京立丰天文化传播有限公司、北京金圣典文化有限公司的资金支持，感谢全体编委和北京联合出版公司各位编辑，感谢所有对本套丛书的出版给予大力支持的作家和他们的家人。

是为序。

吴义勤
2022年冬于北京

目 录
Contents

爱情诗____1

彼　此____19

城春草木深____42

纪念我的朋友金枝____96

桔梗谣____116

盘瑟俚____130

喷　泉____142

秋千椅____160

僧　舞____174

神　会____187

水边的阿狄丽雅____202

松树镇____214

桃　花____234

梧　桐____267

小野先生____283

猿　声____300

云　雀____315

众　生____336

爱情诗

1

安次和赵莲第一次见面的晚上喝了太多的酒,很多细节在事后变得无法确认了。他怀疑那一夜的诸多美妙情感是被酒精渲染出来的。所以,他宁可把第二次见赵莲,当成他们之间真正的开始。

那天他接到一个陌生女人打来的电话,她说我是赵莲,遇到了点儿麻烦,请你帮帮我。

"哪个赵莲?"他眼睛盯着电视,心里这么嘀咕着,一不留神,话就脱口而出了。

"我是……洞天府的赵莲。"电话里的声音变得低沉了。

安次一下子想起来了。

"对不起啊,对不起,光记着你是洞天府的'第一美女',忘了你的名字了。"

赵莲短短地笑了一声。

2

两个星期前,安次的哥哥安首在"洞天府"请客。"洞天府"的老板是安首的哥们儿,安首订包房时,嘱咐了老板一句:"给我挑个漂亮机灵的服务员,上次那个说一句她动一动,油瓶子倒了都不知道扶。"

"洞天府"老板是个笑面虎:"我把我们酒店的第一美女给你派过去。到时候你别忘了给小费。"

赵莲就是那个"第一美女"。她平时不端盘子,站在酒店门口迎宾,这天晚上临时被老板抽调过来,身上还穿着宝蓝色丝绸旗袍,头发拢在脑后盘成发髻。打眼一看,"第一美女"虽然言过其实,但她肤色白净,唇红齿白,加上身段婀娜,拧着腰肢那么一走,当真是步姿撩人。

赵莲知道这桌客人跟老板的关系非同寻常,也知道自己赏心悦目,笑容格外甜美,动作很有表演性,十分殷勤地给客人们添酒倒茶。酒桌上气氛融洽,六个人先喝了三瓶五粮液,又喝了十瓶啤酒。

正经事儿谈得差不多了,安首讲了几个段子活跃气氛。一桌子男人笑得东倒西歪的,有人斜睨着赵莲说:"安老板得注意影响啊,这里还有女生呢。"

"这才哪儿到哪儿啊,比这邪乎的她们听得多了。"安首回头看了一眼赵莲,问,"是不是啊?"

赵莲笑而不答。

"现在的女人喝酒比男人厉害，讲段子也比男人厉害。"

安首怂恿赵莲讲段子："我给你小费，一个段子一百。怎么样？"

"我不会讲。"赵莲借口取果盘，红着脸出去了。

"装什么纯情玉女。"有人盯着赵莲的背影说。

"喝酒喝酒喝酒，"安首把杯子举起来，"喝完酒我带你们去看纯情玉女秀。"

大家笑起来。

吃完水果，安首带着客人先走了。安次留下来买单。包房里一下子冷清下来，有了股空旷的意味儿。满桌子残酒剩菜，散发出让人颓丧的气息。赵莲拿着账单去前台结账，出门前打开了几扇窗子，安次的头晕乎乎的，坐在窗边的椅子上透气，冷风一吹，胃里的酒翻转、扭曲起来，顺着食道直往上蹿。

安次捂着嘴出门时，赵莲拿着单子刚回来，他顾不上跟她说话，径直冲到洗手间去吐。吐完了，胸口爽快了不少，又用冷水漱了口，洗了脸，这才回到包房。

包房里已经收拾过了，连桌布也换了新的，赵莲给安次沏了一壶新茶，让他醒醒酒。

"外面下雨了。"

他们就着这壶新茶，聊了一个多小时。多半是安次问，赵莲答。赵莲今年二十，是家里的独生女儿，考大学那几天生了病，没考上，也不想再给家里增加负担了，正好看见"洞天府"招工，就到这里来了。

"家里没什么靠山，就算考上大学了，找工作也很费劲儿。"赵莲微微地笑着，仿佛在说一件很简单的事情。

安次想起自己二十岁的时候，正在大学读书，狂热地迷恋着朦胧诗。那时候朦胧诗在年轻人心目中的地位相当于现在的摇滚乐。安次的情绪不知不觉地有些激动，望着外面，雨还在下，凉湿的空气扑面而来，他给赵莲背了一段北岛的诗：

> 即使明天早上，
> 枪口和血淋淋的朝阳，
> 让我交出自由、青春和笔。
> 我也决不交出现在，
> 决不交出你。

赵莲的眼睛闪着光。安次在她的眼睛里面看见自己挥舞着手臂的形象。"那个时候女生也和我们一样，把诗歌当成生命中最神圣的东西，比化妆品、比衣服鞋子之类的重要得多，甚至比谈恋爱都重要，她们和我们一样整天骑着破自行车——不能骑好车，好车老是丢，大学校园里净是小偷——参加演讲比赛，诗歌讨论会，偶尔看一场舞台剧。"

安次离开"洞天府"时，往赵莲手里塞了两百块钱小费，还给她留了一张名片："有什么需要帮忙的，给我打电话。"

赵莲拿着安次的名片，"咦"了一声。

"怎么了？"安次问。

赵莲笑了："你手机后面的四位刚好是我的生日。"

"是吗？"安次也笑了，"看来，我们是有缘人啊。"

3

　　安次临出门时看了一眼表，十一点多一点儿，路倒不远，开车十多分钟就到了。

　　赵莲站在路边等着，仍然穿着旗袍，不过这一件是月白色的，被车灯一闪，波光粼粼的，好像把一层水穿在了身上。

　　安次心里暗暗惊奇，同样的衣服，在酒楼里穿，是地地道道的服务员，到了外面，摇身一变成了电视剧里面的姨太太。

　　车停下来以后，赵莲先跟他要了一块钱，跑到附近的杂货店里给人送去，然后才上车。她显然哭过了，眼皮有些红肿，怕冷似的交叉胳膊抱紧自己。

　　"怎么了？"

　　赵莲不说话。

　　安次把车灯关掉，两个人在黑暗里坐了一会儿。

　　"出什么事儿了？"

　　赵莲不说话，嘤嘤哭了起来。

　　安次在家看了一天影碟，几乎没吃什么东西，这会儿赵莲压低的抽泣声进入他的胃里，变成了猫爪子，一下一下地抓挠着他的胃壁。他回想她在电话里的声音，已经很不对劲儿了，难怪他没听出她是谁来。

　　赵莲哭了一会儿就不哭了，但还是不说话。对面开过来的车灯一晃，她被泪水打湿的脸颊上反着光。

　　安次想了想，开车把赵莲带到常去的一家咖啡馆，给她要了一杯

"卡布奇诺",还要了点儿吃的东西。

赵莲两手捧着杯子,把咖啡和奶油一小口一小口喝完,才开口说话。

晚上老板带朋友来吃饭,吃完饭约她和另外一个迎宾的女服务员出去喝咖啡。那时候几乎没有客人登门了,她们也闲了下来。赵莲出门后发现老板带着另外那个服务员开车先走了,他的朋友在等着她。他喝了酒,车开得飞快,一口气开到了城郊的树林里。他劝她别干服务员了,让她以后跟着他,他给她买房买车,买钻石买手机。除了婚姻,他什么都能满足她,就是婚姻,也不是绝对不行,只不过是眼下不行。他一边说一边动手动脚,把她吓得半死,好容易挣开他跑出车去,但旗袍绊腿,没跑多远又让他抓回了车里,幸亏她死命地抗拒,最坏的事情总算没有发生。两个人折腾了好几个小时,他的酒慢慢地醒了,态度温和了不少,但意思还是原来的意思,劝她跟了他,她要是跟了他,想什么有什么。赵莲担心无法脱身,也假装对他的提议有兴趣,但强调说她不是随便的女孩子,轻易就和男人如何如何,她让他给她点儿时间考虑。老板的朋友同意了,他们开车回城,中间他停车去买烟,她趁机下车躲了起来,他买完烟回来,见她不在车里,在四周找了找,就开车走了。她这才跑出来,找到那家可以打电话的杂货店,她身上没带钱,没法儿打车,而且时间也太晚了,"洞天府"这会儿可能已经关门了。她这才给安次打电话。

"你说过你会帮我忙的。"

"我会帮你的。"安次松了一口气。赵莲讲完了,他也像喝多了酒刚刚吐完,虽然有些别扭,但轻松了不少:"吃完饭,你想去哪儿?"

赵莲看了他一眼,没说话。

"先吃点儿东西吧。"安次把盘子往她面前推推,自己点上了一支烟,"实在没地方去就跟我走。"

赵莲吃了几口东西就不吃了,安次把烟撅在烟缸里,招手叫服务员过来买单。

"我们去哪儿?"赵莲问。

"郊区树林。"安次笑着说。

赵莲嗔怒地瞪了他一眼,笑了。

4

安次带着赵莲到了"圣湖"酒店,酒店的装修工程是安首承包的,还有一部分余款没结,他们兄弟在这里开房打对折不说,还可以签单。服务员早都跟他们熟悉了,安先生长安先生短的,一边拿眼睛瞟站在他身后的赵莲。

"你经常带女孩子来这里吧?"进了电梯赵莲问。

"你呢?"安次反问她,"你是第几次跟男人到酒店来?"

赵莲的脸色一下子变了,别转过身子,垂下眼睛盯着自己的脚。

电梯到了楼层,安次先走出去,回头一看,赵莲留在电梯里不动。

"生气了?"安次又走回去,电梯门在他身后关上了。他按了一下按钮,笑着跟赵莲说,"我跟你开玩笑的。"

赵莲幽幽地瞪了他一眼,电梯门又打开,她这才跟着他走出来。

酒店是四星级,房间很舒服。浴室是特别设计的,有平常酒店浴室的两个大。里面既有淋浴间,也有浴缸。

"洗个澡吧,要不然浪费了。"安次推开浴室门,指给赵莲看了看。

又指了指她身后的衣橱,"里面有浴衣,都是消过毒的。"

赵莲没说话。

"你放心。我既然没把你带到郊区树林里,就不会干那些在树林里干的事儿。"安次在窗前的沙发上坐下,"当然,你想洗就洗,不想洗也别勉强。"

赵莲犹豫了一下,在写字台前面的椅子上坐下了。

"我不想洗。"

"那我洗一洗,你不介意吧?"安次问。

赵莲又犹豫了一下,摇摇头。

"这儿有零食,冰箱里有饮料。你自己随便。"安次拿了一件浴衣进了浴室。水很热,他的思想和身体却都是冷静的。在"洞天府"的那个夜晚,安次对赵莲产生的亲近感越来越遥远,几乎变成了某种想象。而眼下这个坐在房间里的赵莲才是真实的,她的身材好像比那个夜晚丰满一些,尖下巴也不知怎的变圆了,还有她说话的声音,她的眼神儿,全都变得不是那么回事儿了。最最重要的是,安次觉得她变脏了——在他的感觉里,那个男人的抚摸还停留在她身上,宛若皮肤病让人心生憎恶——她不是那个雨夜里双手放在腿上、目光熠熠地听他读诗的赵莲了。

安次洗完澡套上内裤,然后才把浴衣穿上。

赵莲坐在沙发上,望着他。

"你想喝东西吗?"

赵莲摇摇头。

他从冰箱里取出一听啤酒打开,挑了个离她最远的位置在床边坐下了。

"你困不困?想睡觉吗?"

赵莲摇摇头。

"要不……"安次喝了口酒，看着赵莲："你一个人在这儿睡吧，我下楼跟服务员说一声，直接把账结了。"

"不用，"赵莲赶忙说，"我并不害怕你。你要是走了，没准儿我倒会害怕的。"

好像为了证明自己的话似的，她也洗了个澡。但她没穿浴衣，又把旗袍穿回身上从浴室里出来，两手用毛巾吸着头发里的水。

安次跟她随便聊了几句，他半睡半醒的，只知道自己在说话，却不知道究竟说了些什么。房间里所有的灯都开着，明晃晃的，让人睡不踏实。安次在迷迷糊糊中，知道赵莲也在另一张床上躺下了，她好像睡不着，翻过来翻过去的。

早晨起床洗漱后，安次带着赵莲下楼吃早餐。赵莲没睡好，眼睛下面发黑，昨天哭肿的眼睛倒是恢复原状了。她长了一对桃花眼，天生就擅长左顾右盼，她和安次同时注意到两个外国男人的目光围着她和她身上的旗袍转。

"你这么秀色可餐，也难怪一大堆男人要围着你流口水了。"安次端着盘子坐到赵莲的对面。

"什么流口水，说的那么恶心……"赵莲笑容明媚。

5

"你在干吗？"

和赵莲在酒店分手后，她不停地给安次打电话。一共八个。安次在心里数着。没什么要紧事儿,她说她站在门口迎宾,偶尔到吧台里面坐坐,打电话很方便。

"你不专心接客,当心老板骂你。"

"你才接客呢,"赵莲啐了一声,"讨厌。"

安次笑起来。

"我还当你是正人君子呢,没想到你这么坏。"

"你千万别把我当正人君子,我既不是正人君子,也不想当正人君子。"

"你就是。"赵莲加重了语气强调,"你嘴硬也没用。"

"女人要是跟男人说,他是个正人君子,那意思就等于是让这个男人滚远点儿。"晚上安次开车把赵莲接出来,到前一天去过的咖啡馆喝咖啡。

赵莲显然没想到这个,愣住了。她甚至没顾上挑他的语病,她不是"女人",是"女孩子"。

"所以我说我不是。"

安次笑,赵莲也跟着笑了。

"你确实不是。"

服务员送咖啡过来,托盘上面还有果盘、炸薯条,以及腰果杏仁儿之类的东西,把他们中间的小桌子摆得满满的。昨天安次给赵莲点了一杯"卡布奇诺",她竟然记住了,今天小姐问他们喝点儿什么,"卡布奇诺"四个字从她嘴里脱口而出。

赵莲穿着一件宝蓝色旗袍,安次第一次见她时她穿的那件。她的旗袍在临近午夜的咖啡馆里也颇引人瞩目。坐在其他男人身边的那些女孩子大多属于染发,穿吊带衫,趿拉着鞋拖,手指间夹着细长的女士烟那一类。相形之下,拘谨的赵莲显出一股古典美女的味道。

但很快，她会变得和她们一样。安次看着赵莲想。傍在男人身边，染发，穿吊带衫，抽烟，眼神儿变得迷蒙。

"那个想包你的男人是谁啊？我认识吗？"

"你干吗问这个？"赵莲的神情一下子变得不自然了。

"反正闲着也是闲着。下次我去吃饭要是碰上了，你告诉我一声。"

"我可不想再见他。"赵莲断然拒绝。

"你不想见他，他可能想见你呢。"

"想见我也没用，我会当他是透明的人。"

"……你整天站在门口，很多男人追你吧？"

"多少算很多？"

"一百个？"

"哪有？"赵莲笑了，"我才来了一个多月。"

喝完咖啡，安次把赵莲送回员工宿舍。以后的几天也是一样。他偶尔和她开开略嫌过火的玩笑，但连手指尖儿也没碰过她一下。他带她去过一次酒吧，刚走进去就后悔了。里面吵得要命，赵莲跟他说话时，嘴唇都快要贴到他的耳朵上面了，他很快招来侍应买单，带她离开了。在酒店中午和下午之间的休息时间，他带赵莲出去逛过几次街，给她买了一些衣服鞋子，还送了她一个手机。他们买完手机从商场的扶梯上下来时，赵莲挽住了他的手臂。商场里冷气开得很足，她的胳膊又滑又凉，他假装没注意到这个细节，用另一只手从兜里掏出电话来放到耳边："哪位？"

是安首的电话。安次通完话，看了赵莲一眼："今天晚上我哥在你们那儿请客。"

赵莲的胳膊紧了一下："你也来吗？"

"……我还有点儿别的事儿，看情况吧。"

"你把别的事情推掉嘛。"

安次没往赵莲脸上看,在心里玩味着她撒娇的语调,有点儿好笑地想:她现在是不是以为她是我的什么人呢?

安次在家煮面时,赵莲给他打电话问他在哪儿?他说在外面陪客户呢。赵莲的声音有些委屈:"你哥带人来了,让我在包房里侍候。"

"可能是你上次表现得太好了,他才跟你们老板特别要求的。"

"……我可是看在你的面子上才去的哦。"赵莲把电话挂了。

6

安次吃完面,第二个影碟看到一半时,又接到赵莲的电话:"你赶快过来,快点儿。"

电话挂断了,安次犹豫了一下,他不想让赵莲养成随便撒娇的习惯,把电话放到一边,接着看影碟。

差不多过了一刻钟,赵莲又打电话过来,声音里带着哭腔:"你怎么还不过来啊?你快点儿过来啊。立刻就过来。"

安次关了影碟机,出门开车直奔"洞天府"。

"赵莲在哪儿?"他问门口的迎宾小姐。

"紫竹。二楼。"

安次上了二楼,一路看着包房门上的门牌,"红蔷""碧丝""墨菊",一直走到最里面,才发现"紫竹"两个字。他敲了敲门,里面没人应。他侧耳听了听,里面明明有声音,他又敲了敲门。

有人朝门口走过来,一下子把门打开。

"……你怎么来了?"安首喝了不少酒,酒气扑面而来。

"客人……走了?"安次往包房里面看了一眼。

"啊……今天散得早。"安首笑笑,回头看看赵莲,"我正跟美女说别的事儿呢。"

"你怎么才来?"赵莲出现在安首身后,哭得脸像刚洗过似的。

安次觉得有个无形的拳头狠打了一下自己心口。

安首的脸色也变得难看了。

安次清了清嗓子:"哥……"

"她刚才的电话是打给你的?"安首冷冷地问。

"我不知道是你……"

安首从兜里摸出烟来,弹出一根,用嘴叼住。安次摸出打火机给他点着。

"现在你知道了。"安首吐了口烟,说道。

安次看了赵莲一眼,转身想走。

"我下午本来要告诉你的,但是……我以为你晚上能和他们一起来吃饭呢。"赵莲哭哭啼啼地拉住安次的手臂。

安次回过头,盯着从安首嘴里吐出来的烟雾,他觉得自己的话也像烟雾一样,轻飘飘地朝安首游荡过去:"哥,今天的事儿,就算了吧。"

安首没说话。

"哥……"

"什么算不算了的,压根儿就没什么事儿。"安首笑了,看着赵莲,"看不出你还挺有手段的,居然把我弟弟搬来了。"

7

安次和赵莲谁也不说话，听着走廊里安首的脚步声由重到轻，直至消失。

"有好几次我都想跟你说的，可是……"赵莲看着安次的脸色，小心翼翼地开口，"我不知道应该怎么跟你说。"

安次拿出烟来，点上。

"看不出你还挺有本事的，"安次冲赵莲笑笑，"一般的女人很难让我哥看得上眼的，追他的女孩子可多了。"

赵莲没搭腔。

"他说话可是算数的，答应了人什么，一定能做得到。"

"我不稀罕。"赵莲轻声说。

"你稀罕什么？"安次吐了口烟，笑笑，"你稀罕天上的月亮，那也得摘得下来呀。"

"我没说我想要月亮。"

"那你想要什么？"

"……你带我出去转转吧。"赵莲说，"随便去哪儿都行。"

安次先下了楼，在车里抽了两根烟赵莲才出来。她换上了白天刚买的衣服，绾得紧紧的发髻也打开了，用皮筋在脑后扎了一个马尾，整个人活泼了很多。"洞天府"的老板开车从外面回来，下车时，吃惊地打量了他们一眼。

安次冲他摆摆手，开车离开。

赵莲拿出一张CD放进CD机里,一个男人唱歌时仿佛被人攥住了脖子,绝望地哼哼着:我闭上眼睛就是天黑……

"好听吧?"

"哪儿弄来的黄色歌曲?"

"什么黄色歌曲?这才不是黄色歌曲呢。"

"天黑了,眼睛也闭上了,还不黄色?"

"你真讨厌。"赵莲叫了一声,在安次脸上轻轻地打了一下。

"你打我?"安次横了赵莲一眼。

"……谁让你先骂人的。"赵莲意识到自己有点儿过分,收回手时解释了一句。

"打得好,"安次在前面的十字路口转了个弯,"打是亲,骂是爱。"

"我们去哪里?"赵莲看了看方向。

"你不是说随便去哪里吗?"

"随便去哪里也有个地方吧?"

"郊区的小树林。"

"我跟你说正经的呢。"

"我是正经回答你啊。"安次笑。

"懒得理你。"赵莲扭头看着窗外。

安次把车停在"圣湖"酒店的门口。

"这是树林?"赵莲笑着问。

"是啊。"

"这是你家的树林?"

"是啊,你觉得我家的树林好不好看?"

赵莲笑得连气都喘不过来了。安次熄了火,很耐心地等着她笑完。

8

安次去吧台拿房卡，回头打量着坐在沙发上等他的赵莲。她胸前交叉着双臂，眼睛盯着从酒店门口进进出出的客人，有些茫然若失。安次过去拍了她一下，她站起来时，他自然而然地牵住了她的手。她很顺从地跟着他，朝电梯走过去。

电梯里没有别的人，他们的手还那么牵着，但一句话也没有。赵莲盯着安次身后的镜子，安次抬头看着电梯门上面闪光的号码，1、2、3、4、5、6、7、8、9。电梯"叮"的一声，停了下来，电梯门像嘴那样张开，他们走出去，向右转弯，在"0919"门口停下，他把房卡插进电子锁，绿灯亮了，他扭动把手，把门打开。

安次拉着赵莲在黑暗的房间里站了一会儿，房间里的家具影影绰绰的，远不如他脑子里的思路清晰。

赵莲气也不出一声，乖乖地站在他身边。

他在她的嘴唇上亲了一下，手从她的头发后面伸过去，把房卡插上，接通了电源。他把浴室的灯最先打开。

"想不想洗澡？浴室这么漂亮，不洗浪费了。"

一直紧绷着脸的赵莲"扑哧"一声笑了："你怎么老劝人家洗澡，浴室是你家的？"

"是我设计的。"

9

赵莲是第一次。安次中间停了下来,在她额头上摸了一把,手心里全是冷汗。他有些犹豫不决,但赵莲把他又拉回到她身上。

完事儿后他们一起去浴室冲淋浴。

"你从什么时候起打我主意的?"赵莲问。

"……你猜猜。"

"从第一次见面就开始了。"

"为什么?"

"那天晚上你给我背诗,说,决不交出现在,决不交出你。"

安次笑了,他把花洒举起来,让水花直接朝他的脸孔上溅落。恍惚间,他觉得自己不是站在酒店的浴室里面,而是站在意大利的夏日阳光下。

那天夜里和赵莲在"洞天府"喝茶聊天,安次最想讲的,其实不是北岛的那首诗,而是读那首诗给他听的女同学。几年前,安次去欧洲旅行,在佛罗伦萨的市政府广场,她的面庞在成堆的游客中间一闪即逝。安次撒腿朝她追过去,也不理身后的导游有些惊慌失措地喊他的名字。他跑过热闹的卡鲁茨伊奥里大街,在大教堂前抓住了她的胳膊,几只鸽子从他身边扑棱棱地飞起,不知是不是被他叫她的名字的声音给吓着了。

她朝他转过脸来,不是他的女同学。是一个陌生人。他甚至弄不清她是来自大陆、香港,还是韩国、日本?

"你敢说你的诗不是故意读给我听的吗?"赵莲一直望着他,追问。

"……你不懂诗。"安次说。

赵莲不高兴地噘起了嘴:"就你懂?"

安次把花洒举起来对着她的脸,她躲进他的怀里,紧紧地抱住他。

臂弯里的身体实实在在,但安次的心却空落落的,就像那天在佛罗伦萨,他一边抱歉一边放开那个女孩子的胳膊,扭头沿着卡鲁茨伊奥里大街往回走,到处是艺术品,到处是游人,到处是鸽子。

安次轻轻把赵莲从怀里推开,转过身,把花洒插到卡座里。

《收获》2004年1期

彼 此

这次他们是去一个风景秀美的小城市。三年前，黎亚非第一次跟周祥生出门，就是去这个地方。

出门之前她还有些忐忑，周祥生为什么找她去呢？科里的医生有二十几个呢，男医生尤其多，他跟她孤男寡女的，这么一路走下来，算怎么回事儿？黎亚非犹犹豫豫地收拾好东西赶到会合地点时，才发现周祥生的助手不止她一个，还有麻醉师吴强。

吴强开车，手脚不闲，嘴也不闲，黎亚非这一路上听到的信息，比她在院里待三年听到的还多。原来，科里大部分的医生都跟周祥生出去过，她算是最后一拨儿。而且不光是周祥生，其他三四位主任医生也经常在周末带着主治医生们出去。

"您的名气大，来的病人多，"吴强对周祥生说，"他们大树底下好乘凉。"

黎亚非坐在后面，望着外面的风景。他们走的是一条盘山公路，左一弯右一转，山上树木郁郁葱葱，树根处沁出凉湿的气息，正是早秋时节，山色总体还是绿色的，但偶尔的，会有一棵枫树烧着了似的闪现出来。

"黎医生沉默是金啊。"吴强见黎亚非一声不吭，从后视镜里打量她一眼，笑着说道。

"我一向笨嘴拙舌。"黎亚非说。

"寡言少语，"周祥生说，"是女人最重要的美德之一。"

"怪不得我们院里的女医生一个比一个矜持，"吴强哈哈大笑，"这下我找到病根儿了。"

他们到达时，病人家属们已经等在宾馆里了，七八个人像迎接救星似的欢迎他们的到来。两个女人殷勤地陪黎亚非进了房间，一个给她洗水果，一个替她沏茶，她们在房间里来来回回，弄得黎亚非坐也不是站也不是，又不知道该跟她们说什么。

周祥生经过黎亚非的房间，在门口站住了，两个女人立刻热情地招呼他进来坐坐，周祥生邀她们出来到大堂跟他谈谈病人的情况："让黎医生洗把脸，我们待会儿去医院。"

洗脸的时候，黎亚非想周祥生这个人，他是他们科里、乃至院里的招牌人物，身边总是簇拥着病人、医药代表、好学上进的实习医生，领导们架子虽然大，但对专家也总是谦让尊重的。

黎亚非跟周祥生一起做过几次手术，他平时话不多，不大正眼看人，可一进了手术室，就像演员化好妆上了舞台，整个人都不一样了，他跟没有全麻的病人开玩笑，跟医生们聊正在上映的电影或者正播的电视剧，让护士放流行歌曲。如果不是亲眼所见，黎亚非很难相信一个人能把手术做得那么精彩，同时又能兼顾到手术室里那么多的细节。

那个小城市中心医院的手术室跟他们院里的没法儿比，但也能将就着用。看完手术室，安排好第二天做手术的相关事宜，他们出去吃饭，饭桌上，盘子大得吓人，点的菜太多，后上来的盘子摞到了先上的盘子上面。

吃完饭，一个家属用问询的目光看看三位医生，在黎亚非身上略微迟疑了一下，望着周祥生问："我们去桑那还是KTV？"

"我们回酒店休息，"周祥生说，"早睡早起。"

第二天他们做了两个手术，上午一个下午一个。回来时，还是吴强开车，一直把黎亚非送到楼下，她跟他们道别，准备下车，周祥生转身把一个信封递给她："这个别忘了拿。"

她把信封接过来，人在地面上刚站稳，车就开走了。

黎亚非上楼放下行李，看着手里的信封，她知道里面是钱，但里面的数目是她想象中的两倍。

只要周祥生的时间能调配开，请他做手术的人多得是。起初的半年，周祥生偶尔带黎亚非出去，但慢慢地，她变成了他的固定搭档。吴强经常跟他们一起，但也有一些时候，病人从费用角度考虑，更愿意请当地医院的麻醉师。那时候，周祥生就得自己开车。

一年四季，他们以自己居住的城市为中心，辐射到周围七八个中等城市，以及五六个医疗设备说得过去的县级市。周五下午出门，开车几个小时，到达某个地方，晚上休息，周六做一天手术，如果病人多，周日再做一上午。

为了减轻周祥生的压力，黎亚非到驾校找了一个陪练，每天抽出一个小时练车。有一个周末，他们做了三个手术，第二天上午又做了两个，下午三点钟才吃上饭，周祥生好像连拿筷子的力气都没有了，病人家属还在不停地提问。黎亚非替他回答了一些问题，但那些病人家属在对她报以微笑后，会拿同样的话题再问一遍周祥生。

吃完饭，出来上车时，她跟周祥生说："我来开吧，你在车上睡一会儿。"

周祥生愣了愣，但什么也没问，就把车钥匙给了她。

黎亚非戴上墨镜，放了一张蔡琴的碟片。

周祥生笑着打量她。

"这样我会觉得自己是个老司机。"她说。

有很长的一段路，笔直笔直，从盐碱地中间像刀痕一样划过去，路两边是发白的土地，植被像癣块分布其上，有一棵树孤零零地站在远处，那么绝对，让人想起"大漠孤烟直"这样的诗句。

周祥生坐在副驾驶的位置上，蜷在外衣下面，发出低低的鼾声。

黎亚非很喜欢这种度过周末的方式，不光因为那些收入——她把那些钱单独存到一张卡里，偶尔在提款机上看到数目，总会让她感到惊异——更令她高兴的是，她拥有如此冠冕堂皇的不在家的理由。

周末她老公总往外跑，举行读者会，约重点作者见面谈选题，要么就是跟编辑部同事吃饭、喝茶，跟朋友或者同学打球、游泳，忙得不亦乐乎。她留在家里洗洗涮涮，累了，就给自己煮杯咖啡，去她老公那几千部碟片里头翻翻，碰上有兴趣的，就放进影碟机里看一会儿。

她不喜欢看青春片，也不喜欢纯粹的喜剧或者悲剧，她喜欢的是一些跟生活贴得很近的故事片，她发现，电影里那些跟她年龄相仿的女人，面对的问题跟实际生活中她们面对的问题差不多少——

丈夫有外遇了，或者自己有外遇了；不再相信爱情，或者开始相信爱情。

她审视着自己的生活，没有什么不好，也体会不出有什么好；有时候，她觉得有必要改变改变，更多时候，又觉得应该以不变应万变。

黎亚非喜欢在路上。春天，草色铺展在远处，像一块水彩，嫩生生的，毛茸茸的，她的心都跟着变软了。草色略微变深的时候，树叶像小虫子似的，从树枝里面钻出来，有一次，陷进座位里长久无言的周祥生，忽然指着街边的树，问她："那算不算是萌动？"

她放缓了车速，往树上打量，那些小叶片，宛若婴儿半握的手，颤颤巍巍的，好奇地伸向寒意尚存的空气中。

"算是吧。"她说。想到他这样的年纪，这样的身份，却为几片叶子如此字斟句酌，忍不住笑了起来。

"笑话我？"他看她一眼。

"没有。"她用手抹抹唇角，试图抹去那些笑纹。

"年轻的时候，我是一名诗歌爱好者。我为诗歌失眠的夜晚比其他所有的事情加起来还要多。"他坐起来，把椅背调到正常的位置上，"但现在每天和我打交道的，是一些生了肿瘤的膀胱。"

周祥生伤感的语气让黎亚非吃惊。他在病人面前，是专家，是权威，是威信与威严并重的神，黎亚非看着他应对那些饱受死亡威胁的病人，以及过度焦虑的病人家属时，会不自觉地融入到他们中间去，仰视着周祥生，信任他、依赖他，把自己不愿承担、或者承担不了的包袱，搭到他的身上去。

她一直以为他对自己的工作是无比自豪的，有幽默感的，手术的时候，他曾让她用一句成语概括他们的工作。她被问蒙了，完全没有方向。

"这么简单都答不上来，"他一边把摘除下来的肿瘤扔进盘子里，一边悠然说道，"探囊取物啊。"

"我一向没有幽默感。"她说。

周祥生看了她一眼，发现她并不是在赌气耍性子，而是非常真诚地为自己的乏味道歉。

黎亚非是一个文静、优雅的女人，她身上几乎没有缺点。但也因此，她在男人眼里，也缺少了必要的性感。"大理石美人"，男医生们私下里这么叫她。周祥生不知道她是天生如此呢，还是情感上面遭遇过什么挫折。

在她之前，周祥生带科里另外几位女医生出去过。只要是跟他独处，或者几分钟或者几小时，她们总会把话题转到情感生活方面，其中一些事情在他看来属于绝对隐私类，但她们照样坦然道来。

黎亚非是女人中间的另类。她第一次跟他出门时，坐在车后座上，如果不是吴强问话，她几乎变成了隐身人。她不用嘴说话，也不用眼睛，或者肢体说话。她的沉默是百分之百的。他不无惊喜地发现，她的工作态度也是百分之百的，没有一点儿矫情、挑剔、抱怨，工作就是工作。在报酬方面——他一向出手大方——他猜她不会嫌少，但她也从未像其他人那样，因为满足，而直接、或者委婉地向他表达感激之情，以及对继续合作的期待。

周祥生对这种单纯关系有种久违的亲近感，当然也有那么一些时候，他注意到她身上的女性特质，温情、娴静、稳重，她能在很长时间里保持着同一个动作，注视久了，他觉得她像油画人物。

有一次周祥生带着黎亚非出去，手术结束后吃晚饭时，东道主跟他们提起一个小镇，说小镇有一个小店，火极了，他卖关子没说火的原因是什么，但馋涎欲滴地强调了好几遍那店里的东西："逆风香百里啊。"

他们回程的时候，决定绕个弯路去那个小店吃顿饭。地方很好找，小镇里的人没有不知道"山珍一锅"的。店面不大不小，门口的车挤得满满当当的，沿街排出去，像一溜麻将牌。店里的桌子都是灶台式的，水泥磨的台面，中间盘着一个水盆大小的铁锅，里面炖着杂七杂八的东西，菜品只有一样，在后面大铁锅里炖到八成熟，就餐的客人只须点出是几个人的分量，就有服务员替他们把东西放到桌上的小铁锅里，边炖边吃。

东西确实香极了，而且不油腻，黎亚非怀疑店主往里放了特殊的香料，或者大烟葫芦什么的，他们快吃完的时候，呼啦啦涌进来一群人，高声大嗓地说话，把几张预留的空桌子填得满满的，有个红脸膛卖弄自己是熟客，跟朋友讲菜里的成分：蘑菇、板栗、黄花菜、桔梗、土豆、辣椒都是配料，最要紧的是，蛇、野猪、獾子、山鸡、麻雀、蛤蟆——

他们回到车上继续往回走，每隔二十分钟，黎亚非就要下车吐一次，胃液、胆汁都吐了出来，吐完后黎亚非用矿泉水拼命地漱口。

"你的胃早就吐空了，"快到高速公路入口时周祥生说，"你还想再吐的话，已经不是因为你自己，而是我胃里的东西让你觉得恶心了。"

"不是的，"黎亚非让他说得不好意思了，"我老觉得自己的胃里有个动物园，不时地就有个什么东西要跳起来。"

在高速公路入口处，周祥生顺着岔路把车开进树林中间，阳光斑驳地从树梢间漏到地上，圆圈套着圆圈，光斑叠着光斑，空气又凉又湿，黎亚非觉得肌肤像刚做完面膜，开了差不多十分钟，在树林深处，出现了一栋古堡样儿的建筑，四周的庭院被铁栅栏围着，庭院里面有喷泉和汉白玉雕像，周祥生对两个保安出示了一张会员证后，被放了进去。

酒店里面的东西色调柔和，品质上乘，沙发颜色并不统一，室内摆放了很多植物，有草有花，间隔出一个个谈话空间，阳光穿过屋顶玻璃直接照射进来，咖啡的香气则浮动着向上涌去，音乐声不高不低，把咖啡吧置于流水中间。

客人并不少，周祥生带着黎亚非找了个靠窗的角落，点了两杯咖啡，给黎亚非要了份新烤的饼干。

"充充电吧。"他对她说，自己把双腿放平，在沙发里面抻了个懒腰。

黎亚非道了谢，扭头看着窗外的景观，庭院里的树木花朵因为没有污染，颜色分外艳丽、醒目。她转回头时，发现周祥生审视地看着她，他的眼角已经有皱纹了，但眼睛还是黑亮黑亮的，盯着人时，有一股咄咄逼人的劲头。

黎亚非的心扑腾扑腾地跳了几下。

"你的话总是这么少吗？"周祥生问。

"你不是说，寡言少语是女人的美德吗？"

"但你过分了些。"周祥生责备她，语气温柔。

随着黎亚非的频繁外出，她老公郑昊倒开始越来越多地待在家里了。周日傍晚她回到家，十有八九，他躺在客厅沙发里读书，见她进门，他把书扔掉，从沙发上坐起来。

"我饿得前胸贴后背了。"郑昊说。

黎亚非在最短时间内冲完淋浴，换好衣服，跟郑昊出去吃饭。

郑昊在生活中很多方面，是很有本事的，跟黎亚非单独吃饭时，他总能找到美味、干净又便宜的小店，小小的门脸儿，热情的老板娘，满脸笑容的服务员，当着黎亚非的面，郑昊跟她们开暧昧的玩笑，把她们逗得面红耳赤。

"你不管管他？"她们说黎亚非。

黎亚非笑笑，细嚼慢咽地吃自己的饭。

郑昊在哪儿都有女人缘儿，他们刚认识时，郑昊恰巧处于一段热烈恋情的灰烬期，黎亚非的冷静寡言、从容不迫，宛若一泓湖水，让他安定安宁，进而觉得这是酷味儿十足的恋情。

"你是雪山，我是飞狐。"郑昊对黎亚非说。他对她的追逐确实像一团火球，整天跟随在她的身后。鲜花、礼物、吃饭、唱歌，他还在自己的杂志上面给她写情书，明晃晃是她的真名实姓。

直到结婚那天，黎亚非一直觉得爱情是一杯醇酒，让人脚底发软，浑身轻飘飘的。

婚礼那天，她一大早起来，里三层外三层地把婚纱穿好，然后化妆，化妆师是从影楼里请来的，她给她打粉底的时候，黎亚非的姐姐把一个女人送进门来，笑着说："你的好朋友来了。"

不是什么好朋友，黎亚非甚至没见过她。

那个女人说她是郑昊的前女友，她是来恭喜黎亚非的。"我知道郑昊挑选女人很有眼光，但你还是比我想象得更漂亮、更优雅，"她毫不吝惜对黎亚非的赞美，"你是我所见过的最美的新娘！"

她很自来熟地在黎亚非的房间里转来转去，有时停下来看看墙壁上的油画，偶尔拿起一个小物件儿赏玩，而黎亚非自己倒被牢牢地钉在椅子里，下巴被化妆师固定在某个角度上。她拿不定主意，是坐起来跟那个女人面对面,眼睛对着眼睛,进行无声的斗争呢,还是就眼下这样,以熟视无睹的方式显示自己对她的不在乎和胜利者的自信呢。

那个女人转了一会儿,离开了,临走前,她送了黎亚非一份礼物。这个礼物是一个秘密。

"昨天郑昊一整天都待在我的床上,我们做了五次,算是对我们过去五年恋情的告别演出。"那个女人的手搁在黎亚非的肩头,随着她的话,她的手指很有节奏地敲击着,"从今天开始,他归你了。"

那女人离开后很久,黎亚非都没动。她变成了一个树脂模特儿,全身披挂着累累赘赘的丝绸、雪纺、蕾丝、珠串、刺绣,她僵硬的肢体倒是有助于化妆工作的顺利进行。

郑昊来接新娘的时候,在大门外被黎亚非的姐姐以及朋友们提的难题绊住了,他好言好语,笑脸相迎,还给每个人发了红包,才得以进入黎亚非的房间。进门后,他从额头上抹出一手汗水给新娘看。

"你昨天一整天在哪儿?"黎亚非问他。

她眼看着她的话像一句咒语把郑昊定在原地,动弹不得。

黎亚非的目光越过郑昊,打量着房间远处镜子里的自己,她打扮得像个公主,头发挽成发髻,戴着小小的王冠,腰身收得瘦匝匝,裙摆阔阔大。这是她期待已久的一天,这是她一生最心仪的裙裳,但那个女人把一切都弄走了味儿。

黎亚非努力忘掉那个女人,但她的恶毒就像缓释胶囊里的药物颗粒,随着时间的流逝,持续地保持着毒性。而且这种毒性在他们上床时,会加倍地爆发,弄得她浑身无力,手足冰冷。有一天郑昊从她的身上一跃而起,冲进浴室,哗哗哗冲完淋浴,穿好衣服到另一个房间去睡了。

那个女人如愿以偿了。黎亚非想。她应该伤心难过、痛哭流涕、濒临崩溃边缘了，结果却是，她迎来了婚后半个月来最香浓的一次睡眠。

尽管黎亚非和郑昊的关系已经降到了零度以下，在外人看来，他们还是恩恩爱爱的，一个风趣幽默，一个小鸟依人。黎亚非并不是在演戏，她确实不讨厌郑昊，他身上那些曾经让她目眩神迷的优点，现在仍然能令她欣赏。

如果郑昊在性上没什么要求的话，黎亚非觉得他们这么过下去也没什么不好的。如果没有在古堡那个喝咖啡的下午，就算郑昊偶尔有一些性生活上的要求，黎亚非也不会觉得日子有多么难过。

结婚三周年那天早晨，黎亚非送了郑昊一台新型数码相机，他送了她一条尼泊尔薄羊绒披肩，他们还亲了亲对方的脸颊。

吃早饭时，郑昊说，晚上杂志社的同事，以及他的一些朋友，差不多有三十个人呢，要为他们举行结婚三周年庆典。

"这有什么好庆祝的？"黎亚非说，"这是我们俩的事情，跟别人有什么关系？"

"我们不能拒绝别人的善意和祝福啊。"郑昊说。

"你一个人去吧。"黎亚非说，"我下午还要去外地出诊，反正我既不会喝酒，也不会应酬。"

"这是我们俩的结婚纪念日，你让我一个人出席？"郑昊的表情变严肃了。

"无所谓吧，"黎亚非说，"我反正就是你的花瓶。"

"你是我老婆。"郑昊说，"你是周祥生的花瓶还差不多。"

"你把周祥生扯进来干什么？"黎亚非对郑昊的阴阳怪气儿有些反感。

"是我扯进来的吗？"郑昊脸上笑嘻嘻，但眼睛里头一点儿笑意也没有，"那我们今天就打开窗子说亮话，这一年半多了，我跟他一直在玩拔河比赛，你还想让我们再玩多久？"

"什么拔河？什么乱七八糟——"

"黎亚非，"郑昊挥手示意她不要再说下去了，"都是老中医，少来这些偏方儿。"

黎亚非不说话了，收拾东西准备上班。

"我想不通的是，你喜欢他什么？"郑昊在她身后追问，"他比我老，比我矮，常年摆弄膀胱，手上那股尿味儿你不觉得恶心？"

黎亚非开车上班，脑子里盘旋着郑昊的话，日子过不下去了，她想。

黎亚非走进医生办公室时，被一大片欢呼声包围了，她的桌上摆着一大束粉红色的玫瑰，花梗上面夹着的卡片已经被打开了，上面是郑昊的字迹：老婆老婆我爱你，就像老鼠爱大米。

黎亚非没想到郑昊有这份儿心思，虽说他擅长搞这一套，但结婚以后，这还是她第一次收到他送的花儿。她随即又想，这是不是郑昊故意做给周祥生看的呢？

周祥生确实看见花儿了，呵呵一笑，"好浪漫啊。"他说。

他往手术室走的时候，黎亚非追上他。

"外地那个手术，我明天一早赶过去行吗？"黎亚非知道最恰当的方式是让周祥生换人，但她实在不想让别人顶替自己，她看着周祥生，"我天亮前出发，保证不会耽误的。"

"你也不用太着急，"周祥生沉吟了一会儿，说，"我跟吴强先走。我把手术时间改到下午，你明天中午之前到就行。"

中午休息时，黎亚非去了商场，很长时间了，她既没有心情也没有时间为自己买新衣服。

下午，郑昊见到她打扮一新地出现在办公室，笑容满面地迎上来，给了她一个热烈的拥抱，引起了同事们的尖叫。晚上吃饭时，郑昊把所有别人敬黎亚非的酒也抢过来，拍着胸脯跟人家讲："肝好，酒量就好，身体倍儿棒，喝啥啥香。您瞅准了——"他一仰脸，把酒倒进嘴里。

大家都叫好。

郑昊喝醉了，一见有人上厕所，他就冲人大声喊："怎么了？膀胱有问题？别上厕所，找黎亚非。黎亚非是解决膀胱问题的专家。"

黎亚非笑笑。

"真的真的真的，"郑昊认准了这个玩笑，逮谁跟谁开，说，"黎亚非真是膀胱专家，哎，老婆，你过来给他讲讲。"

黎亚非渐渐意识到，他们早晨在餐桌边儿的争吵并没有结束，膀胱、尿，都是周祥生的临时代名词。

忍了又忍，还是没忍住，她说郑昊："闭嘴吧，你的嘴还不如膀胱干净呢。"

整个晚上闹哄哄的，偏偏在黎亚非说话的时候，出现了一个短暂的、真空般的安静，好在，即便在愤怒的情绪之中，口出恶言，黎亚非给人的感觉仍然是优雅从容、慢条斯理的。

郑昊带头笑了起来，笑得很大声，还指着黎亚非给朋友们看，那意思像是说：你们看见了吧？这才是黎亚非呢。

"你们夫妻都很幽默，一个是冷幽默，一个是热幽默。"有个女人目光跟踪着郑昊，笑嘻嘻地拉着黎亚非说。她的手有些湿，还有些不干净，黎亚非试图把手抽出去，但她把她抓得紧紧的。

饭局结束两个人坐上车回家，"我还不如一个膀胱？"郑昊笑嘻嘻地问。

黎亚非不说话。

"我还不如一个膀胱？！"郑昊问。

过了一会儿，郑昊把手机狠狠地朝车窗前面一砸，吓了黎亚非一跳，一脚踩在刹车上，幸亏距离短，手机没有把玻璃砸坏。

黎亚非吃了一惊，心扑扑地乱跳了一阵。

"——我不想吵架。"黎亚非说。

"——我他妈的也不想。"郑昊吼叫的时候，脸孔像被人从嘴唇处撕裂开了。

黎亚非继续往前开，两人都不再说话，车子陷落在黑暗中间，偶尔车灯、路灯以及街边店门口的灯光照射进来，他们的皮肤变成了金属质地，黎亚非觉得车就像一颗子弹，飞奔在道路上，她不知道它最终会要了谁的命。

黎亚非把车开到楼下，郑昊刚下车，她就把车开走了。

黎亚非并未想好去哪里，但她清楚的是她不想跟郑昊回家。他发脾气的样子与其说是让她害怕还不如说是厌恶。最近几个月，郑昊越来越多地在客厅里对着电视过夜，有的时候清晨她起来上班，发现郑昊还没睡觉，她问他看什么，他说看一部美国的电视剧，《绝望的主妇》。

他们谈恋爱的时候，他拉着她一起看《欲望都市》，只看了一张碟就打住了，"这里面的女人太坏了，会把我的小白兔教坏的。"郑昊说。

郑昊追她的时候，黎亚非是受宠若惊的，这场恋爱里面她像一张拉满的弓，紧张、饱满、有攻击力，天知道郑昊哪根弦不对了，居然认准了她，"装酷的女孩儿我见多了，但你不是，你是真酷。"他用那种找到珍宝的语气跟她说话，让她惶恐不已，早晚有一天，郑昊会发现她是个赝品。

　　黎亚非在一种惯性下把车开上了高速公路，她经过那个通往城堡咖啡馆的树林，林间岔路在墨汁般的树荫中消失了。

　　整个旅途吴强都在跟周祥生讨论玫瑰和女人的关系。他们这些做医生的男人，从来不会觉得女人是玫瑰，女人对他们而言是具体的、真实的，里里外外都清晰无比。只有黎亚非老公那种职业的男人，才会觉得女人是玫瑰，是诗，结果呢，我们这些当医生的，能救女人的命却不一定能得到她们的心，或者说爱，而黎亚非老公这类男人，却能要了女人的命。

　　周祥生笑了笑。他也想着那束玫瑰，漂亮的花朵，娇艳的颜色，还有那些刺——千万别忘了那些刺，他不无讽刺地想。

　　那天在古堡喝咖啡，黎亚非像说别人的故事似的，讲她结婚那天，一个女人登门送了份特殊的礼物，好几年过去，她仍然不知道该拿这份礼物怎么办。

　　"当它是肿瘤，"他说，"摘了就完了呗。"

　　黎亚非有些嗔怒地看着他，这种在她身上极少流露的女性动作让他觉得很有意思。

　　"我真的觉得这事儿不算什么。"他想了想，又说，"甚至，这是件好事儿，跟往事干杯，大醉一回，然后开始新生活。这有什么不对的？这就像人的身体，绝对清洁、绝对健康是不存在的，有对立面，有矛盾冲突，通常更能加强免疫能力。"

黎亚非让他说笑了。

"医院里有人在传你和黎亚非的闲话呢。"沉默了一阵，吴强又说。

"你现在只带着她出来，"吴强说，"难怪人家议论。"

"我收到短信，上面写着，走自己的路，让别人打车去吧。"周祥生抻了抻腰，活动了一下双臂，说，"明天中午手术，今晚可以喝点小酒儿了。"

"就是，好久没放松放松了。"吴强说。

晚上是六个男人一起吃饭，都是熟人，上来就干杯，很快把酒喝到醺醺然、飘飘欲仙的状态，吃完饭，他们去酒店对面的KTV唱歌，医院的办公室主任出去转了一会儿，笑嘻嘻地回到包房，提醒了一句："我们今天可不是什么医生啊，别说走嘴了。"

话音未落，几个女孩儿敲敲门进来，燕瘦环肥，有高有低，年纪很轻，裙子都短到大腿根儿处。

陪周祥生的女孩子头发又黄又弯，像个洋娃娃，皮肤在暗暗的光线里面像缎子一样闪动，跳舞的时候，她偎进周祥生的怀里，双臂环住他的腰，身体随着音乐节拍在他身上擦来擦去。

服务员进来送酒，门在开合之间，周祥生看见黎亚非站在包房外面的走廊里，包房里的彩光照在她脸上，闪闪烁烁的，他再定睛看时，她已经不在那里了。

周祥生追到KTV门口，看见黎亚非站在一盏路灯下，瘦伶伶的身子，脚下拖着暗影，像个折了脚的感叹号杵在那儿。

"你怎么来了？"他问。

"——搅了你们的好事,是不是?"黎亚非本来想把这句话讲得冷冷的,讲得像刀片一样锋利,但鼻子堵堵的,一开口倒像在跟人赌气、撒娇。

"你看你,"周祥生让她逗笑了,"像个无知少女。"

"如果我搅了你们的好事儿,我也不是故意的,你快回去吧,就当我没来过。"

"别胡说八道。"

"谁胡说八道了?我是认真的。"

"别胡说八道!"周祥生加重了语气,他眼睛四周的皱纹像某种光芒,让他的目光更深沉,"别哭了。"

"——我哭我的,关你什么事儿?"黎亚非的眼泪又决堤似的冲出来。她转了个身背对着周祥生,双手捂住了脸。

吴强出现在门口,朝他们这边看着,周祥生冲他摆摆手,吴强笑笑,转身回去了。

第二天手术结束后,吴强找了个借口先开车走了,周祥生跟黎亚非坐一辆车往回返。

周祥生早就习惯了跟黎亚非在一起时不说话,但以前他们之间的沉默是宁静从容的,这回,沉默像八爪鱼,东抓西挠,让人不安生。

黎亚非昨天夜里痛哭失声,但今天一早就又恢复了大理石本色,她不苟言笑,对工作认真负责,周祥生工作时倒还能全神贯注,手术完吃饭时,他失手打了个杯子,啤酒沫喷了半桌子,也弄脏了他的裤子,全桌的人都动起来,只有黎亚非端着碗,用筷子夹了饭放进嘴里,吃得那么优雅从容,让他顿生恨意。

他不敢相信这个大理石女人对他动了感情,但显然她是对他动了感情，他不敢轻慢她，像对待其他投怀送抱的女人那样草率从事，黎亚非是个认真的、较劲的女人。

他们开在盘山公路上，一辆丰田越野从后面超过他们，车窗开着，一些男女高声笑唱的声音传到他们耳朵里时，已经被风声刮成丝丝缕缕的了。

二十分钟后他们遇上了车祸现场。跟丰田车相撞的捷达车有三分之一处于悬空状态，从碰撞角度上看，它没有直接翻下公路简直是一种力学奇迹。后座位的人被抬了出来，惊吓过度加上头部受伤，意识有些模糊，司机和副驾驶位置上的一对夫妇还没拉出来。

丰田车上四男四女，不同程度地受了伤，现场哭声一片，到处是血渍。

周祥生走到捷达旁边摸了摸伤者，冲黎亚非摇摇头。

"人死了。"围观的人注意到他的动作。

黎亚非也走进伤者中间，有一个女孩子腿断了，脸比纸还苍白，汗珠凝结在额头上，嘴唇抖抖的，黎亚非俯下身子把耳朵凑过去才听清她的话："——我疼——"

黎亚非把女孩子抱在怀里，眼泪涌上来，她轻抚着她的头发，说："我知道，一会儿救护车就来了。"

他们闻到酒味儿，跟血的腥气混在一起。

他们忙活了一个小时，才等来救护车。回到自己车上时，他们身上的血腥气充满了车厢。天慢慢黑透了，救护车车顶上的红蓝标志灯灯光异常地醒目。

黎亚非的眼睛哭肿了，身上的新套装血迹斑斑，"真可怜。"她说。

周祥生伸手把她搂进怀里，她像个小动物，轻轻抽搐着。

他揽住她，在她耳边轻声说："我爱你。"

周祥生没想到自己在四十五岁时又变成了一个少年。

他在单位搜寻黎亚非的身影,她总是在人群中间,但如今她的安静沉着不再令她隐形,而是变成一座山,或者一泓湖水、一团雾。他沉浸在自己的感觉里,也惊异于自己的感觉。

外出时,如果吴强不在,他们会一起过夜。黎亚非总是要求他把灯全都关掉,她的身材很好,但总是试图用衣物、被子之类的东西遮挡住自己。

她的羞怯让他感到好笑,"你是医生啊。"他说。

"这会儿不是。"她强调。

周祥生有许多年没有和女人一起睡觉的经验了。他的老婆十年前就成了别人的老婆,他们偶尔会因为孩子的事情见个面,曾经,她的脸让他厌恶到不能正视,但时间长了,他们变得心平气和,甚至开开玩笑。

"谈上恋爱了?"最近一次见面时,她打量着他问。

他不明白她打哪儿冒出这么一句话来。

"你看上去容光焕发。"她说,"你没当上院长,那就肯定是有艳遇了。"

"我经常有艳遇。"他说。

"这次有些不一样。"她说。

确实有些不一样。他以前最怕女人纠缠,但却对跟黎亚非一起过夜有着强烈的期待,他们朝一个方向微蜷着身体,像两把扣在一起的勺子,她的头发软滑如丝缎,散发着洗发水的味道,比任何催眠药物更有效用。

"今天,我跟他办完手续了。"有一天夜里,他快要入睡时,黎亚非轻声说道。

他的睡意像受惊的鸟飞走了。

黎亚非却很快睡着了。她的身体非常松弛,像一个浆汁饱满的果实偎在他的怀里。

有一次他们出门,赶上了一场春雪,雪花很大,白花花地飘下来,落到地上很快就化掉。天气是下雪天特有的温暖,但地面上化掉的雪水又把冷凉之气返上来,"一半是冬,一半是春。"有人说。

"外面是冬,里面是春。"有人补充说。

周祥生和黎亚非上午做完手术,中午吃了饭开车回家,雪一直没停,雪片似乎变得更大了,棉朵似的飘下来。在到达高速公路路口之前,有一段从两山之间通过的二级公路,公路两边的田野把雪留住了,白花花的一片,在黄昏变得黯淡的光线中,车子仿佛从一望无际的奶油中间穿行。

黎亚非突然把车停了下来。

周祥生往外看,车灯照射处,雪花棉絮似的飘飞着。

"怎么了?"他问她。

"让它们先过去。"她说。

周祥生往外看了看,除了雪花,看不见别的。黎亚非指了指车灯射程的边际线处,他定睛看去,发现路中间,一只动物支着身子,正向他们凝视着。

"——好像是黄鼠狼。"黎亚非说。

他们对峙着,黎亚非向黄鼠狼挥了挥手,周祥生笑了,低声说:"它哪能看得见!"

又过了一会儿,黄鼠狼似乎确定了他们不会突然碾轧过来,便又迈步往前走，它的后面，跟着另外四只，它们保持着相隔一米的距离，一个接一个通过公路。

他们屏息凝神看着它们过去，又待了十分钟，确信不再有要通过的黄鼠狼了，黎亚非才接着往前开。

周祥生激动不已，他兴奋地转向黎亚非，想说点儿什么，一时却又不知如何说起。黎亚非侧脸的弧线，是那么精巧优美，他没问什么，她却轻声回答了他的问题："我也从未遇上过这样的事情！"

"我们结婚吧！"周祥生说。

黎亚非转头看了他一眼，"我们结婚吧。"周祥生又说。

黎亚非一言不发，开到高速公路路口时，她把车停到了路边。雪这时越下越大，棉团似的罩下来，他们听得见雪团拍打车顶的啪啪声。

"我同意。"黎亚非说。

婚礼定在春末。满城的桃花都开了，黎亚非不想穿那累累赘赘的婚纱了，她定了一套日常也能穿的小礼服，浅桃色跟这个季节很相衬。

黎亚非最后一次试衣服的时候，郑昊来了。

自从离婚后，这还是他们第一次见面，他瘦了很多，头发很长，胡子拉碴儿的。

"你怎么变成这样儿了？"黎亚非问。

"挺好的呀，"郑昊看一眼镜子，"失恋艺术家嘛。"

黎亚非把他以前送她的婚戒拿出来放在桌上："这个还你。"

郑昊看着戒指，笑了笑："不是我小气，这个戒指是我们家的传家宝，传了好几辈子了，带你回家之前，我带过好几个女孩回去，我妈都不给，见了你，我妈才拿出来。没想到，我们还是没缘分。"

"她恨死我了，是不是？"

"她恨我,"郑昊笑笑,"搬回家时,我跟她说,是我有外遇你才跟我离婚的。从那天开始她就没正眼看过我,也不给我做饭,要不我能这么瘦吗?"

黎亚非的眼泪涌出来,湿了满脸。

"你哭什么哭啊?"郑昊笑,"我还没哭呢。"

黎亚非哭得更厉害了。

"再哭把衣服弄脏了——"郑昊说。

黎亚非回房间把衣服脱下来,换了家常服出去,看见郑昊坐在沙发上看电视,电视里播放着赵本山和宋丹丹的小品,郑昊泪流满面。

黎亚非拿了盒纸巾过去,抽了几张递给郑昊,他伸出手,没拿纸巾,却把她的手腕攥住了,黎亚非说不清楚,是他把她拉进怀里的,还是她自己主动扑进他怀里的。

周祥生跟郑昊一前一后进的小区。他一眼就认出了那辆车,黎亚非离婚时,房子留给自己,车子给了郑昊。

郑昊和他想象得差不多少,即使他自己不当自己是艺术家,别人也会认为他是艺术家。

周祥生没下车,他想等郑昊从楼上下来再上去也不迟。他没想到,他会一直等到天完全黑下来。

依黎亚非的意思,结婚典礼是在教堂里办的。除了周祥生和黎亚非的家人朋友,观礼的大多数是医院里的同事。

他们选了城市东郊新建了没多久的教堂。教堂三层楼高,是拜占廷式,面朝田野,簇新簇新的。四周用铁栅栏围出一个院子,庭园里面的丁香树刚刚爆出花蕾。

教堂里面举架很高，说话声音一高，便有轰隆隆轰隆隆的回响。给他们主持婚礼的神父年轻得让人起疑，头发好像打了一整瓶的发胶，一丝丝像细铁丝似的挺着，黑色法衣领口露出来的白衬衫则像两把小刀支在他的脖子下面。

"永恒的上帝，汝将分离之二人结合为一，并命定彼定百年偕老；汝曾赐福于以撒和利百加，并依照圣约赐福于彼等之后裔；今望赐福于汝之仆人周祥生和黎亚非，引彼走上幸福之路。"

神父指导他们交换戒指时，周祥生把戒指掉到了地上，他弯腰四下找戒指时，坐席上传来笑声。

周祥生低着头四处搜寻，还是黎亚非的爸爸捡到戒指递给他，他举着戒指回到黎亚非的身边，医院里的医生护士们可能是觉得刚才笑得有些失礼，现在热烈地鼓掌、欢呼起来。神父把目光转向他们，示意他们安静。

"赐予彼等以节操与多子，使彼等儿女满膝。赐福他们，就像赐福给以撒和利百加、约瑟、摩西和西玻拉一样，并且使他们看到他们儿子的儿子。"

神父合上了手里的《圣经》，分别打量着周祥生和黎亚非，自始至终，他的脸上一点儿笑容也没有，严肃地吩咐他们：

"您吻您的妻子，您吻您的丈夫。"

他们的嘴唇都是冰凉的。

《收获》2007 年 2 期

城春草木深

金意安来到白梨宫，已经有两个宫女站在门口等候着了。她们低眉垂眼，朝着他鞠了一躬，然后转身走上石板甬路。金意安在后面，低头打量宫女的裙子像倒扣的花苞拂过石板。

他们穿过一个庭院，走上几级台阶，沿着木廊台又走了一段路，在一间房门前停下了脚步。门前站着另外两个宫女，见他们过去，其中一个朝着门里面通报了一声："礼宾侍尹大人到了！"

宫女们把拉门拉开，躬身指路："公主正等着呢。"

金意安迈步走了进去。房间很宽敞，迎面是一个大的屏风拉门，金色底，上面绣着一棵玉兰花树，月亮是蓝色的，绣了个银边。他走进去时，两个宫女把拉门替他拉开。他走进去后又合上。房间里面光线明亮，一个少女坐在桌前，她的面前挡着一块轻纱小屏风，身边坐着一个满脸皱纹的宫女嬷嬷。

宫女嬷嬷对着金意安鞠躬，金意安冲她点点头，在桌前盘腿坐下。

"我是新来的礼宾侍尹。"金意安发现自己声音干涩,仿佛被烟呛了。

少女扬手把面前的小屏风拨拉到花纹席上,小屏风倒扣着栽倒,宫女嬷嬷叫了一声:"春美公主——"

春美公主不理宫女嬷嬷,她年纪轻轻,脸如新月,头发乌黑油亮,梳得一丝不乱,头顶上绾带上面,一个珍珠缀成的蝴蝶振翅欲舞。

她和王太子是王后亲生的骨肉。宫里六个公主,顶数她最没规矩。据说前任的礼宾侍尹大人就是被她折腾得苦不堪言,才辞官不做、告老还乡的。金意安没有参加科考却由王太子跟国王陛下举荐,让他添补了礼宾侍尹大人的空缺,是官场中最近发生的一件大事。

"你就是金意麟的兄弟?"春美公主问道。

"是。"

宫女嬷嬷把小屏风捡起来,欠身摆在春美公主身前。

春美公主扬手又把屏风拂掉,不过这一次,宫女嬷嬷很有先见之明地摁住了屏风。

春美公主看着宫女嬷嬷:"你也累了,找个清静的地方睡一会儿吧。"

"春美公主——"

"你怕我和礼宾侍尹大人做出什么出格的事儿来吗?"

"春美公主!"宫女嬷嬷脸板了起来。

"他是来教我下棋的,挡着这么个东西怎么下?"春美公主不耐烦地说,"你下去吧。"

宫女嬷嬷犹豫了一下:"王后要是知道了——"

"谁敢嚼舌头,撕烂她的嘴!"

宫女嬷嬷还在磨蹭,春美公主瞪大了眼睛,抄起桌子上的一罐棋子,"你信不信——"

宫女嬷嬷后退了两步，跟金意安鞠了一躬，退出去了。

金意安看着春美公主，她盯着宫女嬷嬷把拉门拉上，把手里的那把棋子又放回到罐子里面去，她的眼睛黑是黑，白是白，一派天真。

"你们长得相像吗？"

"不像。"金意安说，"兄长高大威武，潇洒神勇。我望尘莫及。"

"我想也是。您对自己怎么评价？"

金意安看了春美公主一眼。

"凡夫俗子。"金意安说。把桌子上的棋盘摆摆正，准备教她下棋。

"我兄长迷上你兄长了。意麟君长意麟君短，书本里面学来的好词都安到你兄长头上了，把他夸成了佛，夸上了天。"春美公主不待金意安开口讲解，顺手拈起一枚白子放到棋盘上面，自顾自地说话，"听说你兄长为人清高傲慢，被很多女人倾慕。他是因为被女人倾慕才变得傲慢呢，还是因为傲慢才被女人倾慕呢？"

"我不太清楚——"金意安一时不知道说些什么，拈起一粒黑子放到棋盘上面。

"都说他是汉城府第一美男子，就连太子妃也对你兄长情有独钟。"春美公主又放下一粒白子，"你见过太子妃吗？"

金意安摇摇头，也跟着放了一粒黑子。

"大家都说太子妃是世间最美的女子，连母后年轻时候的风华都不能及其二三。王太子哥哥从来不正眼看女人的，初见太子妃时也忍不住感慨，说想不到世间竟有如此绝色。虽然他如此赞美太子妃，但却并未对太子妃有什么格外的恩宠和关照。"

"这和兄长又有什么关系呢？"金意安没问，他想，反正春美公主自己要讲的。

"自从太子妃见到你兄长，行为举止就一天天地奇怪起来了，"春美公主顿了顿，"据说当着宫女的面，这个一说话就脸红的王太子妃，有一天还顶撞了王太子呢，也不知道是谁在背后撑了她的腰——"

金意安咳了咳，刚要转换话题，给她讲棋道。

"我兄长对你兄长言听计从，你兄长无论讲了什么话，在他看来都是口吐莲花——"她顿了顿，"所以你才能成为礼宾侍尹大人的嘛。"

金意安垂下眼皮，打量着棋盘。

春美公主把一粒白子"啪"地摁在金意安的面前："不是吗？"

"除了礼部的任命，我并不知道其他的事情。"金意安在白子边上放了一粒黑子。

"你当然不知道了。"春美公主放棋子的速度很快，比金意安下得还要快，"人越聪明，知道的东西越少。"

"倘若公主不满意下官，可以换人啊。"金意安正襟危坐，第一次抬眼迎视着春美公主。

他的目光被接住了，春美公主看着他不说，还把脸孔凑近到前面来。她的呼吸像层看不见的纱绸，在金意安的皮肤上面拂掠而过。

金意安往后退了退。

"你们眉眼很相似，神情举止却完全不同。"春美公主打量着金意安，这个待字闺中的少女，没有一丁点儿害羞的样子。

"您见过我兄——"

"一个月前，匆匆忙忙地见到过这位大红人儿——"春美公主一只手遮住自己的半边脸，包括眼睛，她的样子娇俏可爱。她自己也清楚。

"在母后的小花园里面，王太子跟他一起陪母后喝茶来着。确实有几分姿色。"

"不可以这样形容男人，"金意安顿了顿，"也不应该这样谈论男人。"

春美公主即将与领相大人的长子举行大婚，故而才有礼宾侍尹来教她关于婚典方面的礼仪，以及棋艺茶道之类能为婚后生活增添情趣的学识。金意安不知道她对上一任礼宾侍尹大人是不是也这么直言不讳。或者她敢如此放言，只是因为他是金意麟的弟弟。她希望他传话给金意麟？

"你说，"春美公主问，"金意麟会不会来这里看你？"

"不会。"金意安回答。

"倘若我邀请他来呢？"

"您是未婚待嫁的公主，这样做未免有失体统。"金意安不客气地回了一句。

"你的意思是，女人一旦出嫁就可以为所欲为了？"春美公主飞快地接过话头儿，脸上现出促狭的笑容。

金意安不再看她，拈着一枚棋子盯着棋盘找落点，却是吓了一大跳，春美公主顺手下的棋竟是相当绝妙的布局。

"你认识那个家伙吗？"

"什么——"金意安抬头看了春美公主一眼。

"就是我要嫁的那个人。见过吗？"

"没有。"

"上个月右领相大人带着他来宫里请期的时候，我倒是很荣幸地在屏风后面瞧见了，那家伙好像有半个月没睡过觉了，眼睛肿得像个烂杏，人瘦得像副撑衣架子，打呵欠时都没用袖子遮一遮嘴巴，露出一口狗牙——"春美公主一边说话，一边从棋罐里往外掏棋子。她的动作就像从糖匣子里往外掏糖果似的，噼里啪啦地往棋盘上面摆，几乎没有停顿。

金意安弯了弯嘴角。

春美公主突然抬头看着他，他的笑容及时地收回了。

"你也讲点儿有趣的事情给我听听吧。待在宫里很寂寞，大家都养成了说长道短的习惯。"

"我没——"

"肯定有，不可能没有——"春美公主把一粒棋子"啪"地落在棋盘上。

金意安想了半天："早上来的时候，我的马车在街上被一个疯子拦住了，他说马车是金子打制的，拼命想弄下一块来带走。"

那个年轻人疯疯张张的，紧抓着马车不放，眼睛里面射出狂热的光，不知怎么回事儿，金意安居然给他看得心脏怦怦直跳。

春美咯咯地笑起来："有这样的事儿？"

"是的。"金意安低头打量棋盘上的局势，"春美公主的棋艺如此精湛，根本无须别人教授啊。"

春美公主也低头看棋盘："我赢了吗？"

"倒也没有。"金意安说。

"那你怎么还夸我棋艺精湛？"

"在我看来，能下得过公主的，成均馆里也找不出十个人来。"

"你这样子讲，是想讨好我？"春美公主讥讽地问道，"还是变相地自夸？"

金意安没吭声。

"那你要不要带我去成均馆里找人下棋？我可以女扮男装。"

"这等大逆不道之事，光是说说，都要论罪的。但我也知道，公主只是说笑。"

金意安离开时，宫女嬷嬷在门口等着。本来就如老核桃一般的脸上，眉头皱得紧紧的，他冲她点点头，她立刻躬身还礼，她挥臂示意金意安离开时要走的路,动作里面竟有舞蹈般的舒展。金意安点点头,沿着木廊台走了一段,两个宫女站着等他,她们见到他时,互相看了一眼,脸上露出微笑。其中一个宫女在台阶处替他把鞋子摆好。他穿上鞋子往外走,走到白梨宫门口,回头看了一眼,身后的宫殿,屋顶像黑鸟的翅膀一样张开,把和房间连成一体的木廊台遮蔽得昏暗幽深,仿佛一个黑匣子。

宫门口的一株木槿树上,木槿花伴着一阵晚风飘飘洒洒地从空中飞落,新任礼宾侍尹的头上、脸上、衣襟上沾满了轻薄的花瓣。兜头而来的这么一下子,让他的心狂跳起来,仿佛自己变成一枚黑子,被无数的白子包围了。

王太子过来喝茶的那天,雨从清晨就开始下了,雨丝绵密而又齐整,仿佛有双妙手正在用雨丝织布。没来由地,金意安想起春美公主的指尖,粉色的,形状像一粒南瓜子,两个指尖夹着一粒白子落到棋盘上面——

金意安摆摆头,看着院子里面,靠近围墙处,种着一小片苦竹,竹叶本来就绿得新鲜,淋了雨,那绿色更像是活了,竹叶仿佛女人们的眼睛,眼波流转,让人心惊。

金意安把目光收到身前的小桌上,上面摊开着一本书,茶早就凉透了,书还摊在原来的那页上头。

"白梨宫那边怎么样?"见过春美公主的那天,他和金意麟一起在家里吃晚餐,"春美公主的刁钻任性可是出了名的。"

"确实任性妄为,下棋时把监管她的宫女嬷嬷赶到门口去了,"金意安微笑了一下,"跟我说话都不用敬语,实在是无礼至极。但也很奇怪,无礼,无法,在她身上,不让人觉得讨厌。"

金意麟也笑了。

"春美公主其实棋艺精湛——"

"她经常把王太子杀得片甲不留,一点儿面子都不给。"金意麟用细细的银筷把青花鱼的鱼肉剔下来。每次吃完鱼,他的盘子里总是整整齐齐地摆着鱼头、鱼骨和鱼尾,好像它端上桌时就是那样儿。

"那为什么——"

"还让你去教她下棋?"金意麟把吃完的鱼盘摆好,看了金意安一眼,"她喜欢见见人,而你,也需要多在王宫走动走动。也许哪个待嫁的公主会看见你,被你的风度倾倒,愿意下嫁到我们家里也未可知。"

金意安看一眼金意麟。

金意麟表情严肃,没有丝毫开玩笑的意思。

"我们家族也曾经出过左领相的,但最近几代——"金意麟语气滞重,"祖父不幸卷入先王的一起冤案,父亲郁郁不得志,一生碌碌无为,倘若我们不做点儿什么,我们的子孙日后变成平民、沦为乞丐也未可知。我们不能让家族这么毁掉吧?"

"有什么关系呢?!"金意安垂下了眼睛,在心里反驳,"死生有命,富贵在天。"

雨天天黑得早,黄昏时候,不慌不忙地下了一天的雨变得急了,滴滴答答地,落到竹叶上的声音清晰可闻。竹叶清新的气息变淡了,雨水的腥气浓烈了起来。

金意安独自吃饭,边吃边看着仆人把木廊台上挂着的灯笼一盏盏地点燃。白色的茧形灯笼在风中摇晃着,灯光从灯笼纸里筛出来,照见丝丝缕缕的雨,灯笼的光晕在木廊台上洇散着、摇晃着。

天黑透时，雨停了。金意安在灯下研习棋谱，有脚步声从东院过来。金意安从敞开的窗口往外探看，仆人打着灯笼走在前面，金意麟的身影金意安是认得出来的，走在两人中间的那位却无从猜想。

金意安赶紧在他们到来之前拉开了门。

"忽然想喝你的茶，就过来了。"金意麟站在台阶下面说，请走在他前面的人先上了台阶，"有点儿湿滑，请当心一些。"

来客走了两阶木梯，站到木廊台上，他掀掉了连头罩住的斗篷，在灯笼光下，他的脸容白得有些恍惚。他冲着金意安笑了笑："意安君！"

金意安的心立时就不会跳了，他连忙双膝跪倒："王太子大驾光临——"

"不必客气。"王太子伸手扶了金意安一把，他的声音也和春美公主很像，但语气更轻柔，语速也慢得多了，说的每句话都像深思熟虑过。

"深夜打扰，希望意安君不要介意。"

"哪里的话。"金意安鞠躬施礼，把他们请进书房，火炉是白天就生着的，屋子里面暖意融融，"您的到来令陋室蓬荜生辉。"

"不是正式场合，不用拘泥。"金意麟跟着王太子进房，问金意安，"有什么好茶？"

"刚好有新的莲花香片。"

金意麟点点头："好。"

王太子没有落座，在室内环顾，书架、墙上的字画、棋盘、茶桌，茶桌上面的窄口瓷罐里，插着一枝半开的莲花。

"如此清雅。"王太子轻声感慨，瞥一眼金意安。

心跳得很快，手有些抖，但等到摆好茶台，洗过手，烧上水，开始冲洗茶具时，金意安变得平静下来，动作也从容多了。他只在上朝时看到过王太子，他在高处坐着，瘦弱、苍白，像国王的一个飘忽的影子。金意安想，所谓高贵，便是如王太子那样面如白瓷，表情冷淡吧。

"雨夜，总是让人最感寂寞。"

王太子和金意麟有一搭没一搭地说着话，王太子的目光落在金意安的手上，他的手，手指修长，洗茶时，他手指掐住茶盏盖子，让清水从指尖滤出去。

"我从来不知道，茶可以沏得这么迷人。"王太子扭头对金意麟说。

他们并坐在一张花纹席上。王太子比金意麟矮了一个头，身材纤弱。金意安想起春美公主的话，倘若她身着男装，不正是眼前的王太子吗？

"大家只知道意安棋术高明，其实，被他深藏起来的本事到底有多少，连我这个做兄长的也不甚清楚呢。"金意麟笑微微地望着自己的弟弟。

金意安准备的莲花香片是今年宝城地区出产的新茶，是寺院里年轻的尼姑掐尖采摘的，由老茶艺师炒好，前几天送来的。金意安用几个小纸袋装了茶，封好口，在府邸后面的池塘中，挑刚开的莲花把它们夹在花瓣中间，然后用细线把莲花花苞包扎起来，待香气将茶熏染透了，再把茶包取出来。每年，金意安都要请金意麟品品香片，没想到这次王太子也一起来了。

到底是新茶新花，水一冲进茶碗，室内清香四溢，犹如无数朵莲花拂面而开，让人精神一爽。王太子和金意麟的坐姿变得端庄起来，金意安简单地介绍了一下茶的来由，然后把分好了茶水的茶碗分别送到他们面前。

"我在王宫里太孤陋了，不知世间竟有如此佳茗。"王太子端起茶碗喝了一口，惊异地说。

"茶好，水也特别。是日出前，意安从莲叶上采集下来的露水。"金意麟补充了一句。

"是舌头好。"金意安说，"茶在舌头上，水也在舌头上。"

王太子的目光从茶碗碗沿上掠起，瞟了金意安一眼。

金氏兄弟的眉眼原本十分相像，但却因为性格上的差异，给人留下了截然不同的印象：一个火炽如金，一个婉顺如银。

喝完头碗茶，金意安又沏了第二道、第三道，帮他们续杯。

"倘若不客气地承认我们兄弟还有些才能的话，我是冲茶时的那股茶香，水一冲入，顷刻间流香盎然。"金意麟举起手中的"德宁府"粉青印花纹碗给王太子看，"意安的才能却似这茶碗，第一遍茶不动声色，非得第二遍茶冲过以后，从第三遍茶开始，才会慢慢渗出玉色的光泽来。"

金意安抬头望着金意麟，兄长的话令他十分震惊。在他的印象里，金意麟的眼睛一直是向上、向远处望去的，对于身边琐碎不屑一顾。父母在世时，家庭议题无非是痛悼祖父遭遇牵连入案，又因性情过于耿直而丧失被国王垂怜、恩赦的机会，结果家门颓败零落，父亲无能，无法逆转形势，每每酒醉后大哭，鼻涕眼泪弄得满脸，像个小孩子一样摇着金意麟的肩膀："家门复兴，全靠你了！拜托了！"

金意麟沉默不语。

父亲的眼里从来没有自己的次子，只有一次，他想起了金意安，"你弟弟注定是个没出息的，"他对金意麟说，"给你添麻烦了，真抱歉。"

金意麟看了金意安一眼，对父亲点点头。

他不知道金意麟是在什么时候、什么样的心情下开始了解、研究自己的。而且如此语出惊人——

"德宁府"的粉青印花纹碗！

"与意麟兄饮酒，与意安兄品茶，"王太子轻声喟叹，"都是赏心乐事啊。"

金意安6岁开始到东堂读书，第一天上学时，比他早两年去了东堂的金意麟被先生点名，站起来背诵《论语》。8岁的金意麟身上已经具有了飞扬的神采，如同他用细鞭子在陀螺上抽了那么一下子，让它飞转起来，古老的中国语录在金意麟的嘴里变成了活泼动人而又睿智豪迈的咏唱。从他身上焕发出来的光芒是如此强烈，金意安认为自己一辈子也做不到兄长的样子。

也是从那时候起，金意麟告诉弟弟，他已经上了学堂了，从现在开始，要学习挺直腰杆，让自己的身体里承接天地正气，要刻苦用功，博古通今，和万物融合。从那一天开始，他再也没陪金意安玩儿过，也很少有笑容。兄弟之间的对话变成了："你的功课完成了没有？为什么没有完成？！"要么就是突然把金意安叫住，让他背诵某一段文章给自己听。

金意安把四书五经背得滚瓜烂熟，但只要兄长把他叫住，查问，他就一句话也讲不出来。那些熟悉的句子，忽然间变成滑溜溜的鱼，在他的肚子里游来游去，他就是不能把任何一句抓住，从口里轻松地吐出来。

"你整天在想什么？"金意麟哼一声。

金意安想，明摆着，振兴家族、光耀门楣的事情是留给兄长的使命，他们的父母、东堂的先生们，乃至于一些稍有走动的亲朋，随着金意麟一天天长大，他们对他的态度，甚至对他们父母的态度都在发生变化,谁都觉得金意麟会有大出息。金家的门楣随着金意麟的成长而抬升。

金意麟身上的光芒无人能忽视。金意安觉得自己是兄长身后那条暗黑色的影子,有阳光就出来,没阳光就躲藏。一个影子,若有若无,可有可无,何必为难自己呢。反倒是琴棋书画这类闲情逸致,金意安得心应手,不费什么劲儿就能成为其中的佼佼者。

父母谢世后,金意麟专心在成均馆里读书习武,十几天才回家一次。

金意安白日里在家写几首时调,画几笔水墨,下下棋喝喝茶,偶尔也被相熟的朋友拉去花阁寻欢作乐。"无花"阁里的舞伎玄鹤让金意安神魂颠倒,她发长若瀑,眉目如画,身子似乎被老天爷拎在手上,拧湿衣服那样在中间拧过,腰肢比面筋还要柔软。她的舞蹈让金意安如梦似幻,他把偶尔卖画的钱,以及下棋赢的钱都攒了起来,希望有机会在玄鹤的房里留宿。

"听说你最近常在花阁里流连?"金意麟冷冷地看着他,"学业荒废,倒有心情在那种地方栽下情根。"

金意安对兄长的说教不以为然。他终于攒够了钱,可以买玄鹤一夜。他的心雀跃不止,洗澡的时候心跳如鹿撞,他担心自己会在关键时刻不争气,但又转念一想,光是能把玄鹤抱在怀里,厮磨一夜,便胜却人间无数。他换了最好的一套衣服,夜里去赴约,玄鹤房间里面灯光暗拢,香气幽深,金意安想象了一下里面玄鹤等待自己的情景,心狂跳着,轻轻拉开了拉门。

有一瞬间,金意安不能确实自己是梦还是真,这个场景是他看见的,还是他想象中的?但他慢慢地认清了眼前:

光线昏暗处,玄鹤躺在金意麟的怀里,金意麟的手在她的身体上游走。

　　有根看不见的木棒，抡在了金意安的脑袋上面，他缓缓地把拉门拉上，金意麟转过头来，他们的目光汇合在一起，接着就被拉门截断了。

　　走回府邸的路上，疼痛开始涌现，从头顶开始，痛像蚕，一口一口地咬着，一点一点，一片一片，最终把金意安咬得体无完肤，他疼，疼得难以形容，难以忍受，他的身体抖得很厉害，他惊异地发现，痛到极处时，痛就变成了冷，仿佛万支冰箭射进了他的身体，他千疮百孔，明明冷得要死，而冷却又变成了灼烧——他最后回到自己房间，整个人落在褥子上时，感觉自己的身体就像人形纸灰，轻飘飘的，没发出一点点声音。

　　他在灼烧中想起玄鹤的身体，确实如他之前想象的，肤如凝脂，身体曲线宛若酒壶的弧度，让人迷醉，她的长发如泼墨，却是活的墨，如果是在他的臂弯里，他会写出怎样的诗句呢？但不是，抱着玄鹤，占有玄鹤的人是金意麟，他是怎么去玄鹤房里的？他知道那天晚上玄鹤对金意安出售了夜宿权吗？金意麟的双手在动，游走，玄鹤的身体在他的臂弯里变成了伽耶琴，他的手指在她的身体上弹奏，金意安胸腔里的疼痛动了起来，聚拢了起来，猝不及防地，它从他的嘴里蹿了出去，变成尖利、悠长的号叫——

　　天亮以后，金意安蜷缩着睡去，他睁开眼睛时，一双脚在他的脸前面，他顺着脚往上看去，金意麟就像一棵树，伫立着。

　　金意安慢慢地起身。

　　"确实柔情似水，"金意麟脱掉外衣，扔在地上，"但男子汉的手，应该建功立业，用来抓水，只会抓出一场空。"

　　金意安盯着他扔在席子上的外衣，乳白色的细夏布，他觉得玄鹤夹杂在这件衣服的衲缝中间，跟着兄长一起回家来了。

金意麟绕过金意安，叮叮嘭嘭地把他房间里的橱柜打开，把里面的画一股脑儿地抱到了院子里，扔在地上，让仆人把冬天在房间里烧炭取暖用的铜盆拿出来。

"你要干什么?!"金意安想喊，但喊不出声。

"出来!"金意麟走回来，抓住金意安，把他踉跄着拖出门来，仆人抱着铜盆出来，放在庭院中。

"生火!"金意麟吩咐仆人，把一把很大的、镶着木柄把手的铜镊子递给金意安，"你自己烧。"

红蓝火苗在画上起舞，和画面上玄鹤的舞蹈一样妖娆。铜盆里的灰越积越高，最后浮到了盆沿上，又枯叶似的飘落到地上。

金意安觉得自己的心也被夹在铜镊子里，放在炉火中烧成了灰。他一动不动地蜷腿坐着，先是双脚，然后是双腿、身体、胳膊，最后连大脑都麻木了。

"美人如灰，越早清醒越好。"金意麟的脚在灰上踏了踏，他抬头看看府邸，房屋失修，围墙颓败，"我们要做的事情太多了。父母在九泉之下，你就用这种东西来告慰他们的亡灵吗?"

金意麟转身离去。

金意安盯着盆里的灰。灰薄如锡，风一吹，就碎成了粉末。

告慰亡灵?

那关他什么事呢?

父母生前，父亲一只眼睛盯着酒坛一只眼睛盯着金意麟，母亲则是一只眼睛盯着父亲一只眼睛盯着金意麟。不用说九泉之下了，他们踏上黄泉路以前已经把他们的次子忘到九霄云外了。双亲过世，金意安当然也觉得悲伤，但同时松了一大口气。再也不用听父亲一边喝酒一边痛哭流涕地追忆往事了，再也不用听妈妈絮絮叨叨地抱怨几年没添过新衣，几个月没吃过牛肉了。他们死前拉着的，都是金意麟的手，把这么一个破烂摊子家业留给儿子，真对不起；没能看着儿子出人头地，娶妻生子，真对不起；金氏家族再怎么艰难，也请儿子们延续下去，振兴起来——

金意安跪在兄长身侧，越来越不耐烦，父母这一生，废话唠叨个没完，抱怨个没完，死的时候也这么拖泥带水，咽气都要咽两个时辰。他们的眼睛里面没有他，他觉得很好，这样一来，他也没有了悲伤的义务。

在葬礼上，金意安穿着丧服，沉着脸，站在兄长后面，看他迎来送往，答对亲朋。闲着无聊，他打量金意麟，发现他悲伤不足喜悦有余，他们再也不用为父亲酗酒后的举动而不安和羞惭了，父亲酗酒的巨大开销让家里财务状况雪上加霜，家里能变卖的东西早就卖空了，金意麟13岁就开始替成人写文章换钱，补贴家用，他赚的永远没有父亲喝得快，现在，这一切终于结束了——金意麟成了金氏府邸的顶梁柱，所有过府来吊唁慰问的人，无不用赞许的目光打量着他，"你父母亲有这么优秀的儿子，也算不枉此生。""有你这样的儿子，你父母亲死了也是安心的。"

金意麟对每个来吊唁的宾客点头，他的头点得很缓慢，很坚决。

那以后，金意安又去了"无花"阁。玄鹤主动过来为他添了几次酒，"原来你是金意麟的弟弟啊。"她惊叹不已。抱歉那天失了约，愿意补偿他，金意安拒绝了。他叫了歌伎玉姬陪侍，玉姬崇拜他的才华，暗恋他很久了。进门的时候她满脸喜气，看到玄鹤时，笑容从她脸上消失了。

"过来——"金意安招手叫玉姬。

玉姬走到他身边，整个人偎进怀里时，像只灵猫。

金意安双臂托住她，把她抬起来，让她稳稳地躺在自己盘着的双膝上面，他的手从她的短衣下面探进去，握住了玉姬的一只乳房。引得玉姬尖叫了一声，想要挣扎，却被他抱得更紧了。

"那我就不打扰你们了。"玄鹤笑着起身，走到门口时，她停住脚步，回眸一笑，"对了，见到您兄长的话，请传达我对他的问候，很期待能早日再见他。"

金意安笑笑："从你这里回去，他倒是评价了一句。"

玄鹤拉开拉门的手停下来，扭头看着金意安，挑起了眉毛。

"他说，美人如灰。"

玄鹤的脸瞬间黯淡，但她飞快地用妩媚的笑容掩饰过去："受教了。"

金意安又去过几次花阁，玄鹤的舞蹈是压轴戏码，惹得男人们捌掌尖叫，女人们难掩赞叹和嫉妒，每次表演总有男人醉醺醺凑过去，躬腰探头，想趁她抬腿时往她裙子里面看，她的脚尖好几次掠着男人的鼻尖蹭过去。金意安总是站在最后面，一声不响地看着她表演。玄鹤最后的收势仍旧有让他心醉神迷的魅力，她像一只展翅的鸟，在落地的一瞬间大张开翅膀后，把翅膀慢慢在身侧合拢——

金意安留宿在玉姬房间里时，会想象自己驾驭一只大鸟，飞翔在高天。而最后总是他自己，像折断的翅膀，砸在玉姬身上。他心疼。那种心疼像某个肿块，伸手可触。玉姬越来越黏他，像小鸟拱在鸟巢里那样蜷在他的身下，有时候则用双臂吊在他的脖颈上。但金意安越来越索然无味。

他不再踏足花阁，时间大多花在钻研棋谱上。他的棋艺越来越有名，经常约高手对弈，也有越来越多的人找上门来和他较量。金意安21岁那一年，25岁的金意麟春天时文榜及第，秋天时武榜又及第，成为汉城府的传奇人物。王太子毫不掩饰自己对金意麟的看重，主动对他示好，跟他结交，金意麟被很多两班贵族视为明日之星。在王太子的大力举荐之下，金意麟在司谏院里官拜三品按察史。这是近四十年来，金氏家族被赐封得到的最高官位。

金意麟仕途顺利，对金意安的要求反而不像从前那么严厉苛刻。或者就是兄长对自己彻底丧失了信心？金意安暗自猜想。

金意麟穿着紫红色的官袍，神采奕奕。他是引人瞩目的官场新贵，每日都有请帖送上门来。那些有女儿待嫁的贵族人家，派人在他下朝时追着他，送帖子请他到府上吃饭。相形之下，金意安就像被打入冷宫的妃子，仆人对待他的态度与金意麟差别明显，有时候会让金意麟沉吟一下，但金意安不以为然。何况，他和兄长虽然生活在同一屋檐下，却难得见面。他起床吃早饭时，金意麟已经上早朝了，晚上归家时，都带着八九分醉意。金意安在书房里读棋谱时，会听到大力的拍门声，奔跑着迎出去的仆人和随着金意麟出门的仆人们，大呼小叫，嘘寒问暖，加上他们细碎凌乱的脚步声，掩盖、模糊了金意麟的所有声息。

金意安乐得如此。他和兄长，就像井水河水，清闲和奔流各归各位，他犯愁的是棋艺上越来越难找到对手了，离汉城府三百里远有个离俗寺，金意安给寺里的水心大师写信，请教棋艺。据说从来没有人能在水心大师的棋盘上走过一百步。

水心大师有信必复，淡黄色的水心笺是水心大师自己做的，上面落的字体沉稳洒脱，每句话都平常，又都意味深长，玄机暗伏。

金意安住的西院俨然成了金氏府邸里的离俗寺，他总是家里最后一个发现变化的人。

家里新来了仆人,现在厨房里有人专门给他们做饭了,衣服也有专人清洗、上浆、熨平,屋瓦换过了,瓦当用了最新的式样,围墙重新砌起来,加厚也加高了,室内添置了一些新家具和器具,旧家具重新油漆过,以前被父亲抠下去换酒喝的金制画角也找来工匠按原样儿补上了,府邸的大门是什么时候拆掉、什么时候又换成新的金意安浑然不觉,有一天他出门买宣纸,走回来时,凑巧抬头,还以为自己走错了门——

府邸正门比原来大了两倍,门框散发着木料的香气和清漆的气息。

金氏府邸就像一件蒙尘多年的宝物,经过日复一日的擦拭和打磨,越来越光鲜亮丽了,有一天金意安吃惊地看着白日里一群仆役抬着锅碗瓢盆进来,黄昏时分十来个浓妆艳抹的艺伎登门,入夜后,府邸里灯火大亮,笑语欢声——

金意麟开始在家里设宴招待官场同僚了。

金意安也应兄长的要求换了衣服去待客,玉姬现在已经是花阁里最当红的歌伎了,她浓妆艳抹,华服盛装,年纪好像一下子增长了好几岁,举手投足有了不一样的气度。有人替她抱着伽耶琴跟在她身后服侍着。他们目光相交的一瞬,她的表情变换了几次,最后变成微笑,手抚胸口,躬身请安:"好久不见。"

"这么娇艳欲滴,"金意安凑近了玉姬的耳朵,"是靠什么滋润的?"

玉姬瞪了他一眼,嗔怒未完,笑了:"没有人关顾的花朵,快要枯萎了。"

金意安又等了一会儿,仆人关上大门时,他才明白,玄鹤没来。她是"无花"阁里的头牌,不出门奉客。看来,哪怕是官场新贵金意麟,哪怕她对他情有独钟,也未能让她破例。

筵席上，玉姬率先被请出来，弹奏了两支曲子，引得宾客们一片叫好。入席时，她被安排在当日身份最高的右领相大人身边落座。右领相大人上个月刚刚过了花甲礼，他在玉姬的手上拍了拍，玉姬微笑了一下。酒喝了几轮，气氛欢腾，酒劲上头。右领相大人的手开始在玉姬身上游走。玉姬抚额、整发、抻衣，这些小动作都不能阻止右领相大人的进攻，他后来直接对金意麟说，身上的衣服太紧了，想换件宽松的。

金意麟叫来仆人，让他带着右领相大人进房。

"玉姬姑娘会帮您宽衣的。"金意麟说。

"我笨手笨脚的，"玉姬的脸色变得苍白，"让小贞去吧。"

"小贞这样的丫头怎么能把右领相大人服侍好呢。"金意麟说。

"刚才进来的时候，大人说要听曲——"玉姬的目光里面长出手，牢牢地抓着金意安，"是吧？"

"改日再——"金意安垂下了眼睛。

玉姬起身时，右领相大人"哼"了一声："喜欢白脸少年？"

"大人威仪如山，让美人有压力了。"金意麟笑着说，让管家亲自把右领相大人和玉姬姑娘送进房间。

一直到快散席的时候，右领相大人才重回酒筵。

"右领相大人的活力堪比二九少年啊。"金意麟的话引起一片笑赞。他把一袋碎银递给金意安，让他去给玉姬。

金意安去房间里找玉姬，玉姬背对着门，房间里光线幽暗，她在重新盘发，不知道是缺了镜子，还是别的什么原因，她的头发老是盘不好。金意安走到她身后，轻轻问了一声："要我帮忙吗？"

玉姬身子一僵，停了一会儿，继续盘头："不劳您的贵手了。"

金意安把装了银子的锦袋放在她的身侧，他没往玉姬的脸上看，退出房间时，替玉姬拿琴的姑娘喘着气跑过来，见到金意安，躬身施了礼。

拉门拉上后，金意安往回走，在庭院里，他抬头往上看，夜空黑蓝黑蓝的，月亮如一个金盘，内部镶雕了银色的装饰，挂在高处。金意安很想去兄长的房里取来弓箭，把月亮射下来，用脚踩扁。

你有那个神勇吗？他嘲笑自己。

他没有。

"今天见到那个疯子了吗？"金意安第二次进宫教春美公主下棋，她照例打发了宫女嬷嬷，她一离开，春美公主就迫不及待地问他，"那个想从你的马车上面弄下一块金子来的家伙？"

"没有。"倘若她不提起，金意安连那个人也忘了。

"我知道他是为什么疯的。"春美公主表情神秘，故意停顿一下才又说，"和你有关。"

"和我有关？"金意安笑了。

"和金氏府邸有关，算不算是和你有关？"

金意安的笑容收敛了："愿闻其详。"

"他是一个古董商的儿子，有点儿钱的闲浪子弟，如果一心求学上进，没准儿也能做个好人。但家教缺失，明明是个男人，却偏好打听些家长里短，风流韵事。他发现在你们府邸门外，经常停着一辆马车。从上到下罩着青布罩子，捂得严严实实的，总是在夜幕降临后到来，第二天天明前离开。按察使金大人是相貌英俊、风度翩翩的官场新贵，马车里面坐着什么样儿的人儿，自然是让人好奇的。"

春美公主对说故事有一种迷恋，眼睛紧紧地盯着自己的听众，语调貌似平静，里面却有着压抑不住的喜悦激动。金意安得控制着自己，才能把注意力放到她说的事情上面。

"我从来没见过您说的这辆马车。"

"倘若你见过他见过大家都见过,那这件事情还有什么秘密可言?"春美公主瞪了他一眼,很不高兴自己的话被打断。

金意安缄口不语。

春美公主自己气了一会儿,忍不住又说起来:"这位古董商的儿子和别人打赌,彻夜守候在你们府邸的门外。第二天早晨客人从府邸里出来后,他跟踪着马车绕遍了半个汉城府,累得像狗一样把舌头都吐出来了……这句话是我加的。我猜他会累成那样儿。他再也跑不动了,偏偏马车也停下来了。你猜猜看,马车停在哪里?"

金意安摇了摇头。

春美公主有点儿失望,瞪了金意安一眼:"马车停在离王宫不远的一个树林里。几个黑衣人扯下了罩在马车上面的青布车罩。太阳刚好出来,那辆马车在古董商儿子的眼里,呼啦一下子,光芒万丈,变成了用金子打制而成的。马车上面下来一个人,坐进了之前等在那里的一个轿子里面,进了王宫,无人拦阻过问。

"他把事情跟别人讲了,谣言传得满天飞,但是真是假就难说了。因为古董商的儿子变成了你见到的那副模样儿。"

"您是怎么知道这些事儿的?"金意安问。

"王宫里到处都是黑衣侍卫。随便打发两个出去,想知道什么都行。"春美公主意犹未尽,叹了口气,"可惜不知道马车里坐着的人是谁。"

喝茶的那个雨夜一下子被拉到眼前来。王太子摘下斗篷的一瞬间,自己不是把他误认为是春美公主了吗?

金意安笑了一下。

"您笑什么？"春美公主问。

"没什么。"

"笑我飞短流长？"

"哪里。"

"住在宫里的人，半夜却留宿在贵府，想不让人好奇都不行啊——"

"为什么不是王太子呢？"金意安说，"他来我们家里做客，还跟我们一起喝了茶。"

金意安回想王太子袖子里面伸出来的手腕，纤细，苍白，捏着茶碗的手指比女人还要秀气。

"王太子去你们家做客有什么稀奇的？谁不知道他跟按察使大人好得形影不离。但太子哥哥不会在你们家留宿的吧？"

"倘若喝多了酒——"

"即使他喝多了，内官也会把他带回宫里来的。"

"那个古董商的儿子怎么变疯的？"他问。

"这正是这件事的玄妙所在。"春美公主拍了一下桌子，脸上露出邪魅的笑容，"大家只知道他疯了，不知道他是什么时候疯的，如何疯的。自然也就没有人能确定，他到底是因为说了那样的话才变疯了呢，还是他原本疯了才说那样的话呢。"

离春美公主大婚只差十天了，驸马猝死。

事发第二天，右领相大人双手托着官帽，低头上朝，大家发现他的头发一夜之间全白了。右领相大人在朝堂之上长跪不起，磕头太用力，把额角撞裂了，血弄得满脸都是，他声泪俱下，说千言万语无法表达自己的羞愧之情，让殿下下旨，把自己拉出去处决。

金意安身边的两个官员低声交谈。

"不愧是右领相大人啊,说什么话都能直戳进国王的心坎儿里。"

"老基石修得起大宫殿——"

金意麟站出来,替右领相大人求情,虽然右领相大人教子有失,但好在春美公主尚未出嫁,无损清誉。请殿下顾念老臣一生忠耿,准许右领相大人辞官归隐,回故乡安守田园度过晚年。

国王沉吟了一会儿,准了金意麟的提议。

金意安看见身边的两个官员互相交换了一下眼风。他们的目光落到他脸上之前,他垂下眼睛盯着地面。

当天夜里金意麟又和王太子到金意安的书房喝茶。夏天清凉,庭院里的苦竹竹叶在夜风中发出细密的声响,仿佛人群中的低语。

"王宫里太多脂粉气了。"王太子深吸了几口空气后,微微一笑,"贵府里的清新真是沁人心脾啊。"

王太子跟别人交谈时喜欢垂着眼睛,偶尔抬眼瞟一瞟说话的人。上朝时金意安离王太子很远,他在人群中站着,有时觉得王太子像佛殿里的泥塑。

"王宫内多奇花异卉,有六位艳压群芳的公主,还有比所有公主更加亮人眼目的太子妃,再加上国王身边的一众佳丽,身在众芳国天香府,您所说的'清新',只怕是穷酸的隐喻吧?"金意麟好像心情不错,笑声爽朗。

"众芳国天香府?!"王太子不抬眼皮,鼻子里面"哼"了一声,"女人总是让我想起蛇,毒蛇、艳丽、黏腻、纠缠——"

"有美人纠缠,岂不正是男人的风光?"

"女人如花香,太浓烈了会让人窒息的。"

"这么说也对。美人恩重,一向是最难消受的。"

王太子慢悠悠地说道:"所以驸马才死在歌伎的身上。"

金意安的手哆嗦了一下，热水洒在手背上。王太子和金意麟停止交谈，看着他。

"对不起……"烫到的地方像有几万根针同时刺进去，金意安顾不上疼痛，低头道歉。

"没关系吧？"王太子盯着金意安的手。

"没关系。"金意安鞠躬致歉，"真对不起。手忙脚乱的……"

"意安还不知道这件事呢……"金意麟看着他抓起布巾，把溅在手背上的水擦掉，转头向王太子解释。

"真的没关系吗？"王太子打断他，冲着金意安问。

"真的。"金意安鞠躬道歉，"实在对不起。"

"在汉城府竟然还有人不知道驸马是如何猝死的，这倒是桩新鲜事儿呢。"王太子转头冲着金意麟说，"全汉城府的人都跟喝了黄牛血似的，比过节还要开心呢。"

"蒙古大军像一大片乌云，正从西边压过来，大家都像盲了眼，"金意麟喝了口茶，"牡丹花下死个风流鬼，大街小巷倒津津乐道。"

金意安烧了热水，替金意麟把茶杯续满。

"昨天夜里在白梨宫，春美把她预备举行大婚时穿的礼服挂在衣撑上面，在花园里点火烧着了。火光和烟气引来了黑衣侍卫，连父王和母后都被惊动了。"

"春美公主算得上是王宫里性格最鲜明的人物了吧？"金意麟笑了。

"仗着是母后亲生的，为所欲为罢了。父王本来很生气，想惩戒她恣意妄为，结果那丫头见到父王，转脸梨花带雨，哭得泪人儿似的，父王的心都被她的泪水泡软了，非但不追究，还抚慰了半天。春美得寸进尺，扬言要自己挑选新驸马呢。"王太子端起金意安刚刚换了新茶的茶杯，斜睨了金意麟一眼，"春美好像对意麟君情有独钟啊。"

"情有独钟？"金意麟笑了，"这倒是新鲜的话题。"

"意麟君被人倾慕惯了，难免会视别人的真心如敝屣。"

"王太子殿下这话可真令人惶恐，"金意麟嘴上说"惶恐"，动作却很从容，伸手把茶碗端起来，闻着茶的香气，"倘若是我哪个地方失礼了，您只管责备就是，何必含沙射影呢。"

"一品二品官员中与王室有着亲密关系的家族中，条件优秀的年轻人，早已和其他的公主订了婚约，四品以下的官员，根本不在考虑之列。数来数去，眼下意麟君的条件倒是新驸马最适合的人选。"王太子不看金意麟，沉默了片刻，重又开口说道，"母后也跟我打听你的家世背景呢。"

金意安垂下目光盯着坐在火炉上面的水壶。

"早知道王太子殿下要谈这件事，今天晚上应该喝酒的。"金意麟笑了，"风流事在半醉的时候讲最有趣了。"

"不是风流事，是朝廷大事，春美的婚姻事关权力分化，"王太子转头看着金意麟，有些责怪，"您竟然如此轻慢？"

"您想让我怎么样？拽着女人的裙子爬上高位？让群臣背里嚼舌根子？"金意麟没喝酒却有酒醉之态，声调提高，言语放肆。

金意安的心提到了嗓子眼里。

"春美不只是母后亲生的，也是几个公主里面最讨父王欢心的，"王太子说，"春美公主的驸马，父王自然会格外倚重。"

"未来国王的倚重才是我应该考虑的吧？"金意麟笑了笑，"没有春美公主的裙带，我也能为国效力，为国王分忧。"

"有意麟君的扶持，未来国王的座椅才压得住三千里江山。"王太子轻声说。

金意麟的笑容收敛了。

"倘若国王赐婚，意麟君一定要应允。"王太子抓住了金意麟的手，"切记，切记！"

金意麟沉默了一会儿，看着金意安："想喝酒了！最烈的烧酒！"

"我去取！"金意安起身，对王太子和兄长微微躬身，"请稍候！"

仆人去酒窖里取酒，金意安在厨房里耽搁了一会儿，回来时，房间里已经空无一人。他站在木廊台上往兄长的房间看，没有灯光，黑黪黪的。春天时候，整个房瓦重新换过，屋檐檐角高高掀起，仿佛撩起的一片裙裾，木楞一格一格，对称着排列下来，鱼形风铃在风中丁零作响——

"里面的衣服和我身上的面料差不多少。但绣工很讲究，裙摆上面用银丝线绣着九凤朝阳，短衣的系带上面用金银丝线分别绣了桂花和桂叶。最讲究的要数外面那件周衣了，是龙凤呈祥的图案。"春美公主用细细的毛笔在纸面上边说边画，"宫里最好的九个绣工忙活了大半年，你真该看看她们一起干活儿时的排场，去年王太子妃嫁进王宫时，她的礼服差点儿让我们笑掉下巴。不过她人长得美，大家只顾盯着她的脸，很少有人像我们那样关心她穿了什么戴了什么。"

春美公主穿着白色的短衣绿色的裙子坐在桌子前面，面前摊着一张宣纸，刚洗过的头发宛若两匹黑缎，沿着脸颊两边垂下来。几天没见，她瘦了一些，下巴更尖，眼睛更大了。

金意安进门后见到她的装束，吓了一跳，他看一眼身边的宫女嬷嬷，她倒是和往常一样面沉似水，对金意安鞠躬后，不劳春美公主废话，自己退出了房间，还替他们拉上了拉门。

"火是我亲自点着的。衣服烧起来的一瞬间，真是灿烂，九只凤凰在火里像飞起来似的——"春美公主抬头看着金意安，"男人在女人身上找快活，到最后的时候，是不是也像鸟那样飞了起来，魂儿都没了？"

金意安猝不及防，整个人僵住了。

"礼宾侍尹大人脸红了。"春美公主放下毛笔，双臂撑在桌面上，凑过来看金意安。

"身为公主，或者说，待字闺阁的女子，"金意安清清喉咙，"这么说话是很不得体的。"

在近处，她头发里面菖蒲花汁的香气变得浓郁了。他的心扭搅起来，抗拒着想要把手指插进她头发里面的欲望。

"作为一个预备出阁的女子，他们教我的东西可不少呢——"春美公主说，"偏偏还都装得一本正经的，就像你现在这样！"

她眯着眼睛说话，手指隔着一段距离，在金意安脸上画圈儿，嘴里的呼气犹如草尖撩拨着他的面颊。

金意安伸手抓住了她的手指。

春美公主愣了一下，但并未挣开手。

"我不知道是谁把你教得这么轻佻的，"金意安捏着春美公主的手指，"女人一轻佻，男人就轻视。"

他放开了她。

"女人不轻佻，也没有什么好处啊。"春美公主看看自己的手指，"像母后那样的女人，只有一个。那些嫔妃想尽办法讨好父王，跟花阁里的女人又有什么两样儿？"

金意安沉默了一会儿。

"既然您的婚事取消，那么，我也没必要再进宫——"

"那个歌伎，你也认识吧？"春美公主打断了金意安的话。

他没吭声。

"礼宾侍尹大人果然是风月老手啊。"春美公主拍了下手,头发像匹绸缎在身后飘摆,"你们是怎么认识的?你去花阁点她的花牌?那个贱伎是不是像烂泥一样,半个汉城府的男人都蹚过?"

"您要是能听到市井里的流言,就不会这么说了。"金意安淡淡地说,"那个歌伎是'无花'里唱得最好的,她的歌声能让人迷失,三月不知肉味,性情也温顺可人。驸马爷死在她身上,倒真是占了天大的便宜。"

"一个会唱歌的茅房罢了!"

金意安笑了笑。

"你笑什么?"

金意安收了笑。

"告诉我你笑什么!"

"在那些不干不净的流言中,您以为自己还是冰清玉洁的公主吗?您甚至连那个歌伎都不如。右领相大人的公子,公主的驸马,大婚在即,却忙着去花阁偷欢,别人会怎么议论您呢?我敢打赌那个歌伎现在一定是车马如龙,客如流水,对于把春美公主都比下去的女人,谁能不好奇呢?"

春美公主把嘴唇咬得失去了血色。

"你现在巴不得长出翅膀,飞去找她吧。"

"只怕她已经客满了——"

春美公主扬起手来,金意安来不及反应,脸上就挨了一耳光。

"你竟敢如此放肆?!"

"人必自辱,而后人辱之。"

春美公主扬起另一只手,在他的另一侧脸颊上又打了一巴掌。

金意安的脸上露出微笑。

"你现在虽然举止粗鲁，却比刚才的轻佻更符合你的身份。"

春美公主又扬手打了过来，手臂扬起来时，带动着头发也飘动起来，拂过金意安的脸："你敢用'你'来称呼我?！"

"来而不往，非礼也。"

春美公主的手在半空中顿住了，她的眼圈儿红了，泪水在眼睛里面先是轻轻抖动着，然后越抖越厉害，最后变成滚圆的一颗，"噗"的一下碎裂在脸颊上面。她把举起的手臂转了方向，用手背擦了一下眼睛。

更多的眼泪从她的眼睛里面流下来，直到泡软了他的心。

他喜欢她恼羞成怒的样子，更喜欢她泪水在脸上清清流淌的模样儿。这才是待嫁的少女，像虞美人花一样柔弱，让人心疼。他强忍着，才没把他们中间的桌子抽走，把她抱在怀里安慰。

夜里睡不着。金意安点亮灯，燃起龙脑香片，把棋子从白瓷罐里一个个拿出来，用绸缎细细地擦拭之后再放回去。金意麟是什么时候站到门外木廊台上的，他都没有觉察到。

"我看见你这边有灯光，就过来了。"站在灯下的金意麟如同沐浴在细雨中。

"兄长——"金意安连忙起身，"请进来坐吧。"

"来杯茶吧，"金意麟撩起衣摆坐下来，"不用太讲究，随便一些就行了。"

金意安起身去叫管家，从厨房把炭火和水送过来，回到房间，他把茶桌搬过来，放在金意麟面前，把茶具一样一样摆好。

"他们说你从王宫里回来，晚饭都没吃？"

金意安笑笑:"看棋谱一时看迷了——"

"春美公主对驸马的事情——"

庭院里响起急促的脚步声,管家跌跌撞撞地出现在门口:"王太子——"

金意麟立刻起身,金意安也即刻起身,但他起来时,金意麟已经迎出去了。

管家看看金意麟的背影,扭头看着金意安:"那炭火和水?"

"多送点儿过来。"

水烧开了,金意安把茶具洗好、烫好,又等到水变温,茶具变凉,金意麟才带着王太子过来。金意安施过礼后,重新烧了热水,先把热水冲入茶杯,然后用茶匙把雀舌茶放入杯中。水在阴纹白瓷杯里,看上去波纹迭起,茶叶入水后,一长一短的两片嫩绿缓缓绽开,果然形如其名。

王太子喝了口茶,轻轻叹息。

"如果人世间的事情都如这茶一样,芳香甘美又一目了然,该有多好。"

金意麟笑了笑。

王太子看看他:"告诉意安君吧。"

金意麟端起茶杯喝了一口:"和驸马相好的歌伎让人杀了。"

金意安手里拎着水壶呆住了:"玉姬姑娘?"

"我从来不记她们的名字,"金意麟淡淡地说,"是春美公主假传王后之命派黑衣侍卫干的。黑衣侍卫用木盒盛了人头呈送王后,王后当场被吓晕了。国王震怒,把春美公主囚禁在宫中。"

"春美这次做得过分了,父王真的很生气。"王太子补充说。

"你今日进宫,"金意麟望着金意安,"春美公主说什么了?"

金意安看着兄长，他觉得兄长的话是隔着很远的距离，才进入他的耳中的。

"宫女说礼宾侍尹大人离开后，公主怒气冲冲，召来了黑衣侍卫。"王太子说，"她没对着意安君乱发脾气吧？"

金意麟看一眼金意安："你老拎那个壶干什么？"

金意安这才注意到自己泥塑木雕似的，一直提着刚才的壶，他放下手里的壶。往壶里加水时，那一注清流，把他的凌乱也洗清了些脉络。

"很抱歉——"

"太寡淡了，"金意麟喝了口茶，放下，拍手叫来管家，让他送坛米酒过来，管家应声而去，送米酒的时候，把下酒的小茶食也一并送来了。

"花阁里面出了杀人案，现在乱套了吧？"金意安很奇怪自己脑子里居然想到了玄鹤，不知道她在不在现场，吓没吓破胆。

"黑衣侍卫怎么会血溅花阁呢，"王太子笑了笑，"他们把那个歌伎带出去了，说是贵人有请。她的消失不会引起什么恐慌的。"

"宫里会传来传去的吗？"金意麟问。

"宫里没有秘密，不过这件事情上，春美倒是将了父王一军。"王太子笑了，"如果父王处置了她，宫里的传闻自然就是真的；想把这件事情了无痕迹地抹掉，父王就不能把春美打入冷宫。"

"春美公主跟我打听歌伎的事情，是我没有回答好，"金意安躬身谢罪，"都是我的错，没能好好地引导公主。"

"女人倘若成心歪缠，意安君招架不来的，"王太子喝了几杯，酒晕上脸，涂了胭脂似的，眼睛里面春水如注，"意麟君或许可以应付。"

"女人就像游戏，"金意麟放声大笑，"可以玩玩儿，但不可玩物丧志。"

"意麟君是个薄情人啊。"王太子也笑了笑。

他们喝光了那坛米酒,告辞离开。

金意安送别他们,转回房间,拍手叫来管家把酒菜收拾下去。茶桌茶具,他自己烧了壶热水,细细地洗过,晾好。

金意安吹灭了灯。在房间里面坐了一会儿,起身出门,沿着木廊台往书房走,玉姬被右领相大人拉进去的情景还历历在目,他的心疼了起来。她有多大?18岁?小小年纪,还不谙世事,就在花阁迎来送往,她自以为风情如花开,只管一味吐蕊,却没有玄鹤的智慧,懂得韬光养晦,用偶尔蒙尘来掩盖身上的芳华。

那夜在书房,她的身体在颤抖,双手抖得无法把头发盘起来。右领相大人究竟对她做了什么?他不敢问,也不想真的了解。

突然发出的声音,让金意安在书房门口止住了脚步。房间里面有嘤咛之语,喘息之声,在午夜静寂中,如夜潮涌动,隔着门和墙壁,都能感觉到房间里面弥漫着酒气,以及热辣而潮湿的气息——

金意安沿着原路无声无息地退了回去。

回到房间,他躺在被褥上,对自己说:居然做了如此荒唐的一个梦!都是玉姬干的好事儿!她死不瞑目,各种惊扰。

金意安翻来覆去,辗转反侧,天快亮时,书房那边传来了细碎的声响,有人从里面走出来,沿着庭院中的甬路,脚步轻得像湖面上的涟漪。

金意安眼看着晨光浸透了窗纸,才睡了一会儿,梦中的情境和屋外仆人们晨起打扫院落、准备早餐的情景交织在一起,父母好像仍旧健在,指导仆人们做这做那,百般挑剔,有人在说话:让仆人们小声一点儿,不要打扰二公子的美梦。

金意安起床时,在东院看见金意麟,金意麟刚练过拳脚,身上热气腾腾的,穿着宽松的衣裤精神焕发地坐在木廊台上,看见金意安走过去,冲他笑笑。

"早安!"

"早安!"金意安犹豫了一下,"我的这个礼宾侍尹,可以请辞吗?如果可以,如何能够方便地辞掉?"

金意麟没来得及回答,宫里来的信使跟着一个仆人进门,朝这边走过来。金意麟从信使手中接过信,拆开看了看,朝金意安摆摆手。

金意安头重脚轻,坐在车上斜靠在车窗窗框上,在马匹跑动起来颠儿颠儿的声音中,迷迷糊糊地打了个盹。在梦里,他坐的马车是金灿灿的,王太子跟他坐在一起,车外有个疯子,追着马车跑,一边跑一边朝他们喊。

马车用力地一抖,停了下来。金意安的头在车梁上磕了一下,他醒了。

宫中一切如旧。但金意安在恍惚中,怀疑自己仍旧在梦中,他脚下的甬石路变成了棉花做的,踩上去头重脚轻。

春美公主衣服穿得很整齐,辫子梳得一丝不乱。

宫女嬷嬷见到金意安,躬身问安后,就离开了。

金意安在春美公主的对面坐下,她脸色苍白,眼珠儿显得格外黑,仿佛两粒黑水晶闪闪发光。

"昨天夜里我见到她了,"春美公主仰脸望着金意安,笑了笑,"那个歌伎,她跟我差不多大,也差不多高,她站在我的床边,眼睛一眨不眨地低头看着我。"

"你只是做了个噩梦——"

"绝对不是。"春美公主摇摇头,"我还掐自己来着,特别疼。绝对不是梦。她站在那儿看着我,不对我行礼,冷冷地看着我,岂有此理!"

"她不可能站在你面前,你不要胡思乱想——"

"她的脸和木盒里的人头一模一样。"春美公主用手在脖子上划了一下,"这地方还有条红线。割头时留下来的——"

金意安叹了口气。

"你做梦了——"

"我没有做梦,所有的事情都是真的,"春美公主恼了,声调一下子提高好几度,恨恨地望着金意安,"倘若我伸出手去,我肯定可以抓到她。"

"那只是你的想象罢了。"金意安更坚决地反驳,"倘若你真的伸出手,就会发现,什么也没有。"

"我可不敢伸手。"春美公主脸色苍白,眼睛下面发青,双臂抱着膝盖,"我一伸手她就会抓住我的,把我带到阴曹地府。"

"她不会带你走的,不是你杀的人。"

"是我。是我让黑衣侍卫干的。"

"不是你。"金意安说,"是我。我说的那些话激怒了你,你才做了蠢事。"

"你竟敢不用敬语跟我说话——"春美公主定定地望着金意安,举起的巴掌又颓然放下,"你爱怎么称呼就怎么称呼吧。"

"你对礼宾侍尹大人说话,一直不用敬语。"他说。

"我是如此的没有礼貌,缺乏管教,这样,才需要礼宾侍尹大人多来指导啊。"

他们沉默了一会儿。透过窗口，打量着白梨宫门口的木槿花。

"这里叫白梨宫，怎么种着一株木槿？"

"可能是因为'梨'让人想起'离'，寓意不好吧。其实我倒是喜欢梨花的。朵朵清爽，不染俗气，盛开时宛若霜雪压枝，也有气势。木槿花也是白的，却白得不如梨花那么雪压枝头，花开得那么密，紧紧地巴结在枝干上面，看上去那么辛苦，拼了老命似的，再怎么努力，黄昏难免凋落，落花倒是美丽夺目，一朵一朵地飘下来，但又难免会让人惆怅。"

金意安一直很迷惑她棋艺的出处，那种高超不只是天分能够解释的。她的从容、镇定，对局面的把握非一般人能及。王太子第一次到金意安那里喝茶时，在金意麟的提议下，两个人也下了一盘棋。王太子出手时手面很大，一看就是受过名师指导的，但走上一阵就捉襟见肘了。他若是和春美公主下，五十步以内就会输掉。金意安略微用了点儿心，在两百步后才赢了王太子。

"我很困。"春美公主用袖子遮住脸打了个呵欠，泪眼汪汪地看着金意安，"可我不敢睡。"

"你睡吧，我在这儿守着。"金意安说，"我和她认识，倘若她真的来了，我会告诉她她找错人了。"

"你喜欢过她？"春美公主问。

"心疼过。"金意安说，"年轻，有才华，却身陷花阁，命似黄连，让人悲伤。"

"她比我强，能见到很多人，聊天，唱歌，调情，"春美公主说，"我只有这么一个房间，这么一棵树。"

春美公主躺下来，也不看金意安，用手拍了拍身边的位置，示意他躺下。金意安犹豫了一下，外面阒寂无声，隔着一段距离，他躺下来。从窗口进来的阳光像一个小被子，盖在他们的脚上。

春美公主翻身滚动了一下，凑近过来，把脸埋进他的怀里，一手搂着他的脖子，另一只手的手指和他的手指叉在一起。他的下巴抵着她的头，菖蒲花的香气从头发中间丝丝缕缕地飘出来，他觉得自己被水草缠绕住了。

金意安的心跳得很快很急，和春美公主交叉在一起的手指，能感觉得到血管里血液流动的突突声。她也和他一样紧张，身子紧紧地蜷着。他一动不动，想象自己是棉花地，或者是一片巨大的叶子。慢慢地，春美公主放松开来，身体变得越来越轻，似乎要从金意安的怀抱中飘走。

他向后仰了仰头，垂下眼睛打量她——

她睡着了。

金意安对自己的平静感到惊奇。他的内心里流动着前所未有的温柔情绪，仿佛高手对决时，经过漫长的胶着状态，棋路豁然开朗，心境渐渐澄明——

他看见了玉姬，脖子上果然有条红线，她站在床边，低头看着他们俩，苍白的脸色因为怨毒慢慢变成青色——金意安吓出一身冷汗，突然醒了过来，怀里的春美公主睡得正香，他一动，她下意识地抓紧了他。

金意安抬起头，窗子是支开的，能看见庭院中的一部分景色，也能看见站在窗前望着他们的王太子和金意麟。

金意安觉得自己眼花了，晃晃头，闭闭眼，再定睛看时，窗前已经没有人了。似乎，有明黄色的衣角闪了一下。

肯定是眼花了，或者是做梦。他们和玉姬一样，不过是他的想象罢了，根本就没有人站在窗前过。金意安安慰自己，劝自己把注意力集中到春美公主的睫毛有多少根上面。春美公主的睫毛很浓很黑，像两把小扇子，她睡得很沉，一动不动。

黄昏时分金意安走出白梨宫时，宫女嬷嬷站在门口，他停住脚步，想问她点什么，又把话收住了。

走到宫门口时，年轻的内官带着笑容凑上前来："我还以为礼宾侍尹大人刚才和王太子、按察使大人一起离开了呢。"

金意安一声不吭地上了车。马车动起来，他把头斜倚着车窗，心绪随着越来越浓的暮色，变得越来越苍茫。

金意麟穿着便服，站在木廊台上，看着金意安从门口走到近前。

"我回来了。"金意安微微躬身。他担心自己身上带着特别的气味儿，没敢朝金意麟走得太近。

"啊。"金意麟淡淡地接了一句。

两人沉默了一会儿。

"在王宫里待了一天，辛苦了。"

金意安抬眼看了看金意麟，他脸上没有表情。

"休息一下吃晚饭吧。"

"是。"

金意安往西院走时，觉得金意麟的目光让他后背发热。他忍不住回过头去，和他想象的不同，金意麟负手背对着他，盯着自己的鞋。他的身材高大挺拔，头一垂下去，背影有种说不出的落寞。金意安呆怔了片刻，才转身离去。

回到房里，金意安脱下外衣，把头埋进衣服里去，用力地嗅了嗅，他不知道是自己的想象，还是真的闻到了一股香气。他又想起春美公主蜷着身体紧紧地偎在自己怀里的模样儿，虽然不合时宜，但一阵狂喜像雷击贯穿了身体,让他颤抖起来。

他不知道春美公主是什么时候醒过来的,当时他思绪复杂,所有的线索都连起来了。访客,马车,疯子,王太子妃对王太子的不满——

"你在想什么?"

金意安低头看见春美公主黑白分明的大眼睛,吓了一跳。

"醒了?"

"嗯。"春美公主点点头,坐了起来,盯着随即也坐起来的金意安,"你那么入迷,在想什么?"

金意安有些啼笑皆非。春美公主睡了一个时辰,好像把可怕的事情忘掉了,又变成对什么都好奇的少女,神情也活泼、促狭起来。

"想女人?"

金意安想起梦中的玉姬:"是啊。"

"真的在想女人?"

"是。"

"你竟敢——"春美公主扬手打了他一耳光,眼睛因为恼怒睁得圆溜溜的,"你怎么敢?!"

"我在想你。"金意安按住了她的手,她这个动不动就动手的毛病让他有些恼怒,脸颊上火辣辣的,疼痛加剧了他的不满。在这阵疼痛中,他的欲望像一条蛇从杂乱的思绪中探出头来,试图从他的身体中挣脱出去,扑向对面这具温软芳香的身体。

春美公主愣住了,表情飞快地变了几变。

"你好大的胆子,"她嘴还是硬的,但脸红得像熟透的苹果,"想我? 想我什么?"

金意安看着她,不说话。

春美公主被他看得慌乱了起来。

"这个房间里的声音，"他凑近到她耳边，"门口的宫女嬷嬷听得见吗？"

"如果我喊叫，当然听得见。"

"你不会喊叫的——"他抓住她的手，放在自己的身体上。

她像被烫着了似的缩回了手，叫了一声。

"你——"春美公主双眼圆睁，"你敢——"

春美公主的声音发着抖，威胁听起来更像是鼓励。金意安好像怕她说出更可怕的话似的，凑过去含住了她的嘴唇。她的嘴唇软软的，像两片花瓣，和她平时说话那股硬邦邦的劲头完全不同。

她的裙子有好几层，他的手绕来绕去的，费了好大的劲儿才找到想要找的地方，她的肌肤又滑又凉，中间浸润了太多的水分，他恍惚间觉得自己的指头又缠绕进另一匹绸缎里——

金意安洗了澡换好衣服去餐室时，金意麟早已坐好，餐桌也早就摆好了。

"对不起——"金意安打了声招呼坐下来，"我不知道您在家里吃饭。"

"是啊，在家里吃饭吃得太少了。"金意麟吩咐仆人把烧酒拿过来，"我们今天好好喝一杯。"

仆人把酒杯倒满。

"干杯。"金意麟举杯示意，一口喝掉。

"干杯。"金意安陪着喝了一杯。

仆人又把酒杯斟满。

连喝了三杯，金意安觉得酒劲儿从胃里浮动着，整个身体都变得轻飘飘的。金意安很少在家里喝酒，外面也没什么应酬。偶尔喝，也是喝米酒,突然这么一杯接一杯地喝起烧酒来,酒精在他身体里游走着,像个灵异之物,令人兴奋,也让人不安。

"我不行了。"他冲金意麟摆摆手,"我的酒量一向不好。"

"你行的。"金意麟笑着,又举起杯来示意,"谁说你不行?"

金意安明知道再喝下去要醉倒,也只能勉强再把酒杯端起来。用袖子遮住脸时,他想把酒偷偷倒掉,但只是一闪念,还是把接下来的三杯酒又喝进了肚子里。金意麟让仆人离开了,铺着五铺花纹席的餐室里只剩下他们兄弟两个。

"今日我去王宫见了王后,"金意麟说,"是关于我和春美公主的婚事。"

金意麟的话仿佛兜头泼过来的一瓢凉水,金意安清醒了不少。

"我是她的新驸马。"

"春美公主会很乐意嫁给您的,"金意安说,"她倾慕您很久了。"

金意麟笑了,就好像听到了特别可笑的谎言。

"第一次去白梨宫时,她亲口跟我讲的。"金意安迎着金意麟的目光,他忽然很高兴今天有酒了,酒虽然把他的舌头喝硬了,但也能让他梗着脖子,装疯卖傻般地把话讲下去,"她说她留下我这个礼宾侍尹大人,是因为我长着意麟君的脸。有我在,没准儿您能偶尔去白梨宫,这样,你们就有机会见面了。"

"有这样的事儿?"金意麟笑了笑,"你怎么不早说?"

"那时候驸马——我是说当时右领相大人的儿子与春美公主有婚约约束,虽然春美公主身份尊贵,但也不能为所欲为。"

"说得对。"金意麟说,"谁都不能为所欲为。王太子,春美公主,我,还有你。"

金意安端坐着,没来由地,他想起以前在"无花"时,跟玉姬共度的第一夜,他满脑子里面转着玄鹤,玉姬偎在他怀里,跟他情话绵绵,那些话他没认真听过,但现在却忽然浮现了出来:"我不求你爱你,我只求你让我爱。"

"今天在白梨宫,吓了你一跳吧?"金意麟问道,"不过,你也把我吓得不轻——我没想到你和春美公主会这么亲近。简直是——"

金意麟含住了下半句话,喝了杯酒,面沉似水。

金意安头皮发麻。今天发生的事情太诡异太凑巧了,难道是冥冥之中,玉姬的魂灵在耍弄他和春美公主?

"您相信世间有鬼吗?"

"鬼?!"金意麟疑惑地望着金意安。

"就是与右领相大人的公子相好的歌伎玉姬,"金意安说,"这几日她得经受了多大的冲击啊,先是右领相大人的公子死在她房里,然后她自己被黑衣侍卫带走,抹了脖子——"

"这种女子,命如芥子,多想无益。"金意麟有些不耐烦。

"春美公主派黑衣侍卫取了她的命,整夜睡不着,老梦见玉姬站在床边盯着她看。"

"那只是她的想象罢了。"

"我也是这么说的,今天下午在宫里睡着了,我也梦见那个女人了,和春美公主说的一样,脖子上面有一条红线,好像割头时留下的痕迹。她站在我们身边,盯着我们看。"

"真荒唐。"金意麟笑了。

"很荒唐,但是真的。"金意安望着金意麟,"我被吓醒了,然后就看见您和王太子。"

"我们是从王后的宫里出来,"金意麟说,"王太子说,去春美公主那边转转,下一盘棋——"

金意麟又把酒满上,冲金意安示意了一下。

金意安举起酒杯示意,一口喝下去,烧酒像一小团火,"咕咚"一声落到胃里。

雨季说来就来了。

眼下是夏末秋初,地气积聚了一整个夏季的烈日炙烤,憋足了一股劲儿,散发出热烘烘的气息。这时候的雨,性情暴烈乖戾,风也急骤,雨丝扫在青石板上面发出的声音听上去令人心惊。在雨水的湿气中间,夹杂着一股阴冷之气。

每一场雨后,都有一批竹叶被扫落在地上,几场雨过去,地上便铺了厚厚的一层。与此同时,新生出来的竹枝疯长着,飞快地从根部蹿起来,犹如借助风势扬起的火焰。

金意安觉得自己也像一根竹子,心是空的,但思绪却如那些疯长的竹枝。因为找不到重点,更加急迫地飞窜着。

金意安倒情愿这时候下雨。

至少庭院不那么空落落的了。

春美公主派内官招过他几次,都被他以染了风寒为由推托掉了。

春美公主跟金意麟的婚期定在中秋时候,花好月圆。金意麟的身份更尊贵了。虽然有女儿待嫁的贵族人家极为失望,但朝廷各股力量都加大了对金意麟的巴结、讨好、笼络。蒙古人的态度越来越强硬,大兵压在国境线上,战争一触即发,像金意麟这种能文又能武的官员,是国家危难时期最可依仗的人才,连国王也对他格外看重。

王太子时不时地登门造访,有时是自己,有时候是几个官员一起,金意麟会让金意安过去为大家煮茶,他看着他们纵论时事,有的主战,有的主降,争得一塌糊涂,面红耳赤。争辩的焦点最后总会落到金意麟身上,他盯着自己身前的茶桌,仿佛能从眼前的茶杯里面,看见即将到来的烽火。

王太子的目光落在金意麟身上,灯光下面,他面色苍白,目光潋滟,像是春美公主披了男装坐在那儿,让金意安忍不住老去看他。有几次,他的凝视被接住了,王太子的目光转向了金意安。

金意安即刻低垂了眼皮,心跳不已。

浑浑噩噩地过了许多日子,一天傍晚当春美公主出现在金意安的面前时,他还以为自己在做梦。

送她过来的两个仆人施过礼后离去,他们目光里的疑问让金意安意识到眼前发生了多么怪异的事。

"外面传说意安君得了极重的风寒,性命危在旦夕。"春美公主脸绷得紧紧的,"我倒不相信,非得亲眼来见识一下不可。"

"您怎么——出宫的?"金意安腿都软了,一时站不起来。

"我让意麟君带我出来的。"春美公主把斗篷脱下来,难掩得意之情,"你们府邸的仆人认错人了,刚才尊称我为王太子殿下呢。"

"那兄长——"

"他在自己房里,让仆人送我过来的。"

金意安的心像一只鸡蛋磕在石头上,碎得心汁四溅,他打量她身上的男装,不知道这时候该哭还是该笑。

"你呆呆地看着我是什么意思?!"春美公主见金意安不说话,发起脾气来,"你真的生病了吗?神情这么奇怪?!"

"请进来喝杯茶吧。"金意安叹息一声,起身往房间里让春美公主。

春美公主面色不悦,但走进房里,四下看看,脸色也开朗了:"你的房间这么素朴清静,像间僧房。"

金意安让两扇门开着，进到房间里来。

"他们说要打仗了，蒙古国在边疆囤积兵力呢。王宫里人心惶惶的，父王身体欠安，担惊受怕，他的头发白了好多，"春美公主叹息一声，"所有的事情都仰仗着母后和王太子哥哥操心——"

春美公主看着金意安："你为什么不进宫去见我？"

"您棋艺精湛，无须教授。"

"可以教我别的。"

"婚期将至，您得抓紧时间缝制新的婚服。"

"没那个心情了。"春美公主苦笑了一下，"如果真的发生了战争，婚礼能不能举行都不知道呢。"

"会顺利举行的。"

两个人沉默了一会儿。

水烧开了，金意安拿起水壶，冲洗、暖热茶具，冲了一杯茉莉香片，放到春美公主的面前。

春美公主盯着他的手指，轻轻叹息："你可知道我费了多大的周折才能出宫？"

金意安点点头。

春美公主把茶杯拿到嘴边，还未喝茶，泪珠从脸上滚落下来，落进茶杯里。

"我很高兴能嫁过来，这样，我就既可以跟意麟君在一起，也可以跟意安君在一起了。"春美公主喝了口茶，笑笑，"以后，你可以教我下棋，还可以教我冲茶。"

金意安没说话。

"你又要骂我轻佻了吧？"

"你是很轻佻。"金意安叹了口气，说道。

"轻佻的女人很让人讨厌吧？"她瞪圆了眼睛。

"是啊，"金意安说，"你这么轻佻，又是我兄长未过门的妻子，我不知道该如何对你才好。"

春美公主脸色发白，霍然起身往外走去。

金意安想也不想地伸出手去，她的一只脚刚好抬起来，他用力一拉，她站立不稳，朝着他的怀中歪倒了。

金意安在急切之间，找不到春美公主衣服上的系带，把她的一件内衣撕坏了。她叫唤了一声。金意安浑身发抖，身体里面的河流冲破堤坝，四处漫延——他在春美公主的身体里恣肆奔跑时想起——

刚刚为了避嫌，两扇门还是拉开的。

"你会遭报应的。"他对自己说。

直到他们整理好衣服，重新在茶桌前落座，整个府邸里面，沉寂无声。

"茶冷了，倒更香了。"春美公主喝了口茶，"我回去就去找母后，我要嫁给你！"

"求求你。"金意安后退了一步，双膝跪坐，"就保持现在这样，婚期到的时候，嫁过来！"

"嫁过来？"春美公主看着金意安，"我们就这么生活在一起?!"

"你刚刚不是说，这样很好吗？"

春美公主把杯里的残茶朝金意安泼了过来。

"今天，还有那天——"金意安用手抹了把脸，"就当是梦吧。"

"你说的这是什么鬼话！"

"答应我，别跟王后、王太子殿下，还有我兄长，说任何事情，就这么嫁过来，拜托拜托！"

正是一年之中最热的时候，春美公主面覆寒霜，转身离去。

金意安坐着,听着她的脚步声一直走到东院。

第二天金意安趁着仆人未起床时,把连夜收拾好的几样简单的东西捆好,把一封信放在茶桌上,走出了家门。

空气沁凉,雾很大。他在集市上等了半天才见到人影。他雇了马车后立刻上路,在官道上奔波了一天半,又花了半天的时间爬山。到达离俗寺时,他站在寺门回头看身后,重峦叠嶂,山间小路如蛇线,时隐时现,夕阳宛若一件华丽的大氅,飞扬在西天上。

红尘万丈啊。泪水模糊了金意安的视线。

水心大师是个枯瘦的老人,和颜悦色,穿一身洗得发白的僧服,每天吃过午饭,他在桌上铺开纸,用细细的笔勾画棋谱,勾着腰埋着头的样子像一只虾。金意安纵然心情低落,也忍不住露出微笑。他在寺院待了快一个月,水心大师还从未与他对弈过。

金意安按捺不住寂寞,追问过几次,水心大师微微一笑:"再等等。"

"等什么呢?"

"等你身上的火气熄掉。"

水心大师身上所有的东西非老即旧,但眼睛却极有神采,清澈、锐利,不像上了年纪的人。金意安觉得自己一眼就被水心大师看穿了。

离俗寺的院中有一株罕见的朱槿,据说已有三百多年了。如今花期已过,黄昏时分金意安打量着朱槿,想象整个夏季,每天黄昏时分木槿花飘落时艳如血滴的情景,那该多么令人惆怅啊。

中秋过后,战争的消息传到了离俗寺。

僧人们除了每天的功课外,晚课加上了《地藏菩萨本愿经》的诵读，金意安完全融入了寺院生活。每天早课晚课，平日里生火做饭。山里面天气寒凉，寺内饮食清淡，他和僧人们一样早早穿上了棉服。

一开始不熟悉经文，金意安读得磕磕绊绊的，但时间长了，就读得流利起来。每日夜间诵读，读到回向文："愿以此功德，庄严佛净土。上报四重恩，下济三涂苦。若有见闻者，悉发菩提心。尽此一报身，同生极乐国。"金意安格外虔诚，他相信地藏菩萨是真实存在的，也希望金意麟在危难时刻，能借助大无边佛力转危为安。

每日午后，水心大师找他下棋。

水心大师每次走的开头都相同，但走着走着就不一样了，每一次，金意安都输。

"输就是赢。"水心大师点点头，好像金意安的输是他必做的功课。

又过了一段时间，王宫里的黑衣侍卫天兵天将似的，出现在离俗寺。

"留下来，"水心大师说，"才是你能做的最好的事情。"

金意安决定离开，金意麟战死沙场，生灵涂炭，国破家亡，他如何能躲在离俗寺里苟活。

水心大师送他到寺外，把自己长年盘的一串紫檀佛珠放进金意安的手里。

他站在寺门口往外看，山中秋色已到尾声，仿佛一场巨大的山火烧到了尾声，一些红色褐色黄色的叶片在风中飘荡，灰烬似的。

"今生缘尽。"水心大师微笑着说，"多保重！"

金意安带着佛珠，跟着黑衣侍卫们踏上归途，没有人告诉他他们是如何找到他的，也没有人告诉他战争具体的情况，黑衣侍卫们沉默是金。

事情是金意安回到家后，陆陆续续听说的。

关于即将到来的战争,按察使金意麟是最早、也是最坚定的主战派代表。

"大人每天天不亮就起来练功,"管家说,"疯了似的。"

"按察使大人从一开始就主战,"王太子说,"虽然他也知道,此战胜少败多。但他说,拼命一搏,虽败犹荣,子孙后世会以我们为傲;不战而降,尊严何在?死亡倘若是不能避免的,他选择站着死。"

金意安能想象出自己的兄长挥舞语言的枪戟所向披靡的风采,他在文武两班官员中间走动,话语从他的嘴里迸发出来,变成了发热并且能熠熠闪光的东西。

管家说那一段时间,金氏府邸里灯火辉煌。门前的车马排成了一条河。主张迎战的武官和文官们集聚一堂,高声的议论常常随风传到围墙外面。

王太子每夜必到金氏府邸,许多官员是冲着他才变成金意麟的拥护者。进出府邸的官员们目光炯炯有神,谈笑风生。他有种错觉,即将到来的似乎不是战争,而是一个盛况空前的节日。

但夜深人静时分,众人喧哗着离去后,王太子忧心忡忡,经常以泪洗面,恳求金意麟不要去做鸡蛋碰石头的蠢事。

"生,又何欢?死,又何惧?"金意麟笑着回答。

"全国上下,都恐惧这场即将到来的战争,只有意麟君不是。"王太子说,"他的梦想是光耀门楣,流芳千古,复兴家族,他做到了,虽然没有到达极致;流芳千古,可遇而不可求,他遇到了这场战争,他把战争当成了机会。为了名垂青史,他把你,把春美公主,把我,统统抛弃掉。"

王太子掩面哭泣。

出征当日，金意麟如愿获得武官身份。他把盔甲披挂整齐，英姿勃发、神采飞扬。

"当时我就知道，他不会活着回来了。那是我们的诀别。"王太子说。

金意麟带领着国家最精锐的部队赶赴前线。其他的兵力也在加紧训练之中。除此之外，全国16—60岁的健康男子都被强行征募，很多人还未学会像使用趁手的农具那样把武器运用自如，就尾随在官兵后面奔赴战场了。

战争失败了，比预想得更快、更惨烈。虽然蒙古军也损失惨重，但他们常年征战，经验丰富，人马和补给源源不断。金意麟率领的精锐部队一度把他们逼回了边境之外，但他们卷土重来，两方阵营短兵相接，从夜里打到天明，火光冲天，金意麟让一半精锐部队回撤，保存实力，他带着剩下的一半死士，以身殉国。

他的尸身被送了回来，残损不堪。

"太可怜了。"管家痛哭流涕，用手捶着木廊台，"我不相信那样的一个人，会变成这个样子。我不相信，哪怕是现在，我也不能相信那堆像是烧焦了，又被刀砍得乱七八糟的一截——身体，就是我们家主人，不可能的，他们肯定是抬错了，战场上经常发生这样的事情不是吗？我们家主人也许没死，逃进了深山，过一段时日就回来了——"

话是这么说，管家还是带着家里另外两个仆人把金意麟安葬在祖坟。按着官阶，新坟比父母的坟墓修得大，更加有威仪。国王追授了金意麟"护国将军"的谥号。

金意安回想起自己在寺院里，诵读《地藏菩萨本愿经》后入睡，梦里常常出现各种衣饰的人物，他们在他眼前转，有的若有所思，有的喃喃自语，有的形同陌路，按水心大师的说法儿，"都是有缘人"。

有一天他遇到了父母，父亲愁闷叹息，母亲却是牙牙学语的女童，追着一只蝴蝶蹦蹦跳跳，金意安在梦中一时不知如何称呼他们。但他从来没遇到过兄长。他因此而坚信兄长在世，但现在，是不是兄长哪怕过世，也不想再见他呢。

从墓地回到府邸的时候，天已经黑下来了。房子黑沉沉的，犹如一只会喘息的巨兽。金意安在东院转了转，走上木廊台，顺着敞开的窗子里往书房里面一望，不觉毛骨悚然，书房里有人身着白衣坐着喝茶，不正是金意麟？

他的手在哆嗦，拉了好几下才把拉门拉开，房间里哪里有人？只有一簇白菊开得正旺。这种在晚秋开放的菊花花枝高挑，花盘很大。厨房里干活儿的一个妇人把几盆早就过季的菊花养得生机盎然，有的供奉在金意麟的灵牌前面，有的随意放在哪个房间。

国王一息尚存，但已朽如枯木，心如死灰。国家大事交给王后和王太子，几位重臣天天在王宫见面，商讨国王让位王太子事宜。

"父王见战事惨重，很后悔当初没有直接投降。他生意麟君的气，连我也成了他的眼中钉，他受了几个老臣的蛊惑，说我和意麟君等几个人结党，想借战事废掉当今陛下，其心可诛。也是天不绝我，父王忧惧过度，中风了，母后把消息封锁住，借助家族的势力，力挽狂澜，务必要把我扶上大位——"王太子的脸在灯光下，更显苍白，这场战事让他原本瘦弱的身体更加消瘦，身着冬衣，还是身影单薄，他挥舞着空荡荡的袖管，"倘若意麟君能回来，我宁可不要这三千里江山。"

王太子来的时候就已经醉了，见到金意安时，一把抓住了他的手臂，"意麟君——你回来了？！"

眼泪从他的脸颊上奔涌而下。

"殿下，"金意安鼻腔里也变得酸楚，他躬身施礼，"好久不见。"

"幸好白天烧了火炕。"管家帮着金意安把王太子扶进东院，"我去准备点儿酒菜，还有醒酒汤。"

王太子不吃任何东西，只要酒。他在房间里面四处走，不停地喝酒，不停地说话，时而清醒，时而混乱。

"春美公主——"趁着王太子清醒时，金意安问。

"对，没错儿，一切都因春美而起。"王太子挥舞手臂说，"女人都是祸水。"

"发生了什么事？"

"春美跟着意麟君来过这儿，"王太子环伺室内，"他们有个秘密，以为别人永远不会察觉，结果，那个秘密在春美的肚子里，一天天地大起来了。"

"您——说什么？"

"听不懂？"王太子笑了，他的双手在自己的肚子前面画了个弧形，"春美还未出嫁，就克死了两任驸马。现在，肚子里还藏了个孩子。本来母后要替她处理掉的，她死也不肯，绝食了好几天。母后现在也不管她了。"

"王太子殿下——"金意安跪倒，"我可以成为春美公主的新驸马吗？"

王太子站着，好像没听懂他的话。

"让我做什么都可以，"金意安说，"求您成全。"

王太子没有声响。

金意安跪了半天，抬起头看着王太子。

他站着，身体被视线拉长了，他低头看着金意安，耳语般地反问："你能成为我的意麟君吗？"

金意安进宫的前一天夜里下了这个冬天最大的一场雪。早晨他站在屋前，看着外面，大雪覆盖了一切。世间没有任何粉墨能比得过天地间的倾洒。金意安换好了官服，这套三品文官的官服曾经穿在兄长的身上，早上管家帮他换上官服时，背着他，用手背抹了两把眼泪。发现金意安盯着自己时，"我是高兴的——"管家红着眼圈儿解释。

马车行走在雪地上，发出"咯吱咯吱"的声音，天气很冷，金意安手脚都冻僵了。下了马车他朝那株木槿树望去。树上压着新雪，像一位中国古代诗人写的：千树万树梨花开。

白梨宫门口有两个宫女等候着。不知道是不是去年的两位。宫女们的服饰发型都一模一样，即使有心，也很难区分她们谁是谁。他走到近前时，她们朝他鞠躬，声音清脆地说道："按察使大人！请这边走。"

金意安跟在她们后面，她们的裙子像倒扣的花苞拂过已经清扫过的石板甬路，裙裾边儿上沾上了雪末。

他们穿过一个庭院，走上几级台阶，沿着木廊台又走了一段路，在一间房门前停下了脚步。

门前，宫女嬷嬷独自站着，耳朵和鼻头冻得有些发红，金意安走过去时，她深深地鞠躬，他在近前才发现，不是雪落到她的头上，几个月不见，她的头发全白了。

"您终于来了！"她抬起头时，脸上泪水纵横。

"辛苦了！"金意安冲她点点头。

宫女嬷嬷掏出手帕擦了擦眼睛，替他把门拉开，朝里面挥了一下手臂，"您请进——"在他进门后，她替他在身后拉上了拉门。

温暖的气息扑面而来。

金意安往前走了几步，迎面是一个屏风拉门，金色底，上面绣着玉兰花树，月亮是蓝色的，绣了个银边。他把拉门向两边慢慢地推开——

在房间深处，阳光从窗口斜照进来，形成一小片光区。春美公主坐在光区中间，白衣白裙，外面罩着同样白色的丝绸夹罩衫，头发像已婚妇人那样盘成了发髻，她目光温柔地看着一步步走到近前的金意安。

"他来了！"她微笑着，轻轻拍拍自己的肚子，"我不是早就说过吗？他会来的。"

春美公主朝金意安仰起头来——

整个人，皎如玉树。

《长城》2003年3期

纪念我的朋友金枝

金枝说她爱袁哲。她一直这么说，不断地说。每次同学聚餐，她都挑袁哲对面的位置，种种怪模怪样儿，截获他的注视；要么就手支着下巴，盯到他浑身发痒。

"你的目光把我脸烤红了。"袁哲抗议。

"我的目标是把你烤熟，"金枝说，"外焦里嫩，片成一片片儿的，吃掉。"

"烤鸭——"我们冲袁哲笑，把"鸭"字拉得老长老长。

袁哲拿我们没辙。他拿金枝更没辙。在我们这拨儿高中朋友里面，袁哲在校园里待的时间最久，本科读完读硕士，硕士读完读博士，博士读完分到社科院，跟其他早就进入社会的同学比起来，金枝说他是"清泉石上流"。

金枝喜欢袁哲，喜欢逗袁哲，叫他"泉哥"。"泉水清且涟矣，可以洗衣服，洗脚，也可以洗澡。"但说归说，她可从来没想在袁哲这棵树上吊死。她的感情生活摇曳多姿。

金枝是医药代表，前年推销出去两台妇科仪器，这两年，光是往医院里卖涂片垫，就让她月入过万；她名片上面的身份是外企白领，代理着两个美国制药公司出产的药品，其中一个主要治疗胃肠道内间质瘤，据说已经让部分肿瘤患者存活了十几年，当然价格也不菲。一盒就要2万4。每月有两次，她起早赶到医院，在大腕主任医生查房之后、进手术室之前的时间缝隙里，想办法挤出几分钟来，把装在信封里面的药品提成现金塞给他们，顺便聊聊天。时不时地，下午三点钟以后，她拎着礼物，以及零食饮料去主治医生办公室，跟他们吃吃喝喝说说笑笑，让他们给患者推荐药品时，把她的品种排在前面。隔三岔五她安排个饭局，跟这些医生推杯换盏，联络感情，放松身心。好几个医生散席后送她回家，一送送到床上。

金枝给客户们买东西时，经常带上袁哲的一份，名牌衬衫、男用香水、背包、红酒之类的，聚会结束，大家鸟兽散时，她提起纸袋往袁哲手里一塞。袁哲接得也很顺手，仿佛那本来就是他的纸袋。

袁哲带聂盈盈来参加我们饭局时，没有事先通告，小姑娘说，她不是"应邀"，而是"硬要"来参加这个聚会的。聂盈盈瘦溜溜、白嫩嫩、娇滴滴，穿件小黑裙，袖子篷成两朵绉纱灯笼。她是师大在读研究生，几个月前他们在朋友聚会上认识。

金枝坐在他们对面，跟她旁边的男生要了根烟，袁哲挨个儿替聂盈盈介绍在座的朋友，到金枝时，聂盈盈跟她问好，她点点头，喷出口烟来。烟雾像颗棉花子弹，朝聂盈盈弹出去，转眼抻长、漫开、展成一小截舞袖，如丝如缕地散掉。

"她高中时就开始抽烟，"袁哲对聂盈盈说，"女版小马哥。"

金枝那会儿是女阿飞，跟男生勾肩搭背，抢烟抽，有一次还把烟吐到了袁哲脸上，他正好吸了口气，呛到了，咳了半天。

"你要不要脸?!"他瞪她。

"你要不要命?!"好几个男生聚过来。

袁哲在高中时，单眼皮，大长腿，白衬衫，年级学霸，体育健将，男神标配样样齐全，引无数女生竞折腰，男生们早就想揍他个满地找牙了。

金枝拦住了男生们，摆头示意袁哲走。

有两个男生不服气："凭啥？"

"就凭我喜欢他。"金枝宣称。

那天喝的是高度白酒，喝酒之前先要了苏打水，撕易拉罐时，金枝把拉环拉掉了。

"刚出炉的戒指。"她把拉环套在自己的无名指上，冲我们晃了晃。

酒喝到酣处，各种八卦粉墨登场，金枝讲医院里新近发生的事，有个小护士，表面白莲花，私下麻辣烫。老公是工程师，在非洲援建，前阵子回来待了个把月。工程师回非洲后，小护士身体越来越不适，一查查出了艾滋。从上个星期开始，医院里的男医生排队体检，挤爆走廊。

"那你不是也应该体检下？"有人调侃金枝。

"我正安排时间呢，当然也得替你们全都安排一下。"金枝浏览了一圈儿，目光定在袁哲身上，"尤其是你。"

饭局结束后，聂盈盈发了条微博，说男友的朋友们，玩笑尺度大到让人笑不出来。这条微博之后，她又发了一条秒删的微博：胖女人上了公交车，找不到座位，只能拉着车上的拉环，不料司机一个急刹车，胖女人把拉环拉断了，并一下子扑到了司机面前，司机看着她和她手上的拉环，没好气地说："集满三个，送司机签名照一张！"

这条微博下面配了袁哲开车的照片。

"袁哲，我爱你！"

金枝在婚礼上跟袁哲告白。

那会儿，婚礼上的人都在等待着吉时良辰。为了选这个良辰吉时，袁哲和聂盈盈驱车300公里去一个县里找风水先生。那个先生谱儿很大，只按自己方便的时间接待来宾，还经常闭门谢客。他们事先托人说了情才见到先生。聂盈盈把这个过程写得一波三折，起伏跌宕，@了一大堆朋友。不光这件事儿，聂盈盈什么都拿出来晒。房子、车子、装修、家具，随着婚礼的临近，又加上了鲜花、蛋糕、各种心形饰物，每次都@一大堆人围观；她还经常把袁哲的西装、衬衫、皮带、皮鞋、手表摆摆好，旁边是她的裙子、包包、鞋子、首饰，衣衫相依相偎，相亲相爱。

距离《婚礼进行曲》响起来还不到2分钟，聂盈盈从休息室出来，新娘子一袭白纱，裙摆阔大，丝绸雪纺如雪雾飞扬，她挽着老聂，走到红毯的边缘，那里搭了一个心形花架，白玫瑰与勿忘我镶满其上，紫白相间，清新亮眼，父女俩就像嵌在相框里面。

老聂年轻时走过仕途，后来下海经商，人脉通天，财大气粗。他现在的老婆是第三任，比聂盈盈大不了几岁。我们进场时，她陪在老聂身边迎客，杏脸桃腮，眼横春波，把男宾客们电得不轻。

大家的目光都瞟向新娘，金枝是怎么上到台上，从哪里弄到麦克风的，我们不得而知。今天她来的时候，身上就带着酒味儿，脸孔像张揉皱的纸。有人倒了杯可乐给她，她摆摆手，让人开了瓶啤酒，说要透透宿酒。

"我爱你,就像爱塞北的雪,春风又绿江南岸的绿,荷塘月色里的月色,总而言之,言而总之,"金枝拿着麦克风,身体摇晃着,声音因醉酒而沙哑磁性,非常爵士,"你是我男神。跟孔子、老子、庄子,并列为四大天王。我一上香就上四根。"

我们笑翻了,连袁哲也笑了,随即又绷紧了脸。有些宾客发蒙,还有一些人以为金枝是婚礼请来助兴的演员呢。

"我男神今天要结婚,新娘不是我——"金枝停顿了一下,"新娘不是我,这没关系,新娘可以假装她自己是我,对我男神要顶礼膜拜,三从四德,鞠躬尽瘁,死而后已——"

司仪小伙跑上来,被舞台上的线绊了个跟头,差点儿给金枝来了个单膝跪地的请安。

"来就来呗,"金枝抱着胳膊,"这么大礼!"

司仪起身凑到金枝身边,要附耳过去跟她讲话。

"有话说话,"金枝身体往后躲了躲,"凑什么近乎?我男神看着呢——"

袁哲叫了金枝两声,冲她做了个打住的手势。

金枝看着袁哲,话筒还在她嘴边,她的呼吸气流声清晰可闻,仿佛潮汐涌流。

"不往下整了?"她问他。

袁哲做了个手势。

"你是男神你说了算,男神说的话都是神话——"金枝冲音响师打了个响指,"Music!"

婚礼进行曲从音箱里面奔涌出来。

金枝小天鹅似的踮起脚尖,鞠躬谢幕。来宾们掌声雷动,还有人拍着桌子喊:"再来一段!"

聂盈盈和她爸爸表情肃穆，任凭《婚礼进行曲》兀自进行着，他们耳语了几句，挺胸站直，沿着红毯迈步前行。走到新郎身边时，老聂迟疑了一下才把聂盈盈的手交到袁哲手里。

司仪小伙讲了一堆套话：金玉良缘、百年好合、白头偕老；你愿意成为她的丈夫吗？无论疾病还是健康，幸福还是痛苦，富贵还是贫穷？你愿意成为他的妻子吗？陪伴他，鼓励他，支持他？

无论司仪说什么，宾客们都大声叫好、鼓掌。

证婚人宣读了结婚证书，袁哲和聂盈盈交换了戒指，司仪让他们亲吻，聂盈盈冰雕似的站着，袁哲撩起她的面纱，嘴唇凑过去碰了她脸颊一下。

司仪大声宣布："礼成！"

金枝在婚礼上的表演被人拍了视频，弄到网上，点击率井喷，评论如野草疯长，"笑抽了！""史上最强女神经！""超级闺蜜！"

金枝说她那天宿醉未醒，被朋友提醒才上网看，"奥斯卡影后什么的，跟我比，都弱爆了啊"。

"你红了，"我提醒她，"新娘新郎脸都绿了。"

"脸绿怕啥？帽子不绿就行呗。"

金枝张罗请客，为袁哲聂盈盈新婚贺喜，为自己酒后无德道歉。袁哲说不用，但聂盈盈一口答应下来。

金枝定了"春樱"日本料理，桌子窄细，食品五彩缤纷地摆满了桌面，仿佛一条花河。大家分列两侧，金枝坐在袁哲和聂盈盈对面。清酒烫好后送上来，金枝把自己面前的三个空杯倒满。

"我先赔个罪啊——"金枝指了指面前，"这三杯酒的意思是：对，不，起！"

"喝酒难看,喝醉了更难看,喝醉了的女人难看加难看,喝醉到都不知道自己醉成什么样儿的女人史无前例的难看,我自己都看不下去了!"金枝说完,把三杯酒端起来咣咣咣干了,"对不起啊,盈盈,姐跟你道歉,虽然你长得跟棵芹菜似的,但姐希望你能变成卷心菜,多多包涵。"

"你这体格儿,又这么多希望,"聂盈盈笑笑,"我哪能包得住?"

炕桌细长狭远,酒喝起来像流水席。袁哲和聂盈盈坐在中心位置,燕尔新婚,大家有心帮金枝补错,小夫妻成了大家敬酒的靶子,清酒入口微甜,度数低。聂盈盈来者不拒,几轮下来,聂盈盈的"沙宣头"发丝散乱,眼影也洇染变成了烟熏。她跟金枝隔着桌子,促着膝,手拉手,身体不时越过小桌子,她们咬着耳朵说的话,所有的人都听得到。

"我知道你跟袁哲睡过。"

"大学的时候我们去草原,搭帐篷,六个人一起,这算吗?"

"动手动脚没?"

"我想动啊,可中间隔仨人儿呢,还有一堆背包。只能动动心眼儿了。"

"那更危险啊。妻不如妾,妾不如偷,偷不如偷不着,动心眼儿就是偷不着。"聂盈盈斜睨着袁哲,朝他脸上拍了一巴掌,"唐僧啊你!"

聂盈盈下手没轻没重的,听上去像扇了袁哲一耳光。

金枝睁大了眼睛,坐直了身子,伸手去拿聂盈盈的酒壶。

"你喝大了!"

聂盈盈把她的手摁住:"别抢我的酒。"

"别再喝了!"袁哲拉了聂盈盈一把。

聂盈盈死拽着酒壶,晃动肩膀抖落掉袁哲的手,发丝像把刷子从面颊上拂过去:"滚你妈蛋!"

包房里瞬间安静。

"你他妈的就是,"聂盈盈看着袁哲,一字一顿地说,"被苍蝇叮的、有缝儿的蛋。"

金枝扬手给了聂盈盈一耳光。

"干吗干吗干吗,"我们从两边涌过来,"喝多了喝多了喝多了——"

"告诉过你了,对我男神要三从四德、鞠躬尽瘁,"金枝甩开我的手,看着聂盈盈,"喝二两酒你不知道自己是谁了?!"

聂盈盈摸了下自己的脸,看着金枝:"你打我?"

"你欠揍!"

"她打我耳光?"聂盈盈问我们大家。

"不是不是不是,喝多了喝多了喝多了——"

聂盈盈抓起手边喝水的玻璃杯,在桌子上一磕,哗啦一声,杯底磕得稀碎,水在桌子上面漫溢开来,她的眼泪也奔涌而出,举着漏光了水的杯子喝水,抽抽答答地说:"从小到大,还没谁敢动我一根指头呢——"

"不服气?"金枝说,"你可以打回来。"

"真的吗?"聂盈盈抬眼看着金枝。

"当然。"

"别闹了,"袁哲拉着聂盈盈,"回家!"

聂盈盈甩脱了袁哲,抢起手里的玻璃杯,朝金枝脸上砸过去,她用力之大,要不是袁哲拉着,她整个儿人会隔着桌子栽过去——

玻璃杯戳进了金枝的脸颊,像个巨大透明的印章,金枝疼得表情都扭曲了,她脸颊上被戳出个圆形的印迹,先是发白,慢慢地,血滴渗了出来，圆滚滚的红豆，很快，血流成了溜儿，顺着金枝脸颊往下淌，流进了嘴角，从下巴滴落到衣服上，她冲聂盈盈开口时，几颗牙齿也被染成了红色。

"——我们扯平了！"

袁哲第二天去看金枝。前一天夜里，聂盈盈像离了水的鱼似的，蹦跳扭动，三个男生帮着袁哲，把聂盈盈从日本料理店拖出来，塞进出租车里。其他人陪着金枝去医院。急诊室的两根灯管像个等等号，白炽炽的，"嗞嗞""嗞嗞"叫个不停，医生处置台边的灯，亮得让人眼前发黑，值班医生为金枝处置了好长时间，到最后也无法确定是不是仍然有玻璃碎屑留在伤口里面。

金枝在QQ上给我了留了好几十条留言，她睡不着。麻药让她的脸肿胀成了气球，舌头大了好几倍似的，麻药劲儿下去后，疼痛像春天的草，从伤口处钻了出来，它们生机勃勃，而且好像要生生不息。天光大亮时，她在窗前看着邻居们上学的上学，上班的上班，汽车甲壳虫似的，排队爬出小区，她拍了几张日出时的照片，发在微博上，有奖竞猜：这是她弄洒的牛奶？还是天上的云彩？

"我觉得自己刚睡着，就被袁哲的手机吵醒了。"她的手机放了静音，噗噗噗地振动不止，她看了眼手机，袁哲打了二十多个电话，还发了短信，说他就在她楼下。

金枝从窗户往下看，袁哲站在香槐树下，从树影中漏下来的阳光，把他的衬衫变成了白银的鳞片。

"我给他回短信，说我不方便见客，而且这点儿小伤，也没什么可探视的。"金枝对我说，"但袁哲一定要见我。不见不走。我们来来回回发了十几条短信，他还是不走。我只好起床，洗脸刷牙换衣服，我还画了画眼角，刷了睫毛膏，用纱巾把脸上的纱布蒙严实了，他见到我后，说我像阿拉伯美女！

"他替聂盈盈道歉，说她年纪小不懂事，让我别跟她一般见识；我说我跟聂盈盈是来而不往非礼也，我先挑起战火的，她是自卫反击。

"我们喝了杯咖啡，平时扯闲篇儿时一套一套儿的，但一对一大眼瞪小眼时，我跟他没什么好说的。他就像用牙齿打字似的，一会儿迸出一句，一会儿又迸出一句，他说我这些年来对他的好，点点滴滴，他都明白，很感动。他何德何能，受之有愧。我说我也没做什么啊，倒是给你添了很多乱。他说昨天我受了伤，他一夜没睡，我鼻子酸溜溜的，说跟你有啥关系啊？两个女生喝醉了任性，胡闹，跟你一点儿关系都没有，再说了，就我这体格，这点儿小伤算什么？他看着我，叹了口气，说你啊，只有身材是胖的。我就泪奔了——"

窗外的天色渐渐变灰，变暗。西天边上，云彩一度红彤彤的，也慢慢烧成了灰烬，融化在越来越浓黑的暮色里面。

袁哲把金枝送进卧室里躺下休息，安顿金枝躺好后，他自己也上了床。金枝没想到这个，"哎——"

袁哲亲吻她的脖子，温柔地咬了咬她，又咬疼似的用舌尖抚慰她。金枝说不出话来，身体软得像床羽绒被，她想推他起来，但抬起的胳膊棉絮似的，袁哲的另外一只手从她两手中间穿过去，解开她的扣子。金枝心跳得很厉害，害臊得不行，他的手游走到哪里，她的思绪就跟随到哪里，她为自己的脂肪和体量感到羞耻。她看起来像只章鱼吧？摸起来像一团乳酪吧？他在身上时，像骑在牛背上？袁哲肯定以为自己多年来梦想着跟他上床，才会用这种方式来安慰她吧？金枝很后悔没在他刚爬上床时把他踢下去。现在她只能希望夜色浓烈些再浓烈些，把他们的身体像奶油一样融化在黑夜里——

离开之前他在她额头上亲了一下,她冲他笑笑,后来才想起来房间暗到让人消失了视觉,而且,她脸上还蒙着头巾。

金枝发微博说她出门散心,然后就没影儿了。

起初我们以为她在哪个疗养胜地养伤,谁也没当回事儿,等过了一段时间找她时,发现她的手机、QQ、微博、博客,全都停摆,医院的工作也由她的一个助手接过去了。金枝无影无踪了。

我们猜测金枝的去向,旅游时遇见真命天子,浪迹天涯了?还是男神结了婚,自己毁了容,哀莫大于心死,遁入空门,不爱红尘恋青灯?女生独自旅行,被劫财劫色的事情时有发生,但我们都觉得金枝不会成为这种社会新闻的女主角,而且退一万步说,真有个三长两短的话,警察早就找上门儿来了。

没有了金枝,饭局上再没有人叫板一口气吹光整瓶啤酒,K 歌时没有了麦霸巨星,开玩笑时没有了靶子,金枝是饭局局长,朋友圈灵魂。

"金枝啊金枝。"大家在 QQ 群、微博、微信上面,四处寻找金枝,我们对着高山喊,金枝,你在哪里啊你在哪里?我们对着大海喊,金枝,你在哪里啊你在哪里?金枝,袁哲喊你回来吃饭。

金枝消失了 18 个月。就像她没有任何征兆地离开,她回来得相当突然。她在群里自称金枝斯密达:轻轻地我回来,正如我轻轻地离开/我挥一挥衣袖,没带回河畔的金柳和天边的云彩。她在微信上发了几张韩国的风情照,所有的照片里面,都有同一个橘黄色的行李箱。

天,我们怎么没想到呢,她去韩国了!

我们想起她脸上的伤,我们怎么会忽略了这个呢?金枝当然要去韩国，她必须去韩国。她是很大条，但没大条到对毁容都能付之一笑。

"安宁哈噻哟！"金枝踩着约定时间进了包房，手里拎着在微信图片里当主角的橘黄色小拉杆箱，里面装满了给我们的礼物。

她把我们全都惊呆了。

金枝没变成宋慧乔，没变成全智贤，或者什么尹恩慧、韩智慧，金枝把所有这些女明星融化了，然后浇铸到"金枝"这个模具里。金枝还是金枝，但金枝变成了勾兑版，或者说，韩版。以前她的脸是宽阔的，现在从两边往中间挤，脸颊窄细了一半，鼻梁则被挤高了一倍，嘴唇丰满、嘴角上翘，她原来就白得像雪，现在是雪里掺了奶，白得跟珍珠似的。最让人跌眼镜的是金枝的体重，曾经被我们喻为"撼山易，撼体重难"的金枝，瘦到了当她进屋时，我们没有一个人认出她来。

金枝让我们凌乱了。她就像仙女下凡，狐狸精转世，要多玄幻就有多玄幻，要多不真实就有多不真实。

"你整容了？怎么整的？肥是怎么减下来的？吃药还是运动——"

"我天生丽质好不好？"金枝不承认整容，"以前是脂肪掩盖了我的真面目，而你们这群家伙，有眼不识金香玉！"

她承认减肥。她在韩国一家减肥美容中心减肥，六个月后成为减肥中心的接待员，兼形象代言人，一年半的时间里，她减了60斤。她的照片从她160斤开始，一张张贴在墙上，记录她的变化。

"日新月异啊。"金枝笑着说，"但最近几个月新来的客人，都不相信那个照片里的人是我，他们认为照片是PS的。而且越是中国来的，越不相信。"

我们也不相信。不完全相信。金枝的变化太销魂了，活生生的奇迹和魔术。我们相信金枝能这么沧海变桑田，除了她讲的一二三四，一定还有别的五六七八。女生们咬着耳朵问她，减那么多，皮肤会松很多哎。她咬着耳朵回复我们说，做了两次紧肤手术，收紧了，而且几乎没什么痕迹，就是价钱贵死人，这一年半，她打着工还花了30万人民币。

代价不只是钱。金枝几乎不吃东西。她让人倒了半杯红酒，浅斟慢饮，指甲涂成了银色，手背上那些胖窝窝儿都不见了，取而代之的是一节一节的骨感美。"做梦都要流口水"的东坡肉端上来，她只吃了一小块："曾经有一个月，我只吃水煮白萝卜胡萝卜。"

"那段时间我都抑郁了，站在窗边就想从楼上跳下去，有一次我把印着美食图片的纸嚼了——"她看着我们的表情，笑了，"这都不算事儿，我亲眼见到为了杨柳细腰拆掉两根肋骨的女人；削骨磨牙，抽脂打针，垫鼻梁，女人们手术后肿得跟猪头、缠得跟粽子似的，真正是面目皆非，鬼哭狼嚎啊。医护人员反复跟我们强调，整容是女人的二次投胎。现在在地狱，出了门就上天堂。"

袁哲整个晚上只说了一句话："伤彻底好了？"

金枝点点头。

散席时当然是袁哲送金枝，"男神送女神，神神道道。"我们陪着他们走到汽车边，眼看着他们从两边上车，在汽车后座排排坐，冲我们挥挥手。

金枝只用了不到一个月的时间，就跟过去的生活无缝连接了。当初她离开时，只强调了健康原因，没跟公司要求任何条件和补偿，她离开后，公司在本地区的业绩一落千丈，公司原来以为金枝攀上了新枝，后来发现不是，金枝回国后，立刻对她大摇橄榄枝，欢迎她重回老东家。以前跟她合作过的医生，对金枝的旧貌换新颜，当时就震惊了。现在不是她约他们吃饭，而是她把自己变成了美味佳肴，主任医主治医们追着她订饭局。我们聚会时，金枝的手机冒泡儿似的响起各种提示音。她时不时地扫一眼，电话她放静音状态，偶尔接一下，大多数来电她任凭电话噗噗噗扑腾累了拉倒。

"都是跟我咨询整容和减肥的。"她苦笑。

"姐不是传说，"我们逗她，"姐是传奇。"

有一天聚会时，聂盈盈突然来了。

"我是通过这个找到你们的，"她冲我们晃晃苹果手机，"又是'硬要'参加。"

袁哲跟她分居半年多了。他说自己当初昏了头了，才找了白富美小女生结婚。聂盈盈的生活能力是负数，家里的事情要么是钟点工做，要么是袁哲收拾，她每天只管拿着手机，东拍拍西拍拍，一天发几十条甚至上百条微信和微博，一草一木，一杯一碗，吃喝拉撒，她连袁哲洗澡、只穿着内衣以及睡觉的照片都发出来，袁哲的婚后生活在朋友圈里几乎是现场直播，她自己也是，完全没有隐私可言，底下的评论说什么的都有，看得他撮火，她却觉得这样才有存在感。

"金枝姐姐，你真是沧海变桑田啊！"聂盈盈打量着金枝，"微信上看到他们发的照片，我还以为是PS的——"

"你有事儿吗？"袁哲冷着脸问她。

"上次喝醉了酒，不小心伤到了金枝姐姐，我怎么着也得当面道个歉啊。"聂盈盈跟袁哲说完，扭头又看着金枝，"对不起啊金枝姐姐，你大人不计小人过，原谅我酒后失态。"

金枝笑笑，加了把椅子，请聂盈盈坐下，让服务员再添副餐具。

"你这腮削得太自然了，你还开了眼角，别人看不出来我可能，我同学里面好几个开眼角的，都开得没你这个好。韩国技术就是成熟，你隆鼻用的是哪种填充料？他们说，隆过鼻子的人，坐飞机，有时候鼻子会像猪鼻子那样鼻孔朝上掀开，可惊悚了，是真的吗？"

金枝笑笑。

"你先回去吧。"袁哲说，"有事儿我们明天通电话。"

"干吗对我这么狠心啊？"聂盈盈说，"我是你老婆哎，明媒正娶，受法律保护。我今天一天没吃饭，现在，吃人的心都有。"

聂盈盈抄起筷子吃菜，有人倒酒，有人说起天气。桃花突然就开了，简直吓人一跳。还有李花、杏花、梨花，李花和梨花都是白的，但梨花花瓣更大一些。要不就是它们的花蕊有些不同？反正公园里面的花开得都连成片了，都开成一片烟了，怪不得古人说，花非花，雾非雾呢。我们要不组团去日本看樱花？顺便购个物？韩国也行，济州岛的山樱不比日本的樱花差。

"顺便再整个容。"聂盈盈举起手臂，"我第一个报名。"

"樱花马路对面的公园里就有，喝完酒咱醉里挑灯看樱。"有人出来打圆场，"大伙儿坐半天了，得走一个了吧？"

我们举起酒杯，干了一杯。金枝照例是红酒，喝了一口就放下了。

"你是怎么瘦下来的？"聂盈盈酒还没咽下去就问金枝，"他们在微信上说你减肥，只吃萝卜，我不信。他们有吃狗粮的，倒是减得挺见成效，吃萝卜能瘦成这样儿我还从来没听说过。你往胃里吞蛔虫了？还是你把胃切了？你吸毒了吗？"

"你见多识广，"金枝笑笑，"什么都瞒不过你的法眼。"

我们转移了话题，聊八卦，医院院长最近被抓了，据说在他家里阁楼里面搜出来三千多万现金，藏在一堆书里面。案件被报道出来时，题目叫书中自有黄金屋。当然，黄金屋是加了引号的。

"还有通奸吧，"聂盈盈说，"现在到处都是通奸——"

聂盈盈不肯离婚。袁哲搬走时,她是同意的,现在,她说要再想想。想了几天后,她说离婚可以,谁离了谁都能活,但离婚的步骤但按她的意思来,比方说,第一步,袁哲先搬回家。

"共同进退嘛。"她说,"我很在乎形式。"

袁哲回去之后的生活,通过聂盈盈的微信、微博,时不时地露出一鳞半爪。聂盈盈在床上摆着 S 形自拍,星眸迷离,媚眼如丝,背后是熟睡的袁哲。她还拍了很多细节特写,比如他们挨在一起的脚,交叉的牙刷棒,两个紧贴着的咖啡杯,杯手组成了"好"字。

"她自编自导自演,我什么都没做,"袁哲告诉我们,"她的三妈在后面当军师。一会儿一个主意。以前她们是仇人相见,分外眼红,现在亲如姐妹了。"

聂盈盈三脚猫的功夫,倒没什么,三妈一看就不寻常,垒得起七星灶,煮得开三江水,相逢开口笑,笑里全是刀。老聂小聂都被她收服了,手段不是一般二般。

"你现在美貌与智慧并重,工作与财富兼收,"我安慰金枝,"男人就像春笋,四处往外钻,没有袁哲还有李哲王哲赵哲。"

"条条大路通罗马?"金枝笑笑,"我也这么劝自己。可是不大灵啊,不管怎么劝,最后还是一条道儿跑到黑。"

她喝的咖啡是黑咖啡,临走时,打包了两块提拉米苏。袁哲每天下了班先去金枝那儿,吃饭喝茶,夜深了才回家。

金枝穿着紫色七分裙的连衣裙,白色香奈尔包包,往停车场方向走时,回头冲我笑笑,她身后有一大片盛开的紫丁香,紫洇洇的,烂漫无匹,香得人透不过气来。金枝被那片浓香重紫化掉了。

三妈一出手，果然是辣招。不知道她是怎么做到的，金枝以前的那些风流事，以及她在韩国交往过的两个男人，一个是整形医院的医生，另外一个是开牛尾汤汤馆的老板，全都被她查了出来。时间、地点，有的人连照片都附着。三妈约袁哲见了面，把纸袋放到了他面前。她没讲金枝一句坏话，她甚至没把这件事情告诉聂盈盈。

金枝刚洗了澡，给我开门时，身上裹着浴衣。客厅里只开了几盏壁灯，家具仿佛沉没在水下。她领着我直接进了厨房，餐桌上面有打开的酒，高脚杯也都摆好了。金枝往酒杯里倒酒，讲了三妈釜底抽薪的事儿，手在吧台上的纸袋上拍拍。

"袁哲怎么说？"

"他说他不介意，过去的就让它过去吧。"金枝喝了口酒，笑笑，"漂亮话就像整过容的脸，总归有后遗症的。"

她头发湿漉漉的，胡乱拢在脑后，耳朵边几缕发丝，发梢上含着水，慢慢团起来，泪滴似的滴下来。

金枝失眠，她经常夜里发微信，说说东说说西。聂盈盈倒是很少出现了，一个月来她销声匿迹，只偶尔上来冒冒泡。

聂盈盈说她被流星击中，怀孕了。

我给金枝打电话："你要是相信才叫傻呢。"

"是真的。袁哲承认了。"

"不要脸的东西！"我骂。

"人家是合法夫妻，天经地义。"

"那就把红杏开在家里，出墙来嘚瑟啥？"

"是我把红杏枝探进人家墙里好不好？"金枝的声音有些怪，仿佛她在梦里，又仿佛醉了酒，"而且我还不只探进这一家呢，我是红杏枝头春意闹！"她笑起来。

我约金枝见面。我一定要见到她面才放心。她被我纠缠不过，答应了。我们又约了另外两个女生，去吃麻辣小龙虾。

麻辣小龙虾、水煮鱼、香辣蟹，都是大盆端上来的，中间又穿插了几个小炒，桌子上摆得满满登登的。

"血染的风采。"金枝笑着说。

金枝的脸白得像黎明前的天色，一个月没见，眼袋和黑眼圈儿全都出现了，她说这阵子失眠闹的。她喝啤酒的时候先扔了两片药进嘴里。中间她又吃了两片药。

"你别在这儿睡着了——"

"能睡着就好了。"金枝说，"一觉醒来，发现所有这些不过是一场梦。"

"袁哲不值得你这样儿。"我说，"谁都不值得。"

"爱情这东西，谁先动心，谁就满盘皆输，"金枝说，"我十年前就满盘皆输了。"

中间我们去了下洗手间，回来时，留在桌边的女生说："她又吃药了，我没拦住——"

"没事儿，我早就有抗药性了。"金枝对我说，"你给袁哲打电话，说我吃药了。"

"起来，"我拉一把金枝，"我扶你去洗手间吐掉——"

"等会儿，你先打电话。"

"你他妈有病吧你?！他到底哪儿好，值得你这么犯贱?！"

"我他妈就是有病，病大发了。"金枝冲我笑，"大病就得大治，就像我当初去韩国，大治了一次，治好了回来了；这次也是一样，折腾够了，就去他妈的了，我保证！"

我用免提又给袁哲打电话，电话关机。

"他说他爱我。他说我在韩国的那段时间，他发现他早就爱上我了，爱上了胖金枝——"

金枝的笑容还在脸上，但越来越散，越来越恍惚，她的身体朝后倒去，我伸出手臂，刚好接住她。

120来之前金枝已经进入了昏迷状态，我们试图让她吐出来，但她牙关咬得紧紧的。她的脸色雪团似的，好像正在从我怀里化掉——

我们轮流给袁哲打电话，打不通。我们在微信上给他和聂盈盈留言，金枝吃药自杀了！袁哲你他妈的死哪儿去了？！

到了医院，金枝直接被推进去洗胃。我追着医生说她严重失眠，吃了安眠药，还喝了啤酒——

医生脚步没停，直接进处置室去了。

金枝的肚子爆炸了！医生急赤白脸地质问我，为什么不告诉他金枝胃里有水球？

我没听明白他的话，她胃里有什么？

"水球。"

"为什么她胃里有水球？"

"我怎么知道？可能是减肥吧。"医生说。装满了盐水的水球，加上食物，加上啤酒，加上洗胃的水，她的胃像一个汪洋大海，爆炸了。

袁哲和聂盈盈是一起来的。

"她真吃药了？"袁哲问我，"吃什么药？"

"一哭二闹三上吊，"聂盈盈哼一声，"吓唬谁啊？"

我指了指处置室，让他们自己进去看。

聂盈盈不去。袁哲犹豫了一下，自己进去了。我们听见他在处置室里号叫了一声。接着，又号叫了一声。聂盈盈跳起来，抓住我。

我知道袁哲看见了什么，处置室里，金枝躺在床上，脸是透明的，水晶冻似的，她的身体摊在那儿，掏心掏肺，披肝沥胆，肝肠寸断。我也想号叫来着，但没号出来。我在卫生间把胃吐空了，然后就像壁画一样贴在墙上，动弹不得。

袁哲是一寸寸地从手术室里面挪出来的，他打着冷战，胃痛似的佝偻了身体，聂盈盈过去扶住他，往手术室方向看了一眼："怎么了？"

她受了他的传染，也发起抖来。

他们背靠着墙，好不容易才站稳，朝我看过来。

"金枝说，她爱你！"我对袁哲说，"她爱死你了。"

《人民文学》2015 年 10 期

桔梗谣

忠赫放下电话,心脏怦怦怦地跳着,他的手发麻,抽了两下,才把纸巾从盒里抽出来,吸掉眼窝里的泪水。

忠赫到衣橱里找了件新衬衫,拆包装时,手指头被大头针扎出了血,血滴黏稠,像颗红豆。新衬衫折痕明显,浆过的衣领卡着后脖颈,忠赫又脱了下来,换回了平时穿的旧衬衫,弯腰穿鞋的时候他动作有点儿急,脑子里面忽悠一下,眼前有些发黑。

"慢点儿,慢点儿!"他提醒自己,扶着墙壁慢慢直起身。

春吉不在家。退休以后,她跟小区里另外几个女人组成了麻将小组,每天三四个小时,在几家轮番打打。在他们家打麻将时,春吉总是留朋友们吃饭,冷面啦,野菜酱汤啦,蔬菜肉丝面片啦,她兴致高昂地让人吃这个吃那个,哪怕是盘炒土豆丝,好像经过她的手之后,就变成了世间难寻的美味。

忠赫想象不出秀茶如今的模样儿。在朝阳川的时候,他家和秀茶家隔得不远，房前屋后种着几十株梨树，每年梨花盛开的半个月里，他们会被一场阳光晒不化的大雪掩埋住，天黑以后忠赫站在自家窗口朝秀茶的房间望去，她有时是雪国里的仙女，有时则变成灯笼里面的灯芯。四十年过去了，他的腰围变过好几个尺寸，头发灰白像黎明的天色，好在，他的腰杆还是拔得直直的，这是几十年如一日，坚持每天走路一个小时的馈赠。

在候车室的门口，在嘈杂的声音、难以形容的味道以及流动的色彩中间，忠赫还没从出租车下来就看到了秀茶，她穿着紫灰色套装，和以前一样苗条，肤色也仍旧白得像豆腐。皱纹没把她变丑，把她变温柔平实了，像穿旧揉皱了的棉麻布衣服。忠赫胸口闷闷的，像压上了石磨——以前在朝阳川时，他家院子里就有一盘，清晨或者傍晚，他和秀茶常坐在石磨边儿上做作业。高中毕业以后他们也还保留着在石磨边儿看书的习惯，大多是从县图书馆借来的小说，里面写些什么他早就忘了，但他记得秀茶边看书边哼的歌儿：

白色桔梗花啊紫色桔梗花，站在山坡下，花像海洋从天上飞流而来，漫山遍野，凝神细看，白色桔梗花啊紫色桔梗花。

"忠赫——"

秀茶的微笑近在眼前，但转眼就浸到了湖水里面。忠赫抹了一把泪水，秀茶的眼睛里也泛起一片水雾。

秀茶参加了她所在城市的夕阳红艺术团。在第四候车室里，有她29个同伴。"我们刚从长白山旅游回来，在这里换乘火车。"

他们只有一个多小时的时间。

忠赫带秀茶去了候车室旁边的咖啡座。那里卖的咖啡是速溶袋装咖啡，忠赫把服务员叫来，又要了两杯铁观音。他还点了牛肉脯、鱿鱼丝、话梅："这个茶太硬，稍微吃点东西，要不胃会不舒服。"

秀茶笑了："你还是那么细心。"

"你怎么找到我的？"他问她。

"想找总能找到。"她说。

他很惭愧。他没找过她。但他从没忘记过她。有好几年的时间，每晚临睡前一个小时，他给妈妈按摩手臂和腿脚，老太太翻来覆去地回忆朝阳川的陈年旧事，忠赫能在妈妈提到的每个人身后、每件事中间看到秀茶。

"累了吗？"他离开时，老太太问他。或者是："天天这么按来按去，还要听我唠叨，烦死了吧？"

"我愿意给妈妈按摩到一百岁。"忠赫真心真意地这么说，这是他跟秀茶相处的时间，怎么会累、会烦呢？

忠赫难得发脾气，但春吉训斥女儿时除外。每次女儿因为责骂眼泪汪汪地朝他转过脸，他都会看见秀茶的委屈，他用更阴沉更难看的脸色回应春吉，拉着女儿出门，带她去饭店吃饭，买礼物给她。

"小时候我很恨你，"儿子有一次对他说，"你对妹妹好得恨不得含到嘴里，而我就像你要吐出去的什么东西。"

"女孩子当然要娇惯一点儿。"他说。

他从小就习惯了对女孩子好。他跟秀茶上学时，碰上泥泞难走的路，他都是背着她过去的。她伏在他的背上，让他想起一只收拢翅膀的鸟。春天的时候，忠赫给秀茶编蝈蝈笼，为了把干玉米秆破成细条，手指头划出好多道细口子，洗手时疼得龇牙咧嘴的。有一年端午节，他给秀茶采染指甲用的酸浆草时，被蛇咬了，幸亏是草蛇，毒性不大，他妈妈吓得半死，抱着他的腿用嘴往外吮毒液，吮得嘴唇都肿了。秀茶的父母在旁边看着，拢拎着手帮不上忙，被忠赫妈妈的身体语言羞臊得满脸通红。

忠赫的妈妈 21 岁守寡，独自把忠赫带大，供他读书到高中毕业。忠赫的衣服永远是干干净净的，哪怕只有一套衣服，也是晚上洗好晾干，早晨干净整齐地出门。

老太太一辈子只对忠赫提过一个要求：娶春吉。

"我喜欢她的大脸盘儿，福相。"老太太说，"屁股也长得好，能生出好孩子来。"

如老太太所言，春吉生了两个好孩子。在孩子长大的过程中，春吉像发面的面团儿一样越来越浑圆，睡觉时呼噜打得一嘟噜一串儿的，忠赫常会梦见自己站在秋天的稻田地里，风吹稻浪，像涛声一样响亮，他变成了稻草人儿，破衣烂衫，伸着胳膊，眼看着秀茶从田埂上走开却叫不出声来。

去年刚退休的那几个月，忠赫着了魔似的想念秀茶家的豆浆。那间老豆腐房光线昏暗，地面上水渍渍的，刚点出来的豆腐在豆腐包里颤颤巍巍地抖动。豆浆装在粗瓷盆里，他和秀茶往里面撒几粒糖精，每天上学前喝得肚子胀胀的，打嗝时嘴里有一股豆香味儿。忠赫跑遍了城里所有有豆浆卖的地方，发现那股鲜嫩的味道再也找不到了。

"嫂子好吗？"

春吉和忠赫结婚那天，秀茶是以他妹妹的身份，拿着木瓢，隔着喜桌——让一对木头鸳鸯，一对蒸熟的、嘴里叼着整根红辣椒的公鸡母鸡，各种糖果、水果、鲜花，还有十几种糕饼摆得满满登登的——朝新娘子伸过来，春吉把一大捧糖果扔进去。后来忠赫听说，秀茶把糖讨来后钻进树林，一颗不剩地全吃光了。她把糖纸用熨斗熨平，折了个鸳鸯放在家里的窗台上。

秀茶结婚时，忠赫天不亮就起来，跟另外几个小伙子一起在院子里打打糕，刚蒸熟的糯米米粒晶莹剔透，像颗颗泪珠，他们用的木锤三斤半重，要几万锤才能把这些泪珠打成死心的一团。

秀茶嫁的男人姓尹，是部队转业干部，虽然年轻，但自有一股慑人气势。他跟秀茶订婚的时候，忠赫也在酒桌上作陪。男人们在酒桌上喝酒，女人们的饭摆在豆腐房那边，酒喝到一半时，秀茶被她爸爸叫过来，给客人们敬酒，她低垂着眼睛，睫毛像副门帘，敬酒的时候手在发抖。忠赫从来没喝过那么难咽的酒，酒里面带着锯齿，每一杯喝下去，都是一道伤口。

秀茶说，老尹五年前得过脑血栓，治疗得很及时，现在走路什么的，都不影响。儿子给她雇了个全职保姆帮忙照顾。

"他叫万宇。"秀茶说。

"我去见秀茶了。"

忠赫换了拖鞋，径直走进他的房间——孩子们自立门户后，他们就分房睡了——墙上挂着老太太的照片。是她过六十大寿那天拍的，她穿着雪白的朝鲜族服装，领口袖口镶着白色丝缎，胸前的蝴蝶结打得端端正正，头发梳得一丝不乱，别住头发的簪子是忠赫用根木筷子雕刻成的，打磨，上漆，再打磨，花了整整一个星期。

老太太目光幽深地望着忠赫。

老太太去世前的两年，喜欢坐在放在阳台的藤椅里，眯着眼睛望着远处的长河，黄昏时，阳光像泼洒的蛋黄覆盖在河面上，流淌的河水涌动如大蛇，一口口吸光蛋黄汁，直至把整个太阳都吞下肚去。

忠赫陪着老太太坐着，太阳往下落时，他想起很久以前跟秀茶坐在长满红菇茑的山坡上，她用细草棍儿把菇茑的筋络和籽粒从小米粒大小的洞里挑出来，把空空的薄如蝉翼的菰茑壳放在舌头上，像小灯笼那样吹满它，又用牙齿把里面的气挤出去，然后再吹满，再挤出去。她给他也弄了一个，那个小小灯笼似的壳，落在他的舌尖上，酸甜味道中夹杂着苦味儿，为了把它吹满气儿，他全身所有的力气都用上了。

"你去见秀茶了？"

春吉还站在门口，忠赫朝她转过头时，她把手里攥着的东西朝他用力地扔过来，但那东西轻飘飘地，隔着老远就落到了地上。

"我以为你出车祸了，要么就是心脏病，脑出血。你去见秀茶了？！你见秀茶不能打个电话？！不能留个纸条？！"

忠赫看着春吉，她的脸涨得通红，眼泪从眼眶里跌出来，漫漶在脸上。春吉如此愤怒，却连忠赫的衣角都没沾到，像那个飘到地上的布袋子一样。刚才他坐在车里回家时，司机跟他说话他也是反应了好一会儿才回答。

"这不是回来了嘛。"他说。

"回来了？"春吉冷笑一声，"魂儿呢？跟着秀茶走了吧？"

她说得对。他的魂儿就像块骨头，被秀茶的话叼走了。

忠赫不想跟春吉吵架。他们之间使用的语言从来没什么暴力，多年来跟妈妈一起生活，忠赫觉得骂了别人，自己会更加难堪。话说回来，春吉也是个温和的女人。他们上次闹不高兴是一个多月前，春吉请朋友们在家里吃烤牛肉，好几个小时以后家里还飘荡着烤肉的味道，忠赫去厨房烧开水时，发现水壶上面覆盖着油腥儿，他生起气来。

晚上吃饭时，春吉做了油焖带皮小土豆和凉拌黄豆芽，饭是白米里面加了松仁核桃仁芝麻红豆，用石锅蒸出来的，掀开盖子，清甜气息扑面而来。忠赫一闻到饭香，火气就没了。

孩子们相继打电话回来，春吉明明在客厅，电话仍然响个没完，忠赫只好用分机接："你去哪里了？让妈妈担心得要命。"

孩子们跟忠赫说完，要跟妈妈讲话，忠赫去客厅叫春吉，春吉眼睛盯着电视，不接他递过去的电话。

"你妈还生气呢。"忠赫跟孩子们说。

"那你就想办法将功赎罪吧。"孩子们笑着放了电话。

地方台每天晚上播三集韩剧，剧目不同但故事都差不多，不是两兄弟爱上同一个姑娘，就是两姐妹爱上同一个男人，要么就是两兄弟爱上了两姐妹。这些荒唐可笑的故事，动不动就让春吉鼻涕一把泪一把的。

"你多大岁数了还为这些东西哭哭啼啼的？"忠赫笑话她。

"你知道什么？！"春吉回敬他。

他知道什么？！那她呢？离开朝阳川以后，她偶尔还和镇里的人联系，而他是决意跟所有人都断了联系的。

看完电视剧春吉也不睡，客厅里灯光亮着，在门缝下面透一截进来。

忠赫去卫生间时，看见春吉把前几天别人送的新鲜沙参从冰箱里拿出来，沙参疙疙瘩瘩的厚皮跟鳄鱼皮差不多，要用小刀一点点剥下来才行，他从卫生间出来时，"秀茶也老了吧？"春吉忽然冒出一句。

"像她那样的眼睛，老了的时候眼皮会耷拉下来把半个眼睛盖住。"

春吉心地不坏，忠赫也知道他顺水推舟地说句话就会让她消气儿，可他们谈论的是秀茶啊，"她现在也还很漂亮"。

"她就是太漂亮了，"春吉说，"妈妈才不让她当儿媳妇的，妈妈说，三岁看到老，秀茶那个长相身段儿，不会有好命的。"

"妈妈还说你是个厚道人，心眼儿好呢。"

"你这是什么腔调啊？"春吉朝他扬起脸，春吉手里的那把刀他几天前刚磨过，锋刃摸起来像冰碴儿，"我说秀茶坏话了吗？"

"我也没说你说她坏话啊。"

"秀茶本来就过得不好嘛。"春吉说，"她男人老打她，孩子被打流产过，还有一次打折了肋骨，她回娘家养了两个月呢。"

忠赫的胃里面就像刚喝了一大碗热辣椒水，身上却打冷战似的哆嗦着。他盯着春吉，想用目光戳穿她的谎言，让她把说过的话收回去，但他的目光遭到了回敬。

"你不相信？"春吉说，"朝阳川谁都知道。"

谁都知道，但他不知道。但如果他知道，他会怎么样呢？他有勇气去把秀茶从那个人身边带走吗？秀茶在挨打的时候，期待过他的到来吗？既然连春吉都知道秀茶的事儿，秀茶肯定觉得他知道她的状况。

"他们闹了大半辈子，上了法庭，总算离了婚。那个男人离婚以后天天喝酒，别说当领导，连工作也丢了，还得了脑血栓，不知道秀茶怎么想的，放着清净日子不过，又回去侍候那个男人去了！"

他怀疑春吉和秀茶说的是不是同一个人。今天秀茶说起老尹时，就像说一个乖巧听话的孩子。还说儿子有空的时候，带着他们去动物园、水族馆、游乐场，拿他们当小孩子哄。

"秀茶的儿子，"他嘴里发干，吐出来的字像一颗颗火星，"叫万宇，是吧？"

春吉抬起头，他们对视着，都看到了更多的东西。

"可能是吧。"春吉又埋头剥起沙参来。

忠赫回到房间，直接走上阳台。阳台上面凉飕飕的，大河边儿上新近开发了好多楼盘，他们刚搬来这里时，河堤是石头垒出来的，石头缝里长着杂草，现在已经被水泥堤坝和成排的丁香树取代了。春末夏初，白色和紫色丁香花开得烟一片雾一片，让他想起朝阳川漫山遍野的桔梗花。但现在什么也看不见。黑黢黢的，一团虚无，风的手时轻时重地在人身上摸索一阵。

"秀荣找你干什么？"春吉跟过来，问他。

他很高兴他们站在黑暗里，这样的光线，话比较容易说出口："万宇下个月结婚，秀荣邀请我们去参加婚礼。"

"我们的孩子结婚时她没来啊。"春吉说，"她儿子结婚倒要我们去随礼？！"

春吉让女儿挑了一家有名的美发店，花好几百块钱烫了头发，没过几天又剪掉了，只留下些发卷儿。

"那不是白花钱了？"忠赫问。

春吉说就是这么个过程。她离远了让忠赫看："这个发型显瘦吧？"

忠赫什么也看不出来，但很肯定地回答："瘦了不少呢。"

春吉还让女儿买回一摞面膜，每晚看韩剧时敷，白煞煞的面膜覆盖着整张脸，眼睛、鼻孔以及嘴唇抠出几个洞，忠赫第一次看见时吓了一跳。

"你抽什么疯？"

春吉在面膜下面白了他一眼。

春吉买衣服买鞋子，连内衣也买了好几套，"爸，你初恋情人到底有多漂亮？看把我妈折腾的。"女儿进门后把几个纸拎兜扔下，"大"字形扑倒在沙发上，"老妇聊发少女狂啊。"

"我这个月的业绩算泡汤了——"

"陪你妈买买东西就这么不耐烦，"忠赫说，"养育之恩可不是嘴皮子碰碰就报答的啊。"

说是这么说，忠赫也觉得春吉过分。她连饭也不吃了，每天细嚼慢咽一个苹果。自己不吃,给忠赫做饭也对付,一个星期让他吃了三顿泡菜肉丝炒饭。她还建议忠赫跟她一起喝淡盐水,吃苹果。

"胃肠也需要大扫除啊。"春吉说。

出发的前一天,春吉染了头发,染发膏的盒子上面把她染的颜色叫"甜蜜焦糖"。他跟春吉抱怨,她头发上那股蜡烛熔化的味道让他吃不下饭。

"是要见到万宇了,紧张的吧?"春吉说。

春吉经过这些日子的倒腾,像变了个人似的,不光外貌,她说话做事,也变得不大一样了。

"说你的头发,关万宇什么事儿?!"

"嫌弃我?!"春吉拉下脸来,"我还不去了呢。"

她把门在身后摔上。

"我也没说什么啊。"忠赫推开门,"你发什么脾气?!"

"想想就窝囊,"春吉别扭起来,"你们做的好事儿,过了四十年拿出来展览,我还要去捧场?!"

忠赫刚要开口,被春吉"没有这么欺负人的"吼了回去。

忠赫没辙,把儿子女儿叫了回来,两个孩子跟春吉关上门说了两个小时,儿子先出来,压低声音跟忠赫说:"同意去了。"

"明天我开车送你们去。"儿子说。

他们在沙发上坐了一会儿,儿子忽然笑了,忠赫看了他一眼:"你笑什么?"

"没什么。"

又过了半个多小时,女儿眼睛红红地出来:"明天我也去。"

她跟哥哥一起回家,忠赫送他们出门时,女儿扭头看看他,凑到他耳边低声说:"我都有些等不及要见见这位哥哥了。"

她叫得那么自然，忠赫心里雷一阵雨一阵，眼睛湿了。

第二天他们一早出门，忠赫和儿子坐前面，女儿和春吉坐后面。女儿先是把春吉从头夸到脚，仿佛她是个大明星似的，然后又说，他们四个很久没单独在一起了："就像去春游。"

"秋游。"儿子纠正她。

"管他春夏秋冬的呢。"女儿一路张罗，吃这个，喝那个，说从原野上卷起的晨雾像棉絮似的，突然又指着沐浴在阳光中的枫树尖叫："看那棵树啊，像烧着了一样！"

"别一惊一乍的。"春吉训她，从昨天晚上孩子们离开，忠赫总算听到她又开口说话了，"你也是当妈的人了。"

他们直接去了酒店。两个男人先下车，女儿在车里帮春吉补了补妆。

"他和我，谁大？"儿子问忠赫。

"你比他大几个月吧。"

他们坐电梯上楼，连女儿都变沉默了。电梯门一开，忠赫就看见了秀茶，一个女人正拉着她往大厅里走，她用眼角余光看见他们，一下子站住了。春吉也看见了秀茶，脸色发白。

秀茶裙摆阔大，衣带飘飘，像踩着云彩奔过来，老远就冲春吉伸出了双手。两个女人加起来一百二十多岁了，抱着对方，像小孩子一样哭了起来。

刚才拉秀茶进厅里的女人过来，有些摸不着头脑："怎么哭起来了？时间到了快进去啊。"

秀茶没理她，用纸巾替春吉吸了吸眼泪，目光在忠赫脸上一掠而过，落到他的一双儿女脸上："你们都这么大了。"

他们一起鞠躬，给她行礼问好。

秀茶把他们拉起来，眼泪又涌出来。

女人拉秀茶一把："都等着呢。"

"我们一起进去。"秀茶拉住春吉，带着他们往厅里走。在门口遇到手挽手的新郎新娘。

忠赫嘴唇发干，全身微微颤抖。万宇个子挺高的，穿着黑西服白衬衫，胸口别了一朵粉色玫瑰花，他的单眼皮、高鼻梁、略厚的嘴唇跟忠赫一模一样。看到忠赫时，他的表情一凛。

春吉只顾打量万宇，踩到了秀茶的裙子，差点儿把她绊倒。

"快点快点。"女人不停地催促着，推着他们这一群人先进去，秀茶先把他们送到预留的贵宾席上，才坐到礼堂中间新人家长的位置。忠赫看到老尹，坐在秀茶椅子旁边的轮椅里面，头发剪得短短的，胡子刮得干干净净，黑西服白衬衫，领带很漂亮，半边身子不动，另外半边不停地颤抖，他的眼睛盯着一个固定的方向，嘴唇哆嗦着，忠赫怀疑他还能不能完整地说出话来。

司仪宣布吉时已到，婚礼开始，全体贵宾起立，迎接新人出场。音乐响起，不是通常的《婚礼进行曲》，而是一组朝鲜族民谣，来宾们和主持人鼓着掌，看着新郎新娘款款走过撒了玫瑰花瓣的地毯，一直站到台上。

司仪开始介绍新娘——他身后的大屏幕随着他的介绍，展示出新娘从婴儿直至眼下各个时期的照片——她是艺术学院的舞蹈老师，今年28岁。父母的掌上明珠，聪明伶俐，从5岁开始就被人追，为了万宇她至少伤了一万个男人的心。主持人的话引来阵阵掌声，年轻人聚堆儿的几桌不时传来叫好声。新娘之后介绍新郎，万宇从小聪明过人——忠赫紧盯着大屏幕上的照片，这孩子小时候非常瘦弱，有些惊恐地瞪着镜头；五六岁以后，他好像不那么怕照相了，其中有一张照片活脱脱就是忠赫小时候的模样儿;七八岁的时候,他一脸忧郁,肯定是个不爱说话的孩子;十几岁的时候,忧伤、内敛变成了他表情里固定的一部分;二十岁左右,他的眼神里面有了冷峻、沉着的东西,长成了男人了——他以优异成绩考入北京纺织大学,十年前创建了自己的企业,现在企业已经有固定的六七百名员工,产品不光在国内销售,在韩国、日本,乃至东南亚市场也逐渐打开了局面。"为什么现在才结婚?"主持人把话筒伸向他。

"本来没有结婚的打算,"万宇说,冲新娘笑笑,"一不小心被俘虏了。"

酒宴持续了很长时间。

万宇带着新娘过来给忠赫和春吉敬了酒。新娘近看更漂亮,敬酒的姿态很优美,嗓音甜甜地管忠赫春吉叫"舅舅、舅妈"。秀茶应付了一阵客人后,推着老尹过来,忠赫跟他握了握手,老尹的手比他想象得有力量,然后保姆就带着老尹先回家了。

那些年轻人打开了音响,一边吃饭喝酒,一边唱歌跳舞。

秀茶和春吉说起过世了的忠赫妈妈,两个人泪眼汪汪。忠赫第一次听说,秀茶当年生万宇时,月子没坐好,差点儿丢了命,是他妈妈买了熊胆托人送过去的。

"你长得很像你奶奶。"秀茶拉着忠赫女儿的手,感慨地说。

忠赫去了一趟厕所,万宇在洗手,他们的目光在镜子里相遇,忠赫冲他点点头,走进厕所,解裤带时,他的手抖得很厉害,花了平时两倍的时间。他摸到了裤带里面的信封,除了由春吉带着的三千块钱礼金,他把自己的两万块私房钱全提了出来,他知道万宇不缺钱,但他不知道,除了钱,他还能怎么表达自己的感情。

出来时,万宇用纸擦干了手,还扯出两张递给忠赫。他们一起走出洗手间，万宇掏出烟盒，抽出一支双手递给忠赫，然后又拿出打火机给他点着。

"对不起。"忠赫抽了口烟，他说话时，刚好咳嗽起来，他怀疑万宇压根儿没听见他说了什么。

忠赫摸着裤子里的钱，刚要拿出来，有人脸喝得红红的一把抓住万宇，把他拉回大厅，万宇匆忙中回头冲忠赫点了点头。

忠赫回到礼堂，一个女人站在圆桌子上面拿着麦克风在唱歌，桌子周围里三层外三层的是跳舞的人，先是《阿里郎》，然后是《桔梗谣》：

白色桔梗花啊紫色桔梗花，站在山坡下，花像海洋从天上飞流而来，漫山遍野，凝神细看——

忠赫回到桌边儿，秀茶和春吉脸红扑扑地跟着唱："白色桔梗花啊紫色桔梗花。"唱完后两人搂在一起，咬着对方耳朵说着什么，春吉边笑边指着酒杯冲女儿叫："倒满倒满。"

女儿给她们倒上酒，扭头冲忠赫做了个鬼脸，说："她们已经约定了五十件事儿了，要去给奶奶上坟，要回朝阳川豆腐房做一次豆腐，要摘梨，还要在明年春天的时候去看梨花……"

《作家》2007年10期

盘瑟俚

请安静下来，听我为您说唱一个故事。

我的父亲是从花阁里把我的母亲买出来的。我的母亲18岁时，差不多全城的男人都为她的美貌和歌喉倾倒。我的父亲是贵族，年轻时他长相俊俏，风度迷人。有一天他中午进了流花酒肆，一直喝到傍晚落日西斜。隔着一条街，流花酒肆与"藏香"花阁正对着。酒客们喝着酒，谈论着我母亲玉纹。好几个男人说，倘若能跟玉纹春宵一夜，死了也值了。

我父亲走出流花酒肆时，天边彩霞像一场大火，映亮了远处的山谷。"藏香"灯笼一盏接一盏地亮了起来。随着灯笼亮起来，一排花牌也挂了出来。玉纹的花牌比别人的大，挂在正中心的位置上。

"我要把花牌上的女人娶回家当老婆。"我父亲对酒肆隔壁绸缎庄老板说。

"好啊！"绸缎庄老板上下打量着他，"求婚的话，总要给她置办些衣服被褥吧。我们店里新进了上好的丝绸。"

我父亲被他拉进了店里，不光订了几箱的衣服布料，自己也从头到脚地换上了新装。他摇着折扇，进了花阁。

"我要娶你回家。"他对玉纹说。

"全城的人都想娶我回家。"玉纹嫣然一笑。

"我是认真的。"

花阁的老鸨开了天价，他写了文书。

天亮的时候，我父亲把玉纹带出了花阁，绸缎庄老板跟在他们身后，把几箱衣服布料送进了父亲的宅邸。

全城的人都在议论我父亲，几十年没见过这样的败家子了，他败家的方法和速度屡屡让人惊奇再惊奇。

父亲有一个很大的宅院，是他的曾祖父最早买下的产业，他的祖父又扩建了将近一半。这个宅院有十几间屋子，前后两个花园。曾经，家里光是使唤的仆人也有十几个。但在我记事的过程中，屋子一间接一间地变空了，只剩下空箱子，这些空箱子成了我游戏的屋子。没有人陪我玩耍，我母亲经常越来越长时间地把自己关在房间里。但即使这样，也挡不住酒醉的父亲，他会踹开母亲的门，把所有能抓到手的东西朝她扔过去，倘若抓不到东西，他就自己扑到她身上去打她。我和母亲抵挡不住酒醉后的父亲，他能把我像扔东西那样扔出去好远，我母亲不让我靠近他，以及她。

我的童年伙伴是那些空屋子和空箱子。我在空屋子里游荡，累了就在空箱子里睡觉，直到饥饿把我唤醒。

有一次我从梦中醒来，发现屋子里有人。一个陌生的男人压在母亲的身上，他的喘息声让人害怕。我母亲被他摇晃冲撞，头发都散开了，像黑色的流水淌在白色的花纹席上。男人离去以后，母亲一动不动地趴在席子上，我知道她在哭。我也哭。但我做不到像她那样不发出声音。

我头上的箱子盖被打开了。母亲的脸出现在我面前，她的脸孔像朵被雨打湿的花朵。母亲用她的衣袖替我擦拭着脸上的泪水，轻声笑着对我说道："以后不要躲在箱子里了，这可不是一个贵族小姐应该待的地方。"

"那个人是坏人，父亲也是坏人，长大以后我要杀了他们。"我对母亲说。

母亲把我带到厨房，给我做饭。

"多吃，"她给我盛了满满一碗饭，"你快点长大，离开这个家。"

父亲推门进来，看着我们，然后把目光转向母亲。他脸色阴沉，但当母亲把装了钱的小袋子扔给他以后，他笑容满面。

"本来我是可以娶一个贵族小姐的，她们也许长得不太好看，但是天黑了以后所有的女人不都是一样的吗？"父亲掂着钱，对母亲说，"为了娶你，我把家底都掏空了；后来又生了这个败家子，你们两个连累得我连酒都喝不上了。"

父亲的手指差点儿戳到我的鼻子上，母亲打开了他的手。

"滚开！"

"小心你的语气！"父亲没真生气，他拿着钱出去喝酒了。

越来越多的男人来到我家里，进到母亲的房间。父亲在外面一边喝酒一边等着收钱。

母亲从房间里被放出来时，总是哭，但后来她变了，她笑嘻嘻的，还经常唱歌："好比是，锄头好，刃儿薄，怎无奈，割稻麦，仍需用镰刀。哥哥见爱，百般呵护，千般好。缺金少银，妈妈不让，上花轿。"

一天晚上母亲来到我房间。她抱住了我。她可真瘦啊，我能感觉到她身上的骨头，但我仍旧觉得特别幸福。

"妈妈你能每天都这么抱着我吗？"我问。

"对不起！"她哭了，把我用力地抱紧，"太姜，你要快点儿长大啊！"

第二天我醒来以后，看见花园里搭起个木床，母亲白衣白裙，躺在上面，几个女人用整匹的白布把她包裹起来。

"本来这个宅院能卖上一个好价钱的，这下子完了。"父亲坐在木廊台上，手里握着个酒壶，隔着一段距离，他指着母亲大声骂道，"你这个丧门星，我这一生的好运气全都被你这个贱人给毁掉了。"

父亲扬手把酒壶朝母亲扔过去，酒壶打在一个帮忙办丧事的女人身上，她发出了尖叫声。

"你这个恶魔，酒鬼！"而另外一个老女人，扭头瞪着父亲，"你就等着她死了变成鬼来抓你吧。"

母亲并没有变成鬼来抓走父亲。

家里再也没什么可变卖的了。父亲开始卖房子，一间一间地卖，一些人搬了进来，然后是更多人搬了进来。他们的生活过得很热闹。他们算计着父亲能撑到什么时候卖下一间房，这总能让他们开怀大笑。他们的老婆们对我很好，她们做饭的时候总会给我留一碗。今天这家明天那家。我想我没什么可抱怨的。

所有的宅院都卖光了，我和父亲搬到了以前家里最低级的仆人住的两间草屋。搬家那天父亲坐在木廊台上大声号啕，说自己被骗了，一次又一次，连祖业都失去了。

草屋很冷，家里没有钱买柴草烧炕。

两条街以外的绣坊招人，我去学绣花。我喜欢死那个明亮的女人们挤在一起、飞针走线的房间了。

绣坊老板的母亲是一个瘦小干枯的老太太。她曾经是名噪一时的盘瑟俚艺人，但现在她老了，身体萎缩得和我差不多大，脸上皱纹多得像个核桃，但目光雪亮。心情好的时候，她会给我们说唱一段盘瑟俚，都是一些让人着迷的故事，更让我着迷的是她这个人。这个干瘪的老太太，当她变成盘瑟俚艺人的时候，她可以成为任何人，而她的声音，我的天，她的声音里面仿佛长了很多手，有时候抚摸着我们，有时候又会扼紧我们的喉咙，有时候还能变成观音身上的手。

"过来！"我第一天去的时候，她对我招手，"孩子。"

我走过去。

"你是谁？"

"我叫太姜。"

"那个酒鬼的女儿？"

我没吭声。

"你的母亲是玉纹。"她叹了口气，"我还记得你母亲年轻时的模样儿。美得让人说不出话来，她还有一副比百灵鸟还要动听的嗓子——"

"她死了。"我打断她，我不想听她谈我母亲，我不想在绣坊哭。

"是的，她死了，她走错了路，相信了男人。"

"你长得很像她，"老太太用温暖的目光抚摸着我的脸，"你还有一副金子般的嗓音。"

从来没有人夸我的声音好听。母亲活着的时候，从来不教我唱歌。她说那是一切不幸的源头。

在绣坊里日子过得很快。我从练习，跑腿儿，开始绣一些枝枝叶叶，再后来，花朵部分由我来绣，接着，蝴蝶和鸟儿也归我了。我的绣品让女人们惊叹不已，她们说我绣的花好像能发出香气，我绣的鸟好像能开口唱歌。

绣坊的老板说，太姜是个天生的绣工。但她的母亲不这么看，她说我是个天生的盘瑟俚艺人。她们俩说着说着，有时会吵起来，有时她们还会一起把头转向我："你自己觉得呢？"

我说我想一辈子做绣工。

"我说什么来着。"绣坊的老板笑逐颜开。

"生活的路长着呢。"老太太说，"走着瞧。"

我16岁那年夏天，有一天夜里，一个男人上了我的床，侮辱了我。天亮以后，我的父亲对我说："你就当是做了一场梦。"他收了那个人的钱，买了很多酒，他和我说话时，手里还握着酒壶。

我想起我母亲。想到她伏在地板上无声地流泪，她流干了她的泪，也流干了我的。

我去河里洗澡，有些东西能洗干净，有些东西洗不干净。

"做早饭吧！"回家的时候，父亲冲我大喊，"我要饿死了！"

我做了早饭，像往常一样去了绣坊。

"太姜，"差不多所有的女人都问我同样的问题，"发生了什么事？你的脸色白得像雪。"

"昨天夜里，母亲来看我了。"

绣坊里瞬间安静了。

"你做梦了？"

"不是，是真的来看我。"

"那——就是见鬼了?"

"母亲像活着时一样漂亮,身后带着一对翅膀。"

"鬼还长翅膀?"

"长着翅膀的鬼?"

"我也是第一次见到,"我不知道我怎么会那么说的,这些话就像自己出现在我的舌头上,自己飞出了我的嘴唇,"我听母亲说,每个死去的人都在努力长翅膀,只有长出完整的翅膀,他们才能在某个孕妇生产时,飞进新生儿的身体里,托生回到人世间。"

"说的也是啊!"女人们感慨着,"怪不得祭祀和上坟的时候,一定要有整鸡呢!鸡就是带着翅膀的。"

老太太坐在角落里,我们的目光相遇了,她的笑容沿着满脸的皱褶,四处流淌。

父亲的酒喝完以后,又有男人来到我的床上。事情周而复始。我不认识这些男人,这些在我身体里旅行的人,我一个也不认识。我只知道他们总是随着黑夜到来,又随着黑夜离去,他们的面目像黑夜一样模糊不清。

18岁,我出嫁了。

娶我的是一家酒铺的少主人。他来绣坊替他母亲取东西,看见了我。他眼睛发亮的样子惹来女人们的笑声。

他的家里不同意他娶我,他也一度想放弃。但后来他又回来找我,还去见了我父亲。我父亲对这门亲事满意极了,他们家是开酒铺的,我未来的丈夫答应他,不但可以替他还掉欠的酒账,以后他想喝多少酒都行。

我父亲点头哈腰的,差点儿跪倒在未来女婿面前。

我的嫁妆是我自己在过去两年里慢慢攒起来的，其他的绣工也都送了我礼物。装上马车时，居然也有几分体面。

我的父亲坐在门槛上，笑嘻嘻地冲我摆手。

"你交好运了！"他说。

我丈夫虽然开酒铺，却不喝酒，他在新婚之夜发现自己的新娘早就被别人捷足先登了。他在暴怒中把我踢下了床。

"你早就应该想到，"闻声而来的婆婆对他说，"她那个酒鬼父亲一直在喝什么东西！"

"我不能要你这样的女人，"我丈夫说，"我会被人戳一辈子脊梁骨的。"

第二天早晨，父亲被酒铺的伙计叫到酒铺里，他们让他把我带回去。

"我没吃饭呢。"我父亲看到满屋子的酒，想赖着不走。

"滚蛋！"他被我丈夫提着衣领扔到了大街上。

他们把嫁妆，还有我，也扔到了大街上。

婆婆找了一辆由一匹癞皮马拉的破马车，我和我父亲坐在马车上回家。

我的事情一夜之间就传开了，路上很多人围着我们。他们说没见过这样的父亲和女儿。

"没有廉耻啊！"

人们说着话，手指头有时候会点到我们脸上。

"你为什么不钻进嫁妆里面躲一躲？"父亲转头对我说，"你把我的老脸全都丢尽了。"

我望着他，微微笑。

"你还有脸笑？"

"你们都看见了吧?"父亲扭头对围观的人说,"她竟然还在笑?!天啊,她和她的母亲一样,是从来就不知羞耻的贱货。我上辈子做了什么啊,遭到这样的报应!"

到了家门口,他把我扔下去,跟着马车走了。在集市上,他用我精心准备了两年的嫁妆换回来的烧酒,装满了我们家里最大的缸。

这件事情让他找回了好心情,他喜滋滋地打量着我说:"早知道你的手艺能换酒喝,我就不把你嫁人了。"

我抓起一只昨天办喜事用的活公鸡,扔到了酒缸里。

公鸡在酒缸里扑腾,把酒溅得四处都是。

"天啊天啊,"父亲大呼小叫,"我的命啊——"

他爬到了酒缸上面,伸手去抓那只公鸡。我几乎没怎么用力,就把他推进了酒缸里。他很痛快地喝了几大口酒,然后把头伸了出来。但我立刻就把他的头又摁了进去。他试图又伸出头来,我又摁进去。这个过程比我想象中用的时间要长出很多。好在结果和我预想的是一样的,我的父亲坐在酒中,他留在人间最后的表情中显示出了某种疑惑。

我被官兵抓起来了,罪名是谋害了一个贵族的生命。几年来,大家在提到我父亲时,多是"酒鬼""酒疯子""败家子""把脸皮都喝光的男人",现在他一死,这些称呼都不见了,他又成了"一个贵族"。

我在监牢里被关了几天,没有什么好审问的,是我杀了他。我唯一后悔的是,这件事情我做得太晚了。

我在监牢里梦见了妈妈。她变成了另外一个我,只是她穿得更好更贵重。我很想在她的怀里躺一躺,但我怕弄脏了她的衣服。

为了处罚我，公审我的那一天，全城的人都拥到了谷场的空地上。一些卖零嘴的商贩天没亮就占好了位置。大家像过节一样来看公审。

四个官兵押送着我，就好像我有多么危险似的。他们表情严肃，佩着刀。当人们的目光涌入我们这边时，他们越发地神气活现了。

我在人群里看到一些熟悉的面孔，小时候的邻居们，绣坊里的女人们，还有我只嫁过去一天的婆家的人。

"你知罪吗？"府使大人问我。

"您指什么？"

"你还问我？！"府使大人说，"我得提醒你，谋害贵族，按律当斩。"

"那就斩吧，"我回答他，"我早就想死了。"

府使大人被我说愣了。

人群中发生了一阵骚动，绣坊老板的母亲，那个老盘瑟俚艺人，穿戴整齐地坐在一个门板类的东西上面，几个男人扛着她，穿过人群，朝这边走来。她的手里拿着一把折扇，身边放着一面圆鼓。

"你是谁？"府使大人问。

"我是盘瑟俚艺人玉花。"老太太说。她的声音听起来并不高，但她的话，让全谷场的人都听得清清楚楚的。

人群中海潮般的说话声慢慢地平静下来。

"当年，我在王宫里给成祖先王演唱盘瑟俚，"玉花从怀里掏出一块金牌，"成祖先王赐给了我这个。"

"拿先王来吓唬我？"府使大人冷笑一声。但是官兵把金牌送到他手里时，他翻来覆去很仔细地看了半天。然后才问玉花："你想干什么？"

"请您允许我在这里说唱一曲盘瑟俚。"

"这里正在审讯犯人!"府使大人说,"要唱盘瑟俚你去酒肆花阁里唱吧——"

"要是你还能唱得出来的话。"府使大人打量了一下玉花。

"我就想在这里唱!"玉花说,"然后,请您再定太姜的罪。"

"跟她有关系?"府使大人看看我,又看看玉花,"她的罪行一目了然,她自己也承认了,你即使有先王的金牌,也救不了杀人犯。"

"我没想救她,"玉花说,"我给你看金牌,就是想让您给个薄面,让我在这里演唱一曲盘瑟俚。"

"那好吧,"府使大人说,"姑且听听。"

玉花施过礼,道过谢,演唱了一曲盘瑟俚。

我不知道她说唱的是谁的故事,她且唱且说,借用折扇的遮挡,一会儿变成个小姑娘,一会儿变成酒鬼,一会儿变成少女,一会儿变成恶魔。我的眼泪像春天的雨,下起来就没个完。全谷场的人都被玉花说哭了,连冷冰冰的府使大人也用袖子遮住了脸孔。等到玉花说唱完毕,最后打了几声鼓,哗啦一下收拢了折扇。谷场安静了一会儿,然后有个人喊了起来:"放了太姜,放了这个可怜的姑娘!"

这一声喊过之后,场面一下子就乱了,人们瞪大了眼睛、挥舞着拳头,冲府使大人叫喊:

"放了太姜!放了这个姑娘!"

这些人变成了暴风中的海浪,一波又一波地朝着府使大人的方向冲过去,公差们把手里的佩刀举起来也不能阻止他们。更何况他们也未必真心想阻止。我想府使大人最后不施罪于我,一方面是受了玉花的感动,另一方面是被这些人惊吓得不轻。

是的,就像你们想象的那样,我成了一名盘瑟俚艺人。我既是一名说故事的人，同时也是故事里的一个人。

　　注：盘瑟俚是朝鲜族特有的一种曲艺样式。李朝英祖时代开始，民间艺人在朝鲜唱剧中的一种形式，表演时艺人穿民族服装。当代仍有流传。

《作家》2000年7期

喷 泉

"那些水,"每天下了班,老安要在镇中心街边抽几支烟,看喷泉,"又薄又亮又滑,绸子似的,从水管里面变魔术。"

张龙总是直接回家。被煤尘浸透的帆布工作服硬挺挺的,他就像从盔甲里面钻出来,院子里两个大号洗衣盆里的水晒了一整天,暖洋洋的,有几次他身上的泡沫还没冲干净,吴爱云就从后面把他抱住了。

她的疯劲儿也跟喷泉似的,不管不顾,变着花样儿来。有一次她把张龙的脸咬破了,晚上吃饭时连老安都注意到了。

"怎么了?"他倒酒的手停在那儿,"你那脸?"

"真的呀——"往桌上端菜的吴爱云也凑过来看。

"刚才洗澡,"张龙抬起胳膊往外挡她,跟老安解释,"可能搓得狠了——"

"我看,像是女人咬的——"吴爱云哧哧笑,"有对象了?"

"没有,"张龙举起酒杯转向老安,"谁能看上我?"

老安跟他碰了下杯，两个人把酒喝光。

"那可说不定。好汉无好妻，懒汉娶花枝，"吴爱云扭着腰肢，边往厨房走边回头扔下一句，"我这朵鲜花不就插在牛粪上了嘛。"

"别欺人太甚啊你——"张龙说。

"我欺负你了吗？"吴爱云端着一盘削皮黄瓜和炒鸡蛋酱回来，放到桌子中央，偏腿坐到炕上，问老安，"你娶了我，高不高兴？"

"高兴。"老安当了半辈子矿工，皮肤和皱纹仿佛被墨染过，沟沟坎坎密布于脸上，他笑的时候，仿佛有个网被牵动了。

"女人就是花，"老安跟张龙说，"就得漂亮，不漂亮还叫什么女人？"

"要不是我妈那会儿生病开刀，急等用钱，我能嫁给矿工？！"吴爱云给自己倒上酒，举杯跟老安碰一下，又跟张龙碰一下，仰脖把酒干了，"——不过话又说回来了，那会儿就是一条狗一头猪给我钱，我都嫁！"

"让女人这么欺负，"张龙看着老安，叹了口气，"你还笑得出来？"

"张龙从小就是好汉，英雄气概。"老安对吴爱云说，"上中学的时候别人欺负我，追到我家门口，把我吓尿了裤子，张龙抄起菜刀冲出去，把他们全砍跑了。他岁数儿小，那会儿比我矮半头呢。"

"你还好意思说——"吴爱云哼了一声。

"没出事儿是英雄，"张龙把酒倒进嘴里，一小团火从嗓子眼儿直冲进胃里，"出了事儿就狗熊了。"

"听说是为了个女孩儿，"吴爱云问，"谁啊？我认识吗？"

"连我都不认识。"张龙举起老安刚给他倒满的杯子，"干了？"

"怎么可能——"

"干了！"老安举着酒杯，两个人都不看吴爱云。

"到底是谁啊?"第二天他们钻进被窝时,吴爱云又问。

"我真不认识,"张龙说,"那时候打架也不需要什么理由,就是年轻,没事儿找事儿,乱打一气。"

"不爱说算了,"吴爱云哼一声,"满嘴鬼话——"

张龙上中学时天天带着刀,书包是老安替他背着。他有三把刀:一把是用电工刀改装的,刀身窄窄一溜,磨得锋利无比;折叠刀是钢的,银色外壳上面镌刻着双龙戏珠图案,刀子从槽里面弹出来时发出"咔嗒"的一声;最毒的是把三棱刀,短、窄、立体,刀身是黑褐色,刀刃磨成了三条窄窄的银带子,寒光闪烁,在刀尖处汇合。

出事儿那天晚上张龙把三把刀都带上了,电工刀插在袜筒里面,折叠刀揣进裤兜,三棱刀有刀鞘,他用胶布把它缠在手臂上,用袖管盖住。出门的时候,他妈妈的叫声从后面追上来:"黑灯瞎火的上哪儿找死去?!"

他在老安家门口叫了老安两声儿,老安没出来。

张龙在巷口跟几个人会合,到了十字街大路口时,人数增加到二十多个。

马路对面,隔着水泥花坛,十来个年纪比他们大两三岁的少年出现了,他们人数少,但个子明显高过他们,体格也更结实。他们三三两两,分成几列从暮色和夜雾交织的背景中晃晃悠悠地走出来时,变成了能自行移动的山岭,而他们身后的阴影,让这些山岭有了双重重量。

张龙感觉到自己的腹部画圈圈似的扭搅起来,热滚滚的液体从身体深处源源不断地涌出,沸腾翻滚,回旋上升着涌向他的四肢和大脑——他的手伸进裤兜里握住折叠刀,打量了一下身侧及身后的伙伴,那天傍晚,天色死暗,所有的星星都落到少年们的眼睛里了。

当对面的人山再次移动，并且迅速变成几条河流朝他们包抄过来时，"你们记住，"张龙一字一顿，齿缝间呲出的咝咝寒气连他自己都感到吃惊，"软的怕硬的，硬的怕不要命的。"

张龙的妹妹大学毕业留在南方，嫁人后把父母接走了，房子留给了张龙。

初见老安时，张龙差点儿把他当成他爸爸，后来才想起来，20年过去了，老安早就不是少年了。

不只是老安，当年跟着张龙打拼的伙伴儿，全都娶妻生子、变得灰头土脸的，他们少年时代具有的某些品质，类似翅膀或者爪子，曾像一层釉质让这些少年闪闪发亮，如今都消失不见了。

老安对张龙，还像当年一样谦恭，吴爱云热情好客，厨艺很拿得出手，后来，张龙发现她别的方面也不错。当然她也有不好的地方，胆子比母豹还大，半夜里溜到张龙家里，摸进他的被窝。

"你疯了？！"

"你怕了？！"

暗夜里，吴爱云的眼睛像两颗黑珍珠。

"——总要给老安留点儿面子吧。"

"你占了他的里子，还讲什么面子不面子的——"吴爱云手臂又凉又滑，蛇似的缠到张龙腰间，"放心吧，他睡得跟死人似的。"

吴爱云的身子结实，滑溜，像月光中出了水的白鱼般扭动扑腾着，叫声大得让张龙伸手去堵她的嘴，她把他的手指咬住了，咬痕处渗出了血丝。

"你属狗的。"张龙骂她。

"对，"吴爱云在他嘴唇上又咬一口，"啃不够你这根儿骨头。"

"早晚有一天,"张龙把她推开,"老安拿着菜刀冲进来,把我们剁成肉酱。"

"肉酱就肉酱,"吴爱云慢条斯理地穿衣服,"放点儿葱姜,加点儿芹菜,包饺子。"

溜走的时候,她倒挺麻利,一闪就没了影踪。

白天张龙跟老安一起下井,幸亏是井下,光线暗,张龙不必面对他的注视和笑容。张龙无数次地骂自己是混账王八蛋,但有了吴爱云以后,他再也过不了没有女人的日子了。

"你们那儿没合适的吗?"老安问吴爱云,"帮张龙张罗张罗,成个家。"

"倒有一个合适的,"吴爱云说,"不过,跟你结婚了。"

在井下,矿工们的玩笑粗鲁下流,主人公经常是吴爱云,老安软绵绵的反击只会让矿工们觉得那些玩笑越说越有嚼头儿,张龙努力充耳不闻,但有一天他的动作跑到了思想的前面,他操起铁锹挥过去,差一寸,就抵到那个家伙的喉咙口,铁锹边缘刃边银亮,寒气森森,那张装满了下流话的嘴巴都来不及合上。

"谁跟老安过不去,"张龙的话说得很慢,带着霜气,"我就对谁不客气。"

"他们是开玩笑,瞎咋呼——"晚上喝酒的时候,老安说,"咬人的狗不叫。"

张龙举着酒杯的手臂僵住了:"你什么意思?"

"没什么意思——"

"——我多管闲事儿了?!"

"你想哪儿去了?!"老安直摆手,他脸上炭黑色的皱纹耷下来,笑容里面带着苦相,"我的意思是,咱们这些煤黑子,脑袋别在腰带上，每天有命下到井下，有没有命上来都说不准呢，还计较个啥？"

"拿女人过嘴瘾，煤就白了？就长命百岁了？"

"喝酒，兄弟，"老安举起酒杯在张龙的酒杯上碰了好几下，"兄弟，喝酒。"

酒喝得别扭，张龙身体里面野火烧不尽，在炕上翻来滚去，期待着吴爱云能摸黑过来。等到半夜，回应他的，除了白泠泠的月光，还是白泠泠的月光。

第二天下井的时候，掌子面就老安和张龙两个人。塌方的时候，轰一声巨响，巷道里面雷声隆隆，煤尘云朵般飞扬起来，激流进射，决口般地冲过来。张龙张开双臂搂抱住头，蜷成一团，任凭唰唰唰飘落的煤粉把自己掩埋。

不知道过了多久。黑暗里面传来话语声。

前两句他没听见。

声音像从煤尘里面渗出来的，闷闷的，似有似无。

"你想过自己会这么死吗？"老安问。

"想过，"张龙一张嘴，煤粉呛进嘴里，他吐了半天，"——但没认真往里想。"

就像少年时候，张龙想过杀人，但从没真想杀过谁。

"我想过，还经常做这种梦——最早跟我一起下井的弟兄，要么死要么残废，快占一半儿了。"

张龙没吭声。

"我们死了，吴爱云肯定闲不住，她会再找男人。"

张龙腾身而起，他人世间走一遭，一半时间在监狱里面度过，出了狱，又有一半时间在地底下，女人他是刚刚尝到滋味儿，还是占着老安的灶台炒剩菜。他不甘心，不认命。

煤尘仿佛一条河把他们浸在中间，张龙蹚来蹚去，终于，脚踢到了硬物。他把镐头捞起来，辨别了一下方向，去刨把他们封闭起来的那堵墙，他叫老安起来跟他一起干，外面有工人，他们肯定会接应、救援的。

老安沉默了一会儿，也过来帮忙了。

从井底下升上来时，艳阳当空，阳光金汤般地泼下来，张龙仰头看太阳，直看得两眼发黑，头晕目眩，泪水在他的脸上肆意奔流，井底下被汗水湿透的身体，又被新发出的水汗透湿。

矿主、工长，一大堆人等在井口，看见张龙、老安上来，矿主抓着他们的肩膀，连骂了几句脏话，他冲所有矿工一挥手："喝酒去，今天谁不喝醉谁是孙子！"

喝酒中间，张龙出去上厕所，看见吴爱云跌跌撞撞地跑来，她的脸色煞白煞白，看见张龙，直扑进他怀里，伸手去摸他的脸："我刚听说，吓死我了——"

张龙用力抱了抱她，把她从身边撕开，低声说："人多眼杂的你别闹了——"

他回到饭店时，矿工们喝得脸色浓油赤酱，呼来喝去，声浪此起彼伏，吴爱云占了他的位置，坐在老安身边，啪嗒啪嗒掉眼泪。

"你有完没完？"老安说，"等我死了你再哭也来得及。"

"嫂子先回家吧，"张龙说，"让我们痛痛快快喝一顿。"

吴爱云点点头，抹着眼睛走了。

张龙坐下后，往窗外看了一眼，心里"咯噔"一声，窗框就像电视机屏幕，什么都看得清清楚楚的。

"咱哥俩儿喝一杯，"他举起杯子冲着老安，"大难不死，祝贺一下!"

"死了也没啥了不得的,"老安拿着酒杯,朝地上啐一口,"死了死了,一死百了。"

"那哪能?"张龙说,"好死不如赖活。"

他们从中午喝到黄昏,从酒馆出来的时候,喷泉在喷水,老安一屁股坐在马路牙子上,张龙犹豫了一下,也陪着他坐下了。

歌一首接一首地唱,男歌手女歌手,声音都仿佛在糖浆里面浸过,又被拉成丝线,织成了绸缎,从耳朵里钻进来,在人的心头上抚弄、撩拨。喷泉里的水,一会儿变成蘑菇,一会儿变成雨伞,有时候像花,有时候像叶片,忽儿浪起来,扭搅着跳起舞来,或者豁出去了,放焰火似的直冲上天去——

老安从地上起身,摇摇晃晃地走近喷泉,站在飞溅的水珠中间,引起围观者发出一阵阵的笑声。

张龙过去拉老安,老安一脸的水珠子,眼泪似的淌。

老安对喷泉的兴趣说没就没了。下班后他和张龙一起回家,他们站在自家的院子里冲洗,隔着木板墙障,看不见彼此的表情,但言行举止却看得七七八八。

老安在吴爱云身上动手动脚,他的突然袭击经常让吴爱云受到惊吓。她的叫声和斥骂好像非但没让老安住手,反而越发挑起了他的兴致,喝酒的时候,老安也越来越经常地在吴爱云胸上屁股上摸来蹭去。

"你的狗爪子能不能消停一会儿?!"吴爱云把菜盘往桌子上面一蹾,菜飞了起来,又落下,她去了厨房。

老安嘿嘿笑,捻捻手指,举杯跟张龙碰一下:"喝酒。"

张龙喝不下去。他的食道仿佛塞满了酒精块儿,从胃里往上直垒到嗓子眼儿，梗得难受，他放下酒杯，冲到屋子外面。

"怎么了？"吴爱云跟出来，在他后背上拍打。

塌方以后，他们还没有机会亲近，她的手贴在他后脖颈处，指尖的温热像细钩子，把他身体里散落的委屈一网打上来，刚喝的酒刚咽下去的菜一股脑儿翻涌奔腾，全吐了出去。

"喷泉啦？"老安跟出来，"没喝多少啊——"

张龙甩开吴爱云的手，直起身子看着老安："胃里不舒服，我先回去睡了。"

"咋不舒服了呢？酒没烫热？"老安把张龙送到门口，看着他打开自己家门，"——有事儿言语一声儿。"

屋子里面空荡荡的，张龙懒得开灯。月光透过窗户照在炕上，宛若雪白清冷的一床被子。他把被褥铺好，躺下，那床月光一半覆在他身上，另一半空空地笼着。

隔壁叮叮当当地发出声响，两口子好像打起来了。

张龙刚睡着，就被惊醒了。

吴爱云的身体又凉又湿，带着初秋夜寒的气息。

"你怎么——"

吴爱云捂住了张龙的嘴。她全身贴近他，在他身上蹭了蹭，他的身体噼里啪啦地迸起了火星，转瞬间就燃烧起来。他支起胳膊笼她在身下，就仿佛她是只虫子，是只小鸟，是浆汁饱满的嫩玉米，他焐着她，烤着她，让她外酥里嫩，香气四溢。

泪水从吴爱云的睫毛下面渗出来，漫洇在脸上。在灰鸽羽毛般的光线中，她的脸孔仿佛暗影中的镜子。

"怎么了？"张龙问。

吴爱云摇摇头。

"你们在井底下——"离开时，吴爱云穿衣服的动作停顿了下，"出什么事儿了吗？"

"我们被埋在煤里，"张龙反问，"能出什么事儿？"

"老安他——"吴爱云话到舌边又咽了回去，她在张龙肩头上咬了一口，叹了口气，"我走了。"

张龙的回笼觉睡到太阳升得老高。他出门的时候，吴爱云在门口跟邻居家的女人边择菜边聊天。

"老安一早叫了你两声，见你没应，先下井去了。"

张龙到井口的时候，正赶上大家吃午饭。

"昨天晚上干什么坏事儿了？"矿主开张龙玩笑，"现在才来？"

"喝大了。"张龙说。

"跟我喝的。"老安冲着矿主，补充了一句。

"这多好，"矿主笑笑，"兄弟如手足。"

"兄弟如手足，女人如衣——"说话的家伙目光与张龙遭遇，咳了一声，冲着老安，"是吧，老安？"

"吴爱云可不是衣服，"有人笑，"是床大棉被——"

没等老安接话儿，他又补充道："任你铁汉钢汉，也能让她捂化了，浑身淌汗。"

男人们笑起来。

"放屁！"老安笑骂。

午饭后在掌子面儿倒堆儿的时候，老安被装满了煤块的手推车撞了个跟头，他从地上爬起来，嘴唇磕出了血，从煤尘中涌出股黑红来。

"梦游呢你？！"撞他的矿工吓了一跳，"没事儿吧？"

"死不了。"

老安脸上黑黢黢的,牙齿间漫着红血,笑容把他变成了恶鬼。

下班经过镇中心转盘的时候,张龙让老安先回家:"我有点儿事儿。"

张龙打发走老安,坐在马路牙子上看了会儿喷泉,水柱抽穗似的齐刷刷钻出来,颤动着,像风里的水晶庄稼。

20年前那个夜晚,就在喷泉这里,好多人受伤,血在暗夜里发出腥气,还有股奇怪的香味儿。那些血像蚯蚓一样从血管里钻出来,绵绵不绝,粘在皮肤上面,渗进衣服纤维里面。被三棱刀捅过的胸口,血汨汨地涌动,像个小泉眼。那个家伙高出张龙将近一个头,笑着看张龙:"小兔崽子,还真有种!"

他的笑容恍恍惚惚地,渗进黑夜里去了,在很多个夜晚,这个笑容从张龙梦境深处,浮萍似的荡漾着。

张龙在"老马家的牛肉汤"里吃了碗牛杂汤饭,去澡堂子泡了个热水澡,找人扒皮似的给自己搓了个痛快,换衣服时他站在大镜子前面打量自己,白皮白肉,就连脸都比一般人白,像个书生。

"像个雪人!"吴爱云笑话他。

老安在他家门口抽烟。

"怎么蹲这儿了?"张龙问。

"吴爱云去你那儿了,"老安笑笑,"不跟我过了。"

张龙进了门,房间里面黑灯瞎火,阒寂无声。他拉了下灯绳,昏黄的灯光像一泼颜料,"叭喇"泼亮了房间,吴爱云坐在炕沿边儿上。

"你干什么——"张龙压低了声音。

"我要离婚。"

张龙走到吴爱云近前,看到她转开的那侧脸,有些青肿,嘴角破了,带着血丝。吴爱云抬头看他一眼,泪眼汪汪。

"我跟他离婚,你要不要我?!"

张龙转身出了门,老安还在大门外抽烟。

"你他妈的真有种啊!"张龙踢了老安一脚,"别人装枪,你就回家放炮?!"

"今天看我自己回家,饭她也不好好做,我说了她一句,她一大堆话等在那儿——"老安朝地上啐了一口,迎着张龙的眼睛,"——刨了一天的煤连口热饭都吃不上,你说她欠不欠揍?"

张龙沉默了片刻:"那也不能动手啊。"

"她那嘴,我能说得过她?!"

张龙叹了口气:"你说几句软话,哄哄她吧。"

"还是你去吧。"老安把烟头扔在地上,用鞋底碾碎,"让她回来炒菜,咱哥俩喝两盅。"

张龙回家,走到吴爱云身边:"你也有不对的地方,怎么连饭都不做了?"

"你去哪儿吃的饭?"吴爱云看着张龙,"有人给你介绍对象了?"

"你胡扯什么?"张龙苦笑了一下,"我也不能天天跟你们两口子腻歪着啊。"

"我就要你天天跟我们腻歪着,"吴爱云把头埋进他怀里,搂着他的腰,"看不见你人影儿,我一分钟也活不下去。"

天阴得邪乎,黑云蘸了水,大巴掌似的从天上摁下来,矿工们黑蛆般在山坡煤洞口处,进进出出,蠕动不休。

吃午饭时,张龙拿着饭盒独自走到煤堆顶上坐下,煤洞周围的杂草两个月前还是青葱水嫩,娇滴滴的,现在绿火燃遍山坡,绿色也娇柔不复,变得泼辣,阴气十足。

矿工们在井口的木垛上分散坐着，抱着饭盒吃饭，话头儿三下两下又扯到女人身上。

"女人都一样。"

"那哪能？"

"有啥不能？不都是那一亩三分地儿。"

"可不是。"

"有啥不是？你们家吴爱云镶了金还是戴了银？"

"反正——"老安嘿嘿一笑，"区别可大了。"

"还区别？你区别过？"

"他没区别，吴爱云有。"

矿工们笑起来。

"放屁！"老安拉下脸来，"吴爱云真敢呲牙，我打不死她！"

"你打吴爱云？你也不怕风大闪了舌头？"

"张龙——"老安扭头朝上面喊，"他们不相信我打了吴爱云——"

矿工们的头向日葵似的，全都仰了起来。

张龙盖上饭盒盖，往下斜睨了他们一眼："我也不相信。"

"就你个熊样儿，"矿工哄笑起来，有人把手里的半块馒头朝老安扔过去，"早晚把自己煮了，当供品供你们家吴爱云！"

老安对别人的话充耳不闻，他盯着张龙，目光像条毯子，一直铺到他跟前。

"嘴皮子磨够了吧？"工长看看表，招呼大家开工，"干活儿！"

张龙从煤堆上走下来，老安紧盯着他的眼睛："你为什么不说实话？！"

张龙径自下了井，老安没跟上来。

张龙推了几趟煤，出来找老安，发现他已经不在了。

张龙回家时，吴爱云听见门响，从屋里出来，两只手沾满了面粉：

"老安呢？"

"没回来？"张龙反问。

"看喷泉去了吧——"吴爱云看看身后，沾着面粉的手在张龙鼻子下面抹了两道，低声说，"给你包饺子呢，洗洗就过来吃吧。"

憋了一天的雨在他们吃饺子时下了起来，鞭子似的抽打着，仿佛十字街镇是个什么疙里疙瘩的脏东西，非得仔细冲刷清洗干净不行。

饺子吃完了老安也没回来，雨势倒是弱下来了。

"我找找他去——"

"死在外面才好呢，"吴爱云拉住张龙，"抱抱我。"

张龙用胳膊圈住吴爱云，被她在脸上拍了一巴掌。

"像饺子皮儿包饺子馅儿那样抱！"

后半夜的时候，雨停了一个多小时了，张龙听见隔壁大门门铃叮叮当当地响起来，老安在院子里面走动的声音，仿佛什么巨型动物撞了进来。

"吴爱云——"他声嘶力竭地叫，好像跟她隔着千山万水。

"大半夜你鬼哭狼嚎——"

"噗"的一声，吴爱云的话没了，被人吞掉了似的。

张龙从炕上弹起来，趿拉着鞋蹿出门，隔着木板障墙，他看到老安手里握着一块砖头，脚底下躺着吴爱云。

张龙不知道老安喝的是什么酒，但这个酒显然跟往日不同，平常的酒像蚂蚁蚀骨，一口口，不只把老安的骨头啃成了渣子，他的目光、笑容、言语，也都被蛀得拿不成个儿；这个夜晚被老安喝下肚去的酒，是硬的，冷的，像把刀揣进了老安的身子。

"老虎不发威，"老安晃晃手里的砖头，斜睨着张龙，随着老安的笑容，刀刃的寒气从他的眼睛、嘴巴、脸上的皱纹，密密麻麻地扩散开来,"你们当我是病猫?!"

"你是不是男人?"吴爱云问,"是男人你现在就去宰了他!"

老安的砖头是对着吴爱云的脸拍下去的,她皮肤细嫩,脸颊处擦破了皮,这其实不算什么,皮肤下面的打击才是动真格儿的,几个小时之后,她的半边脸会肿成水蜜桃。

"哑巴了?怕了?"吴爱云盯着张龙,拂开他拿来的冷毛巾,"不用担心,你杀人,我偿命——"

"闭嘴!"张龙把手里的毛巾往地上一摔,他的心、肝、肺瞬间像烧红的煤块,把胸腔里面烘得热辣辣的,"你懂什么叫杀人?!什么叫偿命?!"

吴爱云怔住了。

"滚回家去吧!"张龙捡起毛巾,离老远朝洗脸盆里一掷,"你们两口子的事儿,我管不了!"

吴爱云把外衣的纽扣解开,她的手抖得厉害,纽扣解得很费力。

"你干什么?!"

"我检查检查自己,哪儿出毛病了,这么讨人厌——"吴爱云把衣服脱了下来,扔到地上,伸手去解胸罩后面的挂钩。

"抽什么疯,让邻居看见——"张龙捡起衣服往她身上披,吴爱云在他的手底下挣扎着,把胸罩扯掉了,胸前白嫩的两坨弹跳出来。

张龙的火直蹿上头,扬手给了她一个耳光。

"你打我?!"吴爱云泪水薄冰似的凝结在眼睛里,她的目光从冰后面射出来,"老安打我,你也打我?!"

"你不走我走!"张龙把衣服朝她身上一扔,推门出去。

老安不知道什么时候来的,背倚着张龙家大门,嘴里咬着烟,但火柴盒在他手里变成块湿了水的肥皂。

张龙从他手里抢过火柴盒,擦出火花时,火光映照出老安的脸,皱缩得像个核桃。张龙把火直接塞到了老安的嘴里,他烫得跳了起来,"噗噗""噗噗"地吐个不停。

"好男不和女斗,"张龙盯着老安的眼睛,"有种你他妈的找男人单挑啊。"

张龙把外衣往身上一搭,去十字街找了个烧烤摊,喝酒喝到半夜,然后去澡堂子洗澡,在那里找了个床睡了。

第二天张龙直接去了井口。

"衣服怎么没换?"工长叫了他一声,追到井口里面,"帽子呢?"

张龙抄起铁锹干活儿。

工头把安全帽硬塞给他。

老安随后也来了,他去"老马家的牛肉汤"吃的早饭,还喝了酒。他把这两样味道都带进了井下。

"想拉你一起去的——"老安冲张龙打招呼,他的笑容也仿佛经过长时间的炖煮,"一个人喝酒,就像一根筷子夹菜似的。"

张龙没吭声。

老安倒也没像张龙想的,跟其他矿工们吹嘘打老婆如何如何。他把支巷木的工人拉下来,自己站在木桩上面。

"你行吗?"那个矿工问他,"酒气比瓦斯味儿还大呢。"

"井底下的活儿,"老安笑起来,"我闭着眼睛都比你们干得好!"

张龙和往常一样在掌子面儿倒堆儿,到了吃午饭的钟点儿,他推完最后一手推车煤,正要上去:"兄弟——"

张龙停下了脚步。整个上午,老安就忙活那几根木桩子了,张龙不想搭理老安,但这会儿除了他也没别人了。

"你站远点儿,"老安站在木桩上,手里拎着把斧头,他指了指井口的方向,那儿有光透过来,"——我想看着你的脸说话。"

张龙没动。

"你不敢站在光下面?!"

张龙走过去,竖井上面的光像束追光打在他的头上。

"你跟吴爱云,"老安有些哽咽,"以后好好过日子吧——"

"你说的什么屁话?!"

"你为我坐了20年的牢,别说老婆,"老安笑得脸上沟壑纵横,手里的斧头划着弧线抡起来,"我的命早就是你的——"

斧头砍下去的声音像深海处的涛声,黑暗如潮,迅疾扑上来,淹没了他们。

老安被救上来,得了什么寒症似的,刚立秋的节气,他把棉袄穿在身上还发抖。棉袄外面,他披麻戴孝。

吴爱云也披麻戴孝。她的脸颊肿胀消了不少,但青紫泛了出来,面相泛出股凄厉。她几天不吃不睡,瘦得脸颊都塌了,嘴角起了一片水泡。

张龙埋在西山下面的煤洞里面。矿主工长找老安商量了几次,尸体不是不能挖,一是成本太高,二是没有这个必要。这些钱,还不如省下来给他父母妹妹。最后一次商谈前,矿主和工长替张龙算了一卦,卦上说,张龙已经入土为安了,再挖出来恐怕不吉利。

吴爱云冷笑了一声。

三个男人顿住话头儿,看向她,她推门出去了。

月亮当空,又大又圆。吴爱云的心也变成了月亮,虚白的一口井,没着没落儿。

老安夜里睡不踏实。两个月内，连着被埋了两次，他怕黑怕得厉害。

吴爱云半夜醒来，看见老安缩在墙角，用大棉被把自己包得像个馄饨。

"张龙在这儿——"老安盯着房间里面的暗黑，"我一睡着，他就来，就坐在炕边儿看着我，要么就站在那儿——"

老安指指窗帘："一站站半宿，也不说话——"

"来了好啊，"吴爱云笑了，"我去烫壶酒，炒几个菜，咱仨喝几盅。"

"祸水，"老安看着吴爱云，骂了一声，"女人都是祸水。"

"你们在井底下，"吴爱云盯着老安的眼睛，"发生了什么事儿？"

老安没吭声。

吴爱云拿起枕头砸过去。

"我们被埋在井底下，"老安把枕头甩到一边，"能发生什么事儿?!"

吴爱云僵住了："这日子没法儿过了。"

他们替张龙卖了房子，加上抚恤金，一起寄给他父母。他们接到通知后，没来认尸。当年张龙坐牢的时候，他父亲就放过话："就当没这个儿子。"

吴爱云离开的那天，新邻居正好搬进来。人声喧嚷，噼里啪啦放了两阵子鞭炮。

吴爱云只带走了自己的衣服，一个大提包就装下了。出门的时候，隔壁搬家的人都出去吃午饭了。大门外爆竹皮剖肠破肚地堆着，吴爱云往张龙院里面看，房门开着，黑洞洞的一张嘴，房门口同样堆着爆竹皮，一撮红色，像是房子咯出的血。

秋千椅

欧式大铁门占了门脸的三分之二，装饰图案是纵横交错的花叶枝条，冷眼看密不透风，细品又疏可跑马。店牌鞋盒大小，四周有小花叶装饰，方正立于门楣之上，上面两个字是铸出来的："午后。"

进了门，经过一个大玄关似的过厅，苏蓉看见康默。他坐在最里面靠窗的位置，秋千椅是藤编的，从天花板上吊下来，他坐在上面既闲适，又有那么点儿怪异。窗台宽大，通常用来养金鱼的玻璃罐里面养着绿萝，营养液里面根系分明，枝条柔软、叶片翠绿，从罐口蔓出去，沿着窗棂布好的细绳蜿蜿蜒蜒地向上攀爬。

苏蓉向康默自我介绍，李阿雅临时有事，由她来给他做访谈。

"我是实习生，没什么经验。"

"白纸好啊，"康默笑笑，"可以画最新最美的图画。"

康默是电视台节目主持人，周六周日晚上十五分钟的"读书时间"以及每周一次的谈话节目"捕风捉影"——话题多为时尚热点和某些尖锐话题——收视率很高,他的主持风格优雅、知性、幽默。

苏蓉从双肩包里掏出本子、笔摆在桌面上,寻常的动作因了康默的审视变得有表演性了,她拿出李阿雅交给她的那张纸看了一眼,清了清嗓子,问:"这次您是媒体界唯一入选'十杰'的,能谈谈入选感想吗?"

"受宠若惊。"

"对您未来的生活会有什么影响吗?"

康默耸了下肩膀:"拭目以待。"

"您怎么看待这个荣誉?"

"我所以伟大,"康默笑了起来,"是因为我站在巨人的肩膀上。"

苏蓉脸红了。她搞不清楚怎么做更好,把本子合上转身就走,还是把他的话实录下来发在报纸上?要是能把他讲话时的神情也描写一下就更好了。她的目光瞥向烟灰缸,发现里面有几支细细的抽了一半的烟蒂,过滤嘴的地方有口红印迹。

康默好像也意识到自己有些过分了,收敛了笑容,问她:"你是哪个学校的?"

"师大。"

"什么专业?"

"新闻。"

苏蓉想起上大学的第一天,新同学见面会开得热情洋溢,大家的发言慷慨激昂,"无冕之王"频频出现,好像讲台上面堂而皇之就摆着个王冠。

"我们是校友,"康默说,"我是中文系的。"

苏蓉知道他们是校友,也知道他学中文。来之前她上网查过他的资料。

"学中文怎么会当主持人的？"

"我们刚上大学时，流行了一阵子舞台剧，我演过哈姆雷特、周萍，也演过屈原，电视台还录播过，后来他们想办个大学生类的娱乐栏目，就把我要过去了。挺没劲的，是吧？"

"有本事的人，"苏蓉说，"都这么低调。"

康默放声大笑时，某些封闭的东西也随着笑声奔涌出来。像点亮的灯笼，打开的酒窖，或者乌云滑过后喷射出来的阳光。他笑得那么厉害，连他坐着的秋千椅都荡漾起来了。

苏蓉也笑了。

"你们现在流行什么？"康默问，"DV、网恋、暴走，反正这一路东西吧，对不对？"

"你说的这些都存在，但因人而异。"

苏蓉就很少涉及这些时髦的东西。上大学的头半年，她过得相当辛苦。课本上的东西她倒不怕，让她困扰的是使用自动感应水龙头、在肯德基闭着眼睛流利地点餐、学会辨别看着很体面其实是地摊货，而一件破烂儿似的 T 恤衫却价值过千之类的问题，她还得知道切·格瓦拉的头像、甲壳虫乐队的经典曲目、好莱坞走红影星们的名字、动画片里面的标志性形象、国际一线化妆品品牌以及最流行的文化杂志和网站名称，更别提国内外明星们的逸事和绯闻了。

同宿舍的女孩子都来自大城市，有一个去欧洲旅游过，另外一个东南亚国家差不多走遍了，她们夏天穿大头皮鞋配牛仔短裤脖子上绕一条好几米长的围巾，数九寒天羽绒服里面只一件无袖 T 恤，她们对在校园里手拉手的情侣做鬼脸，对在宿舍里面过夜的情人却又视而不见。

她们对苏蓉挺好的，但这个好里面，同时还有一只手，在往外推她。苏蓉说不出具体例子，但感觉很强烈。她觉得自己受的伤害都是化骨绵掌，严重却又不露痕迹。

大三下半学期开始，她到报社实习。先是跟屁虫似的跟着别人东跑西颠儿，没钱拿还得倒贴车费通讯费，半年后开始跑边角新闻，新闻版主任觉得她文笔好，人也不错，有心栽培，她现在有基本工资拿，有各种补贴，还有点儿稿费，她很知足。

他们闲聊了一下午，临分手时，康默给了苏蓉一张软盘，让她利用上面的资料随便拼一篇稿子，有问题她可以打电话给他，当然了，纯粹的聊天他也欢迎。

"他帅吗？"

"你又不是没见过。"

"你见的是活的啊。"

"你见的也不是死——"苏蓉一笑，让汤呛着了，刘强替她拍了拍后背，她喘了口气，"明星嘛，肯定长得不赖了，眼睛特别亮。"

"你们聊什么呢？"

"他问我怎么看在身体上打洞的事情，还问学校里穿鼻孔耳洞脐环的人占多少比例，通常去哪些地方打？还有文身的事情，他可能是想做这方面的话题吧。"

"午后"咖啡馆才五月份就开了冷气，柞木桌面有三本辞典摞起来那么厚，桌面凉得镇手，玻璃杯晶莹剔透，康默替她叫的"卡布奇诺"也是冰的。苏蓉从咖啡馆出来，皮肤上面一层鸡皮疙瘩，坐在公共汽车上人还是皱缩的，直到回到这间租屋，进门闻到从骨头缝里炖出来的香气，醇厚、浓郁、毛毛雨似的荡漾在房间里面，她的毛孔才醒转了来。

苏蓉和刘强是高中同学，苏蓉是尖子生，刘强是中等生。高考结束那天，他送她一个小盒子。她回家后打开看，盒子里面是颗玻璃心，玻璃心中间有缝，插着个锡纸做的箭，锡纸箭带着淡淡的烟味儿，苏蓉费了不少时间才把箭拆开，抚平，背面有首诗：

上邪！我欲与君相知，长命无绝衰。山无陵，江水为竭，冬雷阵阵，夏雨雪，天地合，乃敢与君绝！

和刘强的爱情比起来，那个字条更让苏蓉吃惊，字迹细如蛛丝，小如蚂蚁，真不知道他是怎么写上去的。她想把这个纸条再折成那个箭，但无论如何做不到，最后她把它团成一团，扔进装幸运星的小玻璃罐子里。

他们一起来到这个新城市，这个新城市让刘强很兴奋，简直就是一个硕大无比的玩具，几天的工夫，三十多条常用公交线路就像长在他手心里面似的，书店、电脑城、手机城、电影院他如数家珍，连菜市场、夜市他也门儿清。他带着苏蓉四处闲逛，在公园骑双人自行车，吃味道和价钱都说得过去的小吃。

为了见苏蓉方便，刘强在师大附近租了间房，周一到周五他在他们学校附件的网吧当网管，周六周日跟苏蓉一起，她看书，他上网研究菜谱儿，三年多的时间，刘强从饭来张口变成美食专家，苏蓉请同宿舍里的女生到刘强这里聚餐，她们说，刘强调的麻辣汤比重庆秦妈火锅连锁店里的汤还地道呢。他的东坡肉、松鼠桂鱼，让女生们吃上了瘾。大学最后这一年，他们又要写论文又要找工作，肾虚肝火旺，刘强买了个瓦罐回来，茶树菇炖排骨、花生煲猪脚、黄芪党参炖土鸡，厨房里每日香气袅袅，苏蓉不时对着镜子惊叫："天啊，又胖了一圈儿！"

"见到了偶像，"刘强把正嚼的一根黄瓜举到苏蓉的嘴边，"什么感觉？"

"你有完没完？无不无聊？！"苏蓉瞪刘强一眼，筷子往桌上一拍，起身走了。

"跟你闹着玩儿呢。你怎么那么没幽默感啊？"刘强过来哄她，"把饭吃完啊。"

苏蓉不理他，径自上网看新闻。刘强把她剩的饭两口吃完，把碗碟都收到厨房里。

苏蓉把康默给她的软盘输进电脑里，里面都是以前他接受报纸、杂志采访时的报道和印象记，还有几张他的照片，有一张是他在一个寺院门口照的，姿态悠闲，就像那句唱词："我本是卧龙岗上，散淡的人——"

苏蓉给康默打了个电话，她的报道写好了，发表之前，他想看看吗？

他说好啊，说他在碧湖公园，让她现在就打车过去。

到了那儿苏蓉才知道康默在拍MV，她不知道他还唱歌。她把稿子给他，他随手掖进包里，牵手把她带到一个中年女人面前，问："她怎么样？"

中年女人用目光从上到下把苏蓉梳了一遍："试试吧。"

苏蓉被送到化妆师那儿，化妆盒很大，粉残胭脂旧，面刷的刷毛颜色暧昧，睫毛膏黏腻打结，化妆师噼噼啪啪在苏蓉的脸上忙活了一阵。中年女人站在化妆师旁边给苏蓉说戏，说她演的是一个暗恋康默的女生，教她如何用眼睛和身体语言表达爱情。

整个下午苏蓉在导演的指导下跑来跑去，用深情的目光追逐着康默的身影，导演要她做出惆怅的样子，可她不确定如何才算"惆怅"，一个"惆怅"折腾了四十分钟才算通过。康默也比她好不到哪儿去，他一遍遍地唱同一段歌，每次都要做出新鲜、喜悦、深情的表情。

拍完已经是傍晚了。康默想请她吃饭，又有个必须要去的聚会，苏蓉看他那么有诚意，又那么为难，就跟他去参加聚会了。

那些人里面苏蓉只认识卜婵娟。她跟康默是同一个电视台的，也是文艺频道的主持人，她代言的地板广告印在好几条线路的公交车的车身上。

苏蓉脸上带着厚厚的妆，拍了一下午，加上出汗，毛孔都塞住了。跟大家问过好她跑去洗手间洗脸，听见两个女人说看见康默也在这里吃饭，说他"比金城武还帅"。

苏蓉用香皂洗干净脸，找不到合适的东西擦，甩着水珠儿往回走，在包房门口她听见有人调侃康默："'80后'都带出来了？真好意思啊你！"

"嘴下留德啊，"康默说，"我们可不是你们想的那样儿。"

"我们想的哪样儿——"

苏蓉进了包房，话题戛然而止。

她坐到康默身边的空位置上。大家开始讨论刚刚倒进杯里的冰红酒，卜婵娟话少，吃得也不多，不过那顿饭局下来，她一个人喝了将近两瓶红酒。散局时，她面色酡红，眼波流转，对着康默妩媚一笑。

"你送我回家。"

康默连声道歉，说答应了送苏蓉的，他们还有个采访呢。没等苏蓉推托，已经有人自告奋勇当护花使者。

康默带着苏蓉离开，在一个路口等灯时，他指着远处的高楼给她看:"我就住那儿。"

"像个竖起来的珠宝盒子。"苏蓉说。

康默笑了:"去坐会儿吧。"

康默的房子是个二百多平方米的复式,连接上下两层房间的是一段 S 形的扶梯,锻铁栏杆让苏蓉想起"午后"。房间颜色以蓝灰为主,器皿多是玻璃和不锈钢的,坐在客厅望着外面的灯火,仿佛置身于一个幽深的湖里。

康默给苏蓉倒了杯柠檬水,飞快地把她的稿子看完。

"你写得我都找不着北了。"康默说,"你真是天生的记者。"

"我要早知道记者是怎么回事儿,"苏蓉说,"才不做这行呢。"

不光她,实习过的同学大多都后悔学了新闻专业,一致认为"无冕之王"是世间最无耻的谎言之一。同寝室有个女生是娱乐版实习记者,她说记者追逐明星无异于群狗从一根骨头上啃肉星儿,保镖的铜胳铁膊,杵一下半天倒不过气儿来,搞不好腿还会被踹上一脚;即使是明星接受采访,让你在酒店套房,或者餐馆外面等几个小时也是常有的事儿,有一次她倒是被大明星请进了房间,可人家一开口就是:"不介意的话先帮我按摩下腿,好吗?"

过了一周,康默的 MV 播出了。苏蓉暗恋康默的样子被拍得有些傻气,某些表情还鬼鬼祟祟的,但她穿着白 T 恤衫,新旧恰到好处的水磨蓝牛仔裤,黄色鞋带的帆布鞋,在光影斑驳的林间小路上奔跑的一系列镜头却拍得非常漂亮,她像个小马驹,奔向美好的新生活。康默有几个特写镜头也拍得挺好,他笑容灿烂,像给牙膏做广告似的。

刘强看这个 MV 时,就像被一盆看不见的水当头泼过,他身上的 T 恤衫是 20 块钱在早市上买的,洗过后垮垮的,但现在好像全靠这件抹布似的衣服撑着,他才没跌倒。

拍MV的事情苏蓉早就告诉他了,去康默家聊天的事情也说了。刘强不相信他们独处了那么长时间,只是聊聊天。

"现在连天方夜谭都不这么编了。"

苏蓉跟他吵了几句。

"你急什么急啊?!"刘强又说,"有理不在声高!"

苏蓉也自我安慰,是啊,清者自清,急什么急?但话说回来,女孩子随随便便接受男人的邀请去家里,即使是聊天,也够暧昧的。

刘强跟钟摆似的,来来回回在苏蓉面前走,叽里呱啦吵了半天,最后把门一摔,自己去厨房生闷气去了。黎明时分,苏蓉都迷迷糊糊睡着了,刘强上床从后面紧紧抱住了她,他凉得像冰块儿,跟她道歉:"你心里坦荡才会对我实话实说,其实你完全可以骗我的。我真蠢!"

苏蓉的泪水涌了出来,一只眼睛里的泪水还滑落到了另一只眼睛里面,"比驴还蠢!"她在刘强胳膊上掐了一把。

康默的MV是公益广告,翻来覆去地播,连公交车上面的电视都播,刘强没再跟苏蓉发脾气,他的脾气变成了一个拳击手,每天跟他的理智较量点数,苏蓉好几次想跟他说:"你还是发发脾气吧。"

"词曲写得像棉花糖似的,太粘牙了,"刘强跟苏蓉分手的时候,评论了一下那个MV,"但康默唱得挺好的。"

苏蓉没哭,但全身发麻,微微地冒着冷汗。她第一次凌晨被电话叫醒,赶往一个交通事故现场时也是这种感觉。出租车在铁门和重型卡车中间,像被捏瘪的易拉罐。苏蓉不想往出租车里面看,但她必须得看,还得把这个情景用文字重现出来。肇事的卡车司机脸色惨白,扎撒着两手,从表情上无法确定他是醒着,还是仍旧在梦里。

康默有个很大的开放式厨房，从小到大七个"双立人"平底锅像艺术品挂在墙上，刀、铲等其他厨房用具庄重、优雅、冷漠，还有好几套瓷盘，其中一套白底青花的拆了包装摆在橱柜里面。平时他们喝茶喝咖啡用的杯子是从"宜家"买的，好用，坏了也不心疼。

台桌很大，椅子很舒服。

苏蓉做过一顿饭，那会儿她跟报社请假，在家里打毕业论文，接连吃了几天麦片、面包和牛奶咖啡，她的胃疯狂地怀念以往的姹紫嫣红、热火朝天。她去楼下超市买了牛肉、各种辅料以及调味品，花了好几个小时，把一锅牛肉块炖成了黑焦焦的炭块。

为了把附着在锅壁上面的黑斑蹭掉，她的手都快磨破了。她又去买了能让钢锅恢复光泽的洗涤剂，德国产的，一小瓶要一百多块钱，折腾了一下午，最后总算把锅恢复成了原样儿。

"什么味儿啊？"康默一进门就问。

苏蓉蜷在沙发里面，泪流满面。

他们找了一家杭帮菜馆，点了黄焖牛肉。等菜的时候，康默像对待小狗似的，手插进她的头发里，揉了揉她的头顶。

牛肉做得酥烂、软香，但色香味离刘强的手艺差了老大一截儿，苏蓉记忆中的牛肉块从锅里捞上来时，是一碗香气四溢、闪闪发光的金子。

相对食物，康默更在乎饮料。茶、咖啡还有红酒，在他家里都各自有存放的地方，冰箱里的果汁和牛奶总是不等喝完就已经被新货取代。

他们手里总是有个杯子，无论在楼上卧室或者楼下客厅，聊天或者打电脑。他们还经常坐在厨房台桌边儿上喝东西，谈话内容大多跟书有关，经典名著、当下流行、轻松有趣，或者短小精悍。康默承认，他在"读书时间"里推荐的书有很多是书店希望他推荐的，还是"有偿"，每周都有一大包书被快递到他家里来，零零散散寄给他的也不少。有一些书他让苏蓉读，读完后把大意讲给他听，在书页上把精彩段落标注出来，如果能上网查查和这本书有关的逸闻趣事就更好了。

虽然书是苏蓉读的，但康默在节目中的发挥精彩极了，旁征博引，风趣幽默，又总能切中要害。在"捕风捉影"节目上，有个女嘉宾是人造美女，她直言她就是为了得到像康默这样的男人，才去整容的。

有天晚上，苏蓉洗了澡出来，康默穿着白色棉布家居长裤、白色T恤衫坐在一盏灯下面读书，他的身影映在身后的落地窗上，苏蓉看见了两个康默，一个真实，一个虚幻。

过了好一会儿，康默才发现苏蓉在注视着他。

"你也知道自己很帅很帅，对不对？"

康默笑了，把她拉到他的膝盖上坐下，在她鼻子上点了点："你知不知道你傻乎乎的？"

"你才傻呢。"

苏蓉心里明白，她是傻乎乎的。他喜欢她的傻乎乎。他跟她承认，他以前谈过几次恋爱，她跟着他出去，也见识了几个女人。她们都跟卜婵娟不乏相似之处，个个都是白骨精，瘦得皮包骨头，靓丽得让人喘不过气来。她们跟康默都很亲近，苏蓉猜不出哪个是他的前女友。也许全部都是吧。

康默的书房挂着一幅油画，上面画着一个女孩子，鼻子尖尖，睫毛长长，眼睛水汪汪的，既写实又抽象，苏蓉总是想起这个女孩子，就像刚掉了颗牙，舌尖会忍不住去舔牙床上的空洞一样。

苏蓉采访时，认识了一个中年房地产商。第一次见面就夸苏蓉长得好，有旺夫相儿。专访见报以后，他请苏蓉吃饭，婉转而又明确地表达了他的想法儿。

"我现在知道自己身价了，"苏蓉对康默说，"市中心地段一套七八十平方米、精装修的房子，加上家具家电，市值七十万左右。"

如果是刘强，这些话会把他变成扔进油锅里的油条，但康默只是笑笑。他的不以为然很像苏蓉同寝室的那些女生，在她的着装、语言模式变得跟她们一致，并且青出于蓝，某些细节闪亮发光时，她们就像康默那样笑。

康默有个大学同学新近当了爸爸，摆百日筵时，他带着苏蓉一起去祝贺。苏蓉没想到会有那么多人，简直就是个大派对，卜婵娟也来了，拿着高脚杯，跟苏蓉拥抱了一下，然后就被几个男人拿俏皮话给围住了。

康默也被人拉走了，除了卜婵娟，还有几个女人相貌或者气质很引人注目。

苏蓉不认识谁，去逗小女婴玩儿，她生下来时六斤六两，小名儿叫六六。女主人忙着招呼客人，把六六差不多全扔给苏蓉了，苏蓉给她换了两次尿布，喂了一次奶，她的目光偶然碰上了康默，他站在几个同学之间，看着她笑。

抱六六太久，苏蓉觉得自己身上有股奶酸味儿，一回家就跑去楼上冲淋浴。她洗澡的时候，康默进来了，坐在狮爪浴缸边上："我们也生个孩子怎么样？"

"不结婚就生孩子，你想让我妈打死我啊。"

"那就先结婚。"

苏蓉擦了一把脸上的水珠，看着康默。

他没开玩笑。

"干吗跟我结婚？"

康默笑了:"为什么不能跟你结?"

他说完就走了。

花洒里的水慢慢地降温,苏蓉仍旧一动不动地站在水底下,她的身体处于一种奇特的状态,就像酒心巧克力。

康默想跟她结婚,还想跟她生孩子。他喜欢她。苏蓉对着镜子打量自己,她并不比他身边的其他女人漂亮,她也不比她们丑。她目光清澈,有一些未脱的稚气,固定的、永久性的表情还要过几年才会在她脸上落足。可能就因为这个,虽然她谈过一次恋爱,康默仍然觉得她单纯天真吧。

可她没他想象得那么单纯天真。她留意到他虽然求婚,却没说他爱她,哪怕只是象征性、表演性地说一句。可能他以为她会被喜悦冲昏头脑,压根儿不会注意这些细节,但她注意了,而且介意。

她知道爱是什么。她跟刘强第一次接吻时,他全身颤抖,牙齿咔咔嗒嗒地打冷战,他在电影院昏暗的光线里面打量她,好像她原本是银幕里面的人,某种特殊而又神奇的力量把她送到他的身边;他还曾经用力地抱紧她,恨不能把自己擀成个面皮儿,把她像馅儿那样包裹起来,"我从来没想过身体会这么好!"他在耳边一遍遍地低语,"这么好!这么好!好得不能再好了!"

她去找过刘强。他现在在一家建筑设计公司当制图员,那家写字楼的一楼是咖啡厅,苏蓉把普洱茶从酽红喝到淡褐色,终于在电梯那儿看见了刘强,他瘦了,显得更高,头发短短的,黑色弹力短袖T恤衫配黑色牛仔裤,冷眼一看有点儿像黑客帝国里的里维斯。他夹杂在几个同事中间,离开了。

苏蓉在他们离开后,上楼去他们公司,她说她是刘强的同学。他们说他刚走,要不要打电话给他?

苏蓉说我自己打给他好了。

她看见刘强正在画的图纸，吃惊不小，他的笔触比发丝还细，在一张纸上用三维空间微缩了一栋建筑物所有的细节。苏蓉想起他当年给她的那只锡纸箭，以及他的厨艺，想哭，刘强是三千尺桃花潭水，也是润物细无声。

苏蓉在卧室里检查了一下自己的东西，她的东西大部分都放在她搬来时的两个大箱子里面，康默跟她说过她可以把衣服挂进衣橱里，她庆幸自己没挂。而其他东西在这个家里，根本没有拿出来的必要。

她下楼找康默，他在打电话，笑得很开心。苏蓉知道自己会记住这个家点点滴滴的一切，就仿佛刘强画的效果图似的——螺旋楼梯，凸形落地窗，坐起来非常舒服的那组白色沙发——康默也用玻璃罐子装营养液养绿萝，拳头大小，小小一棵绿萝，点缀在茶几上面——以及那组音符般钉在墙上的"双立人"和美学价值远超过实用价值的青花瓷器，还有书房里的那些书，一直在淘汰，但数量仍像杂草一样在飞快地生长。

还有那幅画。从苏蓉第一眼看到，画中的女人就整夜整夜地徘徊在她的梦里。

康默的电话打完了，也来到书房。

"她是谁啊？"苏蓉问。

康默走到她身后，也往墙上看。

"谁知道。"他说。

《作家》2008年7月

僧　舞

不知道雨是什么时候停的。知足禅师入定时，雨细密如丝，在天地间梭织，山水、树林、庵堂，都变成了布匹上的图饰。他无声念诵经文，感觉自己在一点点缩小，直至成为一粒茧，而他的灵魂是这茧壳中的一颗水滴，水滴的深处和宽阔都无限，梭织另一片云天——

树木的馨香和草地的鲜嫩气息，与夜色和湿气融化在一处，浆汁般令人浸润其中，蓦地，一团清凉之气冲破了沉寂，宛若花朵绽放瞬间，香气骤然爆发，随即，受了惊吓般滞住，然后，才丝丝缕缕地洇散。

——知足禅师睁开眼睛，发现自己被注视着。

女人跪坐在门口，淋得透湿，夏布衣裙皱巴在身上，体态山山水水，轮廓分明，头发披散开来，发梢处还有水滴缀着，黑丝中扬起的脸庞，青白如苔纸，她咬紧牙齿不让自己发出打冷战的声音。

知足禅师朝屋顶看了看，她不是从天上掉下来的，但她是怎么在这样一个时刻进了寺院的大门，又穿过几进院落，来到这里的呢？

"阿弥陀佛——"知足禅师说。

女人张了张嘴，嘴唇颤抖得说不出话来，眼睛幽幽黑，仿佛整个夜晚以及所有的寒冷都被她吸进了双眸。

知足禅师走下竹榻，朝女人伸出手——

离这里最近的禅房也要走上一千步。尽管这个女人比羽毛重不了多少，但知足禅师并不认为把这个女人抱到那里去是件易事，也不认为这是个好主意。她蜷在他怀里，衣衫湿寒，冰肌玉骨，他连打了几个冷战。她的眼睛微闭着，覆在密而长的睫毛下面，让他想起林间的野狐。

知足禅师把女人抱上竹榻，瓦盆里的炭已经烧到灰白色，里面的火光细弱闪烁，宛若夹在书页里面的红绸书签。他用烧火棍拨旺残火，从木桶里面挑了几大块炭加进去，顺手把装了泉水的铁壶坐到瓦盆上面。

知足禅师拿出一套僧服放在女人身边，拍了拍，转身走出禅房。

屋外气温冷凉，如同置身于湖水中间，散发着淡淡的腥气，平时扑面而来的花香，此时不知道憋在哪些花苞里面，瓦缝里残存的雨水自檐角"滴答"一声，又"滴答"一声。门外摆着女人的鞋，湿透了，却没有沾上泥浆。

知足禅师仰头望天，满天乌云全然没了影踪，夜空于深黑中透出幽蓝，月如银盘，华光内敛，隐约另外一个清净世界。

"大师——"室内轻唤。

知足禅师应了一声，不急着转身，仰头又看了会儿月亮，才缓缓拉开门，进到房内。

女人换上了他的僧服,把他的袈裟也披上了。那件袈裟,茜色、用金线以鸟足缝手绣、连缀而成,质地上乘,做工考究。起初披上身时,他仿佛陷落于一团锦绣华彩中,如踏祥云,腿脚都软了三分;最近两次才跟袈裟融为一体,只觉得法相尊严,气度不凡。

知足禅师上了竹榻,在蒲团上坐稳。

"明月拜见大师。"女人湿发像两块黑缎带,垂在脸颊两边,她两手平展叠加,高高举过头顶,对他行跪拜礼,当她身体低下去时,头顶上的发际线清晰可见。

"阿弥陀佛!"知足禅师单手回礼,"女施主缘何深夜到此?"

"我有心结,"女人低眉垂眼,"烦请大师开释。"

"这个时辰——"知足禅师看一眼衣架,女人的夏布衣裙湿漉漉地搭在上面,他转向她,微微点头,"女施主请讲。"

女人沉默片刻,抬眼望着知足禅师,她的眼眸被袈裟映衬,在烛光中闪烁,猫眼一般:"请问大师,我该如何看待自己的肉身?"

"人身难得,"知足禅师说,"理当自重。"

"虽然自重,但有时,灵魂似乎能自行从肉身中飞出,蝴蝶般落在旁侧,观看肉身的喜怒爱恨,凡此种种。"

"凡此种种,皆是空相,"知足禅师说,"修行,能明心见性。明心见性,就不会为诸相苦恼了。"

"凡妇哪有大师的德行和慧眼?"女人轻声喟叹,"肉身于我,仿佛戏匣,每次打开,多是痴缠与纵情。世间男子迷恋我,而我亦于其中生出诸多喜悦——"

"梦里不知身是客,"知足禅师说,"我们来到世间,行色匆匆,悲苦无限,不要被乱花眯了眼睛。"

"花开有时,转眼凋零,"女人说,"声色亦如是。既然行色匆匆,悲苦无限，那么，青春正好，更没有辜负的理由啊。"

"声色是幻象，不抓紧时间修行，来世难免要轮回受苦。"

"可我并未觉得受苦啊？恰恰相反，肉身的欢愉令我销魂。"女人低头看看自己，一截胳膊从僧衣中伸出来，宛若新藕，她轻轻一摆，空气中荡起了涟漪，"我对我的肉身，充满感激之情，眼耳鼻舌身意，色声香味触法，个中微妙，令我喜不自禁。连惆怅和失落都是值得细细玩味的。"

她把胳膊又收回去，僧衣下面却不再是平静的，仿佛藏了莲花。

知足禅师轻咳了一声："迷路的人，并不是脚下无路，而是找不到正确的路。"

"所以，明月冒昧前来，恳请大师指点迷津——"女人朝知足禅师挪近了两尺，直视他的眼睛，"倘若人生如梦，那肉身算是什么？载梦的器物？"

知足禅师清修已经很久了，他早已淡忘了和女人相关的某些事情，比如，女人就像林间的动物，距离过近，难免让人心慌意乱；女人的气息披覆着羽毛、长着爪子，越是被绚丽羽毛迷惑，越容易被爪子抓伤；大多数时间，女人像猎物，注定要被男人捕获、驯服，但偶尔，她们也会变成猎人——

"肉身用来思考、修行、觉悟。"

"身似菩提树？"

知足禅师顿了顿："女施主学问精深。"

"大师取笑了，"女人两手交叠在支起来的那个膝盖上，"身似菩提树，潜心修行，修到菩提本非树，是不是就算觉悟了？"

"也可以这么讲。"

"这种修行的过程，跟爱情的路径刚好相反，"女人展颜一笑，笑容带着香味儿似的,弥漫在空气中,"男人们迷恋女人,起初一头扎进温柔乡里,忘了自己是谁,但随着时间的变化,男人们慢慢地又知道自己是谁了,这也到了他们背起行囊离开的时候了,对于女人,男人不是客又是什么?"

瓦盆里的炭火烧起来了,房间里面的寒气不知不觉已被驱尽,铁壶里面的水"咕嘟""咕嘟"地发出声响。

"男人是客,女人也是客,"女人轻叹一声,"肉身无异于客栈。"

知足禅师刚要起身,女人说:"请让我来吧。"

女人脱掉袈裟,却没把它立即叠起来,而是托于双臂间细细打量:"多美的衣裳!"

"光明在内。"

她莞尔一笑,手腕翻转,云朵般的袈裟被她三折两折,叠得方方正正,像本书似的摆放在架子上面,她扭转身,把小茶桌摆到知足禅师的身前,茶桌茶具都是旧物,木头乌亮,瓷釉温润如玉。

女人拎着铁壶,冲洗茶具,小茶桌上面一时间行云流水,茶叶仿佛从她的指尖上刚生出来,被她顺手移栽进杯中,嫩芽初啼,清香四溢。

"大师爱过女人吗?"女人喝口茶,问道,"我是说您入寺修行以前?"

"爱是慈悲——"

"我指的是爱慕,"女人打断了知足禅师的话头,"男女两情相悦,肌肤相亲——"

知足禅师看着她,她对自己的无礼并不以为然。

"俱是镜花水月。"

"也是缘定三生,不是说,百年修得同船渡,千年修得共枕眠?"

"万事都有因果。"

"今夜我与大师促膝谈心,"女人盯着知足禅师的眼睛,铁壶提在她的手中,"又是多少年前修来的因果?"

"阿弥陀佛!"

"当年只怕我是一粒沙子,"女人给知足禅师的茶杯续上茶水,"落入大师的身体里,大师那会儿还是个蚌,对我这个不速之客无可奈何,收留我,以血肉之躯滋养我,把我变成一颗珍珠——"

还真是的。知足禅师的胸口处,有药丸大小的痛楚,时不时地、隐隐地、深深地,疼。

门扇都是关闭的,但知足禅师知道,夜色变得浓烈深沉了。天上的那轮明月,想必也更皎洁。

"大师还没回答我的问题呢。"女人给自己的茶杯也续上水,"我当如何看待自己的肉身?"

"人身难得,理当自重。"

"请恕我不敬,"女人眼眸幽深,烛光映在其间,"大师只会这两句陈词滥调吗?"

"不然呢?"

"我的肉身早在我的思想成熟前,就知道这个道理。肉身是多么奇妙珍贵啊,皮肉血脉,筋骨肢体,春华秋实——"女人的手伸到了知足禅师的面前,瞬间变出一朵花来,细看,那不过是她的手指;而手指,转眼又变成了一只柑橘。

"——夏雨冬雪,喜怒爱恨。窗是推出去,门要拉开来——"她的动作缓缓地配合着语言,活灵活现,"我花了很多时间学习像蝴蝶那样落于某处,我还花了更长时间研究白鹤如何在水中伫立、起舞,需要的话,我可以像树一样,脚底生根、枝条摇曳——肉身不只是裹着血肉骨头的皮囊,不只是载梦的器物,肉身也不仅仅用来受苦受难,修行觉悟,肉身是大千世界里的一个奇迹,肉身本身也是个大千世界。"

知足禅师沉默良久:"女施主如此通透,又何须来此求解?"

"我以为大师会有不俗的见地,帮我脱离苦海。"

"你似乎并无苦恼。"

"我的苦恼在于,我所爱的东西,都太过短暂,花朵凋零,果实腐烂,红颜不再,爱情如一江春水无法挽留——"

"源自泥土,也终将归于泥土,你肉眼看不见的,并非就是真正的消失。因果深埋,在某个时间,种子发芽,将再次回到世间。"

"肉身或许可以回来,那我的舞蹈呢?"

"舞蹈?"

"大师看不出,我是个舞者吗?"

知足禅师放下茶杯:"本来无一物。"

"看不见的,就是'本来无一物'?!"女人迅疾反问,"那极乐世界何尝不是'本来无一物'?不都是空吗?"

"是空,但,空中妙有。"

"这个'有',非大师这类的人物不能得见,对不对?"

"阿弥陀佛!"

"阿弥陀佛,"女人哼了一声,"是大师的盔甲。万事万物,一句'阿弥陀佛',便尽数消解,这也太容易了吧?依我看,大师内心里面,未必不是红尘万丈。"

"那正是我在这里修行的原因,"知足禅师说,"努力把内心里的红尘连根拔去。诚如女施主所言,这不是一句'阿弥陀佛'便化于无形的,相反,修行过程如同蚊叮蚁噬,点点滴滴,进展缓慢,有时候,免不了还要倒退。"

女人沉默。

"所以,我不是什么大师,我跟你一样,有着种种困惑、怀疑。"

"大师如此坦诚恳切——"女人叹了口气,微笑像两个菱角嵌在她嘴角边,她的脸庞在烛火和炭火光中,暖如夕照,"——倘若我们是在另外的地方相遇,我会爱上您的。"

炭火正炽,烛光轻轻抖动,房间里越发燥热,女人身后架子上面,湿衣雾气上飘,丝丝袅袅,仿佛千手观音。

知足禅师一时震惊,无言以对。

"阿弥陀佛!"女人双手合十,"冒犯了大师,万望见谅。"

"女施主慧根深种,潜心修行,必有所成。"

"倘若我皈依,大师肯指引我吗?"

"以女施主的资质,"知足禅师说,"放下万缘,观照内心,即是觉悟之道。"

"大师这样三言两语,指点迷津,对于明月而言,无异于甘霖雨露。"女人伏下身子,跪拜在地,发丝拂于知足禅师的膝头,"我有心皈依,恳请大师垂怜。"

"女施主请起——"

"大师答应了,我才起来。"

"修行在心,不在乎形式,"知足禅师说,"你这么执着,已经远离修行正道了。"

女人沉默良久,直起腰身,抬起头,神情戚然,泪光浮现眼眸:"大师所言极是,到底是凡夫俗子,不知不觉,贪念顿生,执迷不悟了。"

"修行,觉悟,说起来简单,做起来长路漫漫,"知足禅师轻叹,

"尘世宛若蛛网，千丝万缕，把我们粘连，所谓解脱，即使拥有把自己肋骨根根折断的意志和勇气，也未必能证得最后的圆满。"

"如此煎熬，大师仍旧无怨无悔？"

"你是舞者，舞蹈时，想必也有诸多不为人知的痛楚，你不是也乐在其中？"

"所以说，"女人轻轻击掌，笑容宛若昙花在暗夜中，悠然绽放，"我与大师，是殊途同归。"

"我为大师跳一曲舞，可以吗？"女人问，"我有很多话想对大师讲，但我的身体比任何别的，更适宜表达我此时的心情。"

清修室只能摆下两张安东龙纹草席，又有些起居必需之物。

"我曾经在小饭桌上跳过舞，在磨盘上也跳过，甚至男人的胳膊上面——"女人读出知足禅师的思想，莞尔一笑，"这里足够大了。"

"事实上，"知足禅师说，"沉默即是万语千言——"

"您不是讲，'本来无一物'？"女人说，"我想让您看看'本来'的样子，也想让您看看空中的'妙有'。"

两人对视了一会儿，知足禅师把茶桌挪到门边，自己也后退到墙边。

女人转头看了看瓦盆，她的身体稳稳地坐着，脖颈天鹅般扭转，整个人很奇妙地被拉长了，然后，又弹性十足地回归原位。她双手撩起头发，在脑后拢至一处，攥紧，一挽，伸手从知足禅师手中拿过菩提子串珠，盘束住脑后的发髻。

她把袈裟从架子上面拿下来，慢慢地，展开一张画纸那样，把袈裟铺开，而当她起身把袈裟蝉翼般，从头顶披在身体上时，竹榻上面，依旧铺了什么似的，女人的腿抬起来，脚踝轻摆，宛若笔头，一笔一画地书写，字迹分明，又了无痕迹，她似乎写了些非常重要的东西，但知足禅师一时无法领悟——

她慢慢地退后，缓缓坐下，双膝盘成莲花宝座，双手合十。

她是一句谶语！

知足禅师望着她。无法挪开自己的目光，就如同他无法拂袖而去，把她独自留在这里。虽然，他知道他应该那样儿。

袈裟挡在了知足禅师的面前，米浆浆过的细夏布，挺立如屏风，在烛影中，她的手臂枝条般伸展、生长着，宛如春天新叶初萌，万物生发；她的腿，却是属于夏季森林和草地的，修长、优美，随时要跃动、腾飞，踢踏起野花的芬芳；她的僧衣果皮般从身体剥落，胸乳、腰肢、躯干，如此饱满，浆汁充盈，就连身体的味道——被炭火烘烤出来的暖香，也属于秋季暖洋洋的午后；她把袈裟重披上身，身体像根新灯芯，在烛光中隐隐约约，而她的脸庞，白净，皎洁，宛若夜空中悬挂着的银盘——

明月。知足大师想起来，她的名字。

他不知道她是什么时候，如何把木鱼拿到手上的，木鱼声声，声声敲在了他的心坎上。敲得这个夜晚波澜起伏，暗香涌动，淹没了几十年清修的宁静，他的身体内部风暴翻卷，把很多东西——沉睡多年，尘封多年——吹刮成碎片，他头颅里面的思考和经文，仿佛刚刚的雨水，从她的湿衣中袅袅飞散掉——

她的身体就在他眼前，既真实，又梦幻，有多么真实就有多么梦幻，女人的双眸，活生生两点烛火在闪烁，袈裟在她的肌肤上面燃烧，他想把她推远，还想把袈裟从她的身体上剥下来，他的手一贴到她身体上，就着了魔道，再也不属于他了。

她的手臂缠到他颈项，肌肤贴向他："肉身，难道不应该被亲近、被享用、被追忆吗?"

"阿弥陀佛——"徘徊在知足禅师的唇边,被颤动不休的牙齿碾切成碎末,她的嘴唇在黑暗中找寻过来,把他肺腑间最深切的叹息吸走了。

"大师,"她在他怀中呢喃,"人身难得,理当自爱。"

他把她拥紧在怀中,浆果般地想把她挤碎,菩提子颗颗坚硬,硌疼了他。他的身体里面,从脑顶到足底,有一束光亮着——

15岁的小沙弥第一次出寺院化缘,他在松都的街道上,看见十几个衣饰华丽的女人,载歌载舞,欢动一城,男人们夹杂在女人中间,他们的笑容散发着酒气,其中几个男人抬着的担架上面,有个女人全身素白,躺在上面。

"明月一去,"有人高唱,"松都从此没了魂魄!"

乌鸦不断地飞来,栖落于树上,几十、几百,密密麻麻地挤在树枝上,它们沉默而耐心,等着月华如洗,盛宴开筵的时刻。

清晨她醒来的时候,知足禅师坐在晨光中间,双目微闭。

室内秩序井然。袈裟叠得棱角分明,搁在架上,跟佛经并排。茶桌茶具、炭盆衣架,仿佛从未被染指过。

"醒了?"知足禅师睁开眼睛。

她发现,他什么都知道。

她就像一滴墨汁,落入他的清水钵中,她确实做到了跟他浑然一体,松都有一头黄牛,现在归她所有了。

"我来回答你的问题。"他说,"你当如何对待自己的肉身?人身难得,理当自重。"

"……"

"第二个回答是，"知足禅师说，"你的舞蹈，即是修行。"

"……"

"现在，女施主请回吧。"

她没动。

"松都明月，"他一字一字地念，"禅寺晨钟。"

他的平静让她有些慌乱。

"大师——"

"脱掉、扔掉、忘掉。"

她跨出门，他在屋内昏暗的光线中间，双手合十，双目微合，宛若泥塑木雕，她把拉门拉上时，觉得自己把他永远地留在黑暗中了。

天色将明未明，晨雾漫卷，天地混沌。

16年后，她在梦境中重回禅寺，雾气如烟，月亮挂在天上，隐约是知足禅师的脸庞，他催促她离开寺院："像蝴蝶那样飞走吧。"

她胸口处一阵翻滚，坐起身时，血吐在银灰色夏布裙子上面，像几只血色蝴蝶，翩然欲飞。

床榻周围的姐妹们惊叫起来。

"咋咋呼呼的——"她瞪了她们一眼，笑了。

高烧在她的身体里面清理、洗劫，她变得越来越轻，比云朵还要轻。

往事如烟。

"我们都是世间的过客，到了要跟你们告别的时候了，之前讲过的事情，你们没忘记吧？"

妓生们互相看看，点点头。

"说了不做，"她的目光从她们的脸孔上一一看过去，"死后会万劫不复的。"

"姐姐——"几个人同时叫起来。

第二天下午，明月白衣白裙在松木板上，被几十个浓妆艳抹、衣裙艳丽的妓生抬着，载歌载舞，送到河边。全松都的人都出来看热闹。

明月神情鲜活，宛若新生。

"死也美得让人心疼啊。"男人们说。

不时地有男人加入进来，从酒坛里面舀酒喝，跟妓生们一起唱歌跳舞，后来，连一些女人也喝起来，跳起来了。

"明月一去，"有人高唱，"松都从此没了魂魄！"

乌鸦不断地飞来，栖落于树上，几十、几百，数也数不完，它们沉默而耐心，等待着月华如洗，盛宴开筵的时刻。

明月的尸骨散落在河边，几个月后，有个15岁的小沙弥在化缘回寺院的路上，被地上的残骨吸引，顿住了脚步。

"她不让人埋她。"小孩子们看到沙弥脱掉了自己的僧衣，把四处收拢来的尸骨放在上面，提醒他，"活着时，让别人心碎的人，死后就是这个下场。"

小沙弥收集了残骨，把僧衣裹紧，离开时，他扭头冲孩子们笑笑。

"阿弥陀佛！"

注：《僧舞》是朝鲜妓房舞蹈最具代表性的作品，被学者评价为"朝鲜民族舞蹈的精髓"，据传，朝鲜时期松都名妓黄真伊着僧服舞蹈，诱惑修道僧知足禅师，使其破戒，此为《僧舞》的来源。

《作家》2013年1期

神 会

聂珊在15楼电梯口等我们。她个头儿高挑，穿了身绛紫色的丝麻衣裤，宽肥袖口，衣摆飘飘，里面的衬衫是鲜嫩的黄色，整个人笼在窗口漫漶的光影里，靓丽摇曳。

打过招呼后，她带我们去房间，走廊像一个被拉长的S形，我们停留的房间外，几个女人轻声交谈着。聂珊给我们做了介绍，人多，光线幽暗，记不住谁是谁。

"我先带她们进去——"聂珊摆摆手。

房间里面阳光明媚，我们被介绍给一位张姓中年女士。这位张姐矮且胖，穿了一身的黑色，裤子边角嵌着水钻，衣服领口袖口，镶着很多蕾丝。头发烫过，盘在脑后，用抓梳笼着。

"师父在楼上休息呢，"聂珊解释，"你们先在这里坐会儿——"

房间里还有一个女人，聂珊没来得及介绍，被门口的人叫出去了。

我和波波、张姐和另外一个女人，陌生对陌生，除了微笑大家一时无语。

大观从外面进来:"你怎么来了?"

我笑笑:"你呢?"

他也笑笑,坐在我身边的沙发上。

聂珊回来,在波波旁边拉了把椅子坐下。

"珊姐姐越来越漂亮了,"波波嘴巴甜,"好像瘦了哦。"

"阿弥陀佛。"聂珊浅笑盈盈,"最近修行,心情特别愉快。"

"我刚刚拜了个师父。"昨天在电话里,我已经领略了聂珊的激动和喜悦,鲜活荡漾,翩然欲飞。

"你都拜了多少个师父了?"

"这个不一样。"

"哪个师父是一样的?不是没有分别心吗?"

"阿弥陀佛,分别心当然没有。"聂珊说,"不过这次我是专门去南华寺拜的师父。"

我想不出哪次她不是专门去的。第一次是妙因寺,拜格桑师父。那次我们同行。去的路上,她说想跟格桑师父谈谈皈依的事情。

那会儿她跟大观还是恋人关系,两个人风一阵雨一阵的,阴晴不定,电闪雷鸣是经常事儿。

"修行的路是很漫长的,就像唐僧取经,"聂珊说,"大观就像是那些妖魔鬼怪,火焰山盘丝洞,是命中注定的对我的考验。"

"你都想得这么清楚透彻了,还皈什么依?"

"皈依才能得到拯救。"

到了妙因寺,我们在大殿上拜了拜,就去找格桑师父了。格桑师父在大殿旁边的佛堂里,虽然是自个用的佛堂,但足够几十个僧众做法事的,案台上除了释迦牟尼佛,还有文殊菩萨和大势至菩萨。佛堂里面供奉着鲜花，三炷线香袅袅缭绕。格桑师父永远笑容满面，嘘寒问暖之后，聂珊问格桑师父："我可以皈依吗？"

"现在吗？"格桑师父反问。

聂珊的手机响起来，她的手机铃声是《心经》的朗诵版，"观自在菩萨，行深般若波罗蜜多时——"仿佛一个人，突然介入了谈话。

聂珊把手机交给我，我出去接，对方是大观。

"干吗呢你们？电话也不接？"大观问。

我跟大观略讲了几句，回来的时候，聂珊正在大拜磕长头，整个人匍匐于地。磕了三个长头后，她跪在格桑师父面前，格桑师父把手放在她头顶上，念了一段经文，给聂珊起了个名字：善缘。

聂珊泪流满面。她掏出钱包，把差不多一万块的现金全拿出来放到佛龛前面。

"有点儿激动，呵。"格桑师父微笑着说。

一年前聂珊刚做过肿瘤切除手术，可能她被困在病房里太久了，思绪纷杂，出院以后，一有烦恼，她就喜欢跑到寺院里去。

"你身体没问题，"格桑师父每次都这么说，"不过，还是要好好调理和休息。"

"真的没问题吗？"聂珊追问，"我最近在念《地藏菩萨本愿经》。"

"很好啊。"格桑师父说，"《地藏经》消业。"

"老念经不吃东西也不行啊。"有一次大观也在，他跟格桑师父告状，提到聂珊的饮食，"素得厉害，什么肉都不吃，她现在体能这么差，这样下去怎么可以？"

"顺其自然。"格桑师父对聂珊说，"素食当然很好，但你饮食里面的营养不够，就要吃很多药，而药里面，也包含着很多生灵的生命。"

189

"好的。"聂珊说。

"可以喝酒吗?"我问格桑师父,"酒是素的。"

"可以啊,"他笑笑,"不过少喝一点儿比较好,酒多乱性。"

"你们就当佛是个朋友。"我们离开之前,格桑师父说,"有时间,就来寺院里面坐坐,聊聊天,静静心。"

聂珊在妙因寺皈依之后,每年总要找机会过去几次,方便的话,我就跟她一起去。大多数时间,我作壁上观,听格桑师父和聂珊谈话。聂珊读经书,看高僧大德的光碟,前生后世、究竟如何是他们经常谈论的话题。不过,他们从来未曾在某个问题上真正深入进去,都是问问,答答,蜻蜓点水。相比之下,网络上面的评议热烈得多了,热闹得近乎胡闹。

聂珊的第二个师父是她在北京雍和宫拜的。从一开始我就没记住名字,我只是反问她:"你已经有师父了啊?"

她解释说这没关系,修行是很漫长的过程,也分很多层次;师父可以有一个,也可以有很多个。师父者,传道授业解惑也。

"你先给他们介绍下吧。"聂珊对张姐说。

张姐坐在床头,跟我们说话时,身体朝我们这边歪转着,别别扭扭的。

"我们这位师父,学问很大,道法很深,主要是修《华严经》。这个《华严经》在佛教经典里面,非常高深,力量大极了,如果修成了正果,将来我们西行时,十方诸佛都来接引,你想上哪个极乐世界就能上哪个极乐世界——"

"一世成佛!"聂珊强调。

"对的。不只一世成佛,而且我们在现世,在当下,就能受益。

求事业，求财富，求福报，求子女，求什么都可以圆满。"张姐接着说，"你们看聂珊是不是越来越漂亮，越来越精神？她这么光彩照人，可不是用了什么化妆品，她是修《华严经》！"

我们都把目光放到聂珊身上，检验这位《华严经》代言人是不是果真金光闪闪，神采奕奕。她以前是电视节目主持人，早就习惯了成为众人目光的焦点，她回望着我们，那么从容不迫，还真是有点儿宝相尊严呢。

"今天的机会可遇而不可求，"张姐说，"能来的人，都有福了。"

"听见没？"聂珊看着大观，"待会儿好好听着，好好接法。"

大观连连点头："好，好，好。"

聂珊看看表，说是可以见师父了。她边说边起身。大家站起来，跟在她身后。

我和大观走在后面，他低声跟我说："怎么听着像邪教啊。"

"谤佛？"我瞪大观一眼，"罪莫大焉。"

"我和这个姐姐特别有缘。"在走廊里，聂珊回身指着张姐对我说。

"我们的缘分可不止一世呢。"张姐笃定地说，"不知道多少辈前，我们就认识了。一直持续到现在。"

她的自信让我无语。修行的人，似乎都把自己弄得千丝万缕，行藏神秘，过去和未来交织成蛛网，而现世，就是那只端坐在蛛网中间的蜘蛛。

师父非常年轻，个头高大，灰色僧袍外面套着黄色僧衣，肚腩颇明显。他和一个男护法住的是个套间，小客厅里面摆满了花篮和花束，满室芬芳。

按昨天聂珊电话里嘱咐的，我和波波也带了花束过去，黄色的玫瑰和粉色的香水百合，之前放在车里，像两个花幽灵，美得明艳，香得诡异,现在跟其他的花束放在一起,立刻变得平凡了。

聂珊把所有的人都给师父介绍了一下,师父对每个人微笑、点头,很有领导风范。介绍完毕后,师父气度雍容地坐在沙发里面,挥臂请我们坐。

但除了他坐的沙发外,根本没有别的椅子、沙发之类能安顿人坐下的东西。

大家说,就站一会儿吧。

波波说:"没想到师父这么年轻。"

"我可不是显得年轻哦,我是1982年出生的,"师父呵呵一笑,说,"我就是非常年轻。"

他从南华寺来,却是地道的辽宁口音。

"我是辽宁辽阳人。"

聂珊说,大家过来是先跟师父打声招呼,人太多,已经决定把下午的活动转移到一个朋友的私人会所里举行了。她看看大家,贴墙站立,挤挤搡搡的,建议说,要不,大家现在就去会所吧?

刚刚一片云似的拥进房间里的人,又开始向外移动。

我们是头一拨儿进电梯的,后面的人断断续续,走廊里面话语隐约,逶迤悠长。

"我们先下去吧,"有人说,"不能让师父等着啊。"

师父没说什么,只笑笑。

于是就关上了电梯门,下了楼。

"你怎么掺和到这里来了?"出了电梯,我问大观,"你看一大群红花,就你这一片绿叶。"

"我还勾了几个人,一会儿直接到会所。"他看看周围,低声笑着说,"我跟那哥儿几个说了,今天有好多女老板参加聚会,有钱还单身，参加聚会相当于淘宝。"

他这一说我才注意到，酒店门口发动的汽车，不是"奔驰"，就是"宝马"。

我坐进车里，问波波："感觉如何？"

她万语千言不知从何说起的样子把我逗笑了。

"好像格桑师父更靠谱儿些。"波波说。

从酒店转出来时，波波走错了路，在一条商业街上绕了个弯子。街道边人来人往，各种店铺促销的音乐声既各自独立又响成一片，滚滚红尘，我们一时不知何去何从。

"还去会所吗？"

"既来之，则安之吧。"

会所很大，占据了一间中等酒店的整个三层楼。分布成好几个区，保留了三间 VIP 餐室。实木家具，中式风格，我们一走一过，聂珊随手指点，三言两语对我介绍。

大家围坐在会馆大厅的中央会客区。会所整体背景相当华丽，但这个会客区的条案和桌椅却是朴拙的田园风格，桌面上各种茶点水果巧克力，摆得满满登登。器物考究，既整体统一，又在细节处有些分别。

师父独自坐在方桌正中间足够两三个人共坐的木椅上，右边是他的男护法，张姐坐在他左边。两个人都尽量往角落里略偏转了身体，形成双星拱月之势。其他十几个人依次围着桌子坐下，有几个女孩子也就二十出头儿。

离讲法还有段时间，大多数人沉默不语，也有人边吃东西边跟邻近的人轻声聊几句。

"这个会所的老板是完美主义者兼独身主义者。"大观对我说,"这里的一草一木,一杯一碟,连枚钉子都是她自己搞定的。"

"又想讽刺我恋物癖?"女主人就在我们身后的茶架上面挑选普洱,听见了大观的话,接了一句。

"夸你呢,"大观笑着说,转头问我,"带你去看看她的佛堂?"

我不知道大观和女主人熟到什么程度,都能半个主人似的带着客人参观了。聂珊在朋友交往方面一向有"共享"的习惯,她和大观的很多矛盾和冲突亦来源于此。

这个会所居然有三间佛堂,都不小。一个在楼梯旁边,一个在会所中心位置,一个在里面,毗邻女主人的办公室。佛堂中案台上面佛像众多,除了释迦牟尼佛、观世音菩萨外,一时也分不大清西方三圣、华严三圣之类,总之是布置得层次复杂,用心良苦。供桌上面供奉着鲜花果品,鲜妍艳丽。香炉里面三根线香细细地燃着。

"是陈香,"大观说,"相当纯,香灰烧到手上都不会痛。"

"把所有底细都摸得门儿清?"

"那哪儿能?"大观笑。

我们回到桌边坐下。茶刚刚沏好,从紫砂壶里倒出来,茶香脉脉,暖意袅袅。

张姐不知道在回答哪一位同修的问话,她说她最初去南华寺的时候,见到师父这么年轻,颇不以为然。跟她同去的另一位资深佛友拜了师父,她没拜。从寺院出来下山时,她突然莫名其妙跌仆在地上,无论如何努力也起身不得。当时,师父跟另外一位师父走在前头,她就冲着师父背影喊,"师父,师父——"师父回过头来看着她,她说:"我要拜你为师!"师父点点头,说声好,继续往前走,而她也随即站起身来,又继续走路了。

师父微笑着，剥着石榴，仿佛张姐在讲别人的故事。

聂珊四下里招呼大家，比女主人还细致，她过来坐在我身边，显然她早就知道这个故事，微笑着点头。

聂珊佛友众多，我跟她平均半年见一面，也认识了七八个人。这些佛友十之八九是女性，差不多都经历过一些神奇事件或者某些神秘时刻，她们分享的时候，就仿佛在晾晒各自的私藏珠宝。先不说这种神奇性的主观臆造占多大比例，就算都是事实存在，不修行的人其实也同样拥有类似的事件或者时刻，只不过，水消失在水里；不像佛友们迷恋这类事件，喜欢渲染和强调它们的特殊意味或者启示性。

觉得我冥顽不灵，又不想跟我争论时，聂珊就念阿弥陀佛或者其他的咒语，替我消业。有一次我们去妙因寺的路上，几乎在每个聂珊津津乐道的问题上我都提出了相反的观点，惹得她替我辛苦消业了一路。

不知道是不是在等其他人到来，法会仍然没有开始。大家吃东西，喝茶，闲聊，有几个人传递着师父写的书。

"我读了师父的书，深受感动，"聂珊对我说，"专程去了南华寺拜师。"

师父开了口。讲前几天在广州，他和另外几个人在茶馆里面喝茶，有人听说有高僧在此，过来拜谒。

"师父，我对佛教很有兴趣。"那个人说。师父说："好！""师父，我不是个好人，我也不是个坏人，但我会努力做个好人！"师父说："好！""师父，我现在对佛学还一知半解，但我愿意好好修行，天天向上。"那个人说。师父说："好！""师父，那，那啥事儿，我先走了？"师父说："好！"

大家都笑。

"如果他能按他所说的去做，"师父强调，"真的很好啊。"

"是啊，是啊。"

"现在社会上，自省的人太少了，喜欢批评别人的人太多了，"师父看看大家，"难道不是？"

"当然是！"聂珊一拍桌子，神情凝重地说，"太是了。"

"这个世界，什么都是浮云，但修行就不是。"师父笑着说，"我们修行，能让现世安好，消除对死亡的恐惧，最重要的是在未来进入光明世界。《华严经》能施众生于万千法门，成就富贵、欢乐果实。"

"大家有什么问题，"聂珊看看周围，"只管问师父。"

"《金刚经》上说，过去心不可得，现在心不可得，未来心不可得，诸法空相。"波波问，"《华严经》有这么神奇吗？那不是跟《金刚经》相悖吗？"

"《金刚经》是修智慧的，"师父看了波波一眼，"而《华严经》是释迦牟尼佛成道以后，给文殊菩萨、普贤菩萨讲的经典，是'经典中的经典'。《华严经》是大乘法的代表，是一切法的代表。能够让众生脱离苦海，速成佛道。"

波波正欲再提问，有个手指间缠着念珠的女孩子先开了口，她说她超爱佛法，但不知道如何能够脱离苦海。

"断恶向善。"师父说，"《华严经》是普度众生最好的法门。正如经文中所说，如是虚空界尽，众生界尽，众生业尽，众生烦恼尽，我此行愿，无有穷尽。念念相续，无有间断，身语意业，无有疲厌。既可以自度，也可以度人。"

大观回头笑。

我顺着他的视线转身，不知什么时候，好几个人坐在我们身后，成为法会的一部分。其中有两个人以前见过，我们点头，算是招呼过了。

张姐给师父添上热茶。

"任何问题都可以问，"师父喝了口茶，看看围坐在身边的众人，"佛法就是要不断地求证，越证越明。"

"好吧，那我问个可能会让你们觉得不靠谱儿的问题。"

"我们今天讨论的问题。"师父转向我，笑着说，"哪一个是靠谱儿的？"

他的反问让我一时语塞："我想知道，我的前世是什么？"

"有生就有死，有死就有生，我们都在六道中轮回，天、人、阿修罗、畜生、恶鬼、地狱。我们现在在人道，人道最容易涅槃。"

我看着师父："我只想知——"

"答案是有的，但我如果说了，马上就会有别人也问同样的问题，"师父转向旁边，"是不是？"

好几个人点头称是。

"沈阳有条街，"他的男护法开了腔，"密密麻麻摆满了卜卦的小摊子，随便哪个人都会告诉你这个问题。"

我啼笑皆非，无言以对。

"为什么大家都传说，"有个女孩子问师父，"《华严经》是从海里来的呢？"

"你这个问题提得非常好。"师父表扬她。

女孩子高兴得脸都红了。

"这个事情要从龙树菩萨说起。龙树菩萨学完当时所有的佛经以后，对释迦牟尼说的法不以为然，认为不够圆满。龙王就邀请龙树菩萨到龙宫去阅读他所收藏的佛经。龙树菩萨有过目不忘的本领，他骑着马跑了四十九天，连《华严经》上本中本的目录都还没读完。这下子,他知道了什么叫天外有天,由此对释迦牟尼佛五体投地,了解了佛法精深,玄妙无穷。我们现在看到的《华严经》只是下本,而流传的经本实际上又是下本的略本。"

坐在我对面的女孩子,突然挺身而起,双手合十,神情庄严:"那么师父,我可不可以代表现场的诸位佛友向您请《华严经》呢?"

张姐和男护法面带微笑,转头看着师父,师父但笑不语。

真正重要,或者说,真正严肃的时刻来到了。大家纷纷起立,椅子挪动的声音响成一片。聂珊转向会所老板,问她哪里更宽敞些,能让这些人跪得下。

会所老板扬手招来个领班之类的人,让她帮忙找个合适的地方布置一下。

趁着混乱,我跟聂珊说:"我得走了。"

"你怎么回事儿啊?"聂珊低声责怪我,"这样千载难逢的好机会,什么事情不能先放一放?"

"放得开当然就不走了啊,"我朝那一团热烈的人群中看看,"我就悄没声儿地走了吧,不带走一片云彩。"

聂珊恨铁不成钢地"嗯"了一声。

会所女主人笑眯眯地送我走,她提供场地,提供服务,却没有坐到桌边参与谈话。

"心到佛知。"她说。

三个小时后,波波到我家里来。聂珊昨天电话里说过活动结束后,她要请大家吃饭,我还以为波波跟他们吃饭去了。

"没有,仪式刚刚才结束。"

"这么久?"我很难理解,"聊出什么新料了?传法是怎么个传法?"

"就是大家要请法啊。第一次请,师父不允;再请法,师父还不允;第三次请法,师父允了。然后传法给我们。这个过程有说道儿,叫作一请二请三请。"

"呵呵,一二三,"我很好奇,"请出什么奥秘了?"

"也没什么特别。教了我们一些诵读《大悲咒》的方法。"波波说,"师父传了诵读前的仪轨,还讲了讲诵读之后回向之类的问题。"

"怎么是《大悲咒》?不是一直在讲《华严经》吗?"

"传法传的是《大悲咒》。"波波说,"《大悲咒》不是愿力很大吗?念大悲咒,以往的一切重罪恶业全能消灭,除病去祸,安乐自在,还能常得富贵,将来往生的时候,十方诸佛皆来授手,想往哪方净土去,就往哪方净土去。"

我笑:"还有呢?"

"我现在讲给你听的,可是不让外传的。"波波说,"师父传了一些手印给我们,想求财有求财手印,想求子有求子手印,一共几十个手印,在他给我们的书上都能找得到。你想求什么,就在念咒的时候想着观世音菩萨的手势手印,照着做,效果就会事半功倍。另外,诵读了《大悲咒》,四大金刚,天龙八部,都会来护持你,能自然成就三十二相,八十一随形好。"

"这不等于是极乐世界了吗?"

"对啊。"

"然后呢?"

"请法完毕之后,每个人都起了个法名,同修佛友们彼此间可以以法名称呼。定期安排些活动,大家一起参加。"

"没了?"

"最后是供养师父。拿多少的都有,但全都供养了。我拿了五百,算是正常的吧。有个人拿了两千。不过,她好像额外跟师父求了什么。"

"大观他们也待到最后了?"

"谁好意思走啊?"波波说,"——他和聂珊不是分了吗?"

"分了很久了。可能就是因为时间长了,才分久必合,又能做朋友了吧。"

"那老章呢?"

"聂珊跟他分了一段时间了。"

聂珊跟大观分手后,被她正儿八经领出来介绍的男朋友,是老章。

老章的年龄和财富是成正比的。聂珊还是节目主持人时,他喜欢上她,不过没有机会。二十年过去,聂珊转到幕后,他制造机会跟她见面,展开热烈追求。

聂珊第一次带老章见过我后,打电话问我对他的印象如何。

"你觉得好就好啊。"

聂珊说,他们这段缘分是早就被预言了的。她跟老章的纠结早在前世,或者前前世、前前前世就开始了。百年修得同船渡,千年修得共枕眠,这些话不是夸张的比喻,而是事实。

"也就是说,命中注定你都中年不惑了,还要再当回小三儿?"

"他们夫妻间,"聂珊很严肃,"二十多年前,关系就名存实亡了。"

聂珊很诚实地说,不想离婚的是老章。理由是当年他穷光蛋一个,人家无怨无悔地嫁;他发财了,外面再怎么风花雪月,彩旗飘飘,家里还得是糟糠之妻坐正堂。

"人家老章是有情有义,那你呢,打算怎么办?"

"好好修行啊。"聂珊说,"爱情是苦海,人生也是苦海,修好了,才能了断,去极乐世界。"

我无语。

聂珊和老章边爱边修，他们和任何平常情侣一样，起初一日不见，如隔三秋，他们出门旅行、购物，甚至还装修了房子。与此同时，厌烦、猜疑、嫉妒、争吵，蚂蚁似的蛀进他们的浓情蜜意，起初被他们忽略不计，但渐渐地，他们的情感堡垒被掏空了。

"缘分尽了。"有一天聂珊对我说，"这样挺好，下一世我就清清爽爽，了无牵挂了。"

"你怎么知道？"

"我怎么会不知道？"聂珊反问我，"一丝一毫，佛悉知悉见，真实不虚。所有那些经过我们脑海中的意愿，你以为一闪即逝，了无痕迹？告诉你，所有的好念头，坏念头，佛悉知悉见！好事，坏事，每个人经历的任何事情，都背在自己身上，有的看得见，更多的看不见，但全都清清楚楚，真实不虚。"

我们说这番话的时候是在聂珊的房间里面。我们在茶台前面相对而坐。房间的门外，走廊的另外一边，是她的佛堂。喝茶前，我们刚刚去里面拜过。案台上面，释迦牟尼本尊、观世音菩萨，以及其他十几个佛像，大大小小，前前后后，错落摆放。几卷佛经，各种法器，还有鲜花果品摆放其间。香炉里线香端正，淡淡三抹白烟，似摇头，似点头。

"阿弥陀佛！"

注：本文为《小说界》与韩国《子音母音》、日本《新潮》杂志联合举办的中韩日小说联展栏目的特约文章，刊于《小说界》2011年第6期。

水边的阿狄丽雅

每次我去相亲，和陌生的男人对坐着，谈完了天气，谈完了工作，谈完了爱好，连喜不喜欢吃辣椒这样的话题也谈了几句以后，我多半会把朗朗扯出来谈上两句。

我有个朋友叫苏朗，平时我叫她朗朗。她抽烟（如果对方正在抽烟的话，我就这样说道）。但她不抽云烟，她抽女士烟，从免税店里买的。里面有薄荷，朗朗说（我犹豫一下，如果对方长得还算讨人喜欢的话，我就把下半句说完，要不，就微笑一下了事），抽这样的烟接吻也不会让人讨厌。朗朗就留着这样的发型（如果我们身边恰巧有女人走过，而坐在我对面的家伙把目光盯在她身上的话，我就用这个话头儿把他的目光钩回到我脸上来）。这样的发型一般人打理不起，洗一次压一次，既费时间花钱又多。朗朗那样的女人当然没问题，她的男朋友个个是大款。朗朗说，男人不能太穷，太穷就酸气，穷酸穷酸，最难相处了。朗朗也会弹钢琴（我和男人见面的地点，最近差不多都定在咖啡馆里，这样的地方简直像强盗，不把人的话语打劫得干干净净就不甘休似的。好在这样的地方差不多都摆着一架钢琴），她小时候学了五六年，会弹一些简单的曲子，她以前在贵都酒店弹了几年。弹琴挣的钱不少，还有小费，但也就够朗朗买几件衣服的。她花钱花得很吓人。朗朗总是和我开玩笑，她说我的优点是保守，我的缺点是太保守（当男人打听女人以往她恋爱时，和男朋友交往的一些细节时，是不是意味着挑逗？）。我和朗朗是好朋友，但我们之间思想观念的差别却非常大。她的男朋友变得比天气还快呢。

　　朗朗是我与人闲聊时的金矿，男人们听到我讲朗朗的故事时，四处飞动的目光会收紧翅膀，老老实实地停留在我的身上。他们听我讲上一会儿以后，表情就变了。他们的微妙的笑容成为我在日后回想他们时的主要内容。只有一个冒失鬼开口问我，你现在打电话叫你的朋友过来吧。我没说话。这个叫陈明亮的男人刚才进来时，身后跟着的介绍人用手扶着他的腰，好像用枪指着他的后腰似的。他是我见的第七个男人，身份是师大的体育老师，表情却仿佛是博士导。介绍人为我们彼此做了介绍，他的两手插在裤兜里，冲我点了点头。

　　介绍人给我们介绍完就走了，留下我们两个。他放松身体坐进椅子里，两条很长的腿分别伸到我坐的椅子两边，让我想起一把大剪子。他的话全是短句，也像被剪过似的。我们坐在一个靠窗的位置上，阳光的爪子穿透玻璃朝他身上扑过去，抓挠着，似乎这是当时唯一让他感到惬意的事儿。他喝咖啡的样子也和别人不一样，不捏着杯子把，也不翘着兰花指拨动小匙，而是用手握着杯子喝。我们沉默了大约五分钟，为了打发掉喝完一杯咖啡的时间，我和他说起了朗朗。我说我有个朋友，会用茶叶算命。她能说出很多初次见面的人的性格特征，还有大致命运。陈明亮身子没动，但眼睛抬起来对着我，一脸怀疑地对我说:"我不相信。"我说我也不相信,但有很多人相信。她给一些人算命时我在旁边看着,我觉得她根本就是在故弄玄虚。可是被她算过命的很多人后来带着自己的家人和朋友又回来找她,他们说她算得很准。

陈明亮的表情经过一阵微妙变化后最后定格为一个讥讽的冷笑:"我不相信,除非你把她现在就找来,当场表演给我看。"

"你以为朗朗是服务生?招之即来?"

"不敢来了吧?"陈明亮冷笑一声,"女人就怕动真格儿的。"

"不是不敢来。"我心平气和地纠正他,"也没什么好怕的。"

"那你让她来。"陈明亮好像得了理,嘲弄地盯着我,"我很了解女人。"

我笑了。

"不敢了吧?"陈明亮把头凑近到我身前来,他的表情和刚才判若两人,仿佛就在阳光里睡足了午觉的猫,刚刚清醒了过来。他掏出手机拍到我面前:"你现在就打电话叫你的朋友过来吧。"

"她不会来的。想来也来不了,她在外地。"

陈明亮眯着眼睛瞧着我,好像我这个人与我嘴里的谎言已经融为一体了似的。

"女人都很会撒谎。"陈明亮恨恨地说。

"你愿意这么想,是你的自由。"我喝完了杯中的咖啡,招手叫来侍应,"买单。"

我从背包里往外拿钱包时,陈明亮伸手在我手上拍了一下,把我的钱包打落到背包里。

"我来买。"他说,"我是男人。"

我没和他争,出于礼貌,我等了一会儿,和他一起走出门去。

"再见。"我站在咖啡馆门口，和脾气暴躁的体育老师道别。

他掏出烟来点上，吸了一口，朝一家酒店的方向吐了口烟，问我："开个房怎么样？"

我没想到他还有这一手："你……什么意思？"

他笑嘻嘻地瞧着我："还能有什么意思？"

我并没真的生他气，但我打了他一耳光。然后我转身走了。

过了一会儿，喊声从我身后传来："这样你就纯洁了？你就处女了？"

我站住了，慢慢转身看着他："你怎么知道我不纯洁？我不处女？"

陈明亮站在咖啡馆门口，他最后留给我的表情让我很愉快。

三天后，我接到介绍人的电话，她问我对陈明亮的印象怎么样。

我说就那样儿。

她说陈明亮对你印象很好。

是吗？这我倒没想到。我让司机在一家书店门口停下来，一边付车钱，一边对介绍人说，我得进书店了，书店里打电话不方便，改天再聊吧。

介绍人好像意犹未尽似的，问我在哪家书店。

我说了名字，跟她飞快地道了再见，就把手机关了。

我拎着一兜书出来时，陈明亮手里拿着几张报纸在门口等着，见到我，咧着嘴笑笑："买完书了？"

我没说话。

陈明亮很自来熟儿地拎过我装书的袋子："这么沉？你买这么多书什么时候能看完？"

"关你什么事儿？"

"你看你,怎么这么不友好?"陈明亮笑嘻嘻地说。

"你找我干吗?还想开房?"

"你看你,怎么这么说话?"

"那怎么说?"

"你看你……"陈明亮的笑容在脸上皱了起来,他清了清嗓子,接着沉默了。

"话说完了?"我从他手中把袋子拿回来,往前走。

"哎……"陈明亮在后面追我,"我们找个地方喝咖啡好不好,随便聊聊。"

我没理他,径直往前走。

"你不是有个朋友会用茶叶算命吗?她怎么样了?"陈明亮很从容地迈着步子,他一步顶我三步。

我停下来:"你还想让我给你介绍我的朋友?"

"不是……当然认识一下也无所谓……哎,你别误会我,你看你用这种眼神儿看着我就好像我怎么着你了似的。"陈明亮口齿有些不清楚了,"那天……我情绪不好,胡说八道,再说你不也打了我一耳光吗?我还以为咱们扯平了呢。"

"谁跟你扯平了?"我一时没绷住,笑了。

"笑了好笑了好,你一笑,阳光都跟着灿烂了。"陈明亮也笑了。

我们在街上站了一会儿。

"我请你喝咖啡。"陈明亮指了指马路对面的一家咖啡馆。

我犹豫了一下:"上次你请我喝过了,这次我请你。"

"你请也行,但钱由我付。"陈明亮从我手里又把书拎过去。

咖啡馆新开张不久,装修后油漆气味没散尽。我和陈明亮待了一分钟就出来了。"怎么办?"他问我。

我四下看了看，指了指前面的一幢高楼："去贵都吧。二楼有咖啡座。"

我们往贵都酒店走，人行道旁边的铁栅栏上面缠绕着的藤蔓植物叶子开始变红，那种颜色细究起来很像一种铁锈。

"你相过几次亲？"陈明亮问。

"记不清了，你呢？"

"就跟你这一次还是我们家人硬替我安排的。"陈明亮说，"我以前有女朋友，处了好几年，前一段时间刚分手。"

"为什么？"

陈明亮迟疑了一下。

"不想说就别勉强。"

"也没什么大不了的，她把我蹬了。"陈明亮笑笑，"除了我她还有个男朋友。我骂她一只脚踩两只船。她说她自己才是船，而我们不过是桨，她用两只桨划了一阵子，择优录取了其中之一。"

我笑了。

"好笑吗？"陈明亮看了我一眼，"当时气得我浑身都哆嗦了，我们交往了五年我不过就是一只桨？但我又说不过她，她是教语文的。我打了她一耳光，我说你拿我当桨涮了那么长时间，我抡你一巴掌也不算什么。她捂着脸哭了。我说你还委屈了？你偷着乐去吧。幸亏我是个桨，我要是把匕首你现在命都没了。"

我看了陈明亮一眼："恶向胆边生？"

"吓唬吓唬还不行啊？要不然，我怎么出胸间的这口闷气？"

我们走到贵都酒店门口，在旋转门前，我后退了一步，看着陈明亮被几扇门页搅进去。他发觉我没进去，又出来了。

"怎么了？"

"我突然不想喝咖啡了。"

陈明亮的表情变得谨慎起来:"怎么了?我哪句话又说错了?"

我笑笑。

"你别这么笑,你这么笑我心里没底。"

"……你为什么又来找我?"

"……因为你打了我。"

我望着陈明亮,笑了:"你欠揍?"

"没错儿。"他也笑,"你是不是觉得我特犯贱?"

有一段时间,我和陈明亮经常把见面的地点定在"贵都",那里的咖啡味道纯正。但陈明亮好像是冲着落地窗去的,每次都挑靠窗的位置坐。"我最受不了咖啡馆的灯光,像卧室一样。"陈明亮沐浴在阳光中,褐色的脸孔宛若葵花仰了一会儿,朝我弯过来,"你说呢?"

我只管搅动着咖啡。

陈明亮突然把我的眼镜摘下来:"你不戴眼镜像换了个人似的。"

我伸出手,陈明亮的胳膊立刻伸到了我够不到的位置。

"还给我。"

"你挺漂亮的。"陈明亮笑嘻嘻地说。

"你再不给我我生气了。"

"你生气的时候很性感……"陈明亮慢慢把眼镜还给我。

"你总是这么和女孩子开玩笑吗?"我把眼镜戴上。

"那你呢?你跟男人在一起总是这么严肃吗?"

"差不多吧。"

"因为你是处女?"陈明亮的眼睛熠熠生辉,他凑近到我身前来,"你知道你身上缺少什么?"

我盯着他。

"女人味儿。"陈明亮兴奋起来,"所以你给男人的感觉总是硬邦邦的。"

"什么硬邦邦的?"我瞪了陈明亮一眼,"你当我是死人?"

"没说你是死人。你读书太多,该敏感的不敏感,不该敏感的特别敏感。"陈明亮换到我身边的沙发里来,"我的意思是说,你应该换一种活法儿。"

"你要是想老话重提,趁早免开尊口。"我笑了。

"你看你……"陈明亮笑了,"该一点就透的时候你非不一点就透,不该一点就透的时候你不点也透……"

我冲他摆摆手,示意他闭嘴。

一个头发披到腰上的女孩子走过来,她的皮肤好像透明似的,眼皮上面涂了蓝色的带亮片的眼影,眨眼时眼波横流,别有一股妩媚劲儿。她谁也不瞧,冷冷地走到钢琴前面,坐了下来。每次弹琴,她都从"水边的阿狄丽雅"开始。

"朗朗以前也在酒店里弹过钢琴的。"

陈明亮贴近我的耳边儿说:"我也会弹……"

我盯着在我大腿上放着的手。这只体形硕大、颜色怪异的蜘蛛拿我的大腿当独木桥,来来回回地游走着。后来,它像迷失了方向似的,停了下来。

沉默了一会儿,陈明亮又坐回到我对面去了,一条腿压着另一条,手好像两只正在拥抱的蜘蛛爬在最上面的膝盖上。他独自生了会儿气,点上了一支烟。

"朗朗在酒店里弹琴,"我觉得嘴里的话就像陈明亮嘴里的烟雾,不知怎么就蹿出去了,"经常有男人来找她,谈好了价钱,她就和男人开房。"

陈明亮张大了嘴巴。

"为了挣钱。"我说。

"……多少钱?"

"一次一千。"

"她要那么多钱干吗?买衣服?"

"为了她妈妈。她妈妈在监狱里。"

陈明亮又坐到我身边的沙发上:"发生了什么事儿?"

"朗朗的妈妈是化妆师。"我冲陈明亮笑笑,"不过不是给活人,是给死人化妆的。她跟朗朗的爸爸结婚时说自己是护士。过了好几年,这事儿才暴露了。朗朗的爸爸是个写话剧的,一点儿名气也没有,这下可神气了,在家不是打就是骂的,天天在外面喝酒,逮谁跟谁倾诉。朗朗的妈妈要跟他离婚,他又不离。反正越闹越厉害,朗朗的妈妈夏天在家也得整天戴着手套,这也不能让朗朗她爸爸满意,他跟人说,早晚有一天要把老婆的死人手剁下来不可。谁也没拿他的醉话当真,但他有一次喝多了以后真动手了,两人打起来了,结果是朗朗的妈妈一时失手,剁到朗朗的爸爸的手腕子上,可能是碰巧割断了静脉什么的吧,血流得太多,后来也没抢救过来。朗朗的妈妈过失杀人,判了二十年,朗朗想早点儿把她妈妈从监狱里弄出来。"

"后来呢?"过了一会儿,陈明亮问。

"嗯?"

"朗朗把她妈妈弄出来了吗?"

"出来了。但过了一阵子她又回去了。她在外面已经不适应了,觉得监狱好。监狱里有工厂,织手套的。她妈妈回去当技术员去了。"

天气一天天地冷了。第一场寒流到来的那天，陈明亮来学校找我，要带我去吃火锅。我们在火锅店里遇见了他的三个朋友。他们都是漂亮小伙子，带着各自漂亮的女朋友。桌子中间放着一个很大的火锅。周围行星似的摆着装满食物的盘子。陈明亮一本正经地告诉他的朋友，我会用茶叶算命。我们的银河系立刻响起一片瓷器的声音，接着就有一杯茶伸到了我的眼皮子下面。

"我不会算命。"我看了陈明亮一眼，"最多能看看爱情。"

"就是让你看爱情。"陈明亮笑着说，"我们最在乎的就是爱情了。"

"就是就是就是。"他们一迭声地附和。

我看了一眼杯里的茶叶，又抬头看了一眼端着茶杯的女孩子，她的头发长长的，脸上一直挂着笑容。

"你是个很聪明的女人，"我把目光重又投向茶叶，"也很有手段，擅长把握男人的心理，你做事不一定非要显山露水，但你更容易占上风。你能让男人围着你团团转，但转到一定时候，就会出现问题。他也许会突然清醒过来，慢慢摆脱你的控制。"

她的笑容像一层油，凝在了脸上。她把茶杯放回到自己的眼前："看来，我得早点儿嫁人了。"

"那也没用。形式感改变不了命运。"

她的笑容彻底没了，脸色苍白，像一块冻硬的猪板油："什么是命运？几片儿破茶叶？"

"有时候就是几片儿破茶叶。"陈明亮在桌子底下踢了我一脚，我扭头看着他，"你踢我干么？"

"你看你……"陈明亮的脸红了。

"不是你让我看的吗？"我冲那个沉着脸的女孩子笑笑，"刚才我是跟你闹着玩儿呢，你千万别当真啊。"

"没事儿。"她笑笑。

我们把茶水放到一边,喝起酒来。几杯酒下肚,微笑又回到我身边的长发女孩子的脸上。她和陈明亮拼酒,他们在我眼前碰一下杯,然后把酒喝下去。她男朋友劝了几次,她不听。

"来,陈明亮,再来一杯。"

"我不行了,我认输了,行不行?"

"不行,你他妈的今天不喝你就没种。"她挥手时把茶杯碰掉了,白瓷杯子摔成几片儿,茶叶和水淋了一地。

"你别闹了行不行?"她男朋友生气了。

"我又不是故意的……你瞪什么眼睛?"

"买单。"她男朋友招手叫服务员。

"我还没喝够呢……陈明亮,咱们去酒吧接着喝。"

"我喝不动了,真不行了。"

"你他妈没种。"

"对,我没种。"陈明亮笑嘻嘻地说,"我没种行了吧?"

我和陈明亮坐上出租车,他让司机去"贵都"。我扭头看了他一眼:"你不回家睡觉吗?喝了这么多酒……"

"我们得谈谈。"陈明亮说,"要不然我睡觉也不踏实。"

我们去了"贵都",他径直走向服务台开了一间房。

"你什么意思?"

"谈谈,只是谈谈。就我们两个,想说什么就说什么地谈一谈。"陈明亮一眨不眨地盯着我,举起两只手在我眼前晃了晃,"我保证不会碰你一根手指头。"

房间挺不错。陈明亮进门后先去洗澡。我把房间里所有的灯都打着了,还冲了两杯即溶咖啡。

陈明亮从浴室里出来后，我们对坐在椅子上，一人端着一杯咖啡。

"朗朗现在在哪儿？"陈明亮问我。

"我不知道。"我说，"怎么又想起她来了？"

"她的故事好像没完似的。后来她怎么样了？"陈明亮问我。他的身体在刚套上身的毛衣里散发出湿润温暖的气息。他连牙也刷了。

"朗朗弹琴的时候，遇到过一个男人。他是听朋友们说起朗朗的特殊身份的。起初他不相信，他说看上去比早晨的露珠儿还纯洁剔透的女孩子，怎么会干这个？别人说你不相信干吗不去试试。他就去试了。结果证明在社会的某一方面他是个天真幼稚的男人。他们过了一夜。天亮时他们分手了。朗朗接着去做自己的事儿，男人也接着过自己的生活。半年以后他离婚了，两年以后他和另一个女孩子谈起了恋爱。一年以后他们决定结婚。这期间他去一所大学开学术会议。在那里，他遇见了一个女研究生。她身上的很多东西都和以前不一样了，连名字都改了，但他还是一眼就认出了她。"

我把咖啡喝掉，脱掉外面的大衣，对陈明亮说："我去洗个澡。"

我冲淋浴的时候，陈明亮开门走了进来。我吃了一惊。我还是第一次从年轻男人脸上看到如此温柔忧伤的表情。

"我全都明白了。"陈明亮说。

我叹了口气："你这个傻瓜。"

《作家》2002年2期

松树镇

我们到达松树镇的时候是下午三四点钟,在火车上度过的最后一个小时,空气已经变得清新沁凉,夹杂着怡人的松香气息。火车站很小,还是三四十年代时日本人修铁路时盖的,灰扑扑脏兮兮的。几棵美人松也是那时候栽的,早就有了腰身,拧着股劲儿一直拔到天上去。

来车站接我们的赵红旗、张景乾、小莫都是我堂兄的朋友。他们四个加上另外四个男孩子,年纪差不多少,从小一起长大,既是同学,又是邻居,性情相投,初中时候燃香磕头拜过把子。八个少年形影不离,好勇斗狠,名噪一时,连社会上的混混也让他们几分。

赵红旗是典型的东北大汉,个子高,块头大,像截铁塔似的,是私营煤窑的煤窑主;张景乾是副镇长,是"有身份的人",举手投足里面总有股"看山是山,又不是山"的劲儿;三个人里面,小莫最有亲和力,他长了一张喜洋洋的脸,笑口常开,我们这次住的旅馆就是他家开的,他们开来的丰田越野车则是赵红旗的。

松树镇坐落在山间,四条街组成个"井"字,也有小贩叫卖也有妇女站在街边聊天,孩子四处跑,但松树镇就是给人一种很沉静的感觉。夕阳西下,云彩在山顶上飘荡,像镶了金边的婚纱裙子。

他们在镇子里最大的饭店给我们接风。而"最大"也不过四五十平方米、放六张桌子而已。老板娘高大丰满,眉毛文得像毛毛虫,上下眼线也都文了,在眼角处向上那么一挑,把眼睛变成了两尾写意小鱼,嘴唇抹得红通通的,她跟赵红旗张景乾小莫熟得很,招呼我们坐下喝茶吃瓜子。

赵红旗不看菜谱儿,交代老板娘:"挑好的弄一桌。"

"你们来这里拍电影?"赵红旗问,"这里有什么好拍的?"

"这个电影是写生活在煤矿的几个初中生的故事。"我说。

"什么样的故事?"

我大概地讲了讲这个故事,讲到主人公男生被录像厅老板娘勒索,后来跟同班女生借钱不成,差点儿杀了这个女孩子时,赵红旗他们没有流露出任何惊奇的表情,他们似乎把这个故事当成了真事儿,听完后,觉得不过瘾似的说起学校里其他的一些恶性案件。有几个初中生,把学校里刚分来的英语老师强奸了,事发时教室里还有另外几个男生旁观;还有几个女生,只因为一个女生长得太漂亮,让她们看不顺眼,就上去一顿拳打脚踢,差点儿毁了她的容,她们被抓到派出所后,还跟警察叫板:"我们没到法定年龄呢,又没杀人放火,你教育我们几句不还得把我们放出去嘛。"话题逐渐扯远了,他们又说起其他的社会案件,最近镇里有个很有名儿的煤窑主被人枪杀了。这个人和另外一个人合开煤窑,开始时也是小打小闹,但慢慢地干大了,几百万资产是至少的,他想和合伙人拆单单干,结果没等签合同,他就被干掉了。

"绝对是他身边人干的。"小莫说,他跟这个老板是朋友,事发后他接到消息，赶在警察前面去了趟现场，室内也没有打斗的痕迹，从伤口上看，是凑近了太阳穴开的枪。

"活儿干得相当专业。"

"说这些事儿，"张景乾提醒小莫，"也得看看地方。"

"不就我们这一桌嘛。"小莫说。

我们说话的过程中老板娘开始上菜。

"好好侍候着，"赵红旗跟她开玩笑说，"他们是来拍电影的，没准儿弄个三陪小姐之类的角色让你演演。"

"你又有老婆又有老铁，还有好几个小蜜，"老板娘笑微微地说，"哪轮得上我啊。"

小莫正咬着瓶盖，听见老板娘的话，咯咯笑。

我们喝的是白酒。来之前我给周为和方磊讲过，煤矿的人野，直率爽气，跟他们喝酒，能喝要喝，不能喝也要喝。如果你有酒量却不喝，他们就会认为你很假，不实在，瞧不起人。而一旦给他们留下坏印象，事情就不好办了。

周为和方磊喝得很痛快，半小时没到，两个人就先后冲到卫生间吐了。

"不能喝你们不早说，"赵红旗说，"看你们上来就干杯，我还以为碰上高手了呢。"

张景乾叫老板娘泡壶热茶来。

老板娘泡了壶茉莉花，还洗了山楂。

"吃山楂解得快。"她把盘子放到周为和方磊的面前，跟赵红旗说，"别往死里灌人家，跟土匪似的。"

"你跟我这么说话，"赵红旗说，"就像土匪老婆似的。"

"土匪老妈还差不多。"老板娘笑着回敬了一句，抓了把瓜子，到外面跟厨师聊天去了。

我们吃完饭出来,天黑得透透的,星星像是从很远的地方射过来的长矛,穿透黑夜的帷幕,露出点点银亮的矛尖。镇子很静,在酒桌上听了那些故事以后,这种静谧变得阴险和杀机重重了。

小莫家的旅馆是一栋两层小楼,一共八个房间,厕所是公用的,没有洗澡间。唯一一间带浴室的房间,是小莫自己用的,他带我们去看他的浴盆,他介绍那两条金龙鱼的样子就好像它们是他的儿子。

第二天一早起来,夏末秋初的季节,洗脸的水居然冰手。洗过脸后,神清气爽,我们散步走过两条街,去昨天吃过饭的饭店。街上不少骑自行车上班的人,铃声丁零零响,树上还有雾气没有褪尽,像丝丝缕缕的白絮。空气又凉又湿,有重量似的。

赵红旗和张景乾先到了,餐桌上面摆着煮鸡蛋、馒头、葱油饼、小米粥,几个凉菜都是大盘的,老板娘跟我们打了声招呼就进了厨房,接着听到里面一阵声响,她又端出四盘热菜来。

"弄得太隆重了,"我说,"平时我们都不吃早餐的。"

"也没什么好吃的,你们将就将就,"赵红旗说,"晚上我看看能不能弄个野狍子,烤着吃吃。"

"千万别。"我们几个直摆手,连说好几遍,务必让赵红旗相信我们是认真的,不是跟他客气。

"那吃蛤蟆吧,现在的蛤蟆最肥。"赵红旗问小莫,"哎对了,老吴不是会捉蛇吗?让他捉两条来。"

"千万别千万别。"我们又开始猛摆手。

"我最怕蛇了。"我说。

"切成段炖熟了,你根本看不出是什么玩意儿。"小莫说,"女孩儿吃毒蛇还美容呢,脸上不长疙瘩。"

"我宁可长疙瘩。"我说。

周为和方磊也坚决反对吃蛇:"从现在开始除了绿叶儿的东西其他的我们都不吃了。"

张景乾让我们逗笑了,对赵红旗说:"给他们弄点儿新鲜榛蘑炖老母鸡。"

吃完了饭,张景乾去上班,赵红旗开车,带着小莫跟我们去山上。公路像层层捆缚山的绳索,我们像陀螺似的转了一圈儿又一圈儿,往下面看时,松树镇变成了一个漏斗的底座。又开了一会儿,一些小煤窑开始出现在我们眼前,规模不大,大部分是斜井,往外运煤的小火车车厢,跟棺材差不多大小,开动的时候晃里晃荡地响。工人们每天坐着这些小火车进掌子面工作,下班再坐这小火车出来。

赵红旗和小莫谁都认识,方磊和周为拿着摄像机取景的时候,他们跟煤窑主或者主管聊天。

他们无一例外地问我们是干什么的。赵红旗说我们是拍电影的,他们的回答全都一样:"这地方有什么好拍的?!"

"是煤矿里一些中学生的故事。"赵红旗说。

他们很快谈起真正关心的事情,贮藏量怎么样?煤质如何?找到买家没有?今年冬天的煤价是涨还是降?他们都为钱焦虑,工人的工资拖欠得太久了,再不赶紧把煤发走弄回钱来,不知道哪天刨煤的大镐头就刨到他们的脑袋上了。

"你们早晨醒来,一抬头看见的是太阳初升,"赵红旗对我和小莫说,"我每天睁开眼睛,先得琢磨这样那样的费用,没有个三千四千的,推不开门啊。"

"进钱的时候你怎么不说呢,"小莫跟我说,"有钱的时候,唱卡拉OK他给我们一人找三个小姐。"

我们的笑声在山坡上滚动，方磊隔着百十来米，把镜头转向我们，赵红旗踢了小莫一脚。

赵红旗的矿在小煤窑里算大的，除了一个斜井，还有个竖井，他说这个竖井是以前国营煤矿留下来的，现在也能用，但太深了，有二百米呢。

我拽着井边防护用的绳索，探头往下看，黑黑的一柱空洞，通向地心，看得人眼晕。

方磊没敢上去，他是南方人，白白净净的，现在脸色更加苍白，他见我从上面下来，说我："真是个心狠手辣的女人。"

"你知道左拉吧？法国作家？"

方磊说知道名字，但没看过他的作品。

我说左拉有一次去煤矿实地考察，在一百五十多英尺的井下，看到一匹高头大马拉着满满一车煤在隧道中走，他问向导："你们每天是怎么让这匹牲口进出矿井的？"矿工们以为他在开玩笑，都笑起来。后来发现左拉是认真在问，才回答他说："这马还是小马驹时，还能塞得进我们下来时乘的罐笼，就被运下来了，这马是在井下长大的，因为没有光亮，一两年后它的眼睛就全瞎了。它在这煤道里面拉车拉到死为止，然后被埋在这里。"

"左拉把这件事情写到了他的小说里面。"我说。

方磊的眼睛湿湿的，转身走了。

周为和赵红旗他们也听见了我的话，谁也没说什么。

我们在山上看到更多的被废弃的矿井，井口边煤渣石成堆地堆着，一度被工人们踩出来的小路重又被荒草覆盖，斜井像个既敞开又遮掩的房间，仿佛是专为罪行和勾当准备的；有一些竖井没有任何防护措施，深度少则十几米，多则几十米，有的井口边上长满了杂草，周为说这些杂草是"塞壬的歌声"。

赵红旗和小莫不知道什么是"塞壬的歌声",我解释了几句。

"你们文化人,"赵红旗说,"说话带拐弯儿的!"

"景乾没准儿能知道。"小莫说。

"你觉得这地方行吗?"我问周为。

"我想要的东西,这里差不多都有。"

周为想在山坡上面找一棵树,不要树林,要孤零零的一棵,越老越高越粗越枝叶如伞越好,最好是梨树。他描述我小说里面的场景,问赵红旗和小莫有没有可能找到。

"就算有那样的树,"赵红旗说,"也早让人砍了。"

临下山前,小莫采了一大把雏菊放到车的后备箱里。

我们回饭店吃午餐,第三次登门,才注意到牌匾上面的五个大字:甜蜜蜜酒家。

饭店里另外有两桌客人,喝得脸红脖子粗的,张景乾坐在他们中间,脸已经是猪肝色了。我们一进门,赵红旗和小莫立刻被人拉过去,一直到我们这边菜上齐了,他们才回来。

"我看你们吃得都不多,"张景乾说,"让他们少炒了几个菜。"

少也还有八个呢,而且桌中央的蘑菇炖老母鸡是用盆盛上来的。赵红旗问喝不喝酒,周为说,下午还要去学校看景,不喝了吧?

"行,不喝就不喝。"赵红旗一边让老板娘盛饭,一边给我们每人倒了杯啤酒,"当水喝,爱喝多少喝多少。"

我们的饭没吃上两口,邻桌有个人拎着三瓶啤酒,带着杯子走了过来,他说他是红旗、小莫、镇长——说到张景乾时他冲他嘿嘿一笑,"我有点儿高攀哈"。——的朋友,而我们是他朋友的朋友,当然就是他的朋友。

"朋友肯定是朋友，"没等我们接腔儿，赵红旗先站了起来，很亲热地拍拍来人的肩膀，掏心掏肺说什么机密话儿似的凑近那个人耳边说，"昨天他们喝了两杯啤酒就吐了。这样行不行？他们一人喝一口，剩下的我来。"

"看出来了吧？"来人指指赵红旗冲我们笑，"大哥是个讲究人！"

"那是那是。"我们说。

"别喝多了，就一人一口。"小莫提醒我们。

我们一人喝了一口，赵红旗挨个端起我们的杯子，把酒喝光。

"我也喝三杯。"敬酒的人自己给自己倒酒，啤酒沫像花朵在他的杯子里面盛开了三次，未及凋谢就被他吞下肚去，"这旮旯穷山恶水，有用得着我的地方，吱声！"

他刚回去，另外一个人就走了过来，也是带着三瓶啤酒和一个空杯子。话也说得和前一位差不多少。还是赵红旗替我们挡，我们喝一口，剩下的由赵红旗来。这一位又换来另一位，另一位接另另一位，每个人都过来敬酒，赵红旗、张景乾和小莫轮流上场，有时候，对方还会抢着替我们喝，我们三个人的杯子沾过多少人的口水，已经数不清了。但每次轮到我们三个人喝那表决心似的一口时，我们谁都没含糊。

午饭吃完，已经三点多钟了，为了醒酒，他们让老板娘沏热茶，厨师去市场买了一筐无核野枣，名字叫枣，实际上是微型的奇异果，皮是绿色的，很薄，酸里面夹着甜味儿，是长白山山区的特产。

小莫揭张景乾的老底，说他以前是文学青年。写过诗，其中有一首他还记得，叫《山》："这山望着那山／那山望着这山／这山觉得那山高／那山看着这山好／这山崇拜那山／那山爱慕这山／这山望着那山／那山望着这山／地老／天荒。"

我们鼓起掌来:"真棒啊。"

张景乾的脸本来就是紫红色的,也看不出他有多窘。

"我谈恋爱的时候跟我对象动不动就来首诗,弄得她老崇拜我了。"小莫说,"结婚以后她才知道诗是景乾写的。"

下午四点半钟,我们终于要离开"甜蜜蜜"了,这时去学校已经来不及了,赵红旗带我们去看国营大煤矿。

国营大煤矿到底气势不同,井口有十来米宽,高度也差不多有十来米。这张大嘴把整座山变成了巨大的青蛙,沿着井口墙壁点亮的灯光,像一个个泡泡从青蛙的嘴里吐出来。

我们刚好赶上白班工人下班,几百个工人,戴着带探灯的安全帽,穿着覆盖了煤尘的工作服,脚蹬着长筒胶靴,手里拎着装着饭盒的网兜,从井口深处走出来,先是黑暗的一部分,然后从黑暗的背景中挣脱,朝我们走来。他们个个高大健壮,几乎都不说话,黑黑的脸让他们看上去既深沉又阴沉。

"这感觉太棒了!"周为激动起来,他盯着工人的模样儿,就好像他电影里的人物要从那中间跳出来似的。

方磊扛着摄像机在拍摄,有个工人经过他身边时,问他:"你们是焦点访谈的吗?"

"不是。"方磊回答。

赵红旗小莫张景乾在离我们几米远的地方说着话儿,这时都转过头来朝我们这边望着。

"那你们是哪儿的?"

"电影学院的。"周为回答。

那个工人转身走开,跟另一个人说:"他们是电影学院的。"

随着他的声音在空气中的传播,某种紧张感舒缓开来,仿佛原本有个无形的、巨大的系结，被扯开、抻平了。

晚饭我们又回到"甜蜜蜜"，中午变成了啤酒战场，大家都没怎么吃东西，进门的时候，发现老板娘和厨师在给我们包芹菜馅饺子，菜绿盈盈的，加了很少的精肉，看上去很清爽。

"你真是我肚子里的蛔虫啊，"赵红旗跟老板娘说，"知道我惦记啥。"

"肚子里的蛔虫是宠物啊。"小莫一本正经地说。

"狗嘴里吐不出象牙。"老板娘笑骂，转身跟我们说，"买到山梨了，你们先吃几个，解解酒，开开胃。我这就烧水下饺子。"

山梨个儿小，皮糙肉硬，但味道绝佳，是很硬的时候摘下来，放到一种特殊的蒿草里面捂熟的。

"以前没发现你这么善解人意啊。"赵红旗咬了口梨，冲着老板娘笑，"你就像这梨，越捂越有味道啊。"

小莫的脚在桌子底下朝赵红旗踢，但却踹到了方磊的腿上，他疼得叫出了声，从椅子上直跳起来。

"哎哟，对不起对不起——"小莫说。

老板娘跟厨师收拾好东西，回厨房去了。

"大哥啊——"小莫冲赵红旗说。

"一撅腚就知道你拉什么屎。"赵红旗脸沉下来，做了个让他闭嘴的动作。

"你拉完屎倒是痛快了，"小莫哼一声，"擦屁股的时候别找我啊。"

"在饭桌上呢，"张景乾敲敲饭桌，"文明点儿！"

小莫起身走出去，不一会儿带着一大把雏菊回来，他钻进厨房，弄了个大雪碧瓶子剪成的花瓶装着花，抱出来放到我面前："送你的。"

"猪脑袋长犄角，"赵红旗哼一声，"净整那洋（羊）事儿。"

吃完晚饭回到小莫家的旅馆，赵红旗他们找了个人，组成了麻将局，周为方磊和我聊了会儿天，"'甜蜜蜜'那个老板娘要是能演我们电影里那个三陪，还真行，"周为说，"这个老板娘，成熟体贴、有心机、绵里藏针，对于一个初中男生来说，对付老板娘，就像小鸡跟老鹰叫板，戏剧性多强啊。你写的那个原来看着也行，但一比较，就觉得有些轻飘飘的了。"

"她不会演的，"方磊低头看着小腿鸡蛋大的一块瘀青，小莫那一下子还真是踢得不轻，"在这样的地方，演了三陪，她还不得让人说闲话说死。"

"不一定非让她来演，但可以把那个人物朝这个方向改改。"周为问我，"你说呢？"

"行啊，试试吧。"

赵红旗他们打麻将打到了天亮，吃早餐时，没精打采，呵欠连天的。张景乾吃了饭直接去上班了，我们要自己去学校，赵红旗和小莫不肯。

镇中学走路也就十五分钟，建在一个山坡上面，有高高的砖砌围墙，进入大门前有几十级水泥台阶，进门后正对着大操场，大门口往右，麻将牌似的建着四排房屋，每排有八间教室，房屋中间有一条通道，通向后操场，后操场的两边，有长长的水泥砌的厕所。进大门往左边走，是一座二层小楼，是教职工楼。

校长是个五十来岁的女人，矮，胖，既矜持又和善。来之前小莫说，她之所以能在校长这个位置上坐稳当，是沾了她派出所所长弟弟的光。

校长看了周为和方磊的教师证身份证，也看了我的记者证，她很认真地挨个打量我们，她不相信我们，但又找不出可疑之处。

"是个什么样的电影呢？"她问。

"就像《阳光灿烂的日子》。"周为回答说。

校长没看过《阳光灿烂的日子》，但她显然听说过，电影的名字似乎也让她放心不少。周为又说了这部电影如何蜚声国际影坛，拿了多少大奖之类的话，绘声绘色是他的本事，别说校长，连我这个故事的原创者都忍不住顺着他现在的思路走下去，禁不住去想，真的啊，我们是可以拍成《阳光灿烂的日子》的啊，那也不用"地下"了啊。

我们得到了校长的允许，去初二初三班寻找演员，学生们听说来了拍电影的，都炸了锅似的兴奋起来。先前的几个班都不理想，在初三（三）班，女班长听说我们的身份和来意后，脸涨得红红的，眼睛紧盯着我们，身子动来动去，唯恐我们的目光会错过她。

"我当然不会错过她，"事后周为跟我说，"这个女孩子张扬、卖弄、渴望名利，还有她那长相举止，再合适不过了。"

但他故意忽略她，目光停留在一个神情羞怯的女生身上。

"你愿意和我们谈谈吗？"周为问她。

她点点头，脸红得像苹果。

我们往外走，走到教室门口，周为像突然想起什么似的，回头看看那个女班长，她眼泪汪汪的，仍然紧盯着我们。

"你也来吧。"周为说。

女班长低低地叫了一声，她从座位上站起来时，把桌椅弄出很大的响声。加入到我们阵营后，她紧紧地拉住同学的手，两个人交换了一下又惊又喜的目光。

我们来到学校外面的水泥台阶上，校长被市教育局打来的电话叫走了，方磊举着摄像机对着这两个女孩，比较内向、羞怯的叫孙甜，女班长叫张今芳。

"你们要拍什么样的故事？"张今芳问。

"拍的时候会有剧本。"周为说,"现在还只是看外景和选演员。我们有可能选中你们,也有可能选不中。"

两个女孩子沉默了。

"除了学习,你们有什么业余爱好?"周为问。

"我喜欢唱歌跳舞。"张今芳说。

孙甜没吭声。她是个小美人,很耐看。

"她唱歌跳舞也挺好的,我们开联欢会时,都是一起排练一起演出,"张今芳替孙甜回答,急不可耐地问我们,"如果我们拍了电影,是不是就会像魏敏芝那样?"

"你想像她那样吗?"

"当然想了。"张今芳说,"我很想当明星。"

"你想当明星吗?"周为问孙甜。

孙甜点点头。

"可我不是张艺谋啊,你们会不会失望?"

"不会,"张今芳说,"总归是拍电影啊。"

我们还需要找到一个男孩,这是电影里面最重要的角色。刚才在八个班里挑,没有一个男生适合。

张今芳听见我们的话,推荐她的男朋友,"刚才你还拍他来着,坐在我们班最后那排的高个儿男生。"她跟方磊说。

方磊倒回带子,周为抻头看了看那个男生,"我们考虑考虑。"周为说,问孙甜,"你有男朋友吗?"

孙甜摇摇头。

"追她的人多着呢。"张今芳说,"比追我的还多。"

孙甜用胳膊肘推了张今芳一下。

"她们行吗?"往回走的时候,小莫问。

"差不多，"周为说，"具体拍的时候，还得好好调教调教。我们想要她们本色出演，只要她们到时候不怯场就行。"

"这样就行了？！"赵红旗问，"那我不是也可以演？"

"可以啊。"周为说，"到时候有什么角色适合真找到你，你可别推啊。"

"算了吧，"赵红旗说，"我可不行。"

我们走下山坡，拐向小莫家的旅馆时，经过一个市场，在市场的头儿上，有个很大的西瓜摊，老板说西瓜是昨天刚运来的，给我们搬来个小圆桌，几个小凳子，老板拿着刀唰唰几下，把西瓜剖好，递给我们。

有个少年在不远处，跟一条大黄狗在玩儿，"蹲下！""起来！"少年在驯狗，狗要是听话，他从兜里掏出几粒花生米给它，狗要是不听话，他就打狗爪，一边打一边还叫："打爪！打爪！打爪！"

方磊举起摄像机对着男孩子拍了一会儿，倒过来给周为看。

"你们认识他吗？"周为问小莫。

小莫问西瓜摊老板："谁家的孩子？"

"老白家的，"老板叫了一声，"白云飞，你过来！"

白云飞回头看看，带着狗过来。人和狗都脏兮兮的，同时也都有股难以言传的快乐和自由。

"你怎么不上学呢？"周为问。

"你是老师吗？"白云飞反问。

"我还真是老师。"周为说。

白云飞愣了一下，上下打量着周为，"不可能。"他看看方磊，"你们是电视台的吧？"

周为不置可否，问他："你想不想上电视？"

"我上电视干啥？我也没做啥好事儿——"白云飞说，"也没做坏事儿！"

我们都让他逗笑了，周为看了我一眼，我也觉得他很合适。

"我们是拍电影的，"周为说，"你想不想拍电影？"

这回，白云飞是认认真真地看着我们了："我能拍什么？"

"那先不管，你就说你想不想拍？"周为问。

"想。"

"你走近点儿，"周为说，"看着镜头，你做一个很恨的样子。"

白云飞犹豫了一下，对着镜头瞪了一下眼睛，他脸上单纯的笑容瞬间回缩攥紧，挤压出恶相，还有股狠劲儿。

"再笑一个，越高兴越好！"

白云飞好像还被刚才的情绪控制着，过了一会儿，才笑出来，他的牙挺白的，很整齐。

"我们中午带着他一起吃饭吧？"周为问赵红旗，"我需要和他多接触。"

"你带他睡觉我们也管不着啊。"赵红旗呵呵笑着说。

我们把白云飞带到"甜蜜蜜"，老板娘听说这是我们挑中的演员，很好奇地打量他，厨师也跑出来，他认识白云飞的爸："后山那个老白，对不对？"

白云飞点点头。

"吃完饭去你家看看，行吗？"周为问。

"行啊。"他很爽快。

赵红旗和小莫还是陪着我们，他们把车开到山脚下，说好了在这里等，我们就单独跟白云飞走了。山坡上面的房子错落地建着，每家都有前后院，方磊跟白云飞落在后面，嘀嘀咕咕的，周为低声跟我说：

"他们聊私生活呢。"

"这个小家伙挺有意思的。"

刚才吃饭时,白云飞承认自己有女朋友。不过不在这里,在另外一个镇上,他经常沿铁路走两个小时去看她。

"我今晚还去!"他说。

他等不及要把自己要演电影的消息告诉她。

白云飞的家在一个歪歪扭扭的胡同里面,院子里面种着棵沙果树,小果子结在树上,正在从青转红,房子是三间红砖房,挺破败的,后院子里种着的向日葵,有两三棵长疯了,一直蹿到房顶上,黄艳艳地仰脸追逐着太阳光。

周为和方磊激动得不得了,四处找角度拍向日葵。

一个中年女人走出来,看到那么多陌生人跟着儿子回来,其中一个还扛着摄像机,吃惊不小。

她的眼睛跟白云飞很像,年轻的时候,想必也是让很多男人心动过的。但长期的愁苦在她的脸上生了根,改变了她的容颜,她的薄嘴唇紧紧地闭着,像两片小刀子。

我们为这样贸然登门跟她道歉,她点点头,恨恨地盯一眼白云飞。我们说要请她的儿子演电影时,她又惊奇地打量他,好像突然之间他变陌生了。

白云飞家所有的一切,都沾着煤味儿,走进屋里,仿佛夜晚提前降临了。墙壁发黑,厨房炉子上面的墙壁则是墨黑,上面浮着很厚的煤粉和灰尘,炉子上的饭锅和水壶,被煤烟熏得乌涂涂的。橱柜里面的盆盆罐罐,盘子碗筷子非残即旧,既旧且残。

房间一共有三间,两间带窗子的房间,家具很少,无非是地桌、木凳和箱子,箱子上面摞着被褥。在厨房的旁边有一间很小的房间,开门就是炕,没有窗,炕上面坐着个女孩子,光着身子,皮肤黑黄,表情憨痴,瞪着跟妈妈和哥哥很像的大眼睛,"咯"地一笑。

我的心一紧,好像被她的笑容咬了一口。

白云飞的妈妈过来,抬手放下了门口的布帘。

"生下来就傻。"她跟我说话,眼睛却望着方磊。那个摄像机似乎让她很不安,仿佛那个是枪口。

"如果我们用白云飞,"我悄悄问周为,"会给他多少报酬?"

"没多少,"周为说,"意思意思而已。"

我们离开的时候,白云飞也要跟我们走。

"你留在家里吧。"周为说,"我们一个月后回来找你。"

"你们肯定会回来吗?"他问。

"当然了。"周为笑笑,"你得好好上学,好好听父母的话啊。"

白云飞点点头。

赵红旗和小莫在车里睡着了,老远就听见他们的打鼾声。我们说演员定了,景也看了差不多了,今天晚上就走。

他们不让,"哪能说走就走?"赵红旗说。

"反正一个月后就回来了,还有不少工作要准备呢。"周为说,转向小莫,"你们家旅馆别住外人了,都给我们留着。我提前一个礼拜跟你联系。"

小莫说没问题,他马上开始修浴室。

我们在松树镇的最后一顿饭吃得像年夜饭,赵红旗张景乾小莫都喝了不少酒,我们也各尽所能地喝,老板娘陪我们坐了半天,跟我们每个人都单喝了一杯。

"这顿饭我请客!"她强调。

"我们回来的时候,"周为说,"得把你这儿变成剧组食堂了。"

"那是我的光荣啊。"老板娘爽快地说,"放心吧,我不挣你们钱,就收个工本费。"

我们去车站的时候,张今芳和孙甜不知道从哪儿听来的消息,跑来送我们。

"你们一定会回来的吧?"她们问了一遍又一遍,火车开起来时,张今芳一边跟着火车跑,一边还在问。

"一定。"我们跟张今芳挥手,跟孙甜挥手,跟赵红旗张景乾小莫挥手,跟松树镇挥手。我们确实以为我们会回来,在一个月后。但我们没有,三个月后也没有,三年,十年。我们没再去过松树镇。

今年冬天下第二场雪的时候,我接到陌生人的电话,他先确认了我的身份,接着说自己是警察,直到他提到孙甜,提起松树镇,我才明白这不是哪个朋友跟我搞恶作剧,"我们想请你来一下。"警察说。

我出门的时候,雪已经下了半尺了,雪花很小,散落成了棉絮末,落到皮肤上,点点滴滴的湿凉。我站在街边打车打了好半天,很后悔刚才拒绝他们派车来接我。最后我主动提出加钱,才有司机愿意拉我去铁北监狱。

接待我的警察姓刘,电话也是他打的。他在市局负责普法教育方面的工作,正在拍的专题片里面涉及孙甜的案子,孙甜拒绝合作,除非他们安排我跟她见面。

"她干了什么?"

"杀了她男朋友。"

刘警察带我进了一个小会客室,房间不大,放了一张很大的桌子,椅子是折叠的沙发椅,墙上没贴"坦白从宽,抗拒从严"的条幅,刘警察给我沏茶前还问了我一句:"天冷,喝乌龙茶吧?"

我说:"好,她为什么杀她男朋友?"

"她跟电视台台长有暧昧关系,被她男朋友发现了,小伙子要把事情捅出去,她就杀了他。"

刘警察打了个电话,让人把孙甜带过来。他把沏好的茶放到我面前,纸杯有些烫,茶是好茶,暖香袅袅。

"被捕前孙甜在电视台当主持人。是招聘的。她原本希望能通过台长的关系,把自己调进省台呢。她很漂亮,又上镜,拍专题片真是可遇而不可求。"

门外有人敲门,两个警察带着孙甜过来,一个说了几句就离开了,另一个跟孙甜并排坐在了桌子对面。刘警察给他们一人一杯茶,然后走到旁边,打开了录像机,我看了他一眼,但他并未做任何解释,好像这是一件理所当然的事情。

孙甜穿着囚服,头发和脸孔都很干净,眼睛比我记忆中要大,也更亮。她坐在我对面,打量着我,确认我是当年到过松树镇的那个人以后,问我:"你们怎么没来拍电影?你们不是说一定会来的吗?"

"投资方撤资,我们也没办法。"我没说我们拍的是个地下电影,是个烧钱的玩意儿,投资方的艺术热情燃烧了一阵子就清醒过来了。

"我们一直等你们来!"孙甜说。

"对不起。"

"谁都知道我们要拍电影了,谁都问我们,在电影里面要演什么。"孙甜看着我,"我们不知道电影里要演什么。你现在告诉我,那个电影讲的是什么故事?"

那是十年前的剧本了,有些细节连我自己也记不清楚了。但我不能不回答孙甜的问题:"是煤矿里的几个初中生,白云飞扮演的男生跟你还有张今芳扮演的女生是同学,白云飞很喜欢你,但你却跟体育老师好上了,还怀孕了,他为了帮你忙,去找张今芳借钱,在电影里,张今芳的爸爸是小煤窑主,很有钱。张今芳不肯借钱给白云飞,说话还很刻薄,把白云飞给惹火了,他就想绑架张今芳,跟她爸爸要钱,张今芳逃跑时,掉到了一口废弃的矿井里。白云飞去勒索张今芳的爸爸,被警察抓住了,他到底也没能帮上你——你演的那个女生的忙。"

"什么破剧本!"孙甜沉默了一会儿说,"难怪拍不成。"

"她是怎么干的?"他们离开后我问刘警察。

"她开车撞死了他。被人看见了,还记住了车号。"

"她会死吗?"

"谁都会死。"刘警察笑了一下。

警车开了两个多小时才把我送回家。外面黑沉沉的,我的脸映在玻璃上面,闪闪烁烁,表情则是支离破碎的。

我下车时,雪也停了,地面上的雪如新铺的被褥,闻得到淡淡的、清冷的芳香。

《春风文艺》2008 年 2 期

桃　花

夏蕙有一副冷灶肠。

季莲心跟夏蕙外婆说。夏蕙十二岁以前,季莲心偶尔带着她回外婆家过年。那会儿外婆家做饭还用烧柴,大铁锅锅盖一掀开来,一厨房的雾气,她们背对着夏蕙,季莲心往灶里添柴,外婆则往覆盖了白纱布的竹帘子上面贴馒头。

外婆说了句什么,夏蕙没听见。

夏蕙一直记得这句话。倒不是记恨什么的,季莲心十二岁开始唱戏,是跟着戏曲故事长大的,春恨秋愁,对什么都有点儿怨怨的。从小到大,季莲心说夏蕙的地方多了,嫌她什么什么都随了老夏,个子虽然高,但骨头架子太大,身体老是硬邦邦的,一副抻不开揉不烂的呆板相儿;性情又格涩,不爱说不爱笑,门帘子偶尔还摘下来换洗呢,她的脸一年到头挂足 365 天。有一次季莲心以为夏蕙不在家,跟老夏发脾气,一下子把话扯远了,说也难怪女儿跟自己这么隔阂,她根本就是个阴谋的产物，是老夏用强力种下的一粒种子，虽说也在季莲心的身子里发芽长大了，但夏蕙每个细胞都体会了当母亲的悔意恨意，所以她完全是逆着季莲心的心思长大的，一样是怀胎十月生出的女儿，人家得了个贴身小棉袄儿，她却生出块石头来。

"石头好啊，"季莲心一数落夏蕙，老夏就打哈哈掺沙子，"《红楼梦》就是由一块石头写出来的，所以叫《石头记》。"

夏蕙长相随了父亲，性情也随父亲，季莲心天天发牢骚，她和老夏权当她在家闷出了毛病，闲发了戏瘾，骂也由她骂，闹也任她闹，权当身边在上演一出戏，热闹激烈都是季莲心自己的事儿。

夏蕙上了高中以后，季莲心把对她的不高兴从嘴皮子上一并收进眼睛里去了。一是女儿大了，本来跟她就不亲，如今更是一句话听不顺耳，就跟她装聋作哑，十天半个月别指望她开口；二来，社会上各种生意各种老板各种机会越来越多，季莲心在家的时间越来越少了。夏蕙早晨去学校，下了晚自习回来，有一半时候，见不到季莲心的人影儿。老夏倒是天天在家，抽烟看球赛，守着厨房里的两个砂锅，一个是给季莲心的，一个是给夏蕙的。

"高考可不得了，千军万马过独木桥，"老夏一见夏蕙进门就起身整理饭桌，把砂锅像宝贝似的端到她面前，"多吃多喝，有体力才能把别人挤下去。"

喝着老夏煲的汤，吃着老夏做的饭菜，夏蕙经常在心里琢磨季莲心说她的那句"冷灶肠"，这是个病词，季莲心可以说她是冷灶，或者冷心肠，但她把这两个比方捏到一起了，弄得半生不熟的。

夏蕙在大学里读最后一年时，老夏出了车祸，她毕业留校后，住进了教师单身宿舍，条件一般，厕所和水房是公共的。对季莲心，她解释说要一边教课一边读硕士，回家住的话时间太紧张了。还有一层夏蕙没说出来，老夏一死，家里原来的热烈气氛也跟着走了。这回可真是冷锅冷灶了，要是再加上母女两人无言时对视的冷眼，更应了"寒天饮冻水"那句话了。

对夏蕙住校的事儿，季莲心哪怕连一句"我老了，遭人嫌弃了"的调侃都没有，好像夏蕙不自己识相提出来的话，她没准儿还要劝她继续在学校里待着呢。老夏死了不到三个月，季莲心就把原来的三室一厅卖了，在黄金地段最好的小区里买了个一室一厅，装修得像五星级酒店套房，同时兼有五星级酒店套房没有的女人味儿和文化气息。老房子里的东西季莲心一件也没带过来，就连她的衣服，也好像从里到外都是新买的。季莲心还换了发型，后面烫成波浪，额前留着流海，像《罗马假日》里的赫本。这种俏皮要是搁在一般中年女人的身上，肯定无法卒睹，但季莲心就没问题，优雅文静，婉转古典。

夏蕙每个周五回家看季莲心。季莲心这半辈子都是由老夏侍候着过来的，不爱做饭，她们就出去吃。到后来，两个人干脆约在饭店见面，一起吃饭，聊聊天气、健康等话题。

吃过饭，她们还有其他的娱乐节目。季莲心喜欢舞台表演，每天在报纸上搜罗演出的消息，话剧歌剧舞剧京剧以及其他剧种，都是她喜欢的，她们还看过马戏表演和魔术比赛，从夏蕙那方面说，跟季莲心在一起度过一些时间就像遵守某项法律，是必要而且也是重要的，至于具体以什么方式来遵守，倒无关紧要。和季莲心在剧院里消磨的那些时光，她怀着"既来之、则安之"的心理，时间长了，倒也慢慢体会出演出的各种妙处，加上季莲心时不时地对她品评、感慨几句，这些感受和评论，变成了她跟朋友、同事，以及学生们相处时的谈资，夏蕙一向话少，偶尔来上几句"似这般姹紫嫣红开遍，都付与断瓦残垣"之类的唱词也好，斯坦尼斯拉夫斯基的舞台美学也好，宛若绿锦缎的被子翻出一截猩红里子，让人惊艳。在夏蕙任教的外语学院，她的修养和品位是令人推崇的，她对母亲的孝心也被人传颂。

没有演出看的日子，季莲心带夏蕙去喝咖啡。她总是能找到新开的咖啡馆。有五星级咖啡馆，有会员俱乐部，也有几次是在小巷里头，开车右弯右绕地折腾了半天，最后在黑暗中看到一串闪烁的霓虹灯，廉价的彩色珠子似的，在夜色里欢快地跳跃着。

咖啡馆里面也不怎么样，钻进鼻子里的不是浓郁醇厚的咖啡香气，而是空气清新剂的味道。灯光昏暗，每张桌子上都点着水漂烛，要有特别好的眼力，才能看清其他顾客的脸。

夏蕙想不出季莲心是怎么找到这些地方的，是谁带她到这样的地方喝咖啡的？

疑问是疑问，她却是一贯随遇而安的样子，跟着季莲心在一个座位上坐下来。

"这里有个歌手，很会唱蔡琴的歌。"

要么就是："这里的沙发坐着蛮舒服的。"

沙发确实很舒服，像一个怀抱，让人留恋的理由是你随时可以离开，而且肯定会离开。

那个唱歌的女孩子也真唱得好，并没有一味模仿蔡琴，而是另辟蹊径，有一些地方她随机做了改变，低的地方挑高，高的地方她却唱得模糊，中年的沧桑味道因此而改变，变成了青春的寂寞。

一瞬间，夏蕙想起老夏煲的汤，泪盈于睫，那些汤水之于肠胃，也是浪花的手，也是某种温柔。

喝咖啡的时候，季莲心会问一些和男人有关的问题。

"最近有没有人给你介绍男朋友？"

"没有。"

"有没有人对你感兴趣？"

"好像没有。"

"那有没有认识有可能性的人？"

夏蕙笑了。

"你还笑？"季莲心盯着夏蕙的脸，淡淡地说，"眼角都有细纹了。还有你的皮肤，最近熬夜多了吧？脸色怎么那么暗淡？油脂分泌得太多，皮肤又缺少水分，眼袋都出来了。你这个样子怎么会吸引男人注意呢？"她一边说一边从包里摸出一面镜子，让夏蕙自己看。

夏蕙扫了一眼镜子，吓了一跳，镜子有放大功能，皮肤毛孔像一个解析图，确实有点儿问题。

"那就不吸引呗，我又不靠色相吃饭。"

季莲心从鼻子里笑了一声："你靠什么吃饭是你自己的事儿，男人却是从色相上给女人分门别类的，不同类别区别可大着呢。"

"那就守身如玉。"

"能守身成玉倒也罢了，"季莲心慢条斯理地说，"怕只怕，守不成玉，倒变成一截枯木。"

"形状好的枯木还能当艺术品呢。"夏蕙说，"比起跟一个不爱的人将就着过日子，锅碗瓢盆乌烟瘴气好得多。"

"锅碗瓢盆有锅碗瓢盆的好处，乌烟瘴气有乌烟瘴气的道理，生活离不开这些东西。"

夏蕙想起老夏，他大学毕业时，大学生还相当金贵呢，他是学生会主席，毕业时顺利进了机关，前程似锦，又娶了个美若天仙的演员老婆，谁能想到，十分红处便化灰。老夏的生活就此定格，在机关，是个唯唯诺诺的小公务员，在家里，是混杂着汗味儿、油烟气、酒气、臭脚味儿、烟味儿的长工。从夏蕙记事开始，家里的主卧室就由季莲心独霸着，老夏冬天睡客厅里的沙发，夏天，在地板上铺一个凉席，肚子上搭条毛巾被就对付了。

"你对自己的婚姻生活满意吗？"夏蕙问。

"说不上满意，也说不上不满意。"季莲心说，"你爸是个好人。"

"你爸？"听季莲心的语气，仿佛老夏只是夏蕙的什么人，跟她一点儿关系也没有似的。从血缘上来讲，确实如此。但是，夏蕙打量着季莲心，她的青春是怎么留住的？还不是老夏煲汤煲出来的？三十年啊，一万一千多天，那些汤汇流一处也该成条河了吧？可这么多的热汤热水也没把她的胃肠暖过来。夏蕙又伤感又气愤，还说我是冷灶肠？你季莲心才是冷灶肠，连心、连血、连骨头渣子都掺着冰碴儿。

"恋爱一定要谈。"季莲玉说，"人这一辈子也是分春夏秋冬的，恋爱是日暖风和的四月天，是人生最好的一段日子。虚度了好年华，你会后悔的。"

夏蕙读硕士的时候，带她的导师同时带着另外几个硕士生和博士生，在博士生中间，有一个叫章怀恒的男生，寡言少语，很自恋的样子。硕士生和博士生的课不同时上，只是偶尔有外来的教授开座谈会时，他们才会遇见。章怀恒孤傲，夏蕙清高，认识半年了，他们还没说过话。

第二个学期开始没多久，有一个周末，从下午开始下雨，先是毛毛雨，然后是小雨，到夏蕙走到校门口打车时，雨点已经变成黄豆大了，校门口等活儿的出租车全都被人打走了，夏蕙站在一家鲜花店门外，衣服被雨打湿了一半，抻着脖子四下看的时候，章怀恒开车停在了她的身边。

他替她打开车门:"去哪儿?我送你。"

夏蕙早就听说章怀恒的家庭颇有点儿背景,但没想到他连私家车都有了,还是奥迪 A6。

夏蕙上了章怀恒的车,车里的空间其实不小,但章怀恒也是长臂长腿的高个子,两个人并排坐着,有些局促,尤其是刚刚在外面等车时,头发上身上淋了雨,在逼仄的空间里,散发出淡淡的腥气,更让夏蕙觉得窘迫。车开出去好长一段,还是章怀恒先笑着开口:"我的话够少了,你倒比我还沉默。"

夏蕙笑了笑。

"她们都坐过我的车,"章怀恒接着说,"一坐进来就像麻雀似的,问东问西,叽叽喳喳地闹人。"

她们?夏蕙想,她们是谁呢?

那天的雨是个急脾气,到后来,真是像用盆泼过来似的,视线非常差,好容易把车开到夏蕙跟季莲心约好的饭店,夏蕙跟章怀恒说:"你进来坐坐吧,这么大的雨,开车太危险了。"

章怀恒犹豫了一下,说好吧。

季莲心已经到了,坐在二楼最里边靠窗的位置上,头发拢在脑后挽成一个发髻,穿一件彩色条纹的无袖旗袍,阴天雨地的,季莲心脸容皎洁,托腮望着窗外,活生生是一幅油画,饭店里的广东音乐像是专为了配合她才播放的。

章怀恒问了夏蕙两遍:"她是你妈妈?"

季莲心真是年轻啊,皮肤瓷白瓷白的,说她不到三十岁,也不算过分。别说章怀恒吃惊不小,就连夏蕙,那一刻也觉得季莲心相当陌生。

他们三个人一起吃的饭。出乎夏蕙的意料，饭吃得很热烈。季莲心说话并不多，但她总能引出章怀恒的话来。同样让夏蕙没想到的是，章怀恒是个很幽默的人，他的话没什么特别，很认真，很一本正经，但就是让人忍不住要笑。夏蕙想起老夏，他天天说笑话逗老婆女儿开心，但他的笑话没一个好笑的，经常弄得季莲心不耐烦。

季莲心对章怀恒很耐烦，很买账，每次笑，都像花苞似的，先抿着，然后含着，直到最后含不住了，扑哧一声，笑得春光烂漫。她又不是无知少女那种傻笑，而是深谙其味、心领神会的那种笑容，有她坐在对面，不幽默也幽默了，不深刻也深刻了，都酒不醉人人自醉了。

那以后，周末时，章怀恒总是载夏蕙去市里。有时候，他跟她们母女一起吃饭，他花钱很大方，又不张扬，借口去卫生间就把单买了。有时候，他只把夏蕙放到要去的地方，说声"再见"就离开。夏蕙细细地观察，但终究看不出章怀恒的心思，他是因为她才跟她们母女一起的呢？还是因为季莲心而走近自己的呢？或者什么都不为，只是兴之所至？又或者他自己也无法确定什么？

在学校里，关于他们的闲话早就传出来了。女生们看夏蕙的目光颇有些微妙，好像她使了什么手段，给章怀恒下了绊才让他一头栽进她的怀抱似的。季莲心这边虽然没明确说什么，但要是章怀恒不跟她们母女一起吃饭，她也会问夏蕙一句，章怀恒怎么没来？

有的时候夏蕙也迷惑了，她和章怀恒到底是什么关系呢？

几个月以后，章怀恒在电影厂的内部放映厅里请季莲心看了一部电影。事后他跟夏蕙解释说，他觉得那部电影很古典，很适合季莲心看。而季莲心的解释是，她以为章怀恒找她，是要跟她谈夏蕙的事情。两个解释都很简短扼要，两个人都很光明磊落，但夏蕙却无法释怀。

她满脑子都是电影院里放电影时暧昧的光线，在那样的光线里面，章怀恒会显得老成深刻，而季莲心则年轻优雅，暧昧的光线会淹没掉他们之间的年龄差距。他们在电影院里肩并肩坐着，胳膊偶尔会碰到，肌肤的短暂接触会在两个人的心里造成怎么样的战栗？他们交谈的时候要凑近对方的耳朵才行吧？季莲心的香水用得很高级很女人，幽香阵阵，不信章怀恒不意乱情迷。其实他们根本都不用交谈，光是那种"尽在不言中"的意境，就把什么都表达了。夏蕙还注意到他们都跟她说了看电影的事情，但谁也没告诉她，他们看的是什么电影，什么时间看的电影。夏蕙同样没被告知的是，他们是什么时候交换了电话号码的，他们是第一次联系还是第 N 次联系，只不过，这次凑巧被夏蕙的大学同学撞见了。

连着几个星期，夏蕙躲着章怀恒，她不搭他的车，也不接他的电话。实际上，电话章怀恒也只打了两次。他并不是那种死乞白赖的人。或者说，夏蕙不值得他死乞白赖。寒假过后，再开学时，夏蕙听说章怀恒去广州了，在一个公司里当副总。

夏蕙照常跟季莲心见面，她不能不见，她们是母女，脐带能剪掉，血管里的血能抽光吗？更别说 DNA 了。

她们谁也不提章怀恒。就像一首诗里说的，章怀恒就像一片云影，偶尔投映在她们周末生活的波心，很快又飘走了。

夏蕙 28 岁时，读博士读到第二年，季莲心对她的恋爱生活是真的操心起来了，她开始挑剔她吃饭拿筷子、喝茶端杯子的动作，给咖啡加糖加奶的手势，走路时要挺胸收腹，眼睛要直视前方，落脚点要大致沿着一条直线；站要站成一棵树，不是松树，而是想象自己是一棵开花的树，坐下的时候腰板要挺直，脸孔要略略抬起来，高兴时，笑声不要太响亮,生气时不能皱眉头,诸如此类,拉里拉杂的一大堆。连续五六个周末,季莲心不上剧院也不喝咖啡,拉着夏蕙逛商场。商场如今开得都晚,夜里九十点钟才关门,她们吃完饭,还可以逛两三个小时。

  季莲心挑衣服的眼光很准,在夏蕙看来眼花缭乱的一堆衣服里面,季莲心一眼就能挑出适合她的。而她常常是在试过衣服后,季莲心跟服务员讲价钱,或者拿着购物小票去付款时,她一件一件打量其他的衣服,才会比较出自己这一套的好来。

  季莲心给夏蕙挑了十几套衣服,还有配套的鞋子,几种颜色的内衣,一打一打的丝袜。夏蕙的卡刷得快要空了,衣橱里面却前所未有地丰富起来,都满园春色关不住了。

  季莲心还带她去做头发,专找一个叫小丁的人。

  小丁以前是最有名的"蓝屋"发廊里的首席大工,后来自立门户,当了老板,他的店面虽然不是很大,但收拾得整洁舒服,见到季莲心,服务员们都很热情地打招呼,叫她莲心姐姐。

  小丁三十多岁,个子不高不矮,有点儿水蛇腰,脑袋后面梳着小马扎,冲季莲心很灿烂地一笑。

  "这个弄完就给你做。"

  其他几个坐在长沙发上等的女人怒形于色:"没有先来后到啦?"

  小丁扭头冲她们一笑:"莲心姐姐是昨天就预约好的。"他对这些女人的笑容和对季莲心可截然不同,听起来更像是威胁。

  那几个女人眼睛里面还是愤怒的,但嘴巴闭上了。

  "莲心姐姐以前是评剧皇后。"小丁跟那几个女人说,"八十年代那会儿,我妈是她的粉丝呢。"

  长沙发上所有的眼光都朝季莲心看了过来。

八十年代的评剧皇后？还姐姐？

夏蕙打量那些眼光，想笑。

"那些陈芝麻烂谷子的事儿，你说它干吗？"季莲心嗔怪了一句，"今天想让你给夏蕙设计个发型。"

小丁扫了夏蕙一眼，叫来一个女孩子："给她洗头。"

夏蕙洗好头发回来，小丁已经虚席以待了。刚做完头发的女人觉得自己被匆匆打发了，对着镜子左照右照，问小丁："这样行吗？"

"怎么不行？哪儿不行？"小丁懒洋洋的，话说得软，听着硬。他让夏蕙在椅子上坐好，用两条干毛巾把她的肩上围紧，然后往她身上披罩布，用夹子夹好，一只手伸进她的头发里面，撩着，挑着，揉搓着，他的手指像女人似的修长滑腻，夏蕙脸都快烧着了，小丁抄起吹风机，把一咕噜冷风冲着她吹过去，一边淡淡地解释一句："这样的风不伤头发。"

那个女人照了半天，没挑出哪儿不行。女人走时跟小丁打招呼，他过了半分钟再答了一声。

小丁把夏蕙的头发吹成七分干，两手托住夏蕙的脸，从镜子里面打量她，小丁是单眼皮，眼睛长得细长，盯着人看时，像两个钩子。夏蕙浑身的汗毛都被他盯得竖起来了，她觉得再待一分钟她就要发作了，让这一切都滚蛋吧，她才不想受这份洋罪呢。

小丁松开了手，抄起剪刀，一边跟季莲心聊天，一边给夏蕙剪头发。他们说起一个算命的女人，是个烟仙儿，请她算命时，要带上烟，好坏不拘，给她点上烟后，把问题提出来，她可以通过烟雾的形状看见过去及未来的事情。

小丁说他前几天刚去算过，很准。

长沙发上面坐着的几个女人原本看杂志发短信，还有一个偷偷研究季莲心的发型，听见他们的对话，注意力都被吸引过来，他们的谈话刚停顿一下，一大串问题就插了进来，那个女人住在哪里啊？什么事情都能算吗？真有那么准？她怎么个收费法儿？

"那可是个奇人，不给陌生人算，"小丁笑着说，"要不是莲心姐姐先给引见了一下，我连门都进不去的。"

"乱讲。"季莲心说，"是她觉得跟你有缘，要不然，才不会让你给她点烟。"

做完头发从发廊出来，夏蕙问季莲心："那个算命的女人真有那么神吗？"

"谁知道呢？"季莲心说，"我从来没给自己算过。"

季莲心对夏蕙的改造还是相当成功的，每天都有人对夏蕙说她最近变漂亮了，打听她的衣服从哪儿买的头发在哪儿弄的，连教授也注意到她的变化，夸她越来越清新了。九月份教授去一个海边城市开研讨会时，本来是带另外两个博士生，其中一个人患了流感，他就让夏蕙补了缺。

夏蕙在飞机上，认识了西蒙。

那天她穿了一件白色连衣裙，纯棉的质地，一眼看过去，不过是一条很淑女的裙子，仔细打量才会发现，在棉布上面用白线绣着大朵的牡丹花和龙凤图案，古色古香，手工非常考究。当时打完五折还花了一千八，是季莲心一再坚持，夏蕙才买下来的。

坐在夏蕙身边的西蒙说，你的衣服真漂亮。

夏蕙的脸一下就红了，她说谢谢。

西蒙指着她胸前的玉坠说："玉？"

夏蕙点点头。跟外国人用英语闲聊，和平时在课堂上讲课的感觉完全不同，尤其是西蒙的英语远不及她，夏蕙变得自信起来，她对西蒙说，玉贴着皮肤挂在身上，可以因为每个人不同的血气而变得不同，好的玉挂在适合它的人身上，会变得温润，剔透，晶莹。玉有思想，有灵魂。这块玉原本是她外婆的，她觉得外孙女比女儿更适合它，就留给了自己。

西蒙听得连连点头，管夏蕙叫"玉女郎"。

他介绍自己，是巴黎人，喜欢东方文化，现在是艺术学院的交换学者，一边学中文，一边学国画。他这次去海边，是和几个朋友一起度假。

西蒙给夏蕙留了电话号码，还要了她的手机号码。

下飞机时，西蒙亦步亦趋，跟夏蕙说了好几遍"我会给你打电话的"，他在机场出口处打了辆出租车，坐上去后，冲夏蕙挥手再挥手。

"那个美国帅哥对你一见钟情了？"跟夏蕙同行的博士生逗她。

他是法国人。夏蕙不好意思地解释说，他是对她衣服上的图案感兴趣。

教授仔细打量了一下龙凤呈祥牡丹吐艳，目光落到玉坠上头，感慨了一声："民族的就是世界的。"

有车来接他们。往市里去的路上，夏蕙一直望着窗外，好像被城市的景色迷住了。实际上，她的眼睛里面，晃荡的全是西蒙的音容笑貌，她有点儿不敢相信在自己的身上会发生这种事情。法国人的审美观点与中国人差距很大吗？还是他们一贯的绅士风度导致他们对女人不管美丑都极尽恭维之能事？又或者他只是兴之所至，跟她逢场作戏？西蒙真的会如他所言给她打电话吗？如果他打了电话呢？她接招还是躲开？夏蕙的身体里面有一团热辣辣的气，像武侠小说里面形容的真气，四处乱窜，不受她的控制。

西蒙的搭讪只是一个开始。在会议上，夏蕙除了待在房间和去洗手间，她再也找不到形单影只的机会。

与会的教授们调侃夏蕙的教授，说他带来个秘密武器。开会的时候，电视台的记者用摄像机对准夏蕙的时间比某些教授时间还长。学报上刊登关于这次会议的消息时，有夏蕙一张很大的照片，她被称为"美女学者"。会议结束后，大家去一个风景区玩，夏蕙几乎成了景点，不时有人过来要求合影。

有一天夜里，夏蕙洗完澡对着镜子打量自己，她看到了一具陌生的身体，光滑、修长、红润、饱满，如此青春，如此健康，充满了生机和活力，适合所有美妙事情的光临，夏蕙忘了上一次认真照镜子是什么时候的事儿了，显然，她的相貌在最近一段时间内有了变化，眉眼依旧，鼻子嘴巴也都是二十多年来看惯的，但在熟悉中间，如今多了一点儿通常贮留在季莲心身上的东西——风情。小荷才露尖尖角，还没多到可以卖弄的程度，也还保持着陌生感，新鲜感，不过，跟夏蕙现在的年纪、状态非常吻合，因此就像一盏灯笼一样，让她从里往外地焕发出光彩来。夏蕙从来不知道自己身上竟然还暗藏着这样的宝藏，就仿佛在他乡异地见到最亲的人那样，眼睛里面充满了泪水。

开会回来的飞机上，同行的博士生先是拐弯抹角地打听她现在跟章怀恒还有没有联系，得到否定的答案后，他约她周末吃饭："有很多话想跟你说。"

"不行啊，"夏蕙发现，连自己的声音也变得软滑柔顺了，"周末我得陪妈妈吃饭看戏，我爸过世以后，这是我们家雷打不动的规矩。"

雷打不动的规矩因为西蒙而改变。黄金周后的第一个周末，她接到了西蒙的电话，他刚度假回来。

"嗨，我是西蒙。"夏蕙一听到这个歪七扭八的汉语，脑袋立刻变成个万花筒，转个不停，她的心跳得那么厉害，舌头简直变成了风中的纸片儿，抖啊抖的。他约她吃饭，她深呼吸了一下，才说"好吧"。

接完电话夏蕙在图书馆里就坐不住了，匆匆赶回到宿舍，挑衣服挑了一个小时，把衣橱里的衣服试了个遍，她很庆幸前一段时间不惜血本的大量购入，姜还是老的辣啊，看季莲心多有远见，栽好梧桐树，引来金凤凰。舍不得孩子套不来狼，夏蕙胡思乱想着，挑来挑去，最后夏蕙还是觉得季莲心帮她搭配的一套衣服最合适——

通身上下的黑色，坎袖，棉加丝的质地，上衣短而窄，领口和袖口滚着明黄色的边，扣子是手工盘制而成的，小巧的"S"形，下面配阔脚裤，底下一双米黄色的高跟鞋。唯一被她弃置不用的是丝绸手袋，袋口不是拉链，而是用丝绳抽起来的。好看是好看，但她觉得刻意得过分了。

她给季莲心打了个电话，说晚上要跟教授谈事情，不能见面了。然后冒着跟她狭路相逢的危险，去找小丁做头发。

小丁看见她，愣了愣，她自己解释说，是季莲心的女儿。他想起来了，点点头。

弄完头发赶到约定地点，时间有些紧，夏蕙在街上跑了几步，她感觉自己的头发像洗发水广告女郎那样飞舞起来，吸引了很多目光。西蒙已经到了，带着一副惊艳的表情，看着夏蕙朝自己奔过来，伸开双臂抱住了她："玉女郎。"

夏蕙很不习惯这种亲热，瞬间全身都僵硬了，也弄不清楚西蒙是真心的呢，还是出于礼貌。"不过，"她想，"管他呢。"整个人跟着放松下来。

在海边待了半个月，西蒙晒黑了，皮肤变成了金棕色，似乎还在散发着热烘烘的气息。他指着她衣服上的盘扣，笑着说："蕙，你是草本植物，初夏开花，花朵是黄色的，有香气。"

连字典都查过了。夏蕙被西蒙盯着，脑细胞就像煮沸的水，咕嘟咕嘟地冒泡儿。

"你害羞的时候，"西蒙故作神秘地问，"你的玉也会害羞吗？"

"你猜呢？"夏蕙反问，"玉有没有喜怒哀乐？"

在餐馆里，夏蕙主动提出："我们AA制吧？"

"在中国，AA制意味着距离，是不是？"西蒙的眼珠是蓝灰色的，像两块宝石，执意要嵌进夏蕙的眼睛里面去，"如果你允许我来付账，我会觉得很荣幸。"

来得太快了，也来得太猛烈了，像一场暴风雨，夏蕙心里嘀咕着，不知道说什么才好，便躲开西蒙的目光低头喝汤，手里的汤勺叮一声，不像敲在瓷碗边，倒像敲在心坎上。

夏蕙跟西蒙交往了两个多月，才带他见季莲心。

季莲心在电话里冷冷地甩出一句："终于舍得让我看了？"

因为和西蒙谈恋爱，夏蕙推掉了好几次季莲心的周末之约，她们见面提起这个话题时，除了两个人怎么认识的，关于西蒙，夏蕙对季莲心无话可说。她自己也说不清为什么不能像别的女儿那样，亲昵自然地跟妈妈谈论男朋友，数落他的缺点，感慨他的优点，甚至可以像同谋似的讨论讨论男人的隐私。她就是做不到。不过季莲心也不是一般的母亲，如果说女儿是花朵的话，别的母亲是花旁边的一丛草，息息相通，啰里吧唆，蓬头垢面，季莲心不是，根抓在地下，身子却挑了起来，蹿了出去，变成一棵树，对夏蕙而言，她的母爱是一片树荫，有形有状却没有热度，触摸不到，近在咫尺又远隔千里万里。

吃饭的地方是季莲心定的，不知道是不是赌气，餐馆名叫"老妈菜馆"。店新开张，披红挂彩的没度完蜜月呢，优惠多多，人气很旺，有股"所有的人都来吧，让我喂饱你们"的气息。

季莲心已经把位置定好了，是大厅里最好的座位，靠着窗边，两边是盆栽，闹中取静。

服务员说，季小姐打过电话，说晚一会儿到。她给他们沏了茶，茶也是"季小姐"存在吧台的，上好的龙井。

夏蕙说那我们先点菜吧。

服务员说菜也不用点，"季小姐"早都安排好了，只等她一到，就起菜。

夏蕙冲西蒙笑笑，心里疑惑，不知道季莲心耍什么花枪，人不在，但处处锋芒。

"你妈妈是什么样的人？"服务员离开后，西蒙问。

"美人。"夏蕙想了想，说。

西蒙轻轻地吹了一声口哨。

从来守时的季莲心那天迟到了二十分钟，还是穿着牛仔裤来的，裤脚塞进一双棕色矮筒皮靴里，上身是米色羊绒衫，V字领，镶同色透明花边，头发先梳成一根辫子，然后在脑后挽成一个发髻，背了一个棕色双肩包。季莲心弄得跟女学生似的，更让人跌眼镜的是，连妆都没怎么化，眼角处有一些皱纹，说来也怪了，倒让她变得更好看了，一张有阅历、有经历的脸，给她的从容大方提供了明确的注脚。

夏蕙下意识地看了一眼自己身上刚买的"木真了"，虽然主体还是黑色，但袖口领口，绿肥红艳，非常热闹。单独看还颇有点儿陈逸飞"浔阳遗韵"的味道，但眼下坐在"老妈菜馆"里面，到处挂着红气球红灯笼,身前是绿油油的盆栽,加上满屋子走动着穿红色锦缎、领口袖口滚金边旗袍的女服务员,她的衣服显得既隆重又仓促,还有些老气。

季莲心跟西蒙为自己的迟到道歉,然后跟夏蕙解释说,评剧团最近要把《花为媒》重新搬上舞台,这阵子正忙着排练呢,剧团租的排练厅就在菜馆隔壁,所以她就近约了这个地方。

"蕙说你是美人,"西蒙说着大舌头汉语,拍季莲心马屁,"果然名不虚传。"

"是美人,也迟暮了,"季莲心笑了,斜睨了夏蕙一眼,"连自己的女儿都不待见了。"

西蒙没听懂"迟暮",扭头问夏蕙"慈母"是什么意思?

夏蕙说是好妈妈的意思。

西蒙连连点头。

季莲心"噗"地笑出来:"你倒会解释。"

"你们不像母女,"西蒙看看季莲心又看看夏蕙,"像姐妹。"

夏蕙假装没听见西蒙的话,问季莲心:"怎么又排戏了?"

"有钱了就排呗。"季莲心说,"团长一天打八十个电话,并不是非我不可,主要是让我带带新人。"

西蒙示意她们,他也和她们是一伙儿的,谈话时不要把他排除在外。

夏蕙解释了几句。

"你们在排练中国古代歌剧?"西蒙眼睛发亮,看着季莲心,"我们可不可以参观?"

小时候,夏蕙看过季莲心演戏。满头珠簪,颤颤悠悠地,在灯光下面闪着夺目的光彩，绣花裙子外面垂着几十条绣花裙带，走动起来，钗环丁当，风摆杨柳。她跟书生在后花园里谈恋爱，亦娇亦嗔，卖弄风情，夏蕙听不大懂唱词，但季莲心嗲声嗲气的唱腔却听得真切，她非常难为情，唯恐别人知道自己是季莲心的女儿，偏偏全世界的人好像都知道她就是季莲心的女儿，在她背后指手画脚，说她们的坏话呢。

不过，在半个足球场大的排练厅里看不见正式演出时的盛况，这里冷冷清清的，木头地板踩上去会发出回音，他们在排练厅中间铺了红色的地毯，脏兮兮的，有舞台大小，地毯上面摆着几把椅子，开始时，他们以为那是给演员们休息时用的，后来发现，椅子的用处远不止如此，房间是它，假山是它，花丛是它，大树是它，镜子是它，花轿、喜床、红烛，都是它。

季莲心在腰上系了一条红绸带，有时当水袖，有时当裙摆，有时当罗帕。她穿得那么休闲现代，跟那个男女相悦的古代故事毫不沾边，可这根绸带往她的腰间一系，她跟这个红地毯象征的舞台关系一下子变得协调了，人也跟着摇身一变，变得亦古亦今、一脚戏里一脚戏外了。

季莲心袅袅娜娜，拧着腰肢迈着碎步在前面走，一个二十刚出头的小姑娘一招一式地跟在后面学。

"爱花的人，惜花护花把花养，恨花的人，压花骂花把花伤——"季莲心的嗓子仍然清亮，姿态也漂亮。比夏蕙小时候在舞台上看到的季莲心，更加漂亮。那时候她小，觉得戏曲五彩缤纷，光芒万丈，又咿咿呀呀，无病呻吟。戏文内容全是男女相悦，很让人羞耻的。这几年夏蕙跟着季莲心看了几十场戏，对舞台艺术的欣赏能力大为提升，就像吃菜一样，不仅吃出了味道，还吃出了奥妙。在新的眼光下，夏蕙发现季莲心是个好演员，一招一式，一颦一笑，非常生动。

"太棒了！"西蒙不见得懂戏，但仿佛小孩子进入了糖果世界，欢呼雀跃，好不开心。他亦步亦趋地跟着季莲心，举着数码相机不停地拍照。

夏蕙觉得西蒙的好奇无礼而粗暴，打扰了剧团的排练。但季莲心却没有任何表示，就仿佛她是个大明星，早就习惯了狗仔队无孔不入的追逐，非但不生气，还很享受这种干扰。其他人开始时有些不大习惯，用各种眼光打量着这个侵入者，但过了一会儿他们好像就都适应了。这个外国小伙子是冲着季莲心来的，季莲心不觉得别扭，别人又何必多事？导演是个年轻人，一口一个"季老师"，谦逊得不得了。跟季莲心学戏的年轻女孩，眼睛更是只盯着"季老师"，仔细看她做分解动作，或者听她分析某一句唱腔，女孩子穿了一件棒针毛衣，松松垮垮的，腰上没有绸带，做动作时，有点儿笨笨磕磕的，不像古代小姐，十足一个当代小保姆。

"你妈妈像蛇一样美。"西蒙汗津津地走到夏蕙旁边，从她身后的窗台上拿起自己的饮料喝了一大口。

夏蕙倚在窗台上，望着外面，夕阳就在眼前，一小团，很鲜艳，在淡青转灰的天空上，就像古典爱情故事中，痴情的女子失恋后吐在罗帕上的一口血。听见西蒙的话，她回头看了一眼季莲心，她先是走了一个连环步，然后定住，摆了个姿势，然后全身放松下来，示意着那个跟她学戏的年轻女孩子跟着她做。女孩子重复了一遍，季莲心才接着刚才的动作，且唱且动，她扭动腰肢，整个身体慢慢翻转，手臂的动作像生长中的藤蔓，确实蛇里蛇气的。

"很多男人都爱她，对不对？"西蒙的眼睛没离开季莲心。

夏蕙觉得那不是个问句，而是个陈述句。

这时轮到年轻的女演员唱，想不到那么美妙的声音竟是活在那样一个身体里面的，字正腔圆，婉转真切，清亮如山中流泉。虽不如季莲心那么韵味浓郁，但夏蕙觉得她天真烂漫，更适合剧情里的怀春的女主角。季莲心年纪太大，和男主角调情调得黏黏乎乎的，风尘味太重。

西蒙喝了半瓶水，待女演员唱完，他又回到季莲心的身边。跟夏蕙，连句话都没有。

夏蕙想，如果这会儿她走开，没有人会注意到的。

可是去哪儿呢？

在冷清的排练厅里，外面街道上人声车声仍然能隐约传进来，季莲心、西蒙、导演、演员以及几位琴师，对这些声音都充耳不闻，于是这些声音一股脑儿地涌进了夏蕙的耳朵里面，积少成多，越来越响，先是变成一辆醉鬼驾驶的车，横冲直撞，再接下来，十个一百个一千个无数个醉鬼，都驾车在夏蕙的脑袋里面转，还不停地按喇叭，她的脑血管快被这些声音弄炸了。

他们离开排练厅时，天早就黑透了。"老妈菜馆"仍然灯火辉煌，从窗子望进去，还有几桌客人推杯换盏，言笑晏晏。

西蒙要送季莲心回家，她说不麻烦他了，评剧团有个小面包车接送排练的演员，他只要把夏蕙送回学校就行了。

"要不要喝咖啡？"西蒙依依不舍的劲头就像当初在机场上跟夏蕙分开时一样。

"改天吧。"季莲心冲西蒙摆了摆手，用手指碰了碰夏蕙的脸颊，道了声再见，上车走了。

他们看着车子开走，车尾灯从红灯笼变成两个火柴头大小的红点儿，消失在夜晚的车河里。夏蕙觉得，西蒙就像一块燃烧充分的木炭，随着季莲心的离去，他的热情一点点地冷却下来，她身边站着的，不再是那个热爱中国文化的巴黎青年，而是一柱炭灰。

"我送你回学校？"西蒙问。

"不用了，你先回去吧。"夏蕙走上人行道，道路两边是一家接一家的店铺，餐馆占了一半，另外还有特色经营的服饰店、小咖啡馆、音像商店、席殊书屋等等，从店铺里铺洒出来不同颜色和形状的灯光，照在路上，一块一块，补丁似的，夏蕙在光影中间打量自己身上的衣服，既华丽又阴沉，怎么看怎么像丧服。

西蒙跟着她走了一会儿，快到十字街口了，终于忍不住问："怎么了？蕙？"

"没怎么。"夏蕙没看西蒙，盯着十字路口，车如流水马如龙。

"我不知道哪儿出了问题，"西蒙看出她不高兴了，犹犹豫豫地说，"这不是一个美好的夜晚吗？"

这是一个美好的夜晚吗？夏蕙鼻子发酸。去吃饭之前一切还好好儿的，西蒙搂着她，一刻不愿放松，惹来好多好奇的眼光，弄得她相当尴尬，现在她希望他对她亲热了，他却把手抄进了裤兜里。

夏蕙看见不远处有一家咖啡馆时："我想自己待一会儿。"

西蒙沉默了一会儿：说，"好吧。"他伸手打了一辆出租车，坐了上去。

"再见。"他冲夏蕙招了招手。

门是木头的，很沉，像棺材板。咖啡馆里面暖烘烘的，在晦暗不明的光线中，煮咖啡和烤面包的香味儿、烟草的气息、客人身上的香水味糅杂在一起，在纠缠不清中间各自比拼。

"或许是自己太敏感了。"加了足量砂糖和牛奶的热咖啡，在口腔和胃肠里面给夏蕙做了一次按摩，她的情绪像个攥紧的拳头，慢慢地松开来。对于西蒙所迷恋的东方文化,季莲心是一个活化石。他并不是对她本人感兴趣,而是对她身上所负载的文化感兴趣。

"太沉不住气了。"夏蕙有些后悔,如果西蒙发现她跟自己的妈妈争风吃醋,会怎么想?她看见服务员送了一瓶红酒到旁边桌上,那里是一对情侣。

"我要不要也来一瓶红酒呢?"夏蕙看了一眼自己的衣服,这套衣服真是太不对劲儿了,午夜时分拎着红酒去找男朋友的女郎应该穿吊带裙,或者,像季莲心穿的那身衣服,随意而亲切。

夏蕙望着那对浅酌低语、眉目传情的情侣,思绪无法从那瓶红酒上面离开,就这么去又怎么了?西蒙喜欢的不就是她身上的东方气质吗?如果刚才她的头脑够冷静的话,她就该邀请西蒙一起进来,喝杯咖啡,再喝瓶红酒,聊聊季莲心的戏曲和那块破红地毯象征的舞台,聊聊在后花园里眉目传情的书生小姐,再聊聊他们自己,这不是一个美好的夜晚吗?西蒙问她。她说,当然,这是一个美好的夜晚。

西蒙住在外国专家公寓。这个公寓还是政府部门为援华的苏联专家盖的,建筑上面动了些心思,东西两栋四层楼是俄罗斯风格,庭院却是中国古典样式,有月亮门,有树有花有凉亭,一棵银杏树下面有一个特别大的缸,里面养着金鱼。冷眼一看不伦不类的,但看熟了,又觉得舒服。

公寓里住的人员早就杂了,现在大部分是教师住在这里。各种国籍,不同肤色,像小联合国。西蒙的左边房间住着一个日本男人,头发白了一半,总是彬彬有礼,右边房间是个和他年龄相仿的巴西小伙子,走路也像在跳舞。西蒙说他是派对动物,他在家的时候,派对也跟着他在家,他不在家的话,一定在某个派对里。

夏蕙听见巴西小伙子房间里的音乐声，热情，欢快，她的心情也变得愉快起来，敲门时用了很大的力量。西蒙好像刚洗过澡，打开门时，一股暖湿的气息夹杂着洗浴用品的香味儿扑面而来，他的眼珠，像北方秋季傍晚时分的天色，这时也仿佛雨后似的，湿漉漉的，一阵柔情涌上了夏蕙的心头，她凑过去在他嘴唇上亲了一下，还把手里的红酒举起来。

"周末的夜晚才刚刚开始呢。"夏蕙说。

西蒙的脸上现出灿烂的笑容，将她拉进了房间里。看见她又变得开心起来，他好像也很开心。

"看我在干吗？"他拉着她的手，把她带到电脑前面。

西蒙说了句什么，但夏蕙没听清楚，她坐在电脑椅上，眼睛盯着屏幕。那上面有季莲心的一个面部特写，身体向前，头朝后扭过来，媚眼如丝；夏蕙抓住鼠标，转到下一页，季莲心的正面，直视着夏蕙；再往后，是季莲心的全身，两手拎着绸带，一手拧在腰上，另一只手斜伸了出去，这个动作是连续拍下来的，七八张照片，体现出她走一个碎步的过程；再往下，是季莲心手部的特写，手指纤细修长，像伸出去要求什么，又仿佛要拒绝什么。

夏蕙觉得自己被带到了南极，刚刚弥漫在眼底的温暖、咸湿，转眼变成冰霜，变成了冰块。

原来季莲心并没有上车离开，她躲藏在照相机里，跟着西蒙回到了公寓，比夏蕙更早一步，也以更亲密无间的方式在跟他交流。

西蒙见她久久不动，替她翻到下一页，是季莲心在纠正学戏的女孩子的手势，夏蕙把鼠标拿过来，又翻回到那个手部的特写，细嫩的手，比她的手还要年轻，像花朵一样娇美，食指上戴了个钻戒，不小的一块钻石呢，镶在一个托儿上，没有一点点花哨，更突出了那颗钻石的价值。

她哪儿来这么多钱？男人送的，还是老夏的抚恤金？

"很美是吗？"西蒙一边说，一边又往下面翻去。

"很美，但是——"

"什么？"

夏蕙盯着屏幕上面不断变换的季莲心，各种各样的季莲心，沉默了一会儿："她是个不幸的女人。"

"不幸？"西蒙看着夏蕙，"为什么？"

"因为所有和她有关的男人，都会变得不幸。"夏蕙说，"没有人说得清那是为什么，就像一个咒语。我父亲几年前死于一场车祸，在我父亲死亡以前，一个男人因为无望的爱情为她自杀过，在我父亲死后，还有一个男人，原本好好儿的，跟她交往了不到半年，得了肺癌，死的时候就剩下一把骨头。中国有一句话，叫红颜祸水。意思是说，美貌是和灾难联系在一起的。不是所有的女人都如此，但有一部分女人，总难免会给爱上她们的男人们带来不幸。"

"上帝啊——"西蒙怔怔地看着夏蕙，蓝灰色的眼珠在电脑屏幕的光影中闪闪发亮。

连着三天，西蒙一个电话也没有。夏蕙怕错过他的电话，时时注意保持自己的手机处于开机状态。第四天，夏蕙给西蒙打了个电话。

电话接起来的速度非常快，西蒙用中文说："你好！"

夏蕙沉默了一下，用英语问他："怎么一下子改说汉语了？"

"这是在中国啊，"西蒙说，"讲中文不是更合适吗？"

"可你以前跟我一直说英语的。"夏蕙强调。

"那是因为，"西蒙笑着说，"你不肯教我汉语啊。"

"你的意思是，现在有人教你汉语吗？"

"蕙，"西蒙笑了，"你说话像玉一样硬。"

"玉并不硬。"夏蕙想说，"玉是有血肉的石头，玉很容易被伤害。"

"你有时间吗？"夏蕙问，"我们一起吃晚餐？"

"有个派对，"西蒙犹豫了一下，说，"你想参加吗？"

"好啊。"夏蕙说。

西蒙说了时间、地点，放下电话，夏蕙才发现自己忘了问他派对的主题，但也许这是个没有主题的派对呢，只是聚聚，聊聊，天南海北的人，天南海北的话题。夏蕙翻柜子把牛仔裤翻了出来，黑色的，裤脚有点儿小喇叭，上面配黑毛衣，黑底有银色条纹的运动鞋是内增高的，把她的腿衬得格外长，她背的是一个大大的银色的包，既提亮了那一身黑色，又显得很潇洒。为了让眉眼醒目些，夏蕙还照着《时尚》杂志上面的美容模特儿给自己化了个淡妆。

夏蕙故意去得稍晚了些，时间不长，也就迟到了十来分钟。还是季莲心以前闲聊时说过的，派对这东西，就像某件奢侈品，太当回事儿，人会显得傻兮兮的，也不能太不当回事儿，态度轻慢的结果会被看成是暴发户。

她进门后先看到墙上的投影电影，有小剧场银幕那么大，影像相当清晰，放的是王家卫的《花样年华》。

一只手从后面搂过来，挡在了夏蕙的眼前，西蒙的口腔里散发着葡萄酒醇厚甜美的气息："给你个惊喜！"

夏蕙笑了，她的身体在西蒙的怀抱里像出壳的蜗牛，柔软、娇嗲、慵懒，她任由他领着，在人群中穿过去，来到一个角落，她猜想他会把她当成一瓶红酒，把自己变成一个瓶塞堵住她的嘴，就像以前曾经发生过的那样。虽然夏蕙的情感阅历乏善可陈，但仍然能体会出西蒙是个接吻高手。

"准备好了吗？"西蒙低声问。

夏蕙从嗓子眼儿里咕哝了一声。

西蒙拿掉了挡在夏蕙面前的手，季莲心穿了一件露臂的黑丝绒旗袍，身上披着一条黑色中夹金线的披巾，头发绾在脑袋后面，插了一根古色古香的金簪，似笑非笑地看着他们。

夏蕙有一阵恍惚，她觉得那不是季莲心，而是一幅油画，或者那不是油画，是《花样年华》里的张曼玉，再或者，这是一个梦，她只要掐自己一把，季莲心就会消失。

"西蒙一定要我来，"季莲心微笑着说，"一次次地去找我，弄得我们都无法排练了。"

西蒙笑眯眯地看着她们，夏蕙不知道他是听懂了，还是听不懂。后来他去为她们取饮料，"你们相处得怎么样？"季莲心问。

"你们呢？"夏蕙反问。

"我压根儿听不懂他叽里呱啦地说些什么。"季莲心说，"他非常烦人。"

她称西蒙为"他"，还说他"非常烦人"，那么自然而然，那么理直气壮。从她嘴里吐出来的字儿就像病菌，被夏蕙吸进了肺里，迅速地蔓延起来，全身发起高烧来，身体热得要命，头却是冷的，嘴巴里面泛出苦味儿，吐不出又咽不下。她们站在窗户旁边，天一黑，窗户就变成了镜子，夏蕙在家里左照右照怎么看怎么顺眼的打扮，到了季莲心身边就变了，又土气又便宜，扭捏做作，粗枝大叶，连带着她这个人，也变得笨拙粗糙起来。

一个男人过来，做了个邀舞的动作。季莲心笑笑，跟着他走了。

西蒙手里握着两杯橘子汁，往她们这边走时被一个金发女人拦住说话，季莲心和那个男人一进入舞池，他的眼光立刻跟了过去。那个金发女人顺着他的目光，也转头看着季莲心，夏蕙往周围看看，发现很多人都注视着季莲心，在《花样年华》的背景下面，她比张曼玉还张曼玉。

夏蕙离开派对时，西蒙正拥着季莲心跳慢舞，灯光被调暗了，即使灯光明亮，她想也没有人注意到、或者关心到她是走是留。从楼里出来，有一段路被高大的围墙完全遮蔽了，墨黑墨黑，夏蕙走在路上，觉得自己浑身上下、里里外外都被这墨黑浸透了，只有心是红的，像个戴红色拳击手套的拳头，一下一下，把她往死里地打。

钥匙是几年前季莲心刚搬家时给她的，当时还挺郑重其事的，好像这个新家跟夏蕙有什么关系似的。

把钥匙插进锁孔的瞬间，夏蕙最后一次试图劝服自己："为了一个男人，值得吗？"

不是为了一个男人。夏蕙听见身体里有个小声音说，这也是你的家啊，谁也没有权利阻止你回家。

她扭动钥匙，锁"咔"的一声打开了。

屋里很静，窗子是西朝阳，阳光从窗子射进来，照在客厅的茶几上面，一只细颈玻璃瓶里面，插着三枝鸢尾花。只是从形状上看起来，像在咿咿呀呀唱戏的花。丝绒面料的长沙发颜色和鸢尾花的紫色有些相近，后面的白墙上面，挂着十几个大小不一的镜框，都是季莲心的演出剧照。

沙发对面是一个矮柜，上面有电视、音响、几十本书，以及几件工艺品。

厨房和客厅是连着的，料理台上面摆着很大的果盘，里面装满了水果，苹果、奇异果、梨、山楂、脐橙，色彩缤纷，不像买来吃的，倒像专门为了装饰房间的摆设。果盘后面摆着十几瓶酒，高矮胖瘦，各种瓶子各种酒。一打高脚杯洋派地吊在一个架子上面。

厨房连着一个不小的阳台，被设计成了小会客室，和客厅长沙发配套的两个单人沙发被摆在这里，中间隔着个小茶几。阳台左边角落里面摆着一个瓷缸，里面种着一株很大的滴水观音，右边正对着窗口的地方，吊着一个风铃，十几个木片，上面画着京剧脸谱。夏蕙在沙发上坐下，伸了伸腰，不难想象天黑后这里发生的事情，喝酒，赏月，听风铃，谈谈"今宵酒醒何处"。

季莲心的床很大，窗帘和床罩也是丝绒的，和沙发一样的紫色，床头柜上面摆着一束香水百合，香气浓得让人打喷嚏，和夕阳融为暧昧的一团。转过一个画着水描金黑框、图案是龙凤呈祥的大屏风，里面黑乎乎的，地软得差点儿让夏蕙跌了一跤。她在墙上摸了半天，摸到电灯开关，打开灯，吓了一跳，除了屏风以外，四面都是架子，里面挂满了衣服：套装、衬衣、裙子、长裤、针织衫、风衣、大衣、旗袍，牛仔裤最少，也有十几条，鞋子差不多有五六十双，皮包足有一百多个，把一个三层架子塞得满满的，丝巾帽子之类的也有上百件，内衣全是成套的，密密麻麻地挂在一起。这些东西已经不是"衣橱"能装得下的，而是"仓库"。几面架子中间，除了两个立式的穿衣镜，还有个大梳妆台，上面摆着梳妆镜和各种护肤品、化妆品。

原来老夏的抚恤金没放在银行，放在这里了。

夏蕙跟老夏的最后一面是在太平间见的，老夏躺在一个抽屉里面，穿着他结婚时买的一套灰色中山装，衣服瘦了，紧紧地绷在他身上，看起来有点儿滑稽。他的脸被整理过，但头部的伤口仍然能看出来，要是活着，老夏会试图把自己的伤口讲成一个笑话，但现在他无能为力了，只能拉着脸任人摆布，看上去既悲哀又沮丧，还很无助。

夏蕙从太平间出来，看见季莲心在跟老夏单位的领导说话，她穿了一身黑套装，戴了一顶黑帽子，很合体，很漂亮，很有气质，她的忧伤就这么简洁高效地被这套装扮概括、归纳了。那位领导似乎是个很心疼女人的男人，一个劲儿地劝季莲心节哀顺变，在夏蕙看来，就好像他在劝她把衣服脱掉一样。

夏蕙是让钥匙在锁孔里转动时发出的咔嚓嚓咔嚓的声音惊醒的，她不知道自己怎么竟会坐在梳妆台前面的椅子上睡着了。她跳起来，到屏风后面关掉灯。地毯非常厚，人走在上面，一点儿声音也没有。

进来的是两个人。在门后面缠绵了一会儿，才挪到卧室里来。

西蒙说了几句法语，开了床头灯，灯光很暗，是淡淡的粉色，季莲心的脸孔在这种光线里面显得分外娇嫩，宛若香水百合的花瓣。

灯光也把屏风后面变得更黑暗，夏蕙站在那里，脚开始长出根须，穿透地毯和地板，在下面的水泥地里纵横蔓延，她的眼睛没瞎，但她看不清那两个人的面目，她的耳朵也没聋，但听不清他们嘴里喃喃低语些什么，她的鼻腔被香水百合的香气毒死了，再也闻不到其他的气息。

夏蕙变成了一个植物人，慢慢地，又变成了一个死人。浑身冰凉，像躺在抽屉里面的老夏。对啊，老夏，他肯定也有过这种经历吧，怪不得这么多年来，他没有任何朋友。谁会和他做朋友呢？他的男朋友里谁能抵挡住季莲心的魅力，他的女朋友里谁能比得上季莲心哪怕一个手指头？

红颜祸水，真是一点儿不错。

老夏不是被车撞死的，是被季莲心这潭祸水淹死的。

夏蕙坐在阳台的沙发上，从厨房里拿了一瓶葡萄酒，一只高脚杯。

夜色如铁，冰冷，坚硬，像一副盔甲套在身上。从一扇打开的窗子吹进来的风，拳打脚踢地往夏蕙身上招呼，弄得风铃惊叫着抖成一团。不过，夏蕙才不在乎，酒像一柱温热的血从口腔流进她的胃里，又随着胃的蠕动，渗透进血液，酒和血融为一体，酒像火，让血温暖起来，进而，燃烧起来。

她曾经带西蒙去一家餐馆吃过一道菜，说白了，就是拔丝雪糕，但餐馆里起了个特别的名字——世态。她觉得自己现在也像一道菜，只不过，跟"世态"刚好相反。

夏蕙喝完了一瓶，又拿了一瓶。酒起子不像起上一瓶时那么好用，有些滑手，她费了好大的劲儿才把塞子"嘭"的一声拔出来。

"西蒙？"从卧室里传出季莲心丝带一般的声音。

夏蕙把酒倒进杯里，洒了一些，淋淋漓漓地洒在茶几上。

"西蒙？"季莲心穿了一件睡衣，走了过来，见到夏蕙，一下子停住脚步。

夏蕙笑："他走了半天了。"

季莲心沉默了一会儿，说："你对风那么坐着，会感冒的。"

夏蕙咯咯咯地笑起来，笑得浑身发抖，像抽筋儿似的。

季莲心走过去要关窗子，她抓住了她的手："别关。"

季莲心看了她一眼，停下手，把自己睡衣带子系紧了。

"喝一杯吗？"夏蕙问，"很暖和。"

季莲心自己拿了个杯子，倒了半杯酒。

"不好意思，"夏蕙举起自己的杯子喝了一口，笑嘻嘻地说，"我看见你们上床了。"

季莲心没说话。

"你身材真好,技术就更不用说了。看你们俩,"夏蕙比画了一下,"比看那种片子还过瘾呢。"

"西蒙不是结婚的对象。"季莲心不动声色,就像在说别人的事情,"他看上去真诚热情,骨子里却是个花花公子。"

"跟你很配是不是?"夏蕙说,"你看上去像大家闺秀,骨子里其实是个妓女。"

季莲心转身要走,被夏蕙拦住了。你看,夏蕙想,从老夏身上继承的粗大骨架并非没有用处。

"怎么了?做都做了,怕人说?"夏蕙发觉她控制不住自己,就是想笑,"你跟章怀恒也有一腿吧?他和西蒙比谁更出色?东邪还是西毒?"

"夏蕙,"季莲心温和地说,"你喝太多了,有话我们明天讲,好不好?"

"不好。"夏蕙说,"你跟多少男人睡过?我爸有多少次像我今天这样,大饱眼福?"

季莲心给了夏蕙一耳光。

夏蕙愣怔了一会儿,转了个方向凑过去:"还有这边脸呢。"

"给你一点儿教训也是应该的,"季莲心不客气地扬手又打了一巴掌,"不是我抢了你的男人,而是你的男人抛弃了你。你要找原因,不是到别人家里当小偷,而是应该回家照镜子。"

夏蕙把另一边脸又转向季莲心。眼泪从她的眼睛里面流出来,她却一直笑着,朝季莲心挨挤过去,她的脑子被两个人的思想占据着,一个是她自己,另一个是老夏。

"你闹够了没——"季莲心的声音还在努力保持平静,但脸色突然变了。

多有意思，夏蕙想，季莲心终于发现她跟老夏在一起了。从夏蕙的五官、身材、表情里面，老夏活回来了。一反往常的窝囊相儿，变得锋利、尖锐了，就像二十八年前的某个夜晚，这天夜里，老夏再一次变成侵略者，不过，这次不是身体，而是一把刀。

季莲心嘴唇、指尖、全身，都在哆嗦着，她过了差不多一分钟才低头朝自己的腰部看去，那把漂亮的水果刀原本摆在操作台上，血像一朵花苞，沿着刀口缓慢地开放。

夏蕙摇摇晃晃地往门口走，手握着门把手，她觉得自己应该再说点儿什么，想了半天，她问季莲心：

"你不，换件衣服吗？"

《作家》2005年11期

梧　桐

离好远惠真就听见笑声。在院子里面的梧桐树下面，玉莲背对着大门，和另外三个女人坐在根雕茶几的周围，她们笑得身体打战，仿佛蓬勃的蘑菇从树根处往外蹿。

"什么事儿那么高兴？"惠真用自己的钥匙打开大门进去。

她们齐刷刷地转过头来，笑容还挂在脸上，但错愕之际，原本的开心快活瞬间凝固了。

"回来了？"玉莲笑了笑。

惠真注意到，她不光搽了粉，还涂了睫毛膏和唇彩。身上的衣服也是新的，泡泡袖的碎花连衣裙，显得俏皮年轻。

惠真微微鞠躬跟各位阿姨打招呼问好："老远听见你们笑——"

"超级无敌炸——"一个男人端着碗，用身体顶开房门口挂着的细竹丝编的门帘，从房间里面出来。

他早就不年轻了，但一副十六岁少年的表情，腰间围着玉莲的围裙,头上还扣了个纸袋,纸袋上面印着几个墨绿色字:美滋美味。几个女人加起来快二百五十岁了,小孩子似的咯咯笑起来,看一眼惠真,又憋住,喉咙间叽里咕噜的。

"这是惠真。"玉莲站在那个男人和惠真之间介绍说,"这是——朴叔叔。"

"朴永浩。"他走过来,步子有点儿大,双手捧着的阔口碗里面,堆得小山似的炸虾片落叶似的掉落了几片。

女人们大惊小怪起来,在茶几上面挪动茶壶茶杯,空出地方让朴永浩把大碗安顿好。

"我去给你拿茶杯。"玉莲对惠真说。

"我去搬椅子。"朴永浩也转过身去,他三两步就赶上了玉莲,伸手替她掀开门帘,她抬头看了他一眼,两人先后消失在门帘后面。

惠真打量一眼茶几上面,吊炉花生,绿茶瓜子,切成麻将块大小的西瓜,还有刚出锅的这碗炸虾片,家常,热闹,喜庆,茶是她送玉莲的正山小种,沏得浓浓的,酽红如酒。

朴永浩搬了藤椅回来,玉莲把惠真专用的杯子拿了出来,帮她把茶倒上。

"玉莲天天惠真惠真的,今天看见真面目了,"朴永浩说话的口气很熟络,"果然是花朵妈妈生出来的花朵女儿。"

"你嘴上抹了蜜啊?"玉莲瞪了朴永浩一眼。

朴永浩一本正经地看着玉莲:"你怎么知道的?"

几个老太太笑翻了,玉莲也绷不住,笑起来。

惠真看着他们桃红柳绿地说笑,眉来眼去,栈道已经是明修,不知道陈仓是不是也暗渡了。

"从来没听你提过啊,"他们离开后,惠真问玉莲,"天上掉下来个朴叔叔。"

"什么天上掉下来？"玉莲瞪了惠真一眼，"没礼貌。"

"那哪儿来的？"

"师范学院的教授，刚退休，我们老年大学书法班的同学。"

玉莲背书似的说完，径自把茶几上的茶壶茶杯收进托盘拿回厨房里去洗，惠真把剩下的盘子碗摞起来，用纸巾清理了一下茶几表面。

茶几是十几年前爸爸做的。这个老树根有几百年了，混在一堆烧柴里面，被惠真爸爸二十块钱买回来，清洗，阴干，找木匠剖平桌面和根脚，打磨塑形，最后刷漆，一遍又一遍，漆干了打磨，磨光了再刷漆，折腾了三个多月。

"谁说朽木不可雕也，"茶几完工后，惠真爸爸得意至极，"这就叫化腐朽为神奇。"

惠真爸爸最后的那个月，执意从医院里搬回家来住，每天中午两三个小时，他身上裹着厚厚的毛毯，坐在藤椅里面晒太阳。他瘦得皮松骨突，面色灰黄，除了胸口残喘的一口热气，与枯木无别。

第二天下午惠真又回家。

玉莲在穿衣镜前试衣服，墨绿色的运动装，别致的地方是领口，墨绿里面翻出绛紫衣领，袖口处也有窄窄一溜绛紫呼应，像烹饪时吊鲜的调料，让暗沉的衣服有了生机、添了雅趣。

"老年大学校服？"惠真往镜子里面看，嘿嘿一笑，转身进了厨房。

厨房操作台上，两个小盆扣着盖子，她掀开看，一盆是和好的面饼，一盆是馅儿料，肉泥，虾泥，青菜末，黑木耳末，葱姜末，摆放得整齐考究，金木水火土。

看这阵势，是动真格的了。

惠真胸口一时梗住。昨天夜里她几乎整夜未睡，翻来覆去的，把修彬都吵醒了。

"天要下雨，娘要嫁人。"他把她搂进怀里，咕哝着说道，"有什么大不了的——"

"终身大事啊。"惠真很恼火。

"那又怎么样？你管得着吗？"

"不用你管。"惠真挣脱开修彬的搂抱，去客厅里面坐着，灯也不开，在暗涂涂的光影中间，惠真的内心变成了黑洞，放电影似的回放梧桐树下，玉莲跟朴永浩的言行举止，眼神微笑，光灿灿的阳光下面，情感颗粒摩擦撞击，火花噼里啪啦地跟午后阳光碎末融为一体。每回想一遍，惠真内心里的黑洞就更扩大一些。天快亮的时候，她蜷在沙发里面，抱着垫子睡着了。等她醒过来，发现身上盖着条毛毯，看了一眼表，修彬早就上班去了。

"好久没吃饺子了，"惠真拿水壶接水，烧上，拿了个苹果，边吃边回到玉莲房间，"你听见我肚子里馋虫叫啦？"

玉莲换了条连衣裙，是以前惠真给她买的名牌，颜色灰里藏金，没有款式却特别显瘦。午后暖橙色的光线把房间变成了灯笼，玉莲站在镜子前面，把头发收拢拧紧，盘成发髻，这一刻，时光温情脉脉，赋予玉莲一股暗淡的、老首饰般的光辉。

惠真爸爸刚过世的那两年，玉莲也像老照片里的女人，不过却是黑白照，标准像，长冬短夏，她裹着惠真爸爸老旧的蓝色棉袄，在藤椅上从早坐到晚，没有表情地望着某处，坦然接受时光之蚊的噬嚼。有阵子她喜欢自言自语，惠真问她说什么，她要么恍若未闻，要么愣怔怔地看着她，反问："我说什么了吗？"

那阵子惠真每次回家，都觉得房子和院落里面，流荡着股阴气。她劝妈妈把房子卖掉，买个楼房，或者索性搬到她那里去住。

"里里外外、角角落落都是你爸的东西,"玉莲淡淡一笑,"卖给谁?"

也是从那时候,惠真开始"玉莲""玉莲"地对妈妈直呼其名,她直觉地认定,名字就像一个咒语,能把某某妻子、某某妈妈的壳从玉莲身上剥掉,把她从故人旧事的泥淖中拽出来。

玉莲骂她没大没小,爸爸一走,跟妈妈蹬鼻子上脸了。但时间长了,她也习惯了。惠真逼着玉莲参加老年大学,各种协会,每个季度一次的"夕阳红"旅游团;她每周拉着玉莲逛街买衣服,去饭店吃饭,偶尔还看场电影,甚至也开玩笑让玉莲谈个恋爱什么的,被玉莲在脑壳上面轻拍了两巴掌。两个人越来越不像母女,越来越像姐妹。直呼其名也变得自然而然,而且变成玉莲朋友圈里的一桩美谈了。

玉莲说要买饺子醋,拿着手机出去了。时间还早,惠真泡了杯茶,到梧桐树下面晒太阳。最近几年城市房价暴涨,像这样有小院落和老树的房子,身价更是直上云霄。说起来,玉莲也算是个富婆呢。

玉莲半小时后才回来,手里没醋,身后倒跟着朴永浩。

"听说你们要包饺子,我也来凑个热闹。"朴永浩呵呵笑着,对惠真说,"我不是'应邀'参加,是'硬要'参加。"

从哪里"听"?又是如何"说"?惠真想抬杠,又懒得开口。分明是"应邀"不成,来个"硬要",足见他攻城掠寨的决心。

"要不,"玉莲说,"把修彬也叫来?"

"他出差了,"惠真说,"早晨他走的时候,我跟他说了晚上回这儿住。"

玉莲"哦"了一声:"我去拌馅儿。"

朴永浩举了举手拎袋:"我给你们做几个小菜。"

他还像昨天那样,三两步追上玉莲,替她掀起门帘。朴永浩身形挺拔,看背影倒有点儿像体育老师。

惠真给修彬发短信,说晚上不回去住了,晚饭让他自己解决,也说了跟玉莲撒谎说他出差,让他别穿帮了。

"螺丝又拧紧了!!"修彬发个苦脸回来。

惠真喝完茶,回到房间,金木水火土想必已经秀过,饺子馅儿已经搅拌好,放在面板上面,玉莲在揉面,朴永浩腰间又扎上玉莲的围裙,在水槽里面洗蔬菜水果,看他手法,不像是偶尔装样子,显然熟能生巧。

惠真爸爸一辈子没进过厨房,玉莲说,她怀孕七八个月的时候,单位既要抓革命促生产,又要加强思想政治教育,经常晚上九十点钟才能回到家,惠真爸爸坐在房间里面拉二胡,见到她,第一句话就是:"你就不能先回来做好饭再回去加班吗?饿死了我,孩子没爸爸,看你怎么办?"

玉莲含着眼泪去做饭,惠真爸爸仍旧在房间里拉《二泉映月》。

"我现在听到二胡声,胸口啊胃里啊,神经都好像过电似的抽搐,"玉莲说,"你在我肚子里的时候我就打定了主意,生女儿的话,一辈子把你留在家里,我才不让你走我的老路。"

"辛苦了,照顾我一辈子,"惠真爸爸病重的时候,有一天拉着玉莲的手说,"下辈子我给你做牛做马吧。"

"下辈子做牛做马,"玉莲泪水在眼睛里面打转,"可能直接变成肉罐头了。"

那是惠真最后一次看见爸爸笑。

惠真去卫生间里洗手,准备包饺子,抬眼看着镜子边儿上挂着的石膏像丘比特,长着翅膀东家飞西家飞,搭弓射箭,惹是生非。惠真伸手把它扯下来,拿到厨房问玉莲:"怎么还没扔掉啊?"

玉莲和朴永浩都转过头来看。

"小天使，"朴永浩说，"挺可爱的啊。"

"这是用来行骗的。"惠真没好气儿。

去年春天，有个叫崔英子的女人，出现在玉莲她们朋友圈儿里，不笑不说话，说起来就如涓涓细流，绵延不绝，尤其喜欢边说话边拉住别人的手，热情得让人起鸡皮疙瘩，她言必提及主，天底下所有的女人，都是她的姐妹，男人则是兄弟。天底下没有坏人，所谓坏人只是受了撒旦的迷惑，阳光下面也无坏事，坏事都被耶稣承担了。

惠真见过她两次，一次是玉莲单请她吃饭，一次是她在这里召集所谓的姐妹会。每次崔英子大驾移动，都带着《圣经》、十字架、宗教小塑像、宗教题材的挂历台历之类，无论做工如何，什么材质，玉莲她们这些人都如获至宝，仿佛那是基督亲送的礼物。

后来崔英子开始募捐，说是要盖一间小教堂，她甚至还说过，如果玉莲的房子再大一倍，就可以用这块地盖教堂了。玉莲觉得非常光荣，正儿八经屋前屋后丈量了好几回。惠真提醒她不要听什么信什么，走火入魔，可她还是背着惠真，捐了一万块钱给崔英子。崔英子拿了钱后，人就消失了。

"你怎么知道她是骗子？"玉莲从惠真手里拿过石膏塑像，又挂回到卫生间镜子边儿上，"你怎么知道崔英子就不会回来建教堂？"

"公安局都立案了——"

"公安局怎么了？冤假错案多了。"

"玉莲，醒醒吧，"惠真啼笑皆非，"你六十岁了，不是六岁！"

"六十岁怎么了？"玉莲的声音蓦地提高，脸色也涨红了，"六十岁就老年痴呆事事不对？让你没大没小地教训？"

"谁教训——"惠真一时气结。

"惠真是好心提醒你——"

"你怎么知道她好心?!"玉莲冲朴永浩瞪眼,"你眼睛是 X 光?你看见她的心了?"

朴永浩遭了抢白,沉默起来。

"你也不用这样声东击西的,"惠真冷笑了一声,"嫌我碍事儿就直说。"

"你倒把话说清楚,我有什么事儿怕你碍的?"

惠真回房间取了自己的包,径自出门。

"惠真——"朴永浩在大门口追上她,看见她满脸的泪水,一时呆了。

惠真挣开自己的手臂,把门在身后用力带上。铁门"当啷"一声巨响,她觉得自己就像皮球之类的东西,被震出局。

惠真在出租车上哭了一路,到家时,修彬吓了一跳:"出什么事儿了?"

惠真说过程的时候,又气哭了两次,心口都疼起来了。

"你当着情人的面让她下不来台,妈妈还能不急?"

"什么情人?你怎么知道他们是情人?"

"同学同学,行了吧?你当着男同学的面儿让玉莲同学没面子,她能不急吗?"

第二天惠真接到玉莲的短信,她在她们单位附近的"肯德基"。惠真过去找她,两个人对视一眼,玉莲显然也没睡好,眼睛下面发黑,人恹恹的提不起精神。

惠真坐下来。看着袋泡红茶在水里,渗出丝丝缕缕的血红,惠真抬头问玉莲:"你谈恋爱了?"

"你反对?"

"我反对有用吗?"

玉莲没说话，眼角却浮出了泪光。

惠真的心拧起麻花，强笑了一声："你们才认识几天啊？一见钟情？"

玉莲没说话，叠着手里的纸巾。

"你不爱听我也得说，"惠真说，"这年头儿，知人知面不知心，男人找个人侍候自己，不比子女保姆省心省力？你又有房子又有退休金，人看着也年轻漂亮，他何乐而不为？就算我这是小人之心，想法儿阴暗，朴永浩是个好人，对你也真心实意，那其他方面呢？他孩子孙子一大家子，那些人要是欺负你怎么办？再退一步说，孩子孙子们心地不坏，不会故意为难你，但家常过日子，哪有舌头不碰牙的？到时候烦了，难不成再去离婚？还有啊，你们不老，但也不年轻了，身体方面，总难免有个闪失，你侍候了爸爸那么多年，你自己不都说受够了吗？"

玉莲沉默了半天："说的也是。"

她想笑笑，没承想眼泪唰拉一下子涌出来。她慌里慌张地想要把叠成方块的纸巾打开，一着急，扯断了。

惠真把自己的那张纸巾递过去，鼻腔里面也酸酸的。

"玉莲——"

"你都是为我好，怕我受委屈。"

玉莲用纸巾挡着脸，闷声闷气地说。过了好一会儿，她擦干了眼泪，抬头看着惠真："我也跟朴永浩说过，我不会去他家的，我又不是没房子。"

"那他——"惠真的心直坠下去，"是要搬到家里来？"

"我们当然得征求你的意见。"

"你让我说什么？"惠真噼里啪啦地掉眼泪，"我把你，把家，双手举着送给朴永浩,还得敲锣打鼓、欢天喜地?!"

玉莲张了张嘴,但没说出话来。

"你们要征求我意见,是吧?我不同意!"

惠真起身走开,推开沉重的大门,在街头站了好一会儿,人流车流,熙熙攘攘,交织成网,建筑物则像巨大的蜘蛛,阴森森地看着草芥似的大众。

修彬穿白大褂时,比平时显得老成很多。

"又拧起螺丝来了。"修彬叹了口气。

"除了这句,"惠真有些火大,"你没别的话了?!"

"除了这句,我无话可说。"

"要是你妈,你就有话说了。"

"别无理取闹啊。"修彬瞪了惠真一眼,指指走廊里排队看病的病人,"我这儿一大摊子事儿呢。"

"我现在也是病人。"

"你的病这儿治不了。你回家喝杯茶,要么去逛街买东西,放松放松。"修彬轻轻拍惠真一下,转身回门诊室去了。惠真在后面叫他,他头都没回。

惠真一股浊气在胸间风云激荡,下楼填病历挂了修彬的号。赌气倒要问问,他能治什么病?!

她拿着挂号单坐电梯上楼,排在七八个待诊的病人后面,看着那些人愁眉苦脸,有气无力地交流病史,绘声绘色地形容病痛,她的气也泄了,待要离开,偏偏轮到了她,她犹豫了一下,进了门。

没等修彬开口,惠真抢着问了一句:"晚上想不想吃麻辣火锅?"

惠真有两天没去玉莲那里。修彬说得对,她和玉莲都需要时间,玉莲需要消化她的意见,而她应该反省,自己是不是能够提出更好的意见。第三天实在忍不住，惠真回了家，房间里面灯也不开，光线幽暗，玉莲摞起来两个枕头垫在身后，半坐半躺，眼睛里面泪水水，鼻子红通通的。

"生病怎么也不吱一声？"惠真急了，拉玉莲起床，"我带你去医院。"

"别大惊小怪的，"玉莲不肯，"我吃过药了。"

她的手机震动起来，惠真只好放开手。

玉莲拿起来看了一眼号码，没接，任凭它在被子上没腿蛤蟆似的噗噗噗转动。

"我给你做饭——"

"不想吃。"

"就煮个汤——"

"不想喝。"

"那我扶你去外面晒晒太阳。"

"不想动。"

惠真心里小火苗"噼啪""噼啪"闪，忽地就蹿起来："你跟我生气，就直说——拿生病威胁我?！"

"你说什么胡话？"玉莲嗓子干干的，声音提高时，也冒火星子，"我着凉感冒跟你有什么关系？你是老天爷啊？"

"那你要我怎么办?！"

"你走吧，我想睡一会儿。"

惠真站着没动。

"你回家去吧，"玉莲叹了口气，"你在这儿我心不静，睡不踏实。我吃了感冒药，什么都不想要，只想睡觉。"

惠真抓起背包，一言不发地转身就走。出大门时，看见朴永浩拎着一大袋水果蔬菜，另一只手拿着电话在按号码。

"惠真,"他迎上来,"你在这儿太好了,玉莲不给我开门。"

惠真用钥匙打开门,让他进去。

"放心吧,"朴永浩好像压根儿没注意到她板着扑克脸,他进门后,回头冲她笑笑,"我会照顾她的。"

"我现在是外人了。"惠真回家跟修彬发牢骚。

"嫁出去的女儿,泼出去的水,"修彬笑着说,"你当然是外人了。"

"算了,她爱怎么样就怎么样,"惠真赌气说,"我不管了。"

说不管,心里却放不下。万一玉莲把朴永浩也赶出家门,那现在她形单影只的,又生着病,岂不是太凄惨了。惠真起身又要回家,让修彬给拦住了。第二天,他们带了几样常用药,买了水果点心,一起去看玉莲。

没见到人,桌子上面留了一张纸条:"惠真:我出门几天,回来后跟你们联系。感冒好了,其他也都好,勿念。妈妈。"

惠真掏出电话打玉莲的手机,按键时,手指直抖。

玉莲关机。

"我就说昨天要回来的——"惠真急得跳脚。

"肯定是跟朴永浩一起走的。"修彬说,"放心吧,不会有事儿。"

玉莲走得很从容,东西收拾得井井有条,家里的花刚浇过水,梧桐树下的树根茶几也用塑料布包好,封紧,以防雨淋。

回家的路上,惠真扭脸望着车窗外面,行人,车辆,树木,建筑,都变得轻飘飘的,仿佛都长了脚,拔脚就走似的。

到小区楼下时,修彬叹了口气:"惠真——"

"你不是无话可说吗?"惠真看也不看他,打开车门,用力一摔:"那就别废话了。"

接连好几天,玉莲一点儿音信也没有。惠真跟修彬绝口不提玉莲的事情，修彬试图跟她谈谈，被惠真把话题岔开了。

就仿佛她心里头长着棵院子里那样的梧桐，被人连根拔走了，血肉骨头，直掏到痛处。

她找了搬运工，回家里把树根茶几搬回自己家来。那是她想来想去，唯一能理直气壮搬走的东西。

搬运工离开后，惠真搬把藤椅，在梧桐树下坐了一会儿。园子里的青草被阳光晒得正发困，围墙上面的爬山虎懒洋洋地铺展着，进门后一片盛开的大丽花，姹紫嫣红，阳光下面渗入丝丝缕缕的香气。他们刚搬进这里时，那个地方是厕所，晚上惠真不敢自己出去，玉莲睡衣外面套件棉大衣，陪着她；初中的时候，惠真生胃病，玉莲每天早晨用糯米粉熬粥，不稀不稠，亮浆浆的，里面加一勺蜂蜜，让她吃了上学。多年以后她跟玉莲提起来，她都不记得了。惠真长成少女，玉莲有阵子神经兮兮的，不管惠真多晚下晚自习，她一定风雨无阻地在校门口等她，惠真几次未成形的早恋都因此而破灭。惠真跟修彬定下来以后，玉莲承认，以前惠真谈恋爱时，她还跟踪过他们。

惠真结婚那天，玉莲哭个没完，她自己也跟人家解释："我是高兴的。"但她显然"高兴"得过了头，惠真迟迟无法出门。

上了婚车，修彬想逗惠真开心："妈妈变成小孩子了，早知道让她当你嫁妆，一起带回咱们家就得了。"

惠真觉得修彬对玉莲有失尊重，勃然大怒，婚也不要结了，修彬求爷爷告奶奶，只差没在车里下跪磕头了。婚礼上，惠真身着华服，众星捧月，脸绷得紧紧的，表情凛然，修彬赔了十二万分的小心，连她的伴娘也觉得她过分了，悄悄拉她的衣角。

现如今，玉莲倒跟认识不足月的男人拔脚就走，毫无挂碍，直让惠真从牙根痛到心肺。

回到家时，修彬正对着茶几发呆："你要干吗？"

"看见了还问？"惠真把包扔到一边，坐下来。

茶几在玉莲那儿，屋里，或者梧桐树下，哪儿哪儿都顺眼，放到这里，跟个章鱼似的，突兀、怪异，张牙舞爪的。

"你明天是不是把树也挖了，装在盆里带回来养啊？"

"好主意，我怎么没想到？"

"惠真啊——"修彬叹了口气，"咱们家就这么大，你把你们家院子搬回来之前，先想想怎么安置。"

搬回茶几才两天，玉莲就上门了。她说她刚从杭州回来，把包一扔，就过来了。一周不见，她瘦了些，也晒黑了不少。

"刚回来您不好好歇着——"修彬放下手里正揉的面团儿，过来请玉莲坐下。

"好几百岁的都走这儿来了，"玉莲看着那个茶几说，"我哪好意思歇着？"

"我梦见爸爸了，"惠真对玉莲说，"他让我把这个茶几拿回来。"

玉莲呆怔了片刻，苦笑了一下："那我回家去睡觉，等着你爸爸托梦。"

"别别别，别走啊，"修彬拉住了她，解下自己的围裙系到玉莲腰上，把擀面杖顺手塞进她的手里，"你进门前我刚接个电话，急诊，上手术台，人命关天，你帮帮我，也算胜造七级浮屠。"

修彬抓起外衣，回身看了惠真一眼，加重了语气："一会儿手术完，我回来吃饺子啊。"话说完，人也出门了。

惠真冲了杯茶放到茶几上："我自己来就行，你喝杯茶，歇会儿吧。"

"车上睡了一天，"玉莲把围裙解开重扎了一遍，走到面案前面，

"再不活动活动，关节都锈住了。"

两个人闷头儿干了会儿活。

"旅行怎么样？"

"就那样儿。到处都是人。"

"人怎么样？"

玉莲看一眼惠真，两人脸都板着，然后一起笑了。

"就那样儿。"

两个人又忙活了一会儿。

惠真放下手里的东西，拍了拍手上的面粉，把手机拿了出来。

"给你看这个。"惠真调出前一天在步行街上拍的几张婚纱礼服裙照片。

昨天她心血来潮，跑到繁华的商业街去，那一带婚纱影楼一间接一间，模特儿新郎新娘都是一个模子印出来的，他们含情互望，郎情妾意的表情，也是一个模子印出来的。

"好看吧？"

玉莲笑笑。

惠真定在一张韩式礼服上面，绛紫短上衣，墨绿色的长裙，裙摆处每隔一尺，缝缀着玉块似的刺绣。惠真特意微拍了刺绣图案，龙飞九天，凤栖梧桐。

"我最相中的是这套，你喜欢吗？——我送你。"

"送我这个干吗？"

"你说干吗？"惠真叹口气，"天要下雨，娘要嫁人呗。"

"天气预报说了，最近没雨。农村还要抗旱呢。"

"蜜月都度了，"惠真笑了，嘟囔了一句，"还装模作样。"

"你不也说了，"玉莲轻轻叹口气，"知人知面不知心。"

"怎么回事儿?!"惠真一着急,声调顿时高了好几度,"他不是单身?!还是存着别的什么坏心眼儿——"

"行了行了行了,你乱叫什么?"玉莲打断惠真,"其实也没什么,就是生活习惯不一样。"

"什么习惯?怎么个不一样?"

"晚上睡觉前,他喜欢挠背。说是以前跟他老婆,天天晚上都挠,互相挠,恨不能从头挠到脚——"

惠真"扑哧"一声笑了。

"每次帮他挠完,他倒是倒头就睡,我就遭罪了,觉得指甲里面脏得不行,一遍遍地洗手——"玉莲说,"天天晚上失眠。"

"那你就不帮他挠呗。"

"有一天我是没帮他挠,他又睡不着了,说是挠了几天,把以前的老习惯挠回来了。他后半夜两点钟起来洗淋浴,我好不容易睡个觉被他吵醒了——还说我毛病多。我说,'老头乐'没毛病,你跟'老头乐'过去吧。"

惠真等了一会儿:"然后呢?"

"就回来了呗。"

两个人一时无话,小面团在玉莲的擀面杖下面,三下五下,花一样盛开,被惠真接在掌心,填上馅儿,捏成果实。

《民族文学》2011年1期

小野先生

小野先生是我的朋友莉央介绍来的。他是大学历史学教授，近年来，很多精力放在东北亚近代史的研究上。他对中国并不陌生，汉语也讲得不错。他要来长春，莉央跟他提起了我，或许我可以抽出一天时间陪他四处转转？

我跟小野先生约好上午9点在酒店大堂见面。那家酒店有七八十年的历史，坐落在城市中心的林地中，树林的年头比酒店长得多，建酒店时，为了不破坏景观和尽可能多保留一部分树木，楼房建得不高，分成几栋散落在树林中。

我过去的时候，提前了半个小时，空气清新，我下车去庭院散步。太阳升起来没多久，树林间的空气仍然湿雾雾的，青草和树叶的清香把人浸润其间，鸟儿在枝头上欢闹，时不时地，几只喜鹊在我散步的石板路上起起落落，人走得很近了，它们才展翅飞走。一个男人也在散步，头发是鸽子灰的颜色，穿着同样颜色的棉麻衬衫，腰杆笔直，姿态克制而内敛，我们交错而过时，他停下来对我颔首致意。

"小野先生？"我冒昧地问了一句。

他愣了愣，随即叫出了我的名字，当然，也是带着"？"的。

我说是的。

我们一起笑了。

我问他什么时候到的？这里的气温和酒店还习惯吗？吃过早餐没有？

他昨天夜里到的；长春的初夏，温度宜人，这个酒店他非常非常喜欢，从他的窗子能看到湖水，还有这么大的院落，树林和鸟儿，真是惊喜；他已经吃过早饭了，"酒店早餐很丰盛。"

他的汉语除了口音略嫌生硬，说得好极了。以他的语言能力，即使没有我这个业余向导，也能畅行无阻。

我问他想去哪里？可有计划？

他说没有，客随主便。

我跟小野先生说，每次外地有朋友来，最让我发愁的就是长春没什么可看的，不像黄河流域长江流域，文明起源早，很多城市有几千年的政权交迭，宫廷官场战场诗坛各种抒写历史，人家清明上河，江山如画，诗情飞扬的时候，我们这里树林茂密，野草丰美，清朝时还是皇家狩猎之地，夏季碧波如海，冬季白雪皑皑，但朋友来的时候，你能带朋友看绿色或者白色吗？

"在我看来，"小野先生说，"长春是心灵幽深之地。"

他很认真，没有故弄玄虚也没有客气。

那就走着瞧吧。

我们往停车场走时，我给小野先生介绍说，他能从房间看到的湖是南湖，最早是日本人打造"新京"时，利用伊通河的支流形成的人工湖,既是风景也是城市的备用水源地。当年很多重要机构的选址都围绕着这个湖,比如说当年的"满映"、后来的长春电影制片厂;我们现在开车要去的新民大街,也通过一个纽扣似的街心公园,把自己跟南湖缀在了一起。

新民大街是近一百年前规划、建造的,八十年对于建筑物来说,不年轻,但也远远说不上老。街道中心有两条车道那么宽的街心花园,绿荫如盖,芳草青青,桃花李花杏花刚谢,丁香花开得正当时,香气馥郁,远看像一条蓝紫色的河流。

伪满洲国的国务院和八大部——司法部、军事部、交通部等等——都在这条路附近。这些楼房的外观还大致是当年的模样儿——虽然有几栋楼后来又加盖了两三层,但为了协调,加盖时考虑了原建筑的风格——土黄色基调,清水红砖,楼的转角弧度优美典雅,带着韵律,窗户原本是窄细的,其中有一半被现在的使用单位扩充加宽了;楼里面的举架很高,老旋转楼梯大部分都保留着,但有些局部结构被现在的使用单位改建了。新民大街的"T"字形尽头的"一",是当时预备盖的伪满皇宫。最早参与设计的还有梁思成。

小野先生知道他:"了不起的建筑家。"

伪满皇宫刚打完地基,伪满洲国就覆灭了。新楼盖起来以后给了地质学院,这个生不逢时的宫殿被称为地质宫。

梁思成和他的夫人林徽因还在吉林省设计了另外一些建筑,火车站之类的。在高铁时代,这些幸存的火车站风尘仆仆,小而倔强,有绝世独立的况味。

我们在伪满司法部的门前转了转,小野先生拍了很多照片,跟另外两栋变成了医院的老楼相比,这栋楼是医科大学的基础部。来来往往的人少，闹中有静。沿着楼房墙面，种着密密麻麻的丁香花，有一人多高，紫色白色开得烂漫无匹。

我跟小野先生说，很多年前我有个好朋友是在这里读医科大学的，我读书的学院离这里不远，上大学时经常走路或者骑自行车过来玩儿。这栋楼的地下一层，全是供医学院学生解剖学习用的尸体，泡在福尔马林溶液里。夜里在这里散步的时候，难免会觉得整栋楼阴森恐怖。但我朋友就不在乎这个。不过她谈恋爱的时候，有一次跟男朋友约会时在丁香花下面被几个男人劫持，他们带了刀，让他们把钱掏出来，他们乖乖就范了。事后我们讨论过那种状况下应不应该反抗？还因此质疑过她男朋友的男子气概和血性、勇气之类的问题。他现在是外科医生，手术刀用得很熟练，但即便如此，再遇到当年的情况，他仍旧会一言不发地把钱给他们。

"勇气是很难定义的。"小野先生说。

他说他从小到大，在学校里面一直被人欺负。

"我不知道为什么他们总是会选中我？我照镜子研究过自己的脸，也在商场玻璃橱窗的反光中审视过自己的步态，我看不出我哪里不对劲儿。但显然那些人是能看出来的，他们总是能从人群中把我挑出来。开我的玩笑，骂我，打我，抢我的零用钱。"小野先生语气温和，说到最后笑了起来，"我的青春期过得非常悲惨。"

"您从来没反抗过？"

"没有。我总想着，忍一忍就过去了。语言上的侮辱，身体上的疼痛——"他说，"有一次我父亲悄悄跟在我后面——他早就发现我有些不对劲儿了，跟了我好几天也说不定——我被三个家伙拦住了，他们把我逼到墙角，骂我打我，让我把钱交出来。我父亲走过去，抓住最中间、个头也最高的那个家伙，薅着他的头发——"小野先生抬手薅着自己的头发，比画给我看，"就这样，把他掼到了墙上，他的鼻子差点儿被砸进他的脸里，鼻血流得衣服都被染红了。另外两个家伙吓呆了，我父亲给了其中一个人一个大耳光，把他扇得蹲在了地上，另外一个被踢在肚子上，在地上打了两个滚。"

"哇——"

"当时我也是这样的反应，哇，好厉害！父亲平时经常一天几乎说不上一句话。那天他修理完那几个小子，盯着我看，我很惭愧，我觉得自己很丢脸，我后悔自己没跟那几个家伙决一死战，现在我在父亲眼里，是懦夫、蠢货、垃圾。我差不多能看到涌上他舌尖的话语：'我没有你这样的儿子，滚蛋！'但他什么也没说，他拉了我一把，让我站稳了，冲我点一点头，说了句，'去上学吧'，转身走了。晚上我放学回家时，他也没提这件事。说来也怪，这次事情过后，再也没有人欺负我了。虽然我照镜子时，看到的还是原来的自己。"

我们从新民大街转到松苑宾馆。开车的话，是一个很大的弧形，如果直线走路，其实并不算远。这里有栋老楼是当年日本关东军司令的宅邸，一样是庭院阔朗，树木高大。楼是欧式建筑，有尖状塔楼、老虎窗和壁柱，外墙的棕褐色面砖和灰白色沙岩石形成了色彩上的对比，正门入口处修建了喷水池。

这栋宅邸建成以后，没有谁能住得长久，第一位是南次郎，然后是植田谦吉、梅津美治郎，山田乙三是最后一位入住的日本高官，他从这里被苏联红军押到了南湖的战俘营；他前脚被押走，苏联红军的司令官后脚就住了进来，但很快，苏联司令官也离开了，国民党的一个军长变成这里的临时主人。这栋楼的际遇，应了那句老话：铁打的营盘流水的官。庭院中的景致倒是岁岁年年相似，流水落花，空自嗟呀。

老房子里面,通常藏着些老故事。这栋楼也不会例外。战争年代,生离死别都是常态。但官方资料上面鲜有记载。现在这里变成了酒店,人来人往,雨打风吹,又有多少人关心这里面曾经发生过什么。

酒店大堂有个用屏风隔开的茶吧,很清静,我们去喝了杯绿茶,新茶和热水是分别端上来的,我们自己把茶叶倒进杯里,然后看着杯底的小小碧螺,慢慢舒展开来,变成鲜嫩的叶片,水变成了浅淡的绿色。

我对小野先生说,去年我和莉央在这里喝的是红茶,那时候是秋天,院子里枫叶正红,是另外的景致和心情。

当时莉央就住在这个酒店,我按约定的时间过来跟她见面。"你的心跳得很快,"我们坐下后,莉央看着我说,"你正在经历一些事情。"

我愣了愣,她说得对,前一天夜里我几乎没睡,心脏就像抗议似的,时不时地闹闹脾气。莉央是怎么看出来的呢?心脏是由骨骼肌肉皮肤包裹着的,还有一个橱柜似的胸腔,而这些又都隐藏在衣服下面;我更相信她是感觉出了什么——

"我读出来的。"莉央镇定而又从容,直视着我。

"怎么读出来的?!"

莉央说她最近参加了一个小组,解释这个小组的性质成分过于繁杂麻烦,就算她能讲清楚,我可能也很难理解,但简而言之,现在,莉央的大脑仿佛伸出了很多无形的触角,能捕捉到很多隐秘的信息。当然,只针对她关心的人。

我讲了我最近发生的事情,粗线条地阐述,不用莉央开解,已经豁然开朗:多么简单的事情,为什么之前我却觉得身处重重迷雾?

莉央也讲了她发生的事情——要不然,她也不会想到去参加那个小组——她出轨了。那个男人比她大十几岁，善解人意，非常温柔。

"跟他在一起，我才知道什么是爱！"莉央的语气变成了窗外的秋日暖阳，她的表情也被浇铸了阳光似的，有着黄金般的质感，"有那么半年的时间，每一天都很幸福。"

她跟她老公说了一切，然后从家里搬了出来。她现在没有办法专心写作，她要打两份零工赚钱付房租，养活自己。

"那他呢？"

"他离不了婚，即使离婚了，他也不会跟我结婚的。"

"这算什么啊？"我替她不值。他把她领到井底下，割断绳索就走了。当然，以"爱情"的名义。"你不恨他？"

"你怎么可能会恨一个教会你爱的人呢？！"

"您和莉央，"我问小野先生，"是怎么认识的？"

"我们在同一个大学参加创意写作班。"

"您不是研究历史的教授吗？怎么会去教创意写作？"

"我不是去教课，是去上课。"小野先生解释，"我教历史课，历史是浩荡博大的，它记载的是大事件和大人物，可是，普通人在历史里面，像一粒灰尘，什么都不是，它们能起的作用可能是让历史学家们因为灰尘过敏而咳嗽几声，可有的时候，在某些光柱里面，这些灰尘是能够被看见的，它们微小、轻盈，在光影里面颤动、舞蹈。我想，或许学习好写作技巧，就相当于有了一束能让灰尘显形、跳舞的光吧。"

"您想当作家？"

"不敢当，想学习写作。"

"可是，"我想起另外的事情，"莉央是很成熟的作家，她好像不需要参加写作班啊？"

"她不是学员,她是授课教授的助教。而那个教授是我大学的同事。我们三个人经常在下课以后,去居酒屋喝一杯。"

"我和莉央是在中日韩三国的笔会上认识的。她看到作家简介上面写着我来自长春,就来找我,她的汉语把我吓着了,后来我才知道,她是在长春上完了初中才回的日本。"

"是的,"小野先生点着头,"我们聊过很多关于长春、关于战争的话题。"

"除了长春和战争,你们聊过别的吗?"我看着小野先生,非常非常想问他,"比如说爱情?婚姻?"

出门的时候,我把话题又转回建筑上来。现在的长春宾馆,其中有栋楼也是伪满时期的建筑,曾经是日本高官们欢聚的俱乐部,里面有个能容纳百人的小剧场,还有适合开派对的客厅、水晶吊灯、图案漂亮的地毯——对了,那栋楼的门楼很别致,很多摄影师都去拍过照片,有些年轻人拍婚纱照也会去那里。

长春宾馆对面原来是一个日本官员的私人宅邸,日式建筑,一条环形走廊把房间一间间连起来,走廊和所有的房间都铺着木条地板,上面刷着油漆。我曾经工作过的杂志社就在这套老房子里办公。后院有个天井,种着花花草草,下雨或者下雪时端杯热茶看着窗外,既文艺又治愈,那个地方适合棉布、丝竹音乐、老电影、忧伤,以及沉默。十几年前这套宅邸被拆掉了,取而代之的是巨大火柴盒似的高楼。那个宅邸被连根拔掉,再也不会生长故事和情绪了。

我们在伪满皇宫待了一下午。

这个地方我平均一年来一次。每次来,发现它都有变化,首先是越变越大——不知道它原本就很大,正在逐步复原呢,还是为了日益繁荣的旅游需求，变得越来越大——其次是越变越新，很多家具和用品都是新的，刻意做旧后摆在那里，结果就像涂了脂粉的脸，没有变好看，还失去了本色。

伪满皇宫是溥仪帝国梦的最后一程。真正操纵这个地方以及溥仪本人的，是当时的日本政府。无论是末代皇帝还是傀儡皇帝，都难脱悲伤和绝望。溥仪在长春住的房子和办公场所，房间狭小，空间逼仄，气息破落凋零，其中一个天井、一棵树生得很好，但风水师说了，这恰恰是个"困"字。溥仪幼年少年都是在紫禁城里度过，纵使清末民不聊生，但他登上大位时，瘦死的骆驼比马大，气派还是有的。流落到长春这个伪满皇宫时，帝国于他，只剩下一个梦了。这是他的囚困地和伤心处：对外他是个摆设，是日本人的牵线木偶；对内，婉容不只是跟他情感破裂，还有了私情和私生子；他唯一的情感慰藉谭玉玲，得了场感冒被日本军医借机害死，他连替她讨个公道的机会都没有。末世的皇帝都悲凉，故国不堪回首，愁情一江春水向东流。

旧楼，做旧的家具，蜡像人物，小野先生都看得很认真，但真正让他驻足的，是游客们最走马观花的展览厅。厅里挂满了很多当年的老照片，有原件复制品，也有放大件，黑白照片时间久了，变成了浅黄色，加上翻拍，人影有些恍惚。

每张照片都认真地看过，尤其是有很多人的群照和合照。我在他身后跟着他，发现最吸引他的是那些次要人物，他们站在照片的后面或者边缘，为了认清他们，小野先生戴上了眼镜，一会儿踮起脚尖一会儿弯下腰去，一会儿蹲一会儿站，有时候靠得太近，鼻尖都快要贴到照片上了。

"您在找什么人吗？"我问他。

"啊，"小野先生好像考试打小抄被人抓住那样，笑了，"我父亲年轻的时候,曾经在长春服役过,我在想有没有可能因为某种机缘,他被拍下来过。"

"哦。"

小野先生是天真,还是忘了时间距离?一百年前,拍照是个大事儿。哪里像现在,人手一只手机,有的人还不止一只,随时随地拍,什么都拍。就算他父亲被拍下来过,他认不认得出也是个问题,人的面相在一生中变化是非常大的。

"我也知道,这想法很愚蠢。"

说是这么说,在下一张照片面前,小野先生又像翻出多年前毕业照那样,目光从一张张脸孔上筛过。

"小野先生——我是说您父亲,当年是做什么的?"

"是高级将领的卫兵。"小野先生说。

怪不得他和莉央能成为好朋友,他们确实有很多很多话题可以聊。

日本投降的时候,有一些日侨因为种种原因没能回国。莉央的外祖母死在长春,母亲直到"文革"结束才回去,莉央一度被寄居在亲戚家里,八十年代末被接回日本。莉央在长春时,有自己的中文名字,很多人都不知道她是日本人。第一个知道内情的男同学是她的初恋。

我们在展厅里花费的时间太多了,出来的时候已经到了闭馆的时间,也是下班的晚高峰时间。伪满皇宫周围,集中了几大批发市场。光是服装城就好几栋楼,此外还有餐具厨具、日常用品、生鲜食品等等。行人、货物、私人汽车、公交车,糅杂在一起,就像滞重、黏稠的胶带,把交通焊住了。

"我在照片墙那里耽误太多时间了,"小野先生跟我说,"太抱歉了。"

我和小野先生在车里聊起另外一位小野先生。

"他是哪年在长春的？除了长春，还去过哪里？"

"他 1940 年入伍。1945 年战败后回国，在长春的时候，他是士兵，在关东军司令部服役。"小野先生说，"那以后他去过哪里，我也不知道，他从来不说。"

"那您是怎么知道他曾经在长春的？"

"是他战友说的。"

小野先生高中时，父母离婚了。他妈妈跟别的男人好上了，留了封道歉信，离家出走。他问起妈妈去哪儿了，老小野先生把信给儿子看了一下。

"这么多年忍受着我，"他说，"辛苦她了。"

当时还是高中生的小野先生不知道说什么才好。父亲是个无趣的人。母亲经常跟他抱怨。他自己也感同身受。在家里他很少说话，也没什么笑容。唯一的爱好就是读书，似乎也没有什么目的，只是读而已。有心事的时候，他独自坐在客厅窗前，或者门外木廊台上，一坐就是几个小时。他从来没讲过笑话，逗家人开心。也从来没对妻子甜言蜜语过，他好像从来没注意到她是个端庄雅致的女人，性情温良，厨艺极佳，她出门买东西时，男人们的目光总是围着她转。

小野先生停顿了一下，难为情地笑了笑："您是作家，说出来只怕您也能理解。"

小野先生小学的时候就发现过妈妈出轨。那是樱花季的一天，下着雨。他放学买文具时，换了一条路回家，在一个胡同口，看见妈妈跟男人在伞下拥抱。那个人好像在讲什么好玩的事情，他妈妈笑软了身子，倚在那个男人身上。他转身跑开了，他怀疑妈妈也看见了他，他不知道怎么办才好，心乱得像那一地被雨打落的花瓣，在外面磨蹭了一个多小时才回家。

他妈妈正往饭桌上摆晚饭，笑着对他说："你回来了？"

他父亲那天没回家吃晚饭，这让他松了口气。母亲像平时一样，边吃饭边讲讲鱼店老板的玩笑，菜店伙计的闲话，茶叶店老板夫人的新衣服。她是那么神色自若，小野先生想，她其实一直在外面谈恋爱吧。

"我能理解母亲，"小野先生说，"母亲像朵花，父亲像块冰，冰不能滋养花朵、泥土、水，阳光才可以。"

但他同样理解母亲。父亲固然没有优点，但也没有缺点。他是银行职员，工作兢兢业业，不争不抢，深得上司和同事们的喜欢。家里需要男人做的事情，他做得一丝不苟，邻居家的事情也都帮忙做。他不酗酒，不打骂妻子儿子，也几乎没发过脾气。妻子花钱他从不限制，也不过问。妻子离开时，从他那冷静理智的反应来看，他或许早就知道她出轨。跟这样的男人生活在一起，小野先生的母亲只怕是怀着一种"食之无肉，弃之可惜"的心情吧。

老小野先生对儿子只有一个要求，好好读书，考上好的大学，能一直深造下去。小野先生年少时，以为这是父亲望子成龙的心情，后来发现并不是。他父亲并不在乎他是否出人头地，他只是希望儿子能通过知识变得强大。

少年时代，小野先生如果考试考得好，不只能得到零花钱，他父亲还会让妻子买牛肉和贵重的鱼回来吃。他妈妈离家出走以后，他考出好成绩的时候，老小野先生会带他出去下馆子。

有一次他们去吃寿喜烧，遇到了老小野先生的战友。

他们坐下来点好了餐，陆续上菜的时候，一个包着头巾的男人从厨房出来，拍了老小野先生一下，"我看着就像你！"寿喜烧店老板激动地说,"我想过也许哪一天你会走进我的店,原来就是今天啊!"

"我记得父亲当时的样子,"小野先生说,"他的脸瞬间白了,整个人就像被咒语定住了,那个人好像没注意到这个,在他身上又拍又打的,父亲慢慢缓过来,恢复正常。"

那个人跟老小野先生年纪差不多大,但性格截然不同,当年他们一起被征入伍,一起到了中国,战败后回了日本。他们拿到遣散费抚恤金,老小野先生利用当时对退伍军人的政策,去上了大学,读了个学位,毕业以后在银行当了职员;他的这位战友则开了寿喜烧店。

他们喝了一下午的酒,大部分时间,老小野先生只喝酒,不说话。即使他想说,只怕也插不上嘴。寿喜烧老板话又多又密,话语从他的嘴里倾倒似的奔涌而出。他们是在去中国的船上认识的,因为大风,他们在海上颠簸了一天一夜。他们的心情也像海浪,对异国他乡,对战场,对生离死别,思绪波涛翻涌。很多人都吐了,哪怕什么都不吃,也吐个不停,满嘴苦涩。他们没想到参军以后第一次对他们进行袭击的是海上的暴风雨。

在长春,他们俩在一个小分队,经常一起执勤。他们被长官骂过,被扇过耳光,也被踢过;他们一起去电影院看过电影,最喜欢的女演员都是山口淑子;他们一起去过妓院,为了掩饰心里的紧张,他们讲话很大声,说任何话之前先骂别人是蠢货、混蛋。他们都没想到,苏联红军打过来的那天,从飞机上扔下来的第一颗炸弹正好落在那个妓院;他们还一起杀过人,他们死前的哀求声哭喊声现在还经常出现在他的梦里,还有他们的血,那么多的血,像红油漆一样,弄脏了他们军靴的靴底——

那天他们喝了很多很多酒。开始的时候,寿喜烧店的老板娘把酒烫好后端上来给他们,顺便把他们喝空的酒壶拿走——她还应丈夫的要求,为小小野先生多上了两盘牛肉——后来太晚了,她不再出来了。寿喜烧老板摇摇晃晃地抱来一坛清酒,打开后,把桌子上所有的空酒壶都倒满。

老小野先生醉了三天,他在房间里沉睡,偶尔起来喝杯水。银行的电话打到家里来,小野先生从来没有无故不来上班,他们不知道他发生了什么事情。小野先生替父亲道歉,说他感冒发高烧,头脑不清醒,没有及时请假。

老小野先生酒醒后,瘦了一圈儿,脸色灰败,仿佛大病初愈。

小野先生试图跟父亲聊聊,他对那天酒桌上所有的故事都很感兴趣,他试着提了几次话头儿,但他父亲就像没听见似的。他在垃圾桶里发现父亲扔掉了那天离开时寿喜烧老板塞进他衣服口袋里的名片。于是他明白,父亲再也不会去那家店了,偶然被推开的回忆之门,被父亲重新关闭了。

两年以后,他考上了大学。老小野先生以方便学习为理由,建议他在学校附近租房子住。假期的时候,他打工赚钱,跟朋友结伴旅行,回家也只是待上一两天就离开。他又去过那家寿喜烧店。老板娘没认出他来。他自我介绍了一下,提起那个喝了无数清酒的下午。

老板娘告诉他,三个月前,老板突发心梗过世了。前一天夜里他喝了很多酒——他天天喝,喝多也是经常的——早晨起床时,让妻子给他倒一杯水,她端着水杯走到他身边时,他抬起来的手臂突然垂落下来,眼神儿飘向她身后,"就好像我身后站着什么人,"她说,"把他的魂儿从身体里吸走了。"

小野先生大学毕业的时候,老小野先生来参加毕业典礼。典礼结束后他们一起去吃日本料理。小野先生对父亲提起他曾去过寿喜烧店,告诉他他的战友去世了。

"死在自己的床上?"老小野先生问。

是的。

"死在洁白干净的床单上?"

小野先生不知道寿喜烧老板家的床单是什么样儿的。洁白还是蓝色,有条纹还是印花图案。

"他不配。"老小野先生说,"我们都不配!"

老小野先生20年前过世。他给小野先生所在的办公室打电话,请他那天晚上务必回家。小野先生下课后回到家,发现父亲穿着和服,雕塑般地坐在窗前,他叫了一声,没有回应。走到跟前才发现不对劲儿。

老小野先生把家里的东西都处理掉了,日用品杂物衣服鞋一样没留,房子空空荡荡的,他的身边只留了一盆兰草,遗书夹在草叶之间。

"他抹掉了他所有的生活痕迹。"小野先生说。

随着小野先生的讲述,汽车像一粒胶囊,在城市的胃肠里时快时慢地移动,夕阳的光一度强得让我们放下遮阳板,眯起了眼睛,而当我们来到预定饭店的门口时,天空的蓝色变得幽远深沉,夜晚前的光线平易柔和。

晚餐我定在"长春1939"。在停车场停好车,往里面走时,一个穿马褂的男服务员替我们撩开了门帘,朝里面扬声喊道:"贵客到——"声音朝店堂里面一直飘摇过去。

餐馆的装修更像个博物馆或者杂物馆,走廊设计成了百年前的老胡同,包房弄成了民国时代各种店铺的门脸,米店、布店、药店、杂货店,应有尽有,除了招牌,墙面上还贴了些旧海报和老照片。胡同中间铺了条有轨电车道,车是小型的,最多能坐四个人,移动的速度比人步行还慢,一路"咣当""咣当"响,眼下坐在上面的是两个七八岁的小朋友。

"餐馆为了强调特色,打怀旧牌,形式大于内容。"我对小野先生说,"有些虚假,但感受一下也无妨。"

"您太费心了,"小野先生冲我点头,打量着四周,感慨了一句,"时光走廊。"

往包房走时,他很认真地打量墙壁上面糊的老报纸和海报。

"很有意思。"他说。

"是什么契机,让您有了写作的念头?"吃饭的时候,我问小野先生,"如果我没猜错的话,您是想写写您父亲吧?"

"是的,"小野先生点点头,"当初考大学时我报了历史系,跟金融、国际贸易比起来,这是个冷门儿、很不受人欢迎的专业,可我觉得很有意思,回过头来想想,这其实是受了父亲和他那位战友的影响。寿喜烧店里那个夜晚的谈话就像一出戏剧,虽然我只看到几个碎片儿,却被深深吸引住了,我想知道更多的故事。"他顿了顿,又说,"如果我父亲是另外一种性情,比如说,像那位寿喜烧老板一样喜欢回忆,喜欢交流,喜欢讲述,那我还会不会去学历史,研究东北亚的前世今生?可能恰恰是因为我父亲什么都不想说,我对历史才那么感兴趣。"

为什么他保持沉默?为什么他撑了那么多年,80岁的时候选择了自杀?那场在小野先生出生前就结束了的战争,从未在老小野先生的生命中结束,它微缩成了一个刺猬潜伏在老小野先生的体内,跟它战斗花费了老小野先生太多的精力,因此他无暇顾及妻子的出轨,对儿子的成长也关心有限。

年纪越大,对历史研究得越多,小野先生研究父亲的兴趣也越来越浓厚。最让他难以释怀的不是父亲的自杀，而是老小野先生对自己生活的清零。他是以什么样的心情，把一切杂事处理好，在空无一物的家中孤寂地死去？一想到这个小野先生就内心酸楚，为了缓释这种痛苦，他想改变一些东西，或许他可以用字词和叙述把老小野先生清除掉的东西一点一滴地还原回来。

"我知道这样做会漏洞百出，"小野先生说，"即使如此，也总好过一片虚空。"

吃完饭我们离开餐馆时，走到门口处，小野先生停下了脚步，他回头打量着拥有有轨电车的这一条仿古街道。

"假如真的有时光走廊，"小野先生问我，"我在这条走廊里遇见父亲，您猜会发生什么？"

我想象了一下："他会装作不认识您。"

"没错！"他双手击掌。

我们一起笑，笑得很大声，笑得停不下来，到最后，小野先生的眼泪都笑出来了。

《人民文学》2021 年 2 期

猿　声

他们傍晚时分到了南原府。天色阴沉，雨雾飘摇，远远看来，南原府仿佛一幅水墨图画，走进城内，方形木屋、蘑菇状土屋，错落拥挤，立于路边，木屋和土屋之间，老树如亭，树干如一截静止的舞蹈，拧着腰身，华盖如伞，遮挡着细雨。

石板路时宽时窄，雨水似油，让轿夫们脚底板儿打滑，狭挤处有人从轿边经过，惹来轿夫们的叱骂。

"再挤，你肚子里的孩子要掉下来了。"

"嚼草的驴马货，"有个脆生生的女声回敬，"狗嘴里吐不出好话。"

崔梦阳撩起轿帘向外打量，一个女孩子着娇黄短衣，袖口处嵌着红绿条纹，翻着白衬边，提着桃红长裙，从他轿边闪过，身后的辫子飞扬起来。轿夫们的脏话乱蹄杂沓，追赶着她。女孩子不只声音、态度，眉眼背影跟橘子亦有几分相似。

轿子在街道上又转过两个弯，停下来。轿夫们把轿子卸掉，"总算到了。"他们叫的叫、笑的笑、骂的骂,有人唱起歌,有人随着歌声拧脖耸肩,舞动着臂膀。

崔梦阳从轿子里面出来,身体蜷太久了,粘叠在一起,花了一点儿时间才像折扇似的打开。

玉姬也从轿子里面下来,紫色裙子外面加了件淡灰色马夹,侍女把一件紫葡萄色镶墨绿边的长衣展开,帮她披在头上。

宅邸是官府新近从一个盐商手里买来的,正如南原府府尹大人书信中描述的那样:是幢很像样儿的房子,十几间屋,回字形,门外六级石阶,铺得整整齐齐,黑色木门对开,门环由黄铜打制,狮眼暴突,獠牙衔威。

房子新近粉刷过,在浓暮微雨中,白得像朵云彩,正待要飞涌起来,被上面翅膀状的黑屋顶压住了;屋檐角多铺了几叠瓦片,振翅欲飞,又似被下面的棉絮勾扯、连缀住了。

崔梦阳打量着宅院,一时之间如坠梦里。

玉姬跟他说了句话,雨丝般被风扯凌乱了。

几个官差看见他们,叫了起来,一列官员随即从宅邸里鱼贯而出,官服齐整,态度恭敬,恭迎新任府使大人就任。几个仆从,都是白衣,灰扑扑几团烟雾似的,从宅邸里面悄无声息地奔出来,潦草见礼后,引领着轿夫和仆人们搬运行李,玉姬跟几位官员微微鞠躬,带着侍女进了宅邸。

崔梦阳跟官员们又回到客室,房间改变了不少,但框架还是旧时模样儿,仆人们端来新沏的热茶,崔梦阳跟官员们客套了几句。

"看大人着实面善,"府尹大人对崔梦阳说,"仿佛以前见过似的。"

"府尹大人——"旁边有人接腔,"一向跟权贵人物都很面善的。"

"不只权贵,"再旁边的人打趣道,"花阁里的头牌,他也都面善的。"

"确实如此,"府尹大人神色坦然,"待府使大人安顿下来,带大人考察南原府风俗人情的重任,舍我其谁。"

官员们笑起来。

他们离开后,崔梦阳独自个儿,沿着回廊,绕着房子走了一圈儿,那棵老梨树还在,枝叶披拂,东面围墙的半月角门也是旧时模样儿,天色此时已经黑沉,侍女把角门边挂着的白纸灯笼点亮,门边有棵小树,灯光把树冠上面的一簇树叶照耀成青玉翡翠。

仆人请他去餐室。饭桌已经摆放停当,六个小菜依次排开,打糕粘着红豆豆泥,白切牛肉带着热气,旁边搁着碟辣椒酱,豆腐煎成金黄色,大酱汤在石锅里面沸滚着,带盖铜碗里面装着刚出锅的白米饭,玉姬的饭桌跟他相对摆在一起,饭桌的云头边框和狮爪桌脚,吸引了崔梦阳的视线。

"虽说是宅邸里的旧物,"玉姬说,"倒也干净整齐,先将就用用吧。"

"这个宅邸,倘若夫人不中意,我们另择一处——"

"房子很好啊,雅致洁净,还——"玉姬双手执壶,替他斟满酒杯,抬眼望着四周,"仿佛有些忧愁似的。"

她被自己的说法逗笑了。

崔梦阳把整杯酒倒进嘴里,一股热烫从喉咙冲进胃里,扭转翻腾矫若细龙,辛辣酒香昂头拧身重又窜回喉咙里来,变成发自肺腑的咏叹,"咿——呀——"

崔梦阳的第一任岳丈权九,酒喝微醺,有时捏着筷子敲酒杯,有时拍着倒扣在盆里的瓢,"咿——呀——"拉长声调悠悠一叹之后,要么大江大河地唱个没完,要么耸肩晃膀提腿弯脚地跳起舞来。

10年前，崔梦阳在流花酒肆，除了身上的单衣，只余一张白面脸皮。他拿不准，投河和上吊，哪种死法更能彰显自己的贵族身份。

"小子，"隔着一桌酒客，权九冲他招手，"过来喝一杯。"

权九做夏布生意，进新货时，他喜欢把一整匹布抖落开来，搭在弯弯绕绕的支架上面。权九在阳光下面屈着身体，眯细了眼睛打量着布匹的纤维，抽动着鼻子："我能闻到苎麻的味道。"

善媛在院子里摘花，侍女橘子跟在后面，隔着九弯十转的夏布，她仿佛行走在河流的对岸。

晚上吃饭的时候，崔梦阳看见屋角的白瓷罐子里面，插着一大捧蓝色桔梗花，花苞宛若僧侣的帽子，鼓胀胀的，他的心里也鼓胀胀的，喝进肚里的酒，涓细绵密，蒹葭苍苍，白露为霜，所谓伊人，在水一方。

"我年轻时种的苎麻，比竹子还直，破成麻线，"权九伸展双手，轻捻手指，"那麻线，比女人的头发还软，比伽倻琴琴弦还韧，上等的麻线才能织出上等的夏布——"

院子里有低笑声，伴随着裙裾轻拂木廊台的窸窸窣窣声。

崔梦阳的心变成了鼓槌，嘭嘭嘭地击打。他晕头涨脑了半天，才发现权九的注视。

"人在这里喝酒，"权九慢吞吞地说，"魂儿不知道溜到哪里去了。"

"失礼了！"他躬身拜了一拜。

权九沉吟片刻，张开手，一根一根数手指头，一二三四五六七八。

"一晃你也住了不少日子了，"权九说，"明天吃蹄筋，喝告别酒，今晚好好歇着吧。"

崔梦阳坐在客房里，白色铺盖在月光下，仿佛一榻冰雪。权九在木廊台上又喝了半天，翻来覆去地哼唱：江河水，江河水，白马万匹，碧龙一条；谁能抓住江河水？马蹄无影，龙爪无形，俱都落入江河水。

崔梦阳的双腿跪坐得麻木肿胀，他从客房里出来，站在木廊台上，他的心跳声，掩盖了树梢上的微风和草丛里的虫鸣，跟权九的酒鼾声彼此唱和，成为这个夜晚的风雷雨暴。他走向后院，沿着"回"字，转弯，拉门拉开时悄无声息，橘子睡在厅房里面，一头长发散在枕头上，像个溺水的人；她的呼吸声急促，也像是性命攸关。

崔梦阳穿过房间，走过中间的梳洗室，他很奇怪自己，心都要跳出来了，仍旧闻得到胭脂和香粉的气息。

最后的四扇拉门，四幅屏风拦在他面前，春兰夏荷秋菊冬梅，风雅摇曳，又因了夜色幽暗，平添几分诡异。崔梦阳看着自己的手，月光下面灰白如死去，慢得仿佛不动，慢得好像拉门自己拉开了自己。

善媛坐起身来，丝被像堆雪滑落在她身前，她白色的睡衣上面，垂着发辫。宛若一笔浓墨。

崔梦阳跨步进去，在身后把门合上，走到榻前，双膝跪倒。

在淡淡的蓝灰色月光中，善媛面如宝镜，嘴唇薄嫩如花。

"我的性命属于小姐。"他甫一开口，哽咽着说不下去了。

他们沉默良久。

善媛伸手触碰他的脸颊，指尖上沾了他的泪水，她放到了自己的舌尖上。

崔梦阳伏在她身上，把她压倒，衣衫下面摸到她的肋骨：原来，她的心是笼中鸟。

崔梦阳是被橘子叫醒的。他过了一会儿才搞清楚自己身在何处。晨光从苔纸外面渗过来，毛茸茸的。家具物什，宛若浸在湖水里面。

"天塌地陷了，"小橘说，"亏您还睡得六神安稳。"

崔梦阳披上外衣，边系带子边奔出去，他跑得太急，拐过木廊台时，双脚像在冰面上一样，滑行了一段。

权九面对着院子里的梨树，入了迷似的，仿佛那棵梨树从天而降或者从地底下突然拔将出来，树上面结着樱桃大小的梨子，颗颗俱是神的启示，或者佛家般若。

善媛跪在权九脚边，那一瀑黑发，昨夜让崔梦阳雨雾雷电，几度迷失，现在云散雨收，在脑后挽成九龙戏珠样式的发髻，用一根发钗定住。

崔梦阳走到近前，看见她脸上泪痕尚湿。

"是我的错。"崔梦阳傍着善媛跪下。

权九扭转过头来，他的目光像个大巴掌从头顶处压下来，让崔梦阳喘息艰难，权九沉默良久，双膝"轰隆"一声对着善媛跪下了，唬得善媛抬起头来，一时手足无措。

"是我的错！"权九的头"咚"的一声磕下去，"我对不起你，对不起你地底下的母亲。"

"父亲——"善媛眼泪迸送，伸手去扶权九。

权九甩脱了她，额角红肿，起身离去了，从那一刻起，他再也没正眼看过崔梦阳，再没跟他讲过一句话。他们在一个屋檐下又生活了几个月，权九早出晚归，夜里回来的时候，身上酒味儿能把蚊子醺醉，他在木廊台上唱《江河水》，唱得风嘶嘶雨潇潇，百转千回，时不时地中断，喝一口酒。

善媛坐起来，双臂抱紧双膝，头枕在膝盖上，听得泪珠盈眶。

崔梦阳拉她回被窝，被她挣脱开。善媛走到拉门边，跪着，匍匐于地，在暗夜中，像只不得家门而入的羔羊。

权九出事那天，夜深时才回到家，善媛让橘子用小石锅煮了辣牛尾汤，权九喝出一身大汗，大半夜的，在院子里洗澡。

"江河水，江河水——"他边用盆往身上泼水边唱，"白马万匹，碧龙一条——"

"这位老人家是水草托生的吧？"崔梦阳嘟哝，"江河水江河水，灌了一天了还不让人睡觉？"

他们几乎是刚刚睡着，就被橘子吵醒了。

权九洗净了身体，衣服穿得板板正正，双手交叠放在胸前，神情安恬，头下的枕头浸透了血，乌沉沉变成了块老紫檀，血腥气压住了酒气，弥漫在清晨的空气中。

崔梦阳伸手摸了摸权九，他的手冰凉如瓷。他回头去看善媛，她的脸白蜡蜡的，神情恍惚，如似在九霄云外。

他们花了一个月的时间，把权九囤积的夏布卖掉。卖掉夏布之前，善媛像父亲一样，把夏布在阳光下面河水似的抖落开来。秋阳落在夏布上面，金斑点点，麻线纤维，脉络清晰。然后它们被卷起来，抽丝般，一匹匹被运出家门。

房间越来越空，崔梦阳带着满袋子的银子离开时，已经是初冬了。他离开前的那些日子，善媛泪眼汪汪："不知道为什么，心里难过得不得了。"

"人生最苦是别离。"崔梦阳也心如刀绞，跟着她落下泪来。

善媛拿起崔梦阳的手放在自己的心口，她的心像只兔子，蜷在胸腔里，惊恐不安："你一走，好像天再也不会变亮了。"

每天至少有几十次，崔梦阳觉得自己应该留下来，跟善媛橘子，跟宅邸，跟夏布留在一起。让那些功名利禄见鬼去吧。

一直到他上车，探头出去，回头看着善媛和橘子站在大门口，身影轻飘飘、白细细的，而她们身后的宅院，巨大幽深，黑沉沉、空洞洞的。

他双手捂脸，放声痛哭。

崔梦阳回到阔别一年的汉城府，出入相熟的花阁，在软玉温香的时刻，他常会想起善媛，她的心被他带走了，像只小鸟，揣在他的心里，有时候会啄疼他，他从温暖香糯的身体旁边起身，穿衣离开花阁，外面空气清冽，新雪散发着淡淡的腥气，路白花花在脚前铺展，仿佛那一匹匹从宅邸里流出去的夏布。

那些夏布一路把他铺上了黄榜，取得了官职。虽然是七品微末，但以他的年纪阅历，也算是光宗耀祖了。

宗族家长召他去见面。父母死后，崔梦阳流连花阁，有次跟这位四品大人在一位当红舞伎的房间里狭路相逢，"真是失敬啊！"他被讥讽。

他两手相叠在身前，低下头。

"听说你卖了祖屋？"

"只是暂赁出去，"他说，"我需要盘缠去投奔先父的朋友，他是个盐商，或可愿意资助我考取功名——"

"盐商？资助你？他脑浆被盐水腌了？"

"春风吹又生啊，"家长很客气，拉着他的手，让他坐在身边，打量他，"果然是一表人才，难怪左相大人要招你当女婿呢。"

崔梦阳怔住了。

"以前你行差踏错，年少荒唐，我就不跟你计较了，"家长说，"浪子回头，殊为难得。"

"承蒙抬爱，我其实——"

"且不说左相大人位高权重，难得他抬举你，听说那位玉姬小姐，"家长压低了声音，胡子刮到他脸上，狎昵地说道，"倾国倾城，体态风流，汉城府三千子弟，倒有两千九百九十九个为她辗转反侧呢。"

"我住的那处宅邸，"在官府，崔梦阳问府尹大人，"之前是盐商自住吗？"

"是啊，"府尹大人连忙问，"大人起居饮食有什么不适吗？"

"那倒没有，"崔梦阳说，"我听仆从讲起，住过夏布商人——"

"权九啊？"府尹大人笑了，"这个宅邸是他盖的，虽说不是贵族，但当年，权九是南原府数一数二的富人呢，只是后来——"

府尹大人突然截断话头儿，轻描淡写："陈年旧事，不提也罢。"

崔梦阳打开手里的折扇，搅动的风，掩饰了他的心跳。当年他随着权九出入过几次酒肆，初到南原府时，久闻这里是美女窝温柔乡，那时身上还有几两银子，他也曾在花阁里招揽过歌伎舞伎，不过他确实对这位府尹大人毫无印象。

左相大人替他争取到这个官缺时，无异于当头一棒，他让玉姬去跟父亲求情，只推说舍不得父母，不赴外任。但玉姬倒是兴致勃勃："去南原府吃美食喝米酒听盘瑟俚，何乐而不为？听说还是个美人窝，我打赌大人嘴上说不想去，心里只怕五步并三步，急得跳脚呢。"

崔梦阳婚后入赘左相府，府邸里仆从如云，衣来伸手，饭来张口，有贵客来访时，左相大人经常招他叨陪末座，与朝中重臣同席畅饮，指点江山，挥洒自如；回房间后，又有玉姬的花容月貌、轻言细语。

崔梦阳对自己的生活非常满意，从他决定成为左相大人女婿的那刻起，他就已经把南原府的人事，当成自己年少轻狂的一场大梦。他觉得没有什么好替善媛担心的：她年少美貌，守着一个大宅邸，多少市井少年巴不得跟她双宿双栖；或者她会被某个贵族包为外室，再或者，她因为相思过重，痴情而死——

每次想到这里，崔梦阳都仿佛真的听到了噩耗，心如刀绞，泪流不止。

左相大人的女婿年少有为，聪明乖巧，但金无足赤，人无完人，这位上门女婿经常在睡梦中四处游荡，最后总会在书房里停留，写诗或者作画。

淫词艳句倒也罢了，仆人们不识字，但那些画可是一目了然，经常一夜间崔梦阳十几张二十几张连续画下来，宛若某场风流韵事的现场记录。仆人们每日清晨抢着去书房干活儿，有一次居然还打破了头。

"没有不透风的墙，您的那些画被传扬了出去，众说纷纭，"玉姬羞恼至极，"连累我都要被取笑打趣，真是丢人现眼。"

"梦中鬼使神差，"崔梦阳申辩，"非我本心啊。"

找了郎中来看，崔梦阳并无实症；请了汉城府最有名的阴阳风水先生，他在府邸里四下巡查，最后，盯紧了崔梦阳："只怕是有些阴债未尝。"

"绝无此说。"崔梦阳瞥一眼左相大人，朗声作答："梦阳少年时，两位高堂仙逝，倒是他们临去时对我颇觉亏欠。"

玉姬从来没像现在这样忙碌过，花匠、泥水匠、木匠、画匠在府邸里进进出出，有天傍晚，崔梦阳从官府回到宅邸时，一个女孩子从门内闪出来："公子回来了？"

崔梦阳晃花了眼，把女孩子当成橘子，他揉了下眼睛，发现确实是橘子站在眼前，跟他离开时相比，她现在是成年女子了。

"真的是公子回来了！！"橘子从石阶上三步并做两步，几乎是跳下来，拉住他的衣襟，"小姐等您等得好苦啊。"

崔梦阳说不出话来。

"您不会把小姐忘到九霄云外了吧？"橘子见他没有反应，抓紧他双臂，用力摇动，"当初您可是咬了手指写了血书、发了毒誓的——"

"放肆！"崔梦阳身后的随从呵斥橘子。

橘子这才注意到他身上的官服，返身往宅邸里面跑："小姐，小姐——"

崔梦阳睡里梦里，踏上几级石阶，进了大门，厅堂上的情景让他说不出话来：玉姬和善媛在木廊台上相对而坐，她们中间，隔着一个大大的绣架。橘子的一只鞋跑丢了，扔在木廊台前面。

玉姬瞪了橘子一眼，朝崔梦阳笑着施礼："大人回来了？"

崔梦阳点点头，目光转向善媛，他们之间隔着一个庭院，几株石榴，千山万水。

十年不见，善媛变成了新识，乌发如鸦，眉目如画，淡灰色的衣裙绣着祥云。岁月并没有让她的美貌失色，反而打磨得更加光彩照人了。崔梦阳一如当年初见她时，口干舌燥，心如鹿撞。

"小姐——"橘子去拉善媛。

善媛回身看着橘子，直到她沉默，退到后面。

"这位就是府使大人。"玉姬给善媛介绍。

善媛看着崔梦阳，双手相叠，举过头顶，俯身大礼参拜。

"我让她们住下来了。"晚餐时，玉姬对崔梦阳说，"这位善媛小姐，虽说是个绣娘，举手投足，倒是个知情识趣的。橘子有些没轻没重，不过，跟仆人也计较不了那么多。"

汤匙滚烫，被崔梦阳整个塞进嘴里，他随即吐出来。

"没事儿吧？"玉姬问。

崔梦阳舌头火辣辣的焦痛："你从哪里找到她们的？"

"我正想着要绣几个屏风，"玉姬说，"刚好橘子上门来卖绣品，你真该看看善媛绣的那些东西，花朵有香气，鸟儿能唱歌，她的绣针绣线都是魂灵附了体的。"

善媛在宅邸里住了下来，玉姬指挥用人把所有的绣架支起来，绷上新的夏布，客室变成了五湖四海。丝线装了一大篮，长短粗细的绣针各式各样。善媛无声无息，行踪都在夏布上头，日复一日地，春兰秋菊，夏荷冬梅，渐渐成形，进而缤纷妩媚，争妍斗艳；再往后，招来燕子鸳鸯，鹧鸪白鹤，相爱于江湖。

橘子帮忙端饭送茶，对别人有说有笑，遇到崔梦阳，表情立刻冻住。

"我们住的房子，居然是善媛的家！"玉姬有一天大惊小怪地说，"这个宅邸是善媛父亲盖的呢，他是夏布商人，花甲没来得及过呢，有天睡觉的时候，脑袋出血，血流成河啊，把性命流掉了。"

"这样哦——"

"善媛的夫婿去贩夏布，一去再无音讯。听橘子私下里讲，实际上是那个男人抛弃了善媛去巴结贵族家小姐去了。这个丫头根本是自说自话，哪个贵族小姐会嫁给一个布贩？"

"嗯。"

"她们穷困潦倒，把这里卖掉，在城边租了个小房子住。"

崔梦阳夜里无法安睡，在房间里走来走去。

回到南原府，崔梦阳的夜游症不治而愈。他偶尔踱进书房，想写写画画，可他再也没有在黑暗中作画的能耐了，而即使掌了灯，他的头脑里仍旧混沌一片,写不出也画不出任何东西来。

他坐在木廊台上喝酒,对着院中那棵老梨树,邀上明月,一共三人。

"昨天夜里听见您在唱歌。"早晨用餐时,玉姬说道。

"是吗?"

"江河水,江河水,白马万匹,碧龙一条;谁能抓住江河水?马蹄无影,龙爪无形,俱都落入江河水。"玉姬轻声哼唱,"从来没听过这首歌,您是从哪儿学来的?"

崔梦阳身上的血,如同江河水遇冬,结成了冰:"我唱的?"

"大人的夜游症,"玉姬掩口笑道,"越来越有趣了呢。"

崔梦阳去了几次流花酒肆,那些酒客,个个陌生;他挑选酒肆里最幽静又能观览全局的位置,几杯酒落肚,旧相识慢慢地从酒客脸上,一张张地露出端倪。盘瑟俚艺人就像从地底下钻出来的,忽然就站在酒肆中央,手里拿着折扇,"啪"地打开,且唱且吟,载歌载舞,"说起来,天底下,痴情女子痴情到死,黄泉路上泪流不止;风流小子风流快活,温柔乡里乐不思归。这位小姐,姓甚名谁呢——"盘瑟俚艺人的折扇点着身边的看客听众,"不说也罢。这个小子,飞黄腾达——"

盘瑟俚艺人朝崔梦阳这边转过脸,五官形体,活脱脱是权九。

但这是不可能的,崔梦阳抹了一把冷汗,权九早就枕着那个血枕头,魂灵化成丹顶鹤,飞到九霄云外了。

"喂——"他用手里的折扇指点着盘瑟俚艺人,"我请你喝一杯。"

盘瑟俚艺人摆手抬脚,跳着过来,笑嘻嘻地谢过府使大人,崔梦阳看清了他的脸,不是权九。

月亮在院中泻下一地银辉。

崔梦阳在后花园徘徊到深夜,每一步都踩在月光的雪坑里,他听见自己的心,在胸腔里面"扑通""扑通"跳动。他沿着木廊台上走向后院,在"回"字的转弯处转弯,刚走到门口,拉门拉开了。

他和橘子对视了一下,他走进去,橘子走到外面,把拉门重又拉好。

崔梦阳在黑暗中缓缓穿过厅房,他闻到泥土和湖水的气息,他的腿也像被泥土埋住,身体被水流绞紧,他的心变成了笼中鸟,扑腾腾地拍动着翅膀。

善媛在房间里面绣花,两盏灯分别架在绣架两端,她扭转颈项朝门口转过头时,脸孔的边缘镶了金边。

"大人来了?"

玉姬在睡梦中忽然惊醒,她坐起来,看见卧室拉门拉开了一扇,嵌出块方方正正的幽蓝,善媛素白衣裙,皎如玉树。

善媛双手交叠,双臂抬至头顶,慢慢地行了个大礼,起身时,仿佛一团雾气消散开来。

玉姬怔怔地坐着,心跳得很厉害。

崔梦阳的床榻空荡荡的,虚着一片月光。他好像越来越适应南原府的生活了,每夜都去酒肆,偶尔,身上沾染着胭脂香粉回来。

玉姬婚前,左相夫人曾请过两位相熟的夫人,对她秘传男女之事。虽然她对风月事没有阅历,却发觉崔梦阳分花拂柳,驾轻就熟,她追问他是不是曾有过什么相爱的人?

崔梦阳支吾半天,承认自己曾经被一个平民出身的富家小姐爱上过。

"后来呢?"

"夫妻缘分,都是前世定好的。"崔梦阳说,"只怕现在,人家正跟如意郎君齐眉举案、花好月圆呢。"

崔梦阳夜不归宿。

第二天崔梦阳也没有按时去官府应差。

玉姬差人去酒肆打听，说是府使大人昨夜去过，但早就走了；官差们又去花阁，叫嚷吆喝，搅扰了一大堆春梦，惹得留宿的府尹大人发了脾气，但他一听说南原府使大人没了影踪，急忙穿好衣服跟着来到府使大人的宅邸里。

府使夫人面色憔悴，却比平日更加楚楚动人。她在庭院里找来仆人问话，厨娘支支吾吾说，昨天半夜，大人好像进了绣娘善嫒的房间。

现在都日上三竿了，两个人还在房里，门关得死死的，仆人敲了几遭敲不开。橘子也不知道死到哪里去了——

府尹大人指挥官差破门而入，房间里面阒寂无声，他们一直走到内室——南原府使大人身体赤裸，头朝下，仿佛一头扎进床榻深处似的，溺毙多时。

府尹大人脚步踉跄，奔回客室寻找南原府使夫人。

玉姬站在绣架前面，脸色煞白，浑身发抖，夏布衣裙簌簌作响——

夏布上面，曾经的姹紫嫣红、鸟语花香，跟善嫒和橘子一样，消失了影踪。

云　雀

靠窗边第三张桌子，每天傍晚六点钟到八点钟之间，是专为姜俊赫预留的。他偶尔带朋友——也许是员工——一起来，但大部分时间他自己来，手里带着本杂志，在上菜之前读几页。他和春风每天都对话，但不外乎是她请他点菜，然后他报出菜名，以及"谢谢""不客气"之类的客套话。

有一天春风忘记把"已预定"的牌子放到那张桌子上了，等她发现自己的错误时，两个中年妇女已经占了那张桌子，她们从进门到坐下说个不停，对春风的抱歉和请求不予理睬。

"我们就坐在这里，"她们说，"哪里也不会去。"

另一个服务员去给她们点菜，春风出门去等姜俊赫，"真对不起，"她给他鞠躬，眼泪跌出眼眶，"都是我不好。"

"让你受委屈了吧？"他说，"这种小事情让你在风里站了这么久，应该是我跟你道歉才对啊。"

进了餐馆之后，他跟老板娘说："你们的服务真让人感动啊。"

"顾客是上帝嘛，"老板娘笑着说，她亲自把姜俊赫引到另外一个相对清静的地方，看春风拿着菜单过来，她跟姜俊赫说，"春风是大学生，只是课余时间打打工。"

春风给姜俊赫上菜时，他问她读什么学校，什么专业，喜欢自己的学校和专业吗？

他问话时，得把头半仰起来，而她每次回答他的问话，都得把腰弯下去。他意识到这样有点儿可笑，冲她笑笑，低头专心吃饭。

几天以后，寒流带来一场大雪，春风等最后一班公交车时，一辆银灰色"奥迪"开到了她面前，姜俊赫打开前车门叫她："我送你吧。"

"不用了，"春风连连摆手，"谢谢您。"

"这么大的雪，公交车不会像平时那样准时的，"姜俊赫说，"快上来吧。"

车里像一个暖融融的房间，春风坐进去才发现自己的手脚都冻麻木了，暖气像电流闪进关节的骨缝里面，引起一阵阵酥麻，她连打了两个寒噤，扭头冲姜俊赫说："麻烦您了。"

"举手之劳，"姜俊赫问，"打工很辛苦吧？"

"还好啊。"春风说。

"我有个亲戚，在首尔就是开这种餐馆的，"姜俊赫说，"也有大学生在餐馆里打工，还有两个中国的留学生呢，他们都叫嚷辛苦。"

春风说，她是去年暑假开始到这家餐馆打工的，那时候，餐馆正对着的喷泉广场傍晚六点钟伴随着灯光和音乐开始喷水，他们在餐馆外面摆放桌椅，布置露天咖啡座，那些树脂桌椅颜色鲜艳，每张桌上都有鲜花和小缸金鱼，作为城市一景，咖啡座好几次被记者拍下来发表在当地报纸上，她第一次看见自己的照片在报纸上出现，吓了一跳呢。

"跟你聊天很有意思。"春风在学校门口下车时，姜俊赫说，"对了，请等一下——"

他拉开一个抽屉，拿出一个小袋子递给春风，"这是朋友送的小礼物，是女人用的东西，我——"他摊了摊手。

"那怎么可以呢？"春风往回推。

"就当是帮我忙，好不好？"姜俊赫塞回到春风的手里。

春风回到宿舍，发现袋子上面印着 Dior 的字样儿，袋子里面是一瓶名为"粉红魅惑"璀璨限量版香水，香水盒子上面是法文，上面贴着银色的中文说明，文字排列得像诗一样。

春风把香水瓶子举在灯光下面打量它的粉红色，香水瓶子上面有银色的亮片一闪一闪，仿佛瓶子里面的小世界里正在下一场无尽无休的细雪，她喷了一下，难以计数的芬芳粒子在她的身体四周飞扬开来，它们借着她呼吸的气流涌进她的身体内部，一直钻进肺腑里面，把她完全浸润在香气中间。

作为对那瓶香水的回报，第二天姜俊赫去餐馆吃晚餐时，春风送了他一个苹果，她在他面前把苹果像杯子那样打开，挖空内瓤的苹果里面，是用蜂蜜调拌好的梨丁橘瓣山楂丁猕猴桃丁苹果丁。

姜俊赫看着那个苹果，好半天没说话。

一周以后姜俊赫带春风出去吃烤牛排。为他们服务的服务员是位表情严肃的中年男人，黑西装白衬衫，脸刮得干干净净，腰杆挺得笔直笔直，他两手抬着，像练习华尔兹舞似的伸向春风，在姜俊赫的低声提醒下，春风把脱下来的外衣交给他。

他像斗牛士那样举着春风的棉袄，先退了两步才转身走开，春风扭头看着他，她的棉袄真是丑陋啊，洗过几次的红色像被阳光暴晒很久的红油漆，黑灰色相间的围巾是春风自己织的，搭在衣服上面，就像一个人因为惭愧把头深深地埋了下去，只剩下一缕头发挂在衣服上面。

"我从未来过这么牛气的餐馆。"春风跟姜俊赫说。

她还在想那个服务员，她知道服务员们在私下里是怎么议论顾客的。

服务员很快就转回来了，低声请他们点菜，他把菜单放到他们面前的表情，就好像那是什么重要文件似的。

春风点菜的时候偷偷抬眼，想知道他是不是在打量她的牛仔裤和假耐克运动鞋。

"也许他注意到了我的香水。"春风暗自猜想，她希望他能注意到她的香水，那是她确定能在任何高档场合拿得出手的东西。

姜俊赫点了几道菜，礼貌性地征求了一下春风的意见："这样可以吗？"

"当然了。"她笑笑。

牛排很棒，临近烤熟时，香气简直能把人熏得晕过去。

"怪不得大家敬菩萨时，都烧香呢，"春风说，"原来嗅觉享受直抵肺腑，远远高于胃口的满足。"

"你真可爱。"姜俊赫被她逗笑了，他犹豫了一下，问她，"你的男朋友很迷恋你吧。"

"我没有男朋友。"

"怎么会呢？"姜俊赫说，"你的身后即使跟着一百个男人也不奇怪啊。"

"瞧您说的，"春风红了脸，"我只是一个很普通的女生。"

"你是一块金子，"姜俊赫看着春风的眼睛，好像在强调某个真理，"我不相信你身边的男人没发现这个。"

春风笑了，她倒是被人追求过，到肯德基吃汉堡喝可乐，聊了聊港片和日本漫画，回来的时候，他很理直气壮地牵住了她的手，他的手出汗，湿漉漉、黏答答的，她让他握了一小会儿就把手抽出来了。

"那你有喜欢的男人吗？"姜俊赫又问。

春风喜欢裴自诚，喜欢得整个胸腔里面万紫千红草长莺飞，蝴蝶乱舞，蜜蜂叫个不停，可那又怎么样呢？全校有一半女生都喜欢他，她从来不幻想裴自诚的目光会从几千个女生中间把她挑出来。

"我们的体育课上，曾经请过一个印度瑜伽教练来教我们练瑜伽，"春风边说边比画，"他的皮肤黑黑的，眼睛大大的，睫毛翘翘的，身体像面筋一样柔软，把我们大家都迷住了。"

"一个男人被形容成了洋娃娃，"姜俊赫笑了，"真不知道他听见你的话，应该高兴呢还是难过？"

离开餐馆时，姜俊赫跟春风说："下次你带我去你经常吃饭的地方好不好？"

"穷学生去的地方你不会有兴趣的。"春风说。

"别这么瞧不起人，"姜俊赫说，"我也年轻过。"

春风带姜俊赫去她学校门口的一家烧烤店，"白宫"的名字把姜俊赫逗笑了："来头儿不小啊！"

桌子椅子都是木头的，早就用旧了，坐垫儿脏兮兮、皱皱巴巴的像抹布，顾客大部分是学生，还有几个民工模样儿的人，都在喝啤酒，还都不用杯子，对着瓶嘴儿直接喝。

"这样啤酒瓶对着啤酒瓶碰杯时，要瓶颈对着瓶颈，叫'刎颈之交'。"春风介绍说，又费了不少口舌，给姜俊赫讲什么是"刎颈之交"。

"很好听的故事。"他感慨地说，"我们也喝一瓶吧？"

春风叫服务员开了酒，用自己带的餐巾纸把瓶口擦干净，然后递给姜俊赫。

开始的时候，姜俊赫不怎么吃东西，但慢慢适应了环境以后，他连着吃了好几串烤带皮小土豆，他问春风的父母是干什么工作的，她还有兄弟姐妹吗？后来还问她："你的梦想是什么呢？"

"我想当奥运会冠军，我会打乒乓球，会游泳，还会下象棋。如果我不是出生在这个小城市，如果我有机会在七八岁的时候加入少年体校，再碰上个把著名教练，我是很可能当奥运会冠军的。"

他没把她的调侃当成玩笑，他很认真地听她说，还点点头说："那确实是有可能的。"

春风倒有点儿不好意思了，"我真正的梦想啊，"她沉吟了一会儿，说，"是希望某个神秘机构里的某些神秘人物，他们在芸芸众生中不知怎么注意到我并最终选定了我，他们在某一天突然走到我面前说，跟我们走吧。于是我就跟他们走了，从此开始过一种跟以往完全不同的、带有传奇色彩的生活。"

"什么样的传奇色彩呢？"

"那个时刻到来时我才会知道。"

他们回到车里，发动汽车前，姜俊赫吻了春风，春风的后背贴着座椅，一动也不动，他的吻温暖缠绵，舌尖残留着酒味儿以及口香糖的薄荷气息。

姜俊赫请春风去他家里喝茶，他的家是一个复式公寓，从窗口望出去，可以看见江水。江面上覆盖着冰层，冰面上面残雪处处，像一幅水墨画。

姜俊赫带着春风四处参观了一下，房子很大，非常整洁，姜俊赫说有一位钟点工每天来打扫三个小时。

"空荡荡的像个山洞，"姜俊赫领着春风上楼，"刚住进来时，夜里要开着灯我才能睡得着。"

卧室的床头柜上，摆着一张全家福照片，他的老婆淡眉细眼，俨然一个雪团揉出来的女人，他们的儿子跟春风差不多大，个子比姜俊赫高出半个头，一副很不耐烦的样子，女儿跟妈妈像是一个模子印出来的，对着镜头笑得眼睛眯成了一条缝，还不知害臊地露出了牙箍。

"她叫莲熙，"姜俊赫说，"我问她你长得这么丑，哪会有男人愿意跟你谈恋爱呢？她满不在乎地说，我可以整容嘛。"

参观结束后他们下楼喝茶，公寓靠地热取暖，加上落地窗照射进来的阳光，房间里足有二十八九度。别说棉袄了，连毛衣都穿不住，"家里只有我的衬衫，你想换上吗？"姜俊赫问。

"不用了。"春风脱掉了外衣。

她里面的薄衫是姜俊赫前几天送她的礼物——和香水一样，他把价签摘掉了——这件衣服在宿舍里引起了轰动，每个女孩子都试穿了一下。

姜俊赫在一张矮腿茶桌上摆放好一套青瓷茶具，然后把烧开水的水壶拎过来，沏茶之前，他先里里外外地清洗茶具，手法非常娴熟："沏人参乌龙茶，水的温度很重要，高温才能让茶叶里的精华灵魂出窍。"

春风被他的用词逗笑了。

姜俊赫把茶倒进茶碗里，喝之前，提醒春风注意茶水在阳光下显示出来的金色色泽："很漂亮吧？"

春风说是的。

姜俊赫喝了一碗茶，很舒服地哼了两声，在阳光下面，他的真实年龄完全呈现了出来，发根处新长出来的头发有一半都白了，不光是脸上，他手上的皮肤也有些松弛，但指甲剪得整整齐齐，指甲缝里也是干干净净的。

"你是工作需要，不得不到这里来工作的吗？"春风问。

"跟老婆确实是这么说的，而且还得装出一副非常无奈非常痛苦的样子，"姜俊赫笑着说，"但实际上，我很高兴在这里生活，不用每隔一天吃全素营养餐，看电视转播球赛时没人觉得你吵，看恐怖电影也没人说你无聊，星期天不用打扮得像个新郎似的去教堂唱赞美诗，不用每半个月参加一次家庭大聚会，也不用每个月去学校跟老师讨论孩子的学习问题，喝醉酒回家不仅可以不洗澡不睡沙发，还可以穿着衣服往床上随便一倒。"

春风等着他提到自己，但他没提，于是她说："我下个星期放寒假，回家以后，可以天天睡到妈妈过来打屁股再起床，可以去姐姐的花圃玩玩儿，我和朋友们在网吧打通宵游戏，熬得像熊猫，回家边听妈妈骂边睡大觉，高中初中的同学还经常约在一起喝酒，喝完酒再去 K 歌，每次都有人把嗓子唱哑，对了，我们还经常夜里去江边放烟花呢。"

"这边也有人放烟花，"姜俊赫指了指窗外，"深夜里，突如其来的一声响，我以为出什么事儿了呢，跑到窗前一看，烟花像喷泉一样从雪地上涌出来——"

春风下意识地朝窗外看，发现在他们喝茶聊天的过程中，阳光慢慢地变成了金红色，并且像一块巨大而柔软的地毯，被看不见的手，从他们的身下拽出去了一大截。

她转回头时，目光跟姜俊赫的对接在一起。

"你走了，我会想你的。"姜俊赫说。

春风的心噗噗跳，她尽量自然地冲他笑笑："我也会想你的。"

"不一样,"他慢慢地说,仿佛他说出的话自己在摇头似的,"想和想,是不一样的。"

第二天姜俊赫又请春风去他家里,他们吃晚饭时就喝了两瓶红酒,回到家里他又开了一瓶。

姜俊赫家里的暖气实在是太足了,刚才从小区院里走过来,冻麻的头皮还没缓过劲儿来,转眼已经挂了一层水珠似的细汗了。姜俊赫去楼上的卧室换家居服,上楼前他指着沙发上的纸袋对春风说,他给她也买了一套。

"房间里实在太热了。"他说。

过了一会儿,他又加了一句:"我没别的意思。"

春风咯咯笑。

他也笑了。

春风拿着衣服去了楼下的卫生间。她的脸蛋儿红扑扑的,嘴角弯着,身上只穿着内衣,她从镜子里面看见了花样年华,就像姜俊赫感慨的:"你才22岁,全世界都是你的!"

他给她买的运动服是印度风格,下身是肥大的灯笼裤,上衣像个抹胸,露着一截肚脐,还有件外衣,不过她没穿。

她出去时,他已经从楼上下来了,目光落到她身上的瞬间,他的表情就好像闻到了什么特别好闻的味道。

"谢谢你。"春风摊开手,转了一个圈儿。

姜俊赫笑笑,去冰箱拿冰块儿,春风在客厅角落里发现了另外一张全家福,是他们郊游时拍的,姜俊赫一家四口对着镜头笑得很灿烂,连他的儿子也不例外。姜俊赫的老婆戴了一顶草帽,草帽上面插着一小把野花,她的笑容不像春风在卧室里第一眼看上去时那么温柔、全无心机了，她的笑容现在看上去更像一位将军，从容笃定，还含着股隐隐的杀气。

"在深夜里喝红酒，总给我一种错觉，"姜俊赫把红酒倒进高脚杯里，"好像在喝血似的。"

他拉着她坐下来，直视着她的眼睛："我现在很清醒，我所说的话都是经过深思熟虑的，希望你好好听着——"

春风全身发软，脚底下踩着云团，但她的头脑里很清醒，就像有个摄像机，她把眼前的一切，每个场景，每个动作，每一句话，都摄录了下来，她知道这个时刻会永远铭刻在她的记忆里面。

寒假过后，再开学时，春风变化之大就仿佛她是一个刚来的插班生，跟随着她外貌服饰变化的，还有一个传言，她妈妈家里的房子以及四周不小的一块地被修建中的机场征用了，她们家拿到好几百万的补偿款，简直就是天上掉馅饼。

上学期春风还勤工俭学呢，这学期学校的宿舍就变成鸡窝了，人家飞出去，住到自己的房子里了，不光房子，连汽车也有了，一辆红色的Polo，车灯还做了装饰，就好像女人抹了眼影。

虽然开着车上学，但春风待人接物还是低调的，对老师也很有礼貌，也许她知道自己现在是校园明星了，对谁都是笑微微的。学校50周年大庆时，她作为志愿者参加了好几项活动。

裴自诚也参加了活动，有一天他坐在春风的身边，跟她一起把各种纪念品装进印有校庆标志的纸拎袋里，这期间姜俊赫打了电话过来。

"我什么事儿也没有，就是想你了。"他说，"你想我吗？"

"好想哦！"春风说，"都想不起你长什么样儿了。"

"小狐狸精，"姜俊赫笑了，说，"我们走着瞧！"

春风放下电话时，发现裴自诚盯着她，他冲她一笑："我们的手机是一样的。"

春风一看，可不是嘛，都是 Anycall 的巧克力系列，春风的手机是奶白色的，裴自诚的则是黑色。

春风的心怦怦地跳，刚才她伸手拿笔记本，跟裴自诚的手不小心碰到一起时，她的心就怦怦跳了，从他坐到她身边，不，早在他出现在门口，漫不经心地朝房间里面打量时，她就已经乱了方寸了。

中午他们吃盒饭，裴自诚被一圈儿女生围着，春风独自坐在窗边吃自己带来的苹果，姜俊赫又打了电话过来，跟她讨论晚上吃什么。随着他们相处时间的加长，他越来越缠人了。而以前，他最恨他老婆有事儿没事儿给他打电话。

姜俊赫说，他跟老婆曾经深深相爱过，为了结婚她跟父母别扭了好几年，他们之间的爱情像烈火干柴，他的先烧完，他老婆因为动不动就淌眼抹泪儿的，烧得比他慢一些，多用了几年才彻底烧成灰，那几年他们过得挺痛苦的，有时候，他半夜惊醒，发现他老婆坐在他身边，直勾勾地盯着他，质问他："你到底是谁?！你凭什么让我这么痛苦?！"

他也没想到会这样，结婚宣誓时，他许诺一生一世像爱护自己眼珠一样爱护她的，但两个孩子相继生下来，她身上曾经让他心醉神迷的东西也全掏空了，她变成了侍候老公照顾孩子操持家务的大婶。

刚跟姜俊赫同居的几个月里，每次有人按门铃，春风总是提心吊胆，担心他老婆搞突然袭击，如果她抓到他们，她会像泼妇骂街那样，把脏话扔得她满头满身吗？她会打她吗？姜俊赫到时候会站在哪一边呢？

但她没有来过，电话也是偶尔打打。

放春假的时候，姜俊赫回国了一次，回来后闷闷不乐的，春风以为东窗事发了呢，后来才知道姜俊赫这次回去，发现他老婆跟人合伙开了一家小型蒸汽瑜伽馆，那个合伙人是个单身男人，以前在健身房当教练，他比姜俊赫老婆年轻十岁，对她的那股黏乎劲儿像儿子跟妈似的，一个肌肉男，天天嗲着声音说话，真让姜俊赫隔夜饭都要呕出来，可他老婆笑眯眯的，很享受这种低级趣味。他跟她指出这一点，回敬他的是她的白眼："我们真要有什么见不得人的事情，我还会介绍你们认识吗？"

抛除这个男人，瑜伽馆也让姜俊赫添堵，这么大的投资她自己就做了主，还振振有词地提醒他，钱是她父母留下的遗产，她想怎么花都行，何况，她还拿出了一半留给孩子当教育资金呢。

"这样也好，"姜俊赫说，"她有她的未来，我们有我们的。"

校庆前一天，志愿者们忙到晚上九点钟才散。学校食堂准备了小灶，春风说不吃了，要回家。裴自诚也说有事儿，"可以坐你的顺风车吗？"他问她。

好几个女生的目光射向春风，"可以啊。"她说。

"小灶，"裴自诚在车上哼了一声，"一盘菜能拧出半盘油。"

"男生还挑食？"春风问。

"男人更需要吃得好一点。前面路口左转，"裴自诚双手握在一起抻了个腰，他个子高，仿佛能把手脚伸到车外去，"我知道一个很棒的地方，烤牛舌头别提多带劲儿了。"

那个地方离姜俊赫的公司不远，在后街上，门口挂着两个白色的鼓形灯笼，上面画着红蓝太极图案，他们挑开门口的布帘，里面传来甜美的招呼声："欢迎光临。"

地方不大，但很干净，牛舌头切成薄片，放到火炉上"刺啦"一声，怕冷似的收缩起身子。

"我带我妈来过一次，"裴自诚说，"她说牛舌头被人这样烤，一定是活着时说了些不该说的话。"

后来他又问春风："你的话总是这么少吗？"

"我怕说错话，"春风朝烤盘上面指了指，"以后也变成这样儿。"

"我所知道的最浪漫的事，就是陪着你一起说谎，"裴自诚笑着说，"我们一起变成这样儿，在被吃下肚之前，还可以在烤盘上面聊天，道别，下辈子见。"

春风抬眼看着裴自诚，他的眉毛又浓又黑，单眼皮里面扣着双眼皮，他的眼睛那么亮，像磁铁一样把她的灵魂给吸了出去。

"除了你妈妈，你还带谁来过这里？"春风夹起一片烤好的牛舌放进嘴里。

"你啊。"

"除了我呢？"

"你问这个干吗？"裴自诚盯着她，身子也朝她倾过来。

"我只是，随便问问。"春风有些尴尬，她朝后躲了躲，"你的身边总是围着很多女生——"

"那些杂草女生，"裴自诚哼了一声，"我拿她们没办法，野火烧不尽，春风吹又——"

他们一起笑了。

春风快半夜了才回家，她用钥匙轻轻打开门，吓了一跳，厨房里面灯火通明，姜俊赫扎着围裙，把一锅刚煮好的东西端到餐桌上，满屋子的热气，混杂着食物的香气。

"回来了？"姜俊赫笑眯眯地问。

"我还以为——"春风有些不知所措,"不是跟你说了今天会忙到很晚让你先睡的吗?"

"我想给你个惊喜嘛。"姜俊赫过来抱春风。

"我脏死了。"她跳开了,冲他摆摆手,"我先洗一下。"

春风进卫生间,洗了脸,洗了手,拉起自己的头发闻了好几次,确定没问题才走出去。

吃饭的时候,春风觉得姜俊赫的目光像吸尘器,把她身上所发生的蛛丝马迹吸了出来。

"你干吗这么看我?"春风问。

"别咬着筷子说话,"姜俊赫手伸到一半又放下,说,"当心戳穿喉咙。"

他的紧张劲儿把春风逗笑了。

一直到洗澡的时候,春风才放松下来,她在浴缸里放满了水,闭着眼睛沉下去时,水温的灼烫让她全身战栗,她的思绪又回到一两个小时前,裴自诚差点儿扯断了她文胸的吊带,他还打开灯欣赏了一下她的内衣,手指拂着蕾丝花边笑着说:"我早就猜出来,你是外冷内热的闷骚女生。"

她又羞又恼,在他的肩头狠狠地咬下去,像一个钢戳印进他古铜色的皮肤。

春风洗完澡进房间,姜俊赫放下手里正在读的小说,目光追随着她:"看看你——"

春风看了看自己:"怎么了?"

"这么年轻,这么漂亮,"姜俊赫感慨地说,"我愿意用我所拥有的一切去换你所拥有的。"

他把春风往怀里拉,她往后躲了躲:"今天累死了——"

"我知道怎么能让你放松。"姜俊赫脱掉了她的浴衣,坐起来替她按摩肩膀,"做义工还那么拼命。"

"你的皮肤好像能渗出水来,"按了一会儿,他的手放平,在她的肌肤上面游走,嘴唇也跟着贴了过来,"我一整天都在想你。"

春风把脸转到一边。

"怎么了?"姜俊赫用手把她的脸轻轻扳过来,"怎么哭了?"

"你爱上我了,"春风哽咽着说,"傻瓜!"

"你真放肆!"姜俊赫笑着说,"竟敢这么说我。"

"你本来就是傻瓜嘛,"春风提高了声音,说,"爱上别人是件很危险的事情。"

"说的也是啊,"姜俊赫说,"尤其是你这样的小妖精。"

"你使劲儿欺负我吧,"春风翻过身,把姜俊赫拉向自己,"就像对待你最恨的仇人那样。"

姜俊赫回首尔总公司开会的时候,春风跟裴自诚到郊外玩了一次。

在路上的时候,姜俊赫打了电话过来:"你没在家里?"

"我去书店转转,"春风说,"买完书,还想去淘碟。"

"一个人去吗?"

"当然不是,是跟我们学校最帅的男生一起。"

那边有人在跟姜俊赫打招呼,"改时间再跟你联络。"他匆忙放下了电话。

"是我妈妈。"春风对裴自诚说,"我住在外面她有点儿不放心,一天打好几个电话。"

"我也不放心,"裴自诚说,"不如我搬过去跟你一起住吧?"

"我妈会杀了你的。"

他们到达一个叫"吊水壶"的地方,买了门票,这个地区是长白山山脉的一支,从地图上看,像一只胳膊伸了出来。昨夜下了一场小雨,树木葱绿,树林间游荡着丝丝缕缕的白雾,空气沁凉沁凉,肌肤摸上去像涂了一层冰蜡。他们顺着水流方向走,一会儿在溪流这边一会儿在溪流那边,几十座栈桥没有重样儿的,流溪遇见陡立的岩石形成小瀑布,飞跃而下,溅起白花花的水沫,像有无数的猫在往下跳,水里面游动着很多虹鳟鱼,橙色的鳞片和水波的光影混在一起,让人目眩神迷。

"你不想拍照吗?"裴自诚问。

"一拍下来就死了。"春风说,"不拍下来的话,它们就总是游动着的。"

"你给我的就是这种感觉,"裴自诚牵住了春风的手,她抬头看他,"是游动的,抓不住的,总处于要逃走的姿态。"

她让他说得怔住了,好半天说不出话来,她低头打量他们紧握的手,像扣子的两半吻咬在一起。

在路边凉亭,春风从背包里面掏出旅行暖水瓶和两个玻璃杯子,还有用塑料袋包好的垫子,他们坐了下来,春风又拿出茶叶和几包茶食,"我的天啊——"裴自诚做了个惊恐的表情。

上次春风和姜俊赫一起来玩的时候,姜俊赫最遗憾就是不能在这里喝杯茶,看着虹鳟鱼游动的溪流,闻着树木的清香,"如果有杯好茶,这一刻就是完美的。"他感慨地说。

春风带的茶叶是姜俊赫从韩国带回来的,他的老家就是茶乡,"这茶叫雀舌茶,"春风对裴自诚说,"有一个很会品茶的朋友说,春天的时候第一次喝雀舌茶,当口腔里回味起植物鲜嫩的气味儿,总仿佛能听见云雀在林中歌唱。"

裴自诚喝了一口茶,仰脸望着树梢,树梢上面挂着水珠,连成串,一坠一坠的,像随时会散开的水晶珠链。"我们这样喝茶,"他"扑哧"一声笑了,"多像一对老伴儿啊。"

"很可笑吗?"春风有些恼怒。

"老气横秋的。"裴自诚说,"你不觉得吗?"

春风冷笑了一声:"早晨起来绕着操场跑三千米就朝气蓬勃了?"

"我告诉你什么是年轻人该干的事儿,"裴自诚不管旁边是不是正有游人经过,也不管春风比鱼扑腾得还厉害,硬把她拉到了自己的腿上,用胳膊把她绑得动弹不得,他的眼睛凑到了她的眼睛上面,鼻子尖儿顶着她的鼻子尖儿,她几次想开口说话,都被他用嘴唇封住了。

春风挣扎了几次挣不脱,闭上了眼睛,任凭裴自诚把她当成饮料,一口接一口把她吸空。

姜俊赫从首尔回来后,变得沉默寡言。

他很长时间坐在沙发里面,不看书,不看电视,不看窗外的风景,也不看春风,仿佛又回到他独自生活的状态中。这让春风很不自在,他这么静,她弄出的任何声音都显得粗鲁,"怎么了?"她问他。

"没怎么。"他说。

"有什么烦恼的事情吗?"

"人生总是烦恼的。"

夜里她主动抱住他,他也用手臂搂住她,但没有再进一步的动作。春风惊恐不安,她依偎的这具身体现在更像一件被脱掉的衣服,她不知道真正的他到哪里去了。

春风越来越确信,姜俊赫知道她跟裴自诚的事情了。有一天她跟裴自诚去"打边炉"吃火锅,隔着几张桌子,一个中年男人不停地打量她。她没戴隐形眼镜,而且当时她以为问题出在自己的吊带背心上,没认出他是姜俊赫的朋友。

他什么都知道,但他什么也不说。"也许,"春风想,"他在等我开口,或者等我搬走。"

可春风不知道她应该去哪里,回学校宿舍?只剩半个月就放暑假了,再说,跟裴自诚怎么解释呢?

裴自诚现在当着人,"老婆""老婆"地叫她,半夜给她打电话——姜俊赫有应酬不在家——让她去"白宫",她过去之后才发现,他所谓的"十万火急",是让她把他以及另外三个男生送回家。

四个大男生,差点儿把她的车挤爆了。没喝完的半瓶"真露"被带上了车,接力棒似的在几个男生中间传来传去,他们在车里说起学校另外一个开私家车的女生:"白天开车,夜里被人当车开。"

他们的笑声像因台风涌起的巨浪,张牙舞爪地扑向春风,她开得再快,也无法把它们甩掉。

最后送裴自诚,到他家小区楼下,"你在这里等着,"他对她说,"如果我爸妈睡了,我给你发短信,你再悄悄地上来。"

"好啊。"春风说。

裴自诚刚走进楼门,她就把车开走了,深夜的大街上,因为流泪,她把车开得像弹子球。回到小区,她擦干了眼泪看了看停车场,没有姜俊赫的车,春风松了口气,上楼打开门,家里也黑着灯,她鞋也懒得脱,一屁股坐到玄关处的地板上。

电话响起来,是裴自诚。

"你现在上来吧。"他压低的声音听上去很可笑,"902,我已经把门打开了。"

"我已经回家了。"春风说。

"你为什么回家，我们不是说好了吗？"裴自诚说，"那你再回来吧，反正开车也用不了几分钟。"

"你把我当成什么了？司机，还是三陪小姐？"春风听见自己的话音在房间里面回响，散发着霜气，"我不会去你家，也不会去任何别的地方，我只想在我自己的家里待着。"

"谁把你当三陪小姐了？！"裴自诚口气也变了，"你是三陪小姐我会让你来我家？！"

春风把电话放到地板上，裴自诚的声音像球似的从地面上弹起来："你发什么神经啊？！我最讨厌女生跟我耍脾气——"

"我不想跟你说话了。"春风的泪水流了满脸，低头对着手机喊，"我要关机了——"

"关机就分手。"裴自诚冷冷地，一字一字地说，"别怪我没提醒你，开弓没有回头箭。"

"没有就没有，"春风说，"分手就分手。"

春风不只关了手机，还把电池卸下来啪地扔了出去，她用手抹了两手泪水，往落地窗那边看，月色皎洁，窗前滴水观音叶片阔大，反射着月光，像一面镜子。姜俊赫与其说是从长沙发上坐起来，还不如说他是从镜子里面走出来的，他的脸孔隐在黑暗中，慢慢地从灰黑色中间浮现出来，把春风吓呆了。

他们在黑暗中对峙着，春风等着他质问，谩骂，甚至挨上几下子，但姜俊赫一言不发地上楼去了。

春风翻出自己搬来时带的背包，楼上楼下走了几趟，她找不到也想不出什么东西是自己的。她以前的那些衣服早都当成垃圾扔掉了，护肤品都是后来新买的，她忽然意识到，自己像婴儿一样生活在姜俊赫这里。

她找到姜俊赫最早送她的那瓶香水，每隔几分钟就喷一下。房间里面香气袭人，浓稠得仿佛能结成露水。

"半夜三更不好好睡觉，"姜俊赫出现在楼梯上，"香水瓶子摔了？"

他的语气很温和，春风一时不知如何是好，举起香水瓶冲他喷了一下："好闻吗？"

他深吸了口气，连着打了两个喷嚏。

"睡觉吧。"他转身往卧室走。

她没动，他走了几步在门口停住，回头看了一眼："怎么不来？"他过来牵住她的手，把她带进卧室。

起初他们背靠着背躺着，各盖各的被子，后来他转过身来问她："你嘟嘟囔囔地说些什么呢？"

"我在背那瓶香水的说明书。"她说，"清新活跃的柑橘前调，浸透阳光的葡萄柚，马鞭草的精致格调，还有香柠檬和橙子热情的气息。水果糖浆的甜蜜，令优雅苍兰和莲花更加生动。之后是珍贵柔和的檀香木的温暖感性。"

"真是的——"他笑了。

"那瓶香水，"她问，"真的是别人送你的吗？不是你想送我特意买来的吗？"

"有什么区别吗？"

"你说呢？"

"睡觉吧。"他又翻过身去。

"从来没有人像你对我这样好过，"春风对着姜俊赫的后背，说，"我们分手都是因为我不好，你骂我，打我，都是应该的。真的。"她从后面推他，摇他的胳膊，"你骂我一顿，或者打我几下吧，这样明天我离开的时候,心里就不会那么难过了。"

"别胡闹了。"姜俊赫转过身,抓住她的手。

春风哭了起来,一开始没有声音,后来不管不顾地放大了扯开了嗓门儿,鼻涕眼泪蹭脏了姜俊赫的睡衣。

"好了,好了,我们讲和吧。"姜俊赫把她搂进了怀里,长长地叹息,"你年纪小,我不欺负你,你也别因为我年纪老,就欺负我。"

众 生

宋惠玲

　　宋惠玲是在河里淹死的,那一年她十四岁。那条河在我童年的记忆里淹没了不少生命,矿长的小儿子也葬身其中。我从未见过那个据说是很文雅、有礼貌、相貌周正的少年。他的尸体从河边抬回来的时候,他的妈妈抚尸痛哭,对上前来安慰自己的、有点儿痴傻的大儿子说道:"为什么死的不是你?"这句话后来传诵极广,当人们形容丧子母亲的悲伤,或者表达对矿长大儿子智力的轻视时,都会把这句话搬出来。

　　虽然都是溺亡,但宋惠玲进入河中的理由却和大家不同,这也是日后她成为英雄人物的原因。她的一本"红宝书"掉进了河里。

　　很多插图和版画都再现了宋惠玲打捞"红宝书"时的情景——河水的波浪画得比海浪还要高,宋惠玲一只手紧紧抓着一本"红宝书",劈波斩浪的动作看上去分外矫健,表情也非常坚毅。那不是一个濒死者的表情,是草原英雄小姐妹手握羊鞭与大风雪战斗(好几本小人书里,宋惠玲的故事都和她们的故事并列编在一起),并且获得最后胜利的表情。

我和伙伴们经常去河边玩，她们最初说起宋惠玲的时候，我无法相信这是真的。英雄人物都是光芒万丈的，怎么可能这么轻易地在我们身边就出现一个呢？但小人书是真的，时间地点姓名都对，让人无法质疑。有一次我还被伙伴们拉进河边的一个树林，柳树长得弯弯曲曲的，枝条披头散发的。在一个石头堆前，有人凑近我的耳边说道："这就是宋惠玲的坟。"我掉头就跑，宋惠玲在那个时刻丧失了英雄的形象，变成了游出水面回到人间的女鬼，摇曳的柳树枝是她的头发和手臂，为了躲避这些柔软的纠缠，我差一点儿跳到河里去。

不管宋惠玲，也不管有多少人死去，我们还是经常去河边，上世纪七十年代的童年是很难绕过河边的。

"宋惠玲真的那么爱'红宝书'吗？"我反复猜想，"就算她爱'红宝书'，也不能为了一本书跳进河里连命都不要了啊。书可以再买啊。"我自己是绝对不会为一本书跳进河里的。我的疑问后来得到了答案。

"那本'红宝书'里夹了五斤粮票。宋惠玲怕回家挨爸爸的打，才跳进河里去追'红宝书'的。"

"那宋惠玲怎么还成了英雄呢？"我问。

"那些写书和画画的人不知道'红宝书'里有粮票的事儿呗。"

王长荣

小时候我生活的地方由三个部分组成，一个国营大煤矿、一个国营钢铁企业以及一个镇子。煤矿和钢企的工人是响应国家的号召，从各地迁移过去的,那时候我还不到四岁。"文化大革命"进行到中期。

在流行光荣榜和大红花的年代,我的个头儿一直都很矮,对戴着红花的人物,必须是仰视才能见到。在光荣榜上面,王长荣头上顶着矿灯,脖子上系着白毛巾,身上穿着工作服,他的照片占据光荣榜最中心的位置,比其他劳动模范的照片要大上一倍,胸前的红花也比别人的大出很多。

每天上学放学,我都要从王长荣的照片前面经过,抬头或者不抬头,知道他都在那儿,微笑着注视我。久而久之,对这个从未见过面的人,好像熟悉得不得了。

如同他的名字一样,王长荣二十年来始终是光荣榜上的常青树。他是全国劳动模范,偶尔到北京开会,领导们都会一脸笑容地接待他。每次开会回来,王长荣下了火车便直奔井口,换了衣服下井,在掌子面上工作十几个小时以后再回家。他虽然经常出去开会参加活动,但工作仍然比普通工人干得多,劳模是当之无愧的。

煤矿里经常出现或死或伤的事故,工人们到了几百米甚至是上千米深的地下,就像飞到几千米高空的飞机上的乘客一样,"听天由命"的分量变得格外地重。作为名人的王长荣在我的记忆里,似乎与灾难从来没搭上过关系。虽然他也和其他的矿工一样在暗无天日的地方工作,但他的身上好像有一层无形的盔甲,让他总能躲避开灾难。

我长大以后,看到媒体大肆宣扬某个模范人物时,脑子里就会有个弹簧那么一弹,王长荣像乘着升降机从井底上来一样,以光荣榜上照片里面的样子出现在记忆里。徐虎、李淑丽以及其他著名的全国劳动模范也都能唤起我对王长荣的回忆。有一次我在《南方周末》上看到一篇深度报道,关注矿工长期在井下工作,得了硅肺却得不到治疗和赔偿的问题,我当时忍不住在心里计算了一下,王长荣在井下工作了一辈子，他肺里面会含有多少煤粉？

在计划经济时代，王长荣做了几十年的模范人物，他退休以后赶上市场经济时代，他的儿子承包了煤窑，当起了煤窑主，已经退休的王长荣是现成的技术指导。王长荣与煤的关系似乎具有特殊的魔力，那么多的私人煤窑，数他们家的煤窑煤质好、产量高，煤对于王氏父子而言，是真正意义的"黑金"，几年之内，他们便拥有了几百万的家底，富甲一方。王家有了钱，跟着有了房子车子。不久，王长荣的儿子儿媳在一次车祸中丧生了。

王长荣再一次成为人们茶余饭后的谈资。在很多人看来，一个劳模，家里有那么多钱是很不正常的，所以才出了意外。

丁　婶

丁叔丁婶是山东人，"闯关东"时从山东来到东北。没什么文化的丁叔当了一辈子矿工，在我的印象里，他的矿工服、矿工安全帽，以及矿工黑色的水靴，要么穿在他身上，要么清洗了以后搭在院子里晾干。丁叔老实巴交，我们两家做了好多年的邻居，我听他说过的话没超过十句。丁婶的话比丈夫多，但也远远算不上唠叨，一口山东腔。她个子不高，不胖不瘦，和大家一样留着齐耳短发，穿灰色的衣服，不好看也不难看，每天做饭洗衣服，为家里的三个孩子操心。

煤矿难免有矿难。每次传来井下出事故的消息，丁婶和其他矿工家属一样，拼命往山上的井口跑。那条路不短，要跑上很长时间，那也是生和死之间的距离，让人肝肠寸断。丁叔好几次都大难不死。有一次井下发生重大塌方事故，死了几十个人，只有他和另一个工人幸免于难。

丁婶除了要照顾家庭，自己也有工作。她在洗煤厂当工人，几组工人轮转着工作和休息，早上八点、下午四点、夜里十二点，是几组工人交接班的时间。女工并没有因为性别的关系而得到特别的照顾，她们和男人一样，经常半夜爬起来去上班，或者在深夜里下了班独自摸黑回家。洗煤厂离住宅区很远，其中有几段路特别僻静。有一天夜里，丁婶在上夜班的路上被人奸污了。她回到家，把事情告诉了丁叔。丁叔既找不到凶手，也没有什么报警的意识，他把所有的愤怒都发泄到了妻子的身上。都是她的错，贫穷，工作，黑夜，意外事件。他们吵架，甚至动手，闹得很厉害。邻居们半夜被吵醒，有热心肠儿的人过去劝架，事情就这么传出来了。

那一段时间大人们的态度很微妙，聊天不再是家长里短、散漫无边，大家不提强暴事件，更没有人提到丁婶的名字。大家谈论的焦点问题，是深夜通往洗煤场的几条道路上，这些年来发生的其他事件。同样意外，同样黑暗，同样难以启齿，同样被当事人吞进肚里。

丁婶那段日子过得很艰难，但就像生活中的其他事情一样，后来，又发生了别的事件，丁婶身上发生的事情就变成了往事。

陈大夫

陈大夫和我们家很熟，所以，连我们这些晚辈都知道女护士是陈大夫的情人。

陈大夫脾气不好，待人接物有些酸气，但他是医院最好的儿科医生，没有之一，患者父母为了自己孩子的病痛，没有谁不奉承讨好他的。那个女人是儿科护士，文静秀气，笑容比话语多。

陈大夫五十五岁就可以退休了。他们家的房子正好在临街，是最热闹的地段，他开了一家个体诊所，女护士也跟随着到他的诊所里当护士。那些得了病的小孩子全被带到了陈大夫的诊所里来，医院里的儿科变得清闲了。

陈大夫和女护士的工作方式，跟从前在医院里别无二致。他们的关系维系多年，早已经不是秘密。有她在眼前和身边，陈大夫说话和声细语，偶尔和小朋友们开开玩笑。她从年轻到中年，细白皮肤，眉眼秀媚。病人多的时候她忙工作，人少的时候，她坐在病床边儿上，织织毛衣，或者从陈大夫手里接了钱，出门买水果和零食。

一个医生和一个护士，一个男人和一个女人，他们每天在一起，配合得天衣无缝。

陈大夫的妻子也整天在诊所里忙碌。以前她是医院的药剂师，丈夫回家开诊所，需要护士，也需要她的扶持。诊所开在临街，中间有一个小院落，后面就是大夫家的房子。陈大夫的妻子前后里外地忙，诊所病人多时，她要助诊、开药、接待；病人少时，她要买菜洗衣做饭，还要照顾一个儿子。她好像是唯一一个不知道自己丈夫婚外情的人。每天中午陈大夫雷打不动的午睡时间里，她和护士在诊所里聊聊家常、说说闲话。

有一次我们在家里谈起何谓爱情，和往常一样，有人举陈大夫和女护士的关系当论据。前阵子陈大夫生病卧床了一段时间，诊所临时由陈大夫的妻子照看、打理。有一天中午，刚好送来一批药品。她和护士一起整理了一会儿药箱，看到午饭时间快到了，她把剩下的活儿交给护士，回到家里做饭。饭做好后摆上桌，陈大夫见饭桌边没有女护士，当即摔了筷子，拉下脸来，拍着桌子气势汹汹地对妻子强调："我还没死呢！"

他的妻子什么也没说，起身去前面诊所把丈夫的情人找到后面来吃饭，她自己去整理剩下的几箱药品。

二　哥

我和他妹妹是邻居、同学、朋友。他是她的二哥，我们也跟着叫二哥。

他们家有两个男孩两个女孩，大哥很有大哥样儿，上世纪70年代末是汽车司机，80年代初又当了汽车队队长。那时候能手握方向盘开汽车是件很酷、很了不起的事情。大哥开着大汽车，威风得很。

二哥也很有二哥的样子，细瘦身材，白白净净，头发自来卷儿，像个读书人，或者艺术家。大哥在外面风风火火干事业，二哥在家里安静自处。

我们都知道二哥有病，但具体是什么病却搞不清楚。他很少出门就跟身体虚弱有关系。但在我们当年的眼睛里，除了更好看、更秀气，他看上去跟别人没什么两样儿，他从未在公共场合倒下、昏厥，被人抬去医院过。至少我没见过。

他只穿很好的衣服。有些质地不那么好的衣服会让他过敏；他戴的表也很好，不好的表也会让他过敏。还有很多其他的东西，空气、水、食物，他只能用最好的东西，坏的和旧的东西不能近他的身，会害他生病。我们对此唏嘘不止：这是什么富贵病啊？真的假的啊？他的病把他变成贾宝玉了，只能吃好的喝好的用好的。这种病我们也很想得。

他们的父亲是煤矿的党委书记，是最大的官儿。那时候煤矿的工资、福利也比一般的地方高出一大截儿，如果他生在普通人家，那可怎么办？

我几乎没注意到他是哪天死亡的。在此之前我知道他在谈恋爱，和一个清秀、苗条的姑娘。有天我们去他家的时候发现他们并肩坐着，没什么话，微笑着。他们互相对视的眼神儿就是所谓的"眉来眼去"。他的死亡好像没引起多少哭声。多年来，他的家人，还有邻居朋友们，一直在等待着某个消息，这个消息终于来了。

大家都松了口气。

马小兵

马小兵是班里最爱出洋相的男生，喜欢模仿老师逗大家笑，打架时抢书包的动作像演杂技一样。他跑得快，运动会的时候，一千五百米、八百米、四乘一百米接力、四乘五十米接力都有他。他逢跑必胜，得了好多奖品，杯子、毛巾、笔记本、圆珠笔……风光得不得了。

我们家和马小兵家隔着三条胡同住着，上学放学的时候经常会碰见。但男生女生很少说话，碰见了也像不认识。

有一天早晨从马小兵家里传出一件很离奇的事情，有小偷半夜窜进他们家偷东西，被他爸爸发现了，他爸爸没抓到小偷，反而被小偷用刀在身上划了二十六处皮肉伤。事情就跟长了腿似的，传得飞快，我上学时远远地朝马小兵家看，发现胡同口站着好几个探头探脑的女人，一脸神秘地咬着耳朵说话。没过几天，传言改变了说法，说马小兵爸爸在外面胡搞，被人在玉米地里捉住后，用刀划伤了，小偷的说法是他自己编出来的。

从那以后我见到马小兵，横看竖看都不顺眼，很想把他爸爸的丑行在班里揭发出来。但马小兵一直对我客气极了，别的男生惹我不高兴时他还去对人家拳打脚踢一番，我便不好意思对他不讲义气。

升入初中后，我收到马小兵写的一封信，那是我一生中收到的第一封情书。尽管他个子很高，长得很好看，私下里招几个女同学喜欢，我仍然觉得自己受到了很大的侮辱。我把马小兵的信撕成碎片装在一个信封里，在放学的时候扔给他就走了。我快走到家时他从后面追了上来，脸涨得通红，跟着我走了几步，问我："你为什么把我的信撕了？"我心想，这还用问吗？"我不相信你不喜欢我。"马小兵跟着我走了一段后，突然说道。这话把我惹火了，我回头看着马小兵的眼睛说："我凭什么喜欢你？你以为你爸爸的事情我不知道吗？丢人现眼。"

马小兵那么大的个子竟然被我的这句话摁住了，他身子向后靠在一面红砖砌的围墙上，脸上显现出了类似于水泥的颜色，嘴巴也好像被水泥封住了。我转身继续走，在家门口时我扭头看了一眼，他已经没影儿了。

他跑得要多快有多快。

孙　伍

　　有段时间爸爸工作忙，午饭我要给他送到办公室去。

　　我是在爸爸办公室里认识孙伍的。他是外地知青，具体哪里人没记住。他中等个子，衣服比女人还要干净整齐，脸色比豆腐还白，细长的眼睛像两条小鱼，有时眨个不停，有时又一动不动。我爸不在，他坐在办公桌对面的椅子上，盯着我看。

　　我把装饭盒的包放在办公桌上，在我爸的办公椅上坐了一会儿。我爸匆匆忙忙进来，拍了拍我的头。

　　我把椅子让给爸爸，把饭盒拿出来摆到办公桌上。爸爸吃起来。没跟孙伍说话，更没客气地问问他是不是吃过饭了。

　　"我想离婚。"孙伍说。

　　我爸看了他一眼，"哦"了一声。

　　"那个老不要脸的还看不上我，让女儿跟我离婚。"孙伍说，"到底谁看不上谁啊？！我后悔死了，在知青点儿跟她谈恋爱，结了婚，要不我早就考上大学去北京了。"

　　爸爸只管低头吃饭。

　　孙伍的谈兴好像没受到什么影响。

　　"婚我是早就想离了，不为她们两个，也要为别人。"孙伍提到的"别人"，吓了我一跳，那是当时红极一时的女影星的名字。她的名字从孙伍的嘴里飞出来，那么亲近，那么随便，就好像他们昨天还待在一起似的。接着孙伍又提起另外两个女影星，还是那种很家常的口吻，他说她们暗恋他也有好长一段时间了。这么多女人都喜欢他,让他很伤脑筋。

"是得想想办法。"爸爸笑着说,把吃完饭的饭盒盖子扣好,回身交给我。

孙伍走了以后,我问爸爸:"真的有那么多电影明星都喜欢他吗?"

"他想得美。"爸爸说完就把我打发走了。

过了没多久,孙伍拿着一把菜刀上了街。他引起了很多人的注意,有人问他:"孙伍,你干吗去?"孙伍就一本正经地回答:"我要去杀小破鞋和老不要脸的。"听的人嘻嘻笑,接着问:"谁是小破鞋?谁是老不要脸的?""我老婆是小破鞋,小破鞋的妈就是那个老不要脸的。"整条街的人都被孙伍弄得高兴起来了:"你为什么要杀她们呢?""我要和小破鞋离婚,老不要脸的不答应。所以,我只能杀了她们。"孙伍很有派头地说着,径直朝丈母娘家走去。

过了半个多小时,孙伍又回到了街头。跟在他身后的是那个"老不要脸的",她披散着头发,手里举着菜刀,闹革命似的在后面追孙伍。街上的人从没那么多过,叽叽喳喳地朝孙伍逃跑的方向拥。孙伍的老婆后来也追来了。她和母亲在拉扯的时候,菜刀砍到了她的手背上,血很快就流了出来,她的手如同戴上了一只红色的手套。在往医院去的路上,母女俩互相搂抱着,哭得鼻涕一把泪一把。孙伍在她们身后不远不近地跟着,像看热闹的人一样脸上挂着笑容,跟别人一起嘲笑那对丢人现眼的母女。

那是孙伍最后一次公开露面。几天以后,他被送进了精神病院。

单　莉

　　单莉是最早穿喇叭裤戴蛤蟆镜的姑娘，也是唯一一个在街上跟小伙子们一起抽烟的姑娘。她爸是大食堂的厨师，有几道菜做得相当出名，她妈妈永远把自己的头发抹得流油，走路时扭着屁股拧着腰，传说厨师的绿帽子能装满一仓库，但单莉妈妈从来没被捉奸在床过，甚至普通拉手都没有被抓住过。

　　单莉比她妈妈好看。腰细得不够人一把抓的，屁股像水蜜桃。她的头发梳得也和别人不一样，额头上面的头发拢起来，然后往后一梳，有点儿像时髦小伙子们的飞机头。她的衣服颜色鲜艳，紧身，任谁看了她，目光都会变成苍蝇蚊子蜜蜂，围着她打转。

　　她最早跟矿上技术科的副科长好过，两家住得近，一来二去地好上了。后来她喜欢上篮球队的队长，就把副科长踹了。她跟篮球队队长好的时候，整天在篮球场边混，像朵鲜花插在篮球队里，小伙子们都围着她转。队长为了证明自己的主权，经常把手臂搭在她肩上。有比赛的时候，她坐在球场最中心的位置，比矿长还要醒目。没比赛的时候，他们要么聚集在一起抽烟聊天，要么用手提录音机放音乐跳迪斯科。她跳舞的时候那么高兴，谁也想不到她后来为了音乐老师甩了篮球队队长。

　　音乐老师是外地新调过来的，白白净净的，手风琴拉得特别好，唱歌也唱得好。从初中到高中的女学生都被他迷住了。谁也搞不清楚他怎么会和单莉认识又好上的。

篮球队队长在大街上揍了音乐老师一顿,打得他鼻血横流,人人都以为他是孬货。但这个孬货在单莉要甩了他的时候,却抹了单莉的脖子。现场非常吓人,血喷得满屋子都是。

音乐老师是在河边被枪毙的。以前我们放学后经常到那个地方去玩,有一次还在草丛里捡到了鸭蛋。

单莉死后,她妈妈没了影踪,不知道她是出门了还是从此闭门不出。她的厨师爸爸变成了酒鬼,手里攥着个手榴弹似的酒瓶子,眼睛里面红通通的,看谁都像有着天大的恨。

病　友

读高中的时候,我有三分之一的时间在生病,住过好几个医院,也因此认识了几个病友,这个女人是其中之一。

第一次见面时我以为她被人打了,或者被什么重击过,她身上的瘀青很多,脸上脖子上好几块紫色。她的床头柜上摆着很多东西,跟医生护士说话很熟稔的样子。她带着伤,却还是笑嘻嘻的。

病房就我们两个。没有人陪护的时候,我们就闲聊。

她没被人打。她身上的青一块紫一块,来自她的血液病。她伸出手来给我看,她的十个指甲都是紫色的,嘴唇也是紫的。

她不知道自己怎么会得上这个病,也不知道这个病是什么。从二十二岁开始,她在医院里待的时间超过待在家里的时间。她去过好几个大城市,北京、上海、广州、沈阳——她边说边伸出手指头数着,像个小孩子。每到一家医院,她总能引起小小的轰动,吸引来很多医生。她的血是紫色的！她的病他们也没见过，他们都想研究研究，她的血被一管管抽出来，抽到她发出抗议："再抽下去就把我抽死了！"

医学专家对她进行过几次大型会诊，各有各的看法，但结果是她的病没有被治好。

她说起她的单位，她正儿八经的上班时间还不到一年，然后就病倒了。这些年她四处看病花的都是公费，耗资巨大，单位同事因为她已经好几年没拿过奖金了。她很不好意思，但她更想活下来。她才二十八岁，总觉得也许哪天就碰上好医院好医生，把她的病治好了。她单位里的人没有奖金也很不开心，但谁也不好意思因为没拿到奖金就咒她去死。至少当着她的面，同事们没说什么。

我们在一起住了一个星期。我出院的时候她送我到门口，有点儿难舍难分，她说她也快出院了。

半年后我们在一个婚礼上遇见。结婚的是她的同学，也是我同学的姐姐。她穿了身挺新的衣服，指甲仍然是紫色的，不知道底细的人会以为那是她故意染的。她打量着新娘子，边吃糖边跟我说："下一个结婚的就是我了。"她们同学差不多都结婚了，她快三十岁了，是个老姑娘了。我冲她笑着点头。她比我大十岁，不像老姑娘，更像个小女生，活泼开朗，什么都憧憬。

婚礼过后不久，举行了她的葬礼。

张　福

张福是个农民。一到冬天，他棉袄外面套着羊皮背心，在公路上赶着一辆毛驴车捡牛粪马粪。

很多人都认识张福,大家说起什么事情时,都会很自然地提到他,比方说谁谁的自行车在路上摔坏了,轮子飞了出去,差点儿被张福的驴踩到。谁谁家买了秋白菜,上坡时推不动了,张福帮忙推上去,还一直给送到家门口。谁谁家的孩子冬天时在路上放爬犁,要不是张福拉了一把,爬犁带着孩子差点儿钻进汽车轮子下面。张福区别于任何别的农民的地方在于,他不在田里,总是在路上,谁都看得见他。他自然而然地出现在大家的话题里。但张福也从来没成为过什么话题中的主题,他是作为某种参照物存在的,就好像路边的某间房子、某棵树。

"文革"结束了,又过了几年,80年代到来了。80年代的中国就像从漫长的冬季里醒了过来,阳光变得明亮起来,天地间一片生机勃勃,张福从我们上学放学的路上消失了,我们也把他遗忘了。仿佛过了很久,在全国范围内的一次"扫黄"活动中,张福,连同他做的事情被公安局清查出来。

张福手头上管理着十几个女人。那时还不时兴夜总会、桑拿浴、洗头洗脚屋之类的地方,那些女人的生活看上去和其他人并没有任何不同,但那只是"看上去"。男人们去找张福,跟他谈好价钱后,张福把某个女人叫出来,到他安排的房子里面和男人交易。其中有一个女孩子,长得病恹恹的,瘦弱白净,林黛玉似的,看人的神情很高傲,据说她在那伙儿人里面最年轻、最好看,价钱也要得最高。

张福被抓以后,沉默了好几天,后来才开始交代。他不说则已,一说惊人。他无须凭借任何文字记录(据说他是文盲),却能把几年之间交易的情况一项一项地讲出来,时间、地点、人物、价格,甚至当时的天气以及其他某些微不足道的细节,他都能讲得丝毫不差。

一大堆名字被抖落了出来,其中不乏有头有脸的人物和一些五六十岁已经儿孙绕膝的长者。在我们这个不大的地方,引发了一场世俗大地震,被波及的人家闹得鸡飞狗跳,离婚、寻死觅活的事件发生了好几起;更多的人看大戏,津津乐道,拍案惊奇。据说张福待在监狱里倒是很从容,他说我这一辈子能干出这么大一件事儿,死也值了。

姨婆婆

姨婆婆是一个宽脸膛的老太太,牙齿好像有些问题。为了把话说得清楚,她的语速很慢,一个字一个字地讲。可能同样是因为牙齿的问题,她吃一顿饭的时间是平常人的三倍。她这样慢腾腾的,让生性爽利又总有很多事情要做的小姨很不耐烦。有时候急了,难免要摔摔打打,发几句牢骚。这种时刻,姨婆婆便装聋作哑,隐退进她那间光线昏暗的房间里或坐或躺。人老了,诸多无奈,凡事看不开也要看开。

小姨其实不是虐待婆婆的儿媳妇,好吃的好喝的,她一样儿也不缺少地摆上婆婆的小餐桌,而且据她抱怨,她刚结婚的那几年,受了婆婆数不清的气。小姨夫天生好性子,为人厚道谦和,夹在老妈和老婆中间,对谁都笑眯眯的,对谁都无可奈何。

有一次小姨出门,在我们家所住的城市里转车。晚上吃饭时,话题说到姨婆婆的身上,小姨照例表达了一番对她的厌恶,然后说起前一阵子姨婆婆半夜里煤气中毒,她爬起来把婆婆拖到院子里的雪地里,好一阵子忙活才把她抢救过来。

"事后我很后悔,当时假装不知道就好了,反正她都八十多岁了,死了不是更省心?"

小姨是开玩笑,大家也都没把小姨的话当真。但我父亲的脸整晚沉着。他是个孝子,最恨人不敬老。小姨走了以后,他很不高兴地对妈妈说:"她说的那是什么混账话?怎么可以这么做人?"

"她一直喜欢乱说话的,你又不是不知道。"妈妈替小姨辩解。

小姨刚走,一封电报拍到我们家,姨婆婆去世了。那时候的通信,没有办法及时地通知到小姨,三天后她出门回来又在我们家等候转车时才知道这个消息。整个晚上,小姨没说一句话。

第二天一早,父亲陪小姨回家帮忙料理丧事。几天以后,父亲回来。

"小姨回到家后,是怎么样的反应?"我问父亲。

"没下车就哭起来了,下了车往家走的一路上,更是呼天抢地的,没等进门,已经有人听见声音迎出来了。"父亲停顿了一下,又补充了一句,"她是真的很难过。"

"姨婆婆还真会挑时候啊。"我知道不应该,但还是忍不住笑了。

姑　妈

我十二岁那年,姑妈一家四口从外地搬来我们家附近。

说是姑妈,其实血缘关系很远。但我们两家相处得很亲近,姑妈经常来我们家做客,和我妈妈聊天聊到深夜。他们以为我睡着了,言谈不大顾忌，我才知道原来姑妈不能生育，表姐表哥都不是她生的孩子。

再后来飞来横祸。姑妈和姑父一起，出了车祸，姑父一条腿残疾了，侥幸生还，姑妈当场丧命。家里一半的人赶去奔丧、帮忙，忙了好几天才回来。姑妈再也不会来我们家里做客了，她的形象被定格在那张遗像上。我这才发觉她是一个目光异常温柔的女人，那一刻的悲伤，直到如今仍然找不到恰当的语言形容。

大学毕业那年夏天，我坐火车回家看望父母。在卧铺车厢里，我上面的中铺是一个老教师，大概是懒得爬上爬下，她坐在我的铺位上和我聊天。起初我们有一搭没一搭地东拉西扯，后来她提到她住过的一个小镇，我随口说，我姑妈以前也在那儿住过。她问起姑妈的名字，我说了。她拍起手来，原来她们竟是认识的，而且是邻居。

"你知道你姑妈不能生育吗？"老教师问我。

我说知道，虽然不是亲生的，但姑妈对表姐表哥好得不能再好了。老教师也说姑妈是个很善良的人，笑容温顺。

"我刚认识她的时候，她结婚没几年，做梦都想生个自己的孩子。"她接着说道，"我安慰她，说以后会有孩子的，让她不要着急。过了没有两个月，有一天我见到她，她喜洋洋地对我说，'我怀孕了'。那个月她整天想吃酸的，看见油腻的东西就吐。她确定自己的肚子里有个男宝宝。过了几个月，她的肚子鼓了起来，而且越来越大，见到她的朋友邻居们都恭喜她。十个月过去了，孩子没生，十二个月时，她去医院看医生。医生仔细给她做了检查，说她根本没怀孕，肚子里面其实是一股气。你姑妈的怀孕完全是一次臆想。医生说完那些话的第二天，你姑妈的肚子就像泄了气的球一样，又恢复到原来的样子了。那以后，你姑妈再也不提想生孩子的事儿了。"

我很震惊,想起法国作家蒙田说过一句话:强劲的想象产生事实。我从来没想过,这句话居然会落实在我认识的人身上。

《广西文学杂志》2020年8月1日

责任编辑　李约热